에비 드레이크, 다시 시작하다

에비 드레이크, 다시 시작하다

린다 홈스 지음 | 이한이 옮김

늘 지켜봐주는 노나에게

가장 행복하고
가장 불행한 날

지금 나가야 해, 안 그러면 앞으론 절대 못 떠나, 에비는 스스로에게 경고했다.

남편이 일을 마치고 돌아왔을 때 집에 있고 싶지 않았다. 비겁한 짓이라는 건 스스로도 잘 알고 있었다. 하지만 그녀는 모든 것이 싫고 끔찍했다.

아마 남편 팀은 이 사태에 대해 비이성적인 구석이라곤 하나 없이 말할 것이다. 아무 예고도 없이 떠나는 건 좀 드라마 같지 않느냐고. 나중에 그가 가질 의문은 오직 '왜 지금인 건데'일 터다. 팀은 바로 오늘이 에비가 자신과 함께 반평생을 보낸 날임을 알지 못할 것이다. 몇 달 전, 에비는 식료품 가게의 영수증 뒷면을 보고 그 사실을 깨닫고는 벽에 걸린 달력에 빨갛게 동그라미를 그렸지만 그는 그 앞을 몇 번이고 지나다니면서도 저 표시가 뭐냐고 한 번도 묻지 않았다. 단 한 번도. 그러나 이날을 그냥 넘어간다면 그녀는 세포 하나하나, 뼈마디 하나하나까지 실망에 잠기고 껍데기만 남게 될 것이 분명했다.

그녀는 휙 하니 차 쪽으로 걸어가서 조수석 수납함 안에 빵빵한 현금 봉투를 쑤셔 넣었다. 어쩌면 이건 좀 우스꽝스러운 짓이 될지도 모른다. 팀이 신용카드를 해지하거나 계좌를 막아버릴 사람은 아니기 때문이다. 하지만 그녀의 인생은 수없는 '만약에'로 이루어져 있었다. '만약' 생각만큼 남편에 대해 잘 알지 못했을 경우를 대비해 돈이 필요했다. 그렇게 되면 그 사람에 대해 헛짚은 건 이번이 처음은 아닐 것이고.

에비는 집으로 들어가 현관 벽장을 열었다. 푸른색 테두리의 낡은 여행 가방을 끄집어냈다. 파리, 런던 등 세계 곳곳의 화물표가 붙어 있는 가방은 가벼웠다. 그녀는 달그락대며 그것을 현관 포치 계단으로 끌고 내려가 차 뒷좌석에 집어넣었다. 집 앞 차량 진입로를 밟는 자신의 발걸음 소리에 절로 미소가 지어졌다.

이제 더는 저 집에 들어갈 일이 없다. 그녀는 운전석으로 미끄러져 들어가 차 문을 닫고 시트에 몸을 기댄 채 눈을 감았다. 젠장, 진짜 갈 거야. 아마 몇 시간 후면 다 낡아 빠진 침대보와 각종 전선이 어지럽게 뒤얽힌 싸구려 호텔 체인점에 있을 것이다. 와인 한 병을 산 뒤(뭐, 한 박스를 살 수도) 킹사이즈 침대 한가운데에 누워서 술을 마시며 발가락을 꼼지락거리면서 원 없이 책을 읽고 있을 것이다. 이런 생각을 하고 나서 그녀는 내일은 무엇을 해야 할지 떠올렸다. 그러다 이런 생각을 할 시간이 없음을 깨닫고는, 심호흡을 하고 남은 일을 처리하러 차 밖으로 나왔다.

차량 진입로를 올라가는데 휴대전화가 울렸다. 전자 하프음이 쇳소리를 내며 울려 퍼졌다. 전화 신호음에는 늘 사람을 약간 놀라게 만드는 구석이 있다. 팀이 이따금 환자를 보던 캠던의 병원에서 걸려온 전화였다. 남편과 이야기를 나눌 기분은 아니지만 오늘만큼은 그가 평소보다 집에 일찍 돌아오는지 알아야 했다.

"여보세요?"

"에벌리스 드레이크 씨 되십니까?"

팀이 아니었다.

"접니다만,"

"드레이크 부인, 전 콜린 마셜이라고 합니다. 캠던 병원 간호사예요. 다름이 아니라 드레이크 선생님께서 30분쯤 전에 저희 병원 응급실로 실려 오셨어요. 차 사고로요."

에비의 심장이 쿵 하고 내려앉았다. 심장이 손가락 끝까지 내려앉은 기분이었다. 딱 0.1초 동안 그녀는 간호사에게 시댁에 전화를 걸라고 말하고 싶었다. 자신은 지금 그를 떠나고 있으니까.

"세상에, 그이는 괜찮은가요?" 대신 이 말이 튀어나왔다.

제법 오랫동안 정적이 흘렀다. 수화기 너머 저 멀리에서 의사를 호출하는 소리가 들려왔다. "부상이 심각해요. 최대한 빨리 이리로 와주셔야 해요. 병원 위치 아세요?"

"네, 음⋯⋯ 아마 20분 정도면 도착할 거예요." 그녀는 목소리를 간신히 쥐어짰다.

-팀이 차 사고를 당했대. 심각하대. 캠던 병원이야. 우리 아빠

　에게 좀 전해줄래?

　앤디에게 문자를 보내는 그녀의 손이 덜덜 떨렸다. 에비는 차에
시동을 걸고 진입로를 빠져나와 캠던 쪽으로 향했다. 나중에 전화와
서류를 통해 알게 되었다. 두 사람이 결혼식을 올렸던 교회에서 한 블
록 떨어진 치좀 가에서 그녀가 신호 대기에 걸려 서 있는 동안 팀이 사
망했다는 사실을.

| 가을 |

남편을 떠나기로 한 날
남편이 죽었다

캄캄한 어둠 속에서 에비는 집 뒤편인, 뜰 쪽으로 어정쩡하게 툭 튀어나온 조그마한 별실의 바닥에 누워 있었다. 정신이 또랑또랑했다. 텅 빈 별실로 내려온 이유는 위층 침실에서 잠이 들면 팀이 아직 살아 있는 꿈을 꾸었기 때문이다.

예전에 스칸디나비아 출신인 할머니는 이렇게 말씀하시곤 했었다. 젊은 여자들은 자기가 원하는 남편 꿈을 꾸고, 늙은 여자들은 원했던 남편 꿈을 꾼다고. 오직 행운아만이 중년의 어느 날, 꿈에서 본 인의 남편을 본다고. 이 공식과 이 소망을 아주 협소하게 적용한다 해도 팀에 대한 꿈은 할머니가 말한 의미와는 달랐다.

꿈속에서 항상 팀은 그를 떠나는 그녀에게 화가 나 있었다. '자, 봐. 무슨 일이 벌어졌는지!' 이 말을 하고 또 했다. 꿈에서 만난 그는 시나몬 껌 향이 섞인 숨결이 느껴지고 이마에 툭 튀어나온 작은 실핏

줄이 보일 만큼 그녀의 코앞에 있었다.

그녀는 몸을 돌려 다시 잠을 청했지만 팀이 여전히 보일까 봐 두려웠다. 그래서 담요를 걷어차고 1층으로 향했다. 그녀에게 이 집은 늘 너무나 컸는데 지금은 더 거대하게 느껴졌다. 늦은 밤에 수건 한 장이 필요해서 호텔 프런트 데스크로 조용하게 다가가듯 둥그렇게 굽이진 넓은 계단을 살그머니 내려갔다. 주방으로 들어가 주전자에 물을 붓고 별실로 곧장 들어와서 등을 쭉 폈다.

그들이, 아니 '그'가 이 집을 처음 샀을 때 두 사람은 이 방을 세놓으려고 했었다. 하지만 그럴 짬이 나지 않아서 에비는 좋아하는 짙은 청록색으로 벽을 칠하고 자기만의 기지처럼 썼다. '들어오지 마시오'라는 푯말을 걸어둔 기지처럼. 이 방은 아직도 그녀가 이 집에서 가장 좋아하는 장소였고 앞으로도 그럴 것이었다. 팀의 유령이 나타나 페인트칠 사이로 작은 기포가 몇 개 생겼으니 다시 칠하는 게 나을 거라고 말하지 않는 한.

멋지네, 이런 생각이 밀려오자 그녀는 속으로 중얼거렸다. '메인 주에서 제일가는 유령 코미디 클럽에 오신 걸 환영합니다. 내 남편의 유령이 얼마나 거지 같은 자식인지 좀 들어보시겠어요? 그리고 내가 얼마나 괴물 같은지도.'

시계를 보니 새벽 4시가 조금 지나 있었다. 그녀는 티셔츠와 반바지 차림으로 똑바로 누운 뒤 관자놀이, 배, 손목에서 쿵쾅대는 맥박이 가라앉도록 리드미컬하게 숨을 내뱉었다. 집은 텅 빈 분위기를 내뿜었고 완전한 적막에 잠겨 있었다. 부모님 댁 주방에 있다가 이제 에비의 주방에 온, 35년 동안 째깍거리고 있는 시계 소리만이 울렸다. 어두컴컴한 별실에서 그녀는 무언가, 살갗에 가슬가슬 쓸리는 카펫의 감촉이 아닌 무척이나 미약한 뭔가를 감지했다. 그건 지금까지 한 번도 느껴본 적이 없는 감각이었다. 마치 지구 꼭대기에서 똑바로 누워 있는 것만 같았다.

에비는 이 집에서 지내는 일에 대해 간혹 골똘히 생각해보았다. 누군가에게 이 집을 넘길 수도 있다. 커다란 주방과 위층 침실들, 언젠가 미끄러지는 통에 엉덩이에 시퍼런 멍이 들었던 구부러진 계단과 매끄러운 난간을 포함한 모두 다. 아니면 에비 자신이 계속 지낼 수도 있다. 어둠 속에서 등을 쭉 펴고, 온갖 최악의 생각을 하고, 피넛 버터 샌드위치를 먹으며, 전원이 영원히 나간 것 같은 라디오를 들으면서.

주방에서 물이 끓는 소리가 들려왔다. 벌떡 일어나 주방으로 가서 가스 불을 껐다. 찬장에서 공영 라디오 기금 행사에서 받아온 머그잔 두 개 중 하나를 꺼냈다. 뒤집어진 채 놓인 나머지 머그잔 하나에는 먼지가 얇게 깔려 있었다. 눈앞의 캐모마일 티백이 이렇게 말하는 듯했다. '한 잔의 좋은 차로 해결하지 못하는 문제란 없다.' 영화 「다운튼 에비」에서 한 신사가 이런 말을 했던 것 같다. 아내가 매복니 통증으로 인해 침대 속에서 우아하게 끙끙 앓는 장면이 나오기 전에.

차를 후후 불자 표면에 잔잔하게 물결이 일었다. 에비는 앉을 곳을 찾아 거실로 향하고는 짙은 녹색의 2인용 소파에 몸을 묻고 둥그렇게 말았다. 커피 테이블 위에 놓인 우편물 더미 사이에 팀 앞으로 온 주간지 《스포츠 일러스트레이티드》가 삐죽 튀어나와 있었다. 그녀는 주방에서 흘러나오는 불빛에 잡지를 비춰 보았다. 야구 시즌이 끝나고 축구 시즌이 시작되고 있었으며, 한 체조 선수가 의사가 되려고 운동을 그만두었고, 양키스 팀 야구 선수 하나는 어느 날 아침 일어나 보니 더는 투수 생활을 할 수 없게 되었다……. 마지막 기사 제목은 모든 글자가 두터운 대문자로 강조되어 있었다. 「메이저리거는 어떻게 정신병에 걸렸는가」. "당신보다 훨씬 앞서 가는," 그녀는 글을 소리 내어 읽다가 이내 멈추고 우편물 더미 맨 밑에 잡지를 쑤셔 넣었다.

전선 정리함 위에 놓인 시계가 새벽 4시 23분을 가리키고 있었다. 에비는 눈을 감았다. 팀이 죽은 지 1년이 다 되어 가고 있지만 아직도 이따금 아무것도 할 수 없는 순간이 찾아왔다. 그를 그리워하지 '않느라' 완전히 지쳐버리는 그런 순간이.

팀이 살아 있던 마지막 날 밤, 그가 가볍게 코를 고는 소리를 듣는 순간, 그녀는 자신이 남편에 대한 애정을 가까스로 붙잡고 있을 뿐임을 깨달았다. 그 사실을 아는 사람은 오직 자신이 유일했고 이 집 어디에서나 그 사실이 느껴져서 괴로웠다. 그녀는 스스로에게 속삭였다. 괴물 같으니라고, 괴물, 괴물, 괴물.

··· 2 ···

"릴리가 우유를 바닥에 던져버렸어." 앤디가 커피를 한 모금 홀짝였다. "그래서 지금 아이 선생님을 어떻게 대해야 할지 모르겠어."

토요일 오전, 나침반 카페에서 앤디와 에비는 아침 식사를 했다. 이 브런치 모임은 앤디가 이혼을 하고 난 뒤 4년 동안 한 번도 중단되지 않고 계속 이어졌다. 이런 만남을 달가워하지 않는 남편도 있겠지만 팀은 그런 타입이 아니었다. "난 할 일이 너무 많고, 당신이 그 친구한테 내 험담을 늘어놓지만 않는다면 상관없어."

앤디는 햄과 치즈 오믈렛을 먹고, 에비는 베이컨을 곁들인 블루베리 팬케이크에 큰 사이즈의 오렌지 주스를 먹었다. 두 사람은 커피를 적어도 두 주전자는 마셨고, 지난 몇 주간 벌어진 일들을 비롯해 다음 주에 뭘 할지 이야기했다. 커피가 리필되고, 비워지고, 다시 리필되고……. 이따금 두 사람은 지나가는 관광객들이나 화려하게 장식된 가게 처마를 바라보았고, 동네 사람들이 근처를 지나가다 날씨 이야기를 건네거나 앤디에게 딸들은 뭐하고 있느냐고 묻기도 했다. 최근에는 목을 길게 빼고 에비를 훔쳐보았다. 혹은 예의 있게 한 발짝 떨어진 거리에서 탐색하는 시선으로 살펴보다가 비교도 안 되게 나은 자신의 처지에 만족스러워했고, 동시에 그녀가 남편의 죽음으로 인해 움츠러들지 않았음을, 집에 앉아 팀이 가장 좋아하던 셔츠를 가슴에 움켜쥐고 몸을 앞뒤로 흔들면서 그 옷에 대한 추억을 중얼중얼 읊고 있지는 않다는 사실을 확인했다.

"그런데 왜 릴리가 우유를 바닥에 던진 거야?" 릴리는 앤디의 작은 딸로 얼마 전부터 유치원에 다니기 시작했다.

"좋은 질문이야. 선생님 말론 애가 그냥 우유를 던졌대. 아무 낌새도 없이 말야. '우유는 물 탄 요거트잖아!' 하고 소리를 꽥 지르더래."

그녀는 미소를 지었다. 모습이 눈에 선했다. 릴리는 어린 아기일 때부터 화가 잔뜩 나면 얼굴이 시뻘게졌다가 서서히 풀어지곤 했다. "왜 그랬는지 나는 알 것 같은데." 에비가 말했다.

"선생님이 아이한테 쉴 시간을 좀 주는 게 낫겠다고 말하더라고. 나도 '그게 좋겠네요' 했지, 뭐. 그러니까 선생님이 '집에서 존중이 뭔지 배워보는 것도 좋을 것 같고요'라고 하더라. '선생님에 대한 존중요?' 하고 물었더니, '네, 그것도요. 하지만 물건을 존중하는 태도를 길러야 할 것 같아요.' 그럼 애한테 우유를 존중하라고 가르치라는 건가, 싶더라고. 선생님이 뭘 바라는지 모르겠어. '물건을 존중하는 태도'가 대체 뭐야?"

"자본주의?"

"그럴지도. 그런데 나 그거 이미 하고 있어. 릴리한테 선생님을 존중하라고 가르치고 있고, 우유에 대한 존중도 알려줬고."

"우유…… 숭배……라고 해야 하나? 우유 숭배? 그게 뭐야?"

"몰라." 앤디가 말을 멈추고 마니에게 커피를 리필해달라는 의미로 잔을 옆으로 밀어놓았다. 마니는 젊은 주부로 최근 두어 해 동안 두 사람을 담당하는 웨이트리스였다. 요즘 그녀는 보라색 염색 부분을 밀어내기 위해서 머리를 기르는 중이었다.

"어릴 때 릴리가 사람을 막 깨물고 다녔던 거 기억나? 왜 그런지 모르겠어. 나한테 싫은 게 없을 때도 미친 듯이 화를 내. 일전에 유치원으로 데리러 갔더니 '아빠! 안아줘!' 하고 계속 외치면서 원숭이처럼 꺅꺅대더라고. 진짜 감당 못 하겠더라, 어땠냐면……."

"제리 오바크(영화 「더티 댄싱」, 드라마 「로 앤드 오더」 등에 출연한 미국의 남자 영화배우) 같았어?"

그가 얼굴을 찌푸렸다. "「더티 댄싱」의?"

"아니, 「로 앤드 오더」의."

"좋아, 제리 오바크." 앤디가 말을 멈췄다. "그러니까 내 말은 그 애가 고집불통이란 거야. 그것도 똥고집. 하지만 아홉 살이 될 때까진 그 감옥에서 끄집어내주고 싶지 않아."

에비가 다시 미소를 지었다. "릴리가 10대가 될 날이 기대되네."

"그 애가 너랑 살겠다면서 찾아갈 수도 있어."

"오, 안 돼. 난 그때도 여전히 생리를 하고, 브라를 하고, 피임을 할 거지만, 혼자 살 거야."

"그래. 그런데," 그가 말했다. "아직 그 별실 세놓을 생각 있어?"

그녀가 베이컨을 씹었다. "아마도, 결국은 그러겠지."

"너 그 방 안 쓰지?"

"한밤중에 그 방바닥에 누워서 내 존재에 대해 생각할 때 말고는." 말이 끝나자마자 앤디가 음식을 우물거리다 멈췄다. 눈이 위로 치켜 올라갔다.

"농담이야." 그녀가 말했다. 그래, 앤디는 이해하지 못할 것이다. 그냥 걱정만 할 것이다. "그 방 안 들어가."

"음, 그 방을 비워두고 네가 들어앉아 있는 건, 그냥 테이블에 돈을 놔두고 있는 거나 마찬가지야. 경제적으로 영리하게 굴어 봐." 흠잡을 데 없는 논리였다. 뭔가 덫 같기도 했지만.

"그런 것 같네." 그녀가 수상쩍은 투로 대꾸했다.

"아니, 그런 거야." 그가 지적했다. "너 소매에 시럽 묻었다."

그녀가 셔츠 소맷자락에 묻은 끈끈한 자국을 손으로 문질렀다. "내가 별실을 누군가에게 세놓길 바라는 거지? 염두에 둔 사람이 있지? 아니면 로즈를 내보내려고?"

"이런," 앤디가 웃음기 하나 없이 실소했다. "아니, 난 애들이 적어도 열 살은 되어야 완전한 독립체가 된다고 생각해." 그리고 커피를 한 모금 마셨다. "아, 잊어버리기 전에 말하는 건데, 로즈가 일주일 뒤에 춤 발표회를 해. 꼭 네가 와서 머리를 꼬불꼬불하게 말아줬음 좋겠다고 전하래." 로즈는 일곱 살짜리 아이다. 발표회에 나갈 때 아버지가 머리를 만져주길 바라지 않고, 성냥갑으로 만든 자동차가 움직이는 걸 믿지 않을 나이의 소녀.

"로즈가 계획이 있네."

"며칠 전에 그 애가 나한테 '아빠'가 아니라 '아버지father'라고 부르더라고, 우리가 「초원의 집」(1870년대 미국 서부를 배경으로 미국 근대사를 그린 드라마) 등장인물이야, 뭐야?"

에비가 얼굴을 구겼다. "뭐, '아빠'긴 하네, 어쨌든."

"내가 누구라고 생각하는 거지? 누굴 '아버지'라고 부르는 거야?"

"신부님('father'는 신부님을 부르는 호칭이기도 하다. -옮긴이) 아니면 「사운드 오브 뮤직」의 폰 트랩 대령이랄지."

"로즈한테 너 온다고 말해도 돼?"

"물론이지." 에비가 말했다. "자 이제, 우리 별실에 누굴 숨겨두고 싶은지 말해보실까."

"알았어, 알았어. 내 친구야. 몇 달 정도 여기에 머물 건데 살 곳을 찾고 있어."

그녀가 얼굴을 찌푸렸다. "어떤 친구? 내가 아는 사람이야?"

"딘."

그녀의 눈이 약간 커졌다. "야구하는 딘?" 앤디의 친구 중에 투수가 있다는 건 알고 있었다. 만나본 적은 없지만.

"이젠 야구 안 해. 최근에 은퇴했거든. 여기에 와서 한동안 좀 쉴 거야. 우리 동네의 짭조름하고 신선한 공기 좀 쐬면서, 뭐 그렇게 지내려고."

"운동선수는 평범한 사람이랑 수십 년 동안 다르게 살다가 은퇴하는 거 아냐? 그 사람 아직 30대 중반이잖아? 그런데 은퇴를 했다고? 좋겠네."

"사정이 좀 복잡해. 내가 너희 집에 있는《스포츠 일러스트레이티드》를 죄다 쓸어가지 않았더라면 네가 이미 알 수도 있겠지만."

"있어도 안 읽었을 텐데, 뭘." 그녀가 대답했다. "근데 집에 최신호 있어."

"알아." 그가 말했다. "거기에 딘이 실려 있거든."

그녀가 손가락을 딱 하고 퉁겼다. 얼마 전 읽은 기사가 떠올랐다. "아, 잠깐. 야구하는 딘이 그 '정신병 걸린 메이저리거'야?"

앤디가 눈을 가늘게 뜨고 노려보았다. "정신병 아냐. 팔을 잃었어. 그러니까 진짜로 팔을 잃은 건 아니고 그저 투수로서 그렇다고. 팔은 멀쩡해. 미치지도 않았고."

"무슨 문제가 생긴 건데?"

"음, 엄청나게 훌륭한 투수였는데 어느 날 갑자기 완전 형편없는 투수가 됐지. 그거 말곤 몰라."

그때 다이앤 마스턴이 테이블 옆에 와 섰다. 어머니로부터 물려받은 '에스터의 다락방'이라는 빈티지 상점을 운영하는 여인. 그녀는 토요일이면 종종 남편과 함께 나침반 카페에 와서 식사를 했는데 가끔 출입이 금지된 조그마한 개도 데리고 왔다. 지기라는 그 친구가 작은 코로 킁킁대긴 했지만 위생 규정을 비웃는 것 같진 않았다.

"좋은 아침, 친구들."

"안녕, 다이앤." 앤디가 말했다. "잘 지내?"

"엄청. 안 좋은 거라곤 하나도 없이." 에비의 경험상 이 말은 사실이 아니었다. 다이앤이 몸을 돌려 그녀의 어깨에 손을 짚었다. "다시 보니 좋네."

에비는 앤디를 슬쩍 쏘아보고는 미소를 간신히 쥐어짰다. "고마워, 다이앤. 나도 반갑네." 다이앤은 누군가 아프다는 소식("그 사람 면역력이 떨어져서" 같이 무척이나 예의 있고도 모호하게 말했다) 그리고 누군가의 개인사(이 역시 "어느 집 딸과 함께 사업을 한다" 하는 식으로 예의를 차리며 모호하게 표현했다) 등의 마을 소식 몇 가지를 늘어놓았다. 그 뒤에 프렌치토스트를 먹으러 자리를 떴다.

"솔직하네." 에비가 한숨을 쉬었다.

"널 신경 써주는 거야, 에비."

"알아, 알아. 하지만 모두들…… 내 주위에서 지나치게 맴돌아. '다시 보니 좋네'라고? 내가 감기라도 걸렸다가 나은 것처럼 말하네. 모두들 내가 그저……." 이어서 딱딱한 어조로 속삭였다. "……집에 틀어박혀서 비통해해야 한다는 듯이 굴어."

"다이앤은 그냥 반갑다고 말했을 뿐이야."

에비가 고개를 저었다. "'동정'하는 거야. 모두가 부드럽게 말을 건네면서 팔을 도닥여주는 그런 거. 마침 2주 뒤에 병원에서 팀의 1주기 기념 식수植樹 행사를 할 건데 그건 더 최악이 될 테지. 모두가 내가 우는지, 안 우는지 보러 올 거야."

"억지로 울 필요 없어. 네가 팀을 얼마나 사랑했는지 모두 다 잘 알아."

틀렸다. 사실 아무도 모른다. 심지어 앤디도 모른다.

"난 동정받기 싫어." 에비가 말했다. "테사는 아무도 동정 안 하던데. 남편이 죽은 뒤에 밖에 나와서 사람들이랑 어울리지 않아도."

"테사 바스코는 나이가 아흔둘이야."

"그래서?"

"넌 아흔두 살이 아니잖아. 테사와 달리 식료품 가게에 갈 때 휴대용 산소호흡기를 챙기거나 누가 부축해줘야 하지도 않고." 그가 냅킨으로 입을 훔쳤다. "그리고 이쯤에서 테사가 수중 에어로빅을 한다는 사실을 말해줘야 할 것 같네."

"너 별걸 다 안다?"

"엄마가 같은 수중 에어로빅 수업을 들으시거든. 이제 예순아홉이지만. 좀 덜 놀랐음 좋겠군."

에비가 한 손을 올렸다. "좋아. 테사는 별로 좋은 예가 아니었어."

"그럼 다시 네 예비 세입자 이야기로 돌아가도 될까?"

그녀는 레스토랑을 한 바퀴 둘러보고는 앤디에게로 시선을 돌렸다. "운동선수가 대체 왜 우리 집 별실에 세를 들어오려는 거야? 그러니까 그런 사람들은…… 뭐, 잘 모르지만…… 부유하게 개인 섬 같은 데서 사는 거 아냐?"

"딘은 맨해튼에 살아. 거기도 세상에서 가장 작은 개인 섬이긴 하지. 그 친구, 사람들한테 사진 한 장 안 찍히고는 조용히 커피 한 잔 못 마신다더라. 한동안 맨해튼에서 나오고 싶대. 그래서 내가 이곳에 오면 사람들이 가만히 내버려둘 거라고 말해줬지. 집을 살 만큼 오래 있진 않을 거지만 그렇다고 호텔 생활을 할 만큼 잠깐 있을 건 아니라서. 하지만 내가 그 친구랑 같이 지낼 순 없잖아, 애들이 있는데. 아파트를 구하는 것도 생각했는데, 아파트 임대인이 스냅챗에 침실 사진을 올리거나 연예부 기자한테 그 친구의 쓰레기를 팔지 않는단 보장이 없잖아? 근데 네 집에 세입자가 생기면 너도 돈이 생길 거고, 어쩌면 네가 딘의 친구가 되어줄지도 모르고, 상부상조지. 집세는 월 800달러 정도 주면 될 거라고 말해놨어."

800달러면 공과금 대부분이 감당된다. "음, 800달러라면 좋을 것 같네."

"그래서 받아줄 거야?"

그녀는 커피 잔을 응시했다. 커피 크림이 느지막하게 소용돌이치며 잔 속으로 가라앉고 있었다. "그럼, 집으로 데리고 와 봐." 갑자기 가슴속에서 미미하게 뭔가가 울컥 올라왔고 긴장이 솟구쳤다. "난 그 사람을 만나본 적이 없잖아. 내가 무슨 말을 했음 좋겠어?"

"너도 맘에 들 거야." 앤디가 말했다. "나는 그 친구가 좋거든."

에비는 등을 똑바로 폈다. "넌 대부분의 사람을 좋아하잖아. 그냥 내버려두면 냄새나는 술친구 한 무리를 끌고 와서 우리 집 주방을 난장판으로 만들어놓을 인간이."

"걔랑은 술 마시면서 만난 거 아냐. 보이스카우트 행사에서 만났지. 내 결혼식에도 왔어. 사진 보면 알 거야. 네가 기억할지 모르겠지만. 이혼하고 나서 나랑 애들을 디즈니랜드에 보내준 사람이 걔야."

에비가 미소 지었다. "우리 집엔 보석이 별로 없으니, 뭐."

"음, 걔가 네…… 네…… 구멍 난 스웨터를 훔치진 않을 거야."

그녀가 얼굴을 찌푸렸다. "참나, 아무튼 아까 말한 것처럼 한번 데리고 와 봐. 괜찮아 보이면 기꺼이 돈을 벌도록 할게." 에비는 주방 싱크대 서랍 속에 고무 밴드로 묶어둔 기한 지난 청구서들을 잠시 떠올렸다. 의사 남편의 수입이 없으면 1년 만에 이런 일이 생긴다. 별실에 누군가를 들이고, 별실 문을 닫은 채로 두고, 월세를 받을 수 있다. 어쩌면 그 사람이 방에 있다는 걸 느끼지조차 못할지도 모른다…….

앤디가 한숨을 쉬었다. "고마워. 딘은…… 뭐 잘 모르겠지만…… 조용한 환경이 필요할 거야. 그리고 너한테 친구가 생기는 게 세상 최악의 일은 아닐 거라고도 말하고 싶고."

"나 친구 있어. 지금 친구랑 앉아 있잖아."

"나 말고 다른 친구. 우리 애들도 있고 너희 아버지도 계시지만……." 그가 달걀을 담뿍 집은 포크로 그녀를 가리켰다. "너무 오랫동안 혼자 있는 건 안 좋아. 괴짜 할망구가 될 거라고." 구불구불한 금발 머리칼과 갸름한 얼굴형 때문에 앤디는 꼭 인디밴드 가수 같아 보였다. 체크무늬 옷을 걸치고 빨래판 같이 생긴 악기를 연주하는 자세를 취한 채 앨범 표지 사진을 찍는 그런 인디밴드 가수. 하지만 릴리와 로즈를 키운 지난 7년 동안 아빠의 모습이 그의 안에서 깊게 뿌리를 내려갔다.

"난 괜찮아. 난 괴짜가 아니야. 사는 게 지루해지면 테사한테 가서 줌바 수업에 데려가달라고 하지 뭐." 앤디가 미심쩍은 시선을 던졌다. "앤디, 난 괜찮아. 네 친구 만나볼게." 에비가 돌연 눈을 가늘게 뜨고 그를 쳐다보았다. "이거 엮는 거 아니지?"

앤디가 입안에 음식을 넣은 채로 웃고는, 꿀꺽 삼키고 커피로 씻어 내렸다. "걔도 똑같이 '이거 엮는 거야?'라고 하던데." 여전히 에비는 웃지 않았다. "엮는 거 아니야. 무엇보다 우리 엄마가 아직도 너랑 내가 결혼하길 바라고 계시는걸. 내가 널 전직 야구선수랑 엮으면 더 이상 엄마가 그 말은 안 하긴 하겠네."

"오, 이런…… 이미 아줌마께 말씀드린 건 아니지?"

"뭘?"

"우리가 서로를 의미 있게 보려고 진심으로 애썼다는 거. 그리고 우리 사이에 일어났던, 인간과 인간 사이에 일어났던 아주 최소한의 성적性的인 일."

"말해도 안 믿으실걸." 그가 말했다.

"아줌마가 그 자리에 계셨다면 믿으실 텐데." 에비가 말했다.

"오, 너 언제부터 이렇게 웃겼냐?"

"원래부터. 우리 둘 다 웃기지. 그리고 아까부터 웃겨 죽었고."

"이번엔 네가 더 크게 웃었다." 그가 포크로 그녀를 겨누며 힐난했다.

"좋아, 인정."

딘은 앤디의 집 차량 진입로에 트럭을 세우고 잠시 앉아 있었다. 여덟 시간 전, 뉴욕에서 출발해서 이곳에 도착하기 전까지 딱 한 번 쉬었다. 그는 깊이 심호흡을 했다. "좋아." 그리고 집으로 걸어가 초인종을 눌렀다.

문이 열렸고 만면에 미소를 띤 앤디가 나타났다. "오, 친구!" 두 사람은 열세 살 때처럼 서로를 끌어안고 등을 팡팡 쳤다. 앤디가 맥주병을 흔들어 보였다. "들어와."

앤디의 집에는 수수한 초록색 덩굴무늬가 그려져 있었으며 가장자리가 많이 닳아 있었다. 1층 거실에 있는 딸아이들의 장난감인 플라스틱 인형의 집이 시선을 끌었다. 화려하게 장식된 3층짜리 집에는 도로래에 걸린 엘리베이터도 있었다. 카펫 위에 조그마한 플라스틱 램프와 가구 들이 널려 있는 모양새가 마치 오늘 한 번 쓰러졌다가 다시 정리된 듯했다. 눈길을 돌리자 소파 끄트머리에 훌라후프 하나가 걸쳐져 있는 것이 보였다. 텔레비전 소리와 두 딸아이가 깔깔대는 목소리가 닫힌 문 안쪽에서부터 현관까지 흘러나왔다.

"저희 본부에 오신 걸 환영합니다." 앤디가 딘에게 앉으라고 안락의자를 가리켰다. "보시다시피 정신없습니다."

딘이 활짝 웃었다. "애들이 몇 살이지?"

"로즈는 일곱 살, 릴리는 다섯 살." 앤디가 훌라후프를 치우고 소파에 앉았다. "애들은 노는 방에서 「고스트 버스터즈」 보고 있어. 50번쯤 보는 것 같은데, 그래서 애들이 다가올 핼러윈 때 과학자 분장을 할 것 같다고 생각해. 정말이지 들뜨는군." 그가 맥주를 한 모금 꿀꺽 마셨다. "오는 건 어땠어?"

딘은 불현듯 운전하는 동안 등이 뻣뻣해졌던 게 기억나서 움찔했다. "멀더라, 그래도 좋았어. 다른 곳에 오니 좋네. 널 봐서 더 좋고. 우리 안 본 지 한 3, 4년 정도 됐지?"

"응." 앤디가 잠시 생각했다. "로리가 떠나기 직전에 본 것 같은데, 우리가 네 ESPN 무슨 기념 파티에 갔을 때. 한 4년쯤 된 것 같다."

딘이 당혹스러워했다. "응, 그때네. 엄청 오래됐네."

"음," 앤디가 말했다. "그 뒤로 로리가 떠났지. 난 아직도 수학을 가르쳐. 여전히 홀아비고. 최근에 졸업 앨범 자문위원이 되었고, 운동부 코치 자리도 생각하고 있고. 그리고 지금은 너랑 같이 있지." 그는 딸들과 함께 소파 테이블에 앉아 찍은 사진을 쳐다보았다. "내 결혼 생활이 삐걱거린 게 누군가에게는 나한테만큼 놀랍지 않았던 듯해."

딘은 배가 나온 판다 인형을 바닥에서 집어 들었다가 다시 내려놓았다. "뭐, 나도 한때 만나던 여자가 떠났을 땐…… 정신을 차렸어야만 했어. 그러니까 거기에 매달리지 않았다는 얘기야. 그저 거물이 되느라 정신없었지."

"응." 앤디가 고개를 한쪽으로 까닥했다. "너무 직설적인데."

딘은 맥주병을 입에 문 채로 웃음을 터트렸다. 맥주를 삼키고는 엄지로 입가를 훔쳤다. "난 빌어먹을 재앙 덩어리였지."

"사람들이 그렇게 말하더라."

"나도 알아."

"어떻게 지냈어?"

딘은 의자 등받이에 머리를 기댔다. "엄청나게 좋은 한 해는 아니었지."

"응."

"그리고 그 일에 대해 편지와 이메일…… 빌어먹을 트위터까지 메시지를 수십만 통은 받은 것 같아. 죄다 나를 어떻게 하면 고칠 수 있는지 잘 알고 계시더군."

"그 사람들이 아직도 네 문젤 해결해주지 못했다는 게 믿기지가 않네."

딘이 미소 지었다. "너도 그게 내 머릿속에서 생기는 일 때문이라고 생각해? 명예의 전당 후보인 친구들에게 스트라이크 아웃을 먹이기 직전에 빌어먹을 차에 치일 뻔했지. 그래서 누군가는 내게 심리적인 문제가 생겼다고 생각하던데, 그런 것 같아?"

"심리적인 문제?"

"그래, 지금 여론이 딱 그래." 딘이 관자놀이를 톡톡 두드렸다. "집중 좀 해야겠어. 내 안에 있는 줄루족 전사와 접촉을 좀 해야 해."

"웃기시네. 줄루족 전사랑 대화할 수 있는 사람따윈 없어."

"오, 옛 같게도 그치들은 하더라. 누구나 내면에 있는 줄루족 전사에게 말을 걸 수 있대. 내면에 있는 페이턴 매닝(미식축구 선수 -옮긴이)과도 접촉할 수 있고. 뭐, 한니발 렉터랑 이야기하는 사람도 있겠지. 내 안에 그가 있다면 나도 그러고 싶네. 그들이 내게 뭐라고 편지를 썼는지 알아? '최면요법을 해보는 게 어때요?', 『손자병법』을 읽어보는 건 어때요?', '심리 치료사는 만나봤어요?' 내가 팔을 스패너로 고치려고 하는 것처럼 사람들은 내게 심리 치료사가 필요할 거라고 말하면서 뉴욕의 야구를 구원하려고 했지. 마치 바리스타들이 커피 잔에 자기가 모시는 무당 이름을 써 넣는 도시에 있는 것 같았어. 그러니까 마고라는 남아공 그린포인트 출신의 바리스타가 '심리 치료사한테 가봐요'라고 권하면 '마고, 고마워요. 꼭 치료사를 찾아가볼게요' 하고 대답해줘야 하는 그런 동네에 사는 것 같았다고."

앤디가 고개를 끄덕였다. "그래서 심리 치료사에게 가보긴 했어?"

딘이 오른쪽 어깨를 쭉 늘리고 이리저리 움직였다. "지금 장난해? 스포츠 심리학자 여덟 명, 정신과의사 두 명한테 가봤지." 그가 손가락으로 셈하는 시늉을 했다. "침도 맞고, 지압도 받고, 어깨에 부항도 떠보고, 귀에 촛농 요법도 받았지. 그리고 밀가루, 설탕을 끊고, 섹스도 끊고, 뭐, 가외적인 섹스랄까 그런 건 했지만. 고기도 끊었어. 무려

'고기'를 말야. 창의적 신체 표현 수업도 듣고, 최면 요법도 해봤고, 명상법도 배웠어. 이건 아직도 하고 있지만 어쨌든." 딘이 앤디를 쳐다보았다. 그의 입술이 당혹감에 비틀려 있었다. "내 친구 어디 갔지? 가외적인 섹스 때문이야?"

"아니. '창의적 신체 표현', 그 수업 로즈도 들을 것 같은데."

"오, 그거 빌어먹게 품위 있어. 척추를 맞추고 좀 더 편안하게 움직일 수 있게 도와준대. 자동차 대리점 바깥에 있는 풍선 인형 친구들처럼 말야. 사람들은 계속 나한테 뼈를 풀어줘야 한다고 말해. 트위터 친구들 중에는 누구도 나한테 뼈가 너무 굳었다고 진단하진 않는데 말이지."

앤디가 고개를 저었다. "미안, 딘. 어떻게 지내냐고 전화해보고 싶었는데 그린포인트 출신의 마고에게 전화를 걸어서 물어보는 게 훨씬 더 쉬웠지 뭐야."

"하나도 안 재밌어."

앤디가 씨익 웃었다. "그래서 네가 지금 여기에 온 거지. 이제 뭘 하고 싶어?"

"인터넷을 끊고," 딘이 말했다. "음, 한 50년쯤 자유로워진다면 이제 뭘 할지 알아봐야지."

"하고 싶은 다른 일은 아직 없어?"

"뭐, 코치가 될 수도 있겠지. 다만 내가 좀 덜 유명해서 사람들이 내가 뭘 하는지 알지 못한다면 말야." 딘이 어깨를 쭉 폈다. "내가 뭘 하든지 죄다 사방팔방으로 알려져. 스포츠 언론사엔 친구도 별로 없는데 말이지. 아무튼 아직 돈이 있어서 뭘 할지 생각할 여유가 있었어. 1년 가까이 생각했는데, 오버워치 게임에서 얻을 수 있는 것만큼 좋은 걸 얻어냈지."

"뭐 좀 물어봐도 돼?" 앤디가 웃지 않으려고 애쓰며 물었다.

"응."

"너 「스타와 함께 춤을」(스타, 운동선수 등이 나와서 댄스 실력을 겨루는 텔레비전 예능 프로그램)에 나간다는 거 사실이야?"

"요청은 받았어. 야, 웃지 마. 나는 '춤' 부문으로 나가는 거였어. 에밋 스미스(미식축구 선수로, 「스타와 함께 춤을」 시즌 3과 시즌 11에서 심사위원을 맡았다. ─옮긴이)가 춤추는 거 봤어? 미친 듯이 유연하더라. 근데 형수가 전 시즌을 다 봤어. 아마 거기에 출연했으면 사람들이 나한테 그게 재기할 유일한 기회라든가, 첼로로 '야구장에 데려가줘요'가 연주되는 동안 어떻게 왈츠를 춰야 하는지에 대해서 뭐라 뭐라 했을 거라고 형수가 말해줬겠지. 뭐, 결국 나 대신 올림픽 경기에서 넘어져서 빙판 위를 죄다 피 칠갑해놓은 스케이트 선수를 출연시켰지만. 누구만큼 대실패한 사람이니 딱이지."

"넌 대실패하지 않았어." 앤디가 딘의 어깨에 손을 얹었다. "최고였어. 완전히 달랐다고." 말이 끝나기가 무섭게 두 사람은 웃음을 터트렸고, 방에서 로즈가 고개를 아랫층으로 쑥 내밀고 소리를 질렀다.

"아빠 때문에 소리가 안 들려! 두 사람 목소리가 너무 커!"

"귀 청소를 할 때가 됐나? 정원 청소 호스 가져다줘야 해? 아니, 진공청소기가 어딨더라?" 앤디가 로즈에게 화답했다. 낄낄대는 소리가 더 커졌고 문이 쾅 하고 닫혔다.

"어린애들이란." 앤디가 고개를 절레절레 저었다. "아무튼 지하실에 있는 접이식 침대에 이부자리 펴놨어. 오늘은 여기에서 잘 것 같아서. 내일 에비네 집에 데려다줄게. 에비가 인사를 나눈 뒤 네가 폭력적인 인간은 아닌지, 오밤중에 악기를 연주할 인간은 아닌지 확인하고 싶어 해."

"내가 더 알아야 할 건?"

"에비에 대해서? 걘 최고야. 너도 좋아하게 될 거야. 엄청 웃겨. 귀엽고. 음…… 네 여동생 같아."

딘이 얼굴을 찌푸렸다. "나 여동생 없잖아."

"내 말은 에비가 전형적인 여동생 상像이라는 거야. 누군가의 여동생처럼 생겼다고."

"누구 여동생?"

"누구든. 걘 그냥 애야."

딘이 고개를 저었다. "사람을 설명하는 데 소질이 없군."

앤디가 어깨를 으쓱했다. "스웨터가 엄청 많고, 갈색 머리에, 눈도 갈색이고…… 아마?"

"다른 건 또?"

"이름을 정확하게 말해. 늘 이런 식으로 말해. '에비는 셰비를 좋아해, 에비는 맥스 그레이비를 싫어해.'"

"맥스 그레이비란 게 뭔데?"

"「로 앤드 오더」에 나오는 경찰. 에비는 어릴 때 텔레비전을 많이

보지 않았는데 이제 와서 그걸 죄다 벌충하고 있지. 이제 거의 1998년
까지 왔어. 얼마 전부터 「도슨의 청춘일기」(1998년부터 2003년까지 방영
한 미국 고교생들의 일상을 그린 드라마)를 보기 시작했고."

"와우, 옛날 거네."

"그래도 엄청 괜찮은 애야. 로리가 떠나고 내가 우리 애들이랑만
남겨졌을 때 내 인생을 구해줬다고. 그 집에 들어가면 에비가 신경 쓸
일만큼은 하지 말아 줘. 아무튼 걔도 좀 정신 차리고 너도 훨씬 나은
인간이 될 기회야."

"알았어. 그리고 월세는 800달러라고 했지?"

앤디가 고개를 끄덕였다. "우리 둘이 한 말이지, 그건. 에비가 돈
이 필요할 것 같아서 그 정도로 생각한 거야. 남편이 생명보험 하나 안
들어뒀더라고."

"이런."

"응. 그리고 죽은 사람이나 가장 친한 유부남 친구를 욕하면 안 된
다는 건 알지?"

"너희 둘, 뭐 없어? 서로 간 보고 있는 사이 아냐?"

"절대."

"둘 다 혼자잖아."

앤디가 인형의 집 뒤쪽을 향해 있는 조그마한 플라스틱 램프를 발
로 쿡 찔렀다. "응. 하지만 우리가 처음 만났을 때는 아니었지. 에비는
지난 가을까지 유부녀였어. 실은 여섯 달쯤 전에 그 애 집 현관에서 우
리 둘이…… 어떤 순간을 만들어보려고 해봤는데, 어떻게 설명해야

할지 모르겠네. 어쨌든 아무 일도 안 일어났어. 예를 들어 비행기가 이륙하기 전에 틀어주는 비디오 있잖아, 안전벨트 매는 법 같은. 그런 영상의 중간에 갑자기 섹스 신을 집어넣으려고 한 거나 마찬가지였지. 아마 우리가 서로를 너무 잘 알아서 그렇게 된 것 같아. 아직 우리가 잘되길 바라는 엄마를 단념시키진 못했지만."

"오, 켈 아줌마, 네가 이혼했을 때 괜찮으셨어?"

"로즈랑 릴리가 결국에는 엄마한테 가겠다고 할까 봐 여전히 걱정하고 계시지. 하지만 로리랑 이혼하고 시간이 꽤 지난 뒤에도 애들이 여기에서 잘 지내고 있다는 걸 알게 되셨어. 엄마도 이게 최선이라는 걸 알 거야."

딘이 맥주를 한 모금 마시고 의자 등받이에 고개를 기댔다. "그런데 로리는 어떻게 지내?" 그가 낮은 소리로 물었다.

"괜찮아. 우린 친구가 됐어. 아니, 최소한 친구처럼은 지내. 로리는 여기에 있는 내내 지루해했잖아. 그래서 포틀랜드로 이사 갔지. 이제 나는 로리에게 애들을 데려다주고, 그녀는 애들을 보지. 그리고 나한테 전화를 하고. 어쨌거나 로리는 애들을 사랑해."

"새출발한 거야?"

앤디가 고개를 끄덕였다. "나라면 애들 없이 못 떠났을 텐데. 하지만 그건 그녀의 인생이니까. 그리고 에비가 말했는데, 남자들은 뭐든지 간에 영원히 질질 끈대. 눈 하나 깜빡 안 하고 말야. 뭐, 애들이 찰스턴에 가는 걸 좋아해. 로리네 집에 2, 3일 정도 지내면서 이가 썩어 문드러질 때까지 설탕 덩어리 음료수를 마시고, 집에 와서 혀가 꼬부라진 발음으로 '버럿가제 먹으러 가?'라고 말하지."

"외국어를 할 줄 아는 건 좋은 일이지."

"그래. 근데 앞으로 훨씬 더 나빠질 거야."

"동감."

딘은 어릴 때부터 앤디네 집 거실에서 이런 식으로 수많은 밤을 지새웠다. 그 시절의 그는 초등학교 시절이, 그리고 고등학교 시절이 끝나기만을 기다렸다. 그렇게 그다음 단계로 넘어갈 수 있었다. 하지만 그건 다음에 뭘 해야 할지 알고 있었기 때문이다. 이제 그의 유일한 계획은 저녁을 먹고 트럭에서 더플백을 가져오는 것뿐이었다. 바로 코앞의 미래만 보였다. 나머지는 영원히 안개 벽에 가로막혀 있는 듯했다. 딘은 아직도 며칠 정도는 잠에서 깨어난 뒤 한 15초 정도는 자신이 할 수 있는 게 존재한다고 굳게 믿었다. 그럴 수 없다는 걸 깨닫기 전까지는. 그리고 16초째에는, 그냥 끝이었다.

··· *4* ···

캘카셋은 메인주의 한 마을로, 중부 해안이라는 이름에 걸맞은 곳이다. 그 어떤 다른 의미도 없다는 뜻에서 그러한데, '그 어떤 다른 의미도 없다' 함은 수수한 공동체라는 의미를 강력히 내포하고 있다. 이곳에서는 날씨조차 예의 바르게 바뀐다. 매년 가을이 여름을 잡아먹기 시작할 무렵이면, 아침 공기가 상쾌해지면서 조만간 날이 추워질 거라고 미리 경고해준다는 뜻이다.

에비는 잠자리에서 일어나 곧장 서늘한 마룻바닥에 발을 디뎠다. 가을이 고개를 내밀고 있었다. 그녀는 차를 끓이고, 건포도와 메이플 시럽을 넣은 오트밀 한 그릇을 먹고, 좋아하는 회색 카디건을 벗어 캘카셋고등학교 밴드부 티셔츠(15년 후에도 그 자리에 있을 것 같은)와 청바지 더미 위로 내던졌다. 대학 때부터 입던 스웨터는 온통 보풀투성이었다. 그 스웨터를 입고 뭔가 따뜻한 것을 마실 때면 마치 포근한 가을의 안락함이 느껴졌다.

지금 그녀는 '어떤 일'을 할 수도 있다. 아니, 일을 해야 했다. '뭔가 해야 해, 뭔가 해야 해' 하는 속삭임이 점점 커져 갔다. 회신해야 할 이메일도 존재했다. 개중에는 하워드대학 교수인 노나 파월 브라운이 보낸 메일도 있었는데 제목은 '신중한 귀 씨에게'였다.

에비의 이따금 스스로를 '전문 도청가'라고 지칭했다. 그녀는 대개 여러 연구자와 기자 들로부터 인터뷰 녹음 파일을 받아서 그 내용을 글로 옮기는 일을 했다. 때로 회의나 프레젠테이션 내용을 옮기기도 했는데, 이는 주로 '날로 먹는' 일로 해석되곤 했다. 이 직업이 소프트웨어로 대체될 수 있다고 생각하는 사람들에게는 지루해 보이리라는 점을 그녀는 잘 알고 있었다. 팀은 언젠가 에비에게 명함에 '기술적으로 해결이 안 될 때 찾아주세요'라는 문구를 넣으라고 농담한 적이 있었다. 그 말에 그녀는 당연히 숨이 거칠어졌다. 아니, 뭐라고 을러댔었던가, 어쨌든. 그래도 이건 누구나 쉽게 할 수 있는 일은 아니었다.

그녀에게 이 일은 동화 같은 구석이 있었다. 헤드폰을 끼고, 몇 시간 동안 사람들의 이야기를 귀 기울여 들으면서 그 사람의 억양을 따라 말하기도 하고, 이따금 갑자기 째지는 목소리가 나거나 웃음소리가 터져 나오면 놀라기도 했다. 종종 그 사람이 어떻게 생겼을지, 뭘 입었을지를 자세하게 상상해보면서, 한밤중에 노트북의 불빛을 받으며 인터넷을 검색해 본인의 상상이 맞는지 확인해보기도 했다.

에비는 일을 제법 잘했다. 말소리를 듣는 것과 거의 동시에 타이핑을 할 줄 알았고, 《보스턴 글러브》의 한 기자는 그녀를 일컬어 '중얼

거림을 영어로 통역해주는 유일하게 믿을 만한 여성'이라고 지칭하기
까지 했다. 에비가 가장 좋아하는 고객인 노나와 연결시켜 준 사람도
그 기자였다. 노나는 노동경제학자로 한때 직업의 역사를 다룬 글을
작성했다. 마지막 작업은 벌목에 관한 것이었는데 에비는 그와 관련
해 거의 200시간 동안 녹음 파일을 글로 옮겼다. 일을 하면서 그녀는
휘파람 소리가 뭔지 알게 되었다. 벌목업이 미국에서 사망률이 높은
직종이란 사실까지도.

이제 노나는 메인주의 바닷가재잡이에 대한 책을 쓰려고 하는데,
적어도 1년 안에 작업을 시작할 수는 없을 것 같지만 그래도 에비가
함께할 마음이 있는지 궁금하다고 물어왔다. 단순히 말을 글로 옮기
는 것만이 아니라 직접 인터뷰도 하고 나름의 방향성도 제시해주면
좋겠다고 하면서. 에비에겐 일종의 승진인 셈이었다. 메일에는 "그 지
방 사람들과 팀을 짜서 일해보려고 했는데 당신이 딱 떠오르지 뭐예
요"라고 쓰여 있었다. "요즘 일정이 어떤가요. 아직 쉬고 있는지 궁금
해요. 언제 이야기를 나눌 수 있을지 알려줄래요?"

하지만 지금 에비의 '신중한 귀'는 제 역할을 하지 못하고 있다. 그
녀는 노나에게 바로 답신을 하지 않았다. 자잘한 일거리들을 맡는다
면 파산은 면할 테지만, 밖으로 나가서 마을과 해안가를 이리저리 누
비고 다니며 일을 하는 중간중간 사람들이 조의를 표하고 결혼 생활
을 떠올리게 할 거라는 예상이 무척이나 강하게 들었다.

회신 메일을 쓰는 대신 그녀는 책을 들고 이 테이블에서 저 테이
블로, 이 의자에서 저 의자로 옮겨 다니며 게걸스럽게 읽어 치웠다.

페이지 중간 중간에 책갈피를 끼워두면서 읽다가 말다가를 반복하다가 다시 읽었다. 지금은 남부를 배경으로 한 두꺼운 소설을 한 세 번쯤 읽기를 멈췄다가 다시 집어 든 상태였다.

그녀는 소파에서 몸을 쭉 펴고 머릿속에서 들리는 뭔가 해야 해, 뭔가 해야 해, 하는 목소리를 무시하려고 애썼다. 그때 앤디와 예비 세입자임이 분명한 이들이 내는 노크 소리가 들렸다. 벌떡 일어나 현관문으로 향하다가 도중에 멈춰 섰다. 시선이 벽난로 선반에 안착했다. 대리석 색깔의 향초 두 개와 유목流木으로 만들어진 조각상 하나가 놓여 있었는데, 언젠가 팀과 함께 바닷가재 롤을 먹었던 곳에서 원치 않게 가져온 것이었다. 그녀는 방 한구석에 있는 책상 서랍을 홱 잡아당겨 열고 은색 액자에 든 결혼사진을 꺼냈다. 원래 그녀는 가제보Gazebo의 드레스를 무척 좋아했다. 자신이 입었던 드레스는 싫었지만. 그래도 결혼사진을 향초 사이에 세워 두니 자신이 아직 애도 중임을, 남편이 죽어도 슬퍼하지 않는 '괴물'이 아님을 입증해주는 것 같았다. 그녀는 다시 문으로 걸어갔다.

문을 열어보니 앤디는 없었다. 한 남자가 혼자 서 있었다. 키가 엄청나게 크고 초록빛 눈동자에 짙은 머리에는 드문드문 회색 머리칼이 섞여 있었다. 왼팔은 차창 밖에 내놓고 다녔는지 햇빛에 까맣게 그을린 모습이었다.

"아, 안녕하세요!" 그녀가 말했다. 앤디는 이 남자가 잘생겼다고는 말하지 않았다. 어쩌면 그 사실조차 모를지도. 앤디는 예의 바른 남자지만 이런 세세한 일에 대해서는 좀 멍청이였다.

"에비 씨?" 그가 말했다.

"그쪽은 딘이겠군요." 그녀가 악수의 의미로 손을 내밀었다.

그가 에비의 손을 움켜잡았다. "만나서 반가워요. 언짢지 않았다면 좋겠군요. 앤디를 데려와야 하나 생각했는데, 에비 씨도 그 친구가 입을 다물고 있길 바랄 것 같아서 그냥 집에 있으라고 했거든요."

그녀는 그의 두 눈, 양 손목, 높은 광대, 햇빛에 그은 살갗을 바라보았다. 생각보다 나이가 들어 보였다. "물론이죠. 들어오세요. 괜찮아요." 남자의 손을 놔주어야 한다는 생각을 떠올리면서 그녀는 옆으로 비켜섰고 그와 부딪히지 않도록 조심하며 집으로 들어섰다. 문을 닫고 다시 돌아서자 그의 어깨가 보였고 문득 세제 냄새가 훅 끼쳐 왔다. 베이컨 냄새 같은 것도. 앤디는 주말 아침마다 아이들이 좋아하는 냉동 와플과 함께 베이컨을 먹곤 했다.

"이 동네에는 언제 오셨어요?" 그녀가 물었다.

그가 잠시 거실을 둘러보았다. "어제 오후에 왔어요. 앤디와 아이들을 봤고요. 몇 년 동안 보질 못 했거든요."

"즐거우셨겠네요. 애들이 아저씨 어디 사느냐고 묻지 않던가요? 요즘 지리에 빠져 있거든요. 지도랑 지구본, 해안가 모형 같은 거요."

"물었어요. 언젠가 지하철을 태워주겠다고 약속도 했는걸요. 지도에서 보는 것처럼 롤러코스터를 타는 느낌이 아니라서 실망할 것 같지만요."

"릴리가 의사 놀이 하자고 안 해요?"

"엄청나게 했죠. 다음번에는 여섯 달 후에 와야 할 것 같아요."

에비가 고개를 끄덕였다. "조심할 게 많죠."

"전 그런 거 진짜 못하거든요." 그가 미소 지었다. 활짝은 아니고 3분의 1정도만이랄까? 하지만 3분의 1짜리라도 너무나 근사했다.

"그럼 맨해튼에서 여기까지 차를 몰고 온 거예요? 얼마나 걸리던가요?"

"여덟 시간요. 차이는 좀 있겠지만."

"이크."

"그래도 들을 만한 라디오 채널이 많아서 다행이었죠."

"어떤 채널 좋아하세요? 스포츠 채널?"

"오, 아뇨. 실제로는 할 줄도 모르면서 시비만 거는 얼간이들의 얘기를 듣는 건 별로예요. 전 공영 라디오 채널이 좋아요."

"저도요. 아님 팟캐스트나." 그녀가 말했다.

"저희 형이 절 그 세계로 끌어들이려고 하고 있죠. 남자 셋이 스카이프로 잔뜩 흥분해서 잼 밴드에 대한 얘기나 하게 될까 봐 걱정되지만요. 에비 씨는 주로 어떤 걸 들으세요?"

"음악에 대한 거나 디자인에 대한 걸 듣는데, 견딜 수 있을 때는 정치에 대한 것도 두어 개 들어요. '오늘은, 모든 걸 배웠지만 아무것도 하지 못하는 남자 분이 나오셨습니다' 하는 그런 것들요. 어떤 남자가 공포 소설을 소개하는 채널도 듣고. 어쩌다 그런 걸 듣게 되었는지는 모르겠네요. 공포물은 좋아하지도 않는데."

"평소에 신경 쓰지 않는 것에 대해 조금 알게 되는 것도 나쁘지 않죠." 그가 말했다.

그녀가 웃음을 터트렸다. "그래서 《스포츠 일러스트레이티드》를 봐요. 아, 비꼬는 건 아니에요."

"네, 알아요."

"아무튼," 그녀가 말했다. "여기가 바로 그 집이에요. 별실은 뒤쪽에 있고요. 현관은 따로 있지 않아서 이리로 들어오거나 아니면 주방에 뜰 쪽으로 난 옆문으로 들어오면 돼요. 이렇게 곧장 가면," 그녀가 그를 지나쳐 집을 한 바퀴 돌았다. "주방 뒤쪽이고 여기에 문이 있죠, 이리로 바로 연결돼요." 별실 문은 닫은 채로 두었는데 난방을 돌리지 않은 터라 문을 열자 약간 냉랭한 기운이 감돌았다. "평소에는 따뜻하고 멋진 곳이에요. 진짜로요."

그가 뒤따라 들어와 문을 닫았다. 커다란 창으로 뿌윰한 회색 빛이 들어왔고 바닥엔 베이지색 카펫이 깔려 있었다. 그녀가 손을 뻗어서 머리 위의 전등 끈을 당겼다. 그는 잠시 주변을 돌아보고는 손을 뻗어서 끈을 당겨 다시 불을 껐다. 욕실로 가서 문을 한 번 열어보고 다시 닫고는 그녀에게로 돌아왔다. 작은 주방의 냉장고를 여닫는 모습은 마치 상처 입은 어깨를 쭉 펴는 것만 같았다. 그가 되돌아와서 허리에 손을 짚었다. "제가 질문을 좀 해야 할 것 같은데요."

"어떤 것 말이죠?"

"잘 모르겠어요."

"음, 답을 생각할 시간을 좀 주시죠." 그녀가 말했다. "누구든 데려와도 돼요. 물론 제게 방해가 되지 않는다면요. 전 대개 위층에서 일을 하거나 아니면 거실에 있을 거예요. 여기에 있는 작은 주방을 쓰면 되는데 큰 주방에서 해야 할 게 있다면, 공간은 많아요."

"전 구운 치즈 요리밖에 할 줄 아는 게 없어요. 프링글스랑요. 프링글스도 잘하죠." 그가 말했다.

"프링글스 캔이면 되겠네요. 그런데 프링글스로 요리도 해요?"

"프링글스만요. 그걸 사서 뚜껑을 열고 제 입으로 욱여넣죠."

"아, 알았어요. 제가 오레오 요리를 하는 법과 비슷하네요." 그녀의 말에 그가 씨익 웃어 보였다. 에비는 세탁기와 건조기, 바깥에 있는 가스 그릴, 주차할 자리 등을 알려주었다.

그가 빈방을 둘러보았다. "좋네요, 딱이에요. 그런데 집을 빌려주실 건가요? 저에 대해 아무것도 모르잖아요."

"앤디랑 이야기하고 나서 그 일을 더 생각해봤는데 정말 그럴듯하더라고요. 뭐 열린 결말이 될 수도 있죠. 당신 상황이 바뀌는 뭔가 큰……" 그녀가 손사래를 쳤다. "……아, 큰일이 생기지 않는다면요. 저한테는 필요 이상으로 공간이 많이 남으니까요."

그가 천천히 고개를 끄덕였다. "입주 규칙은요? 뭐 다른 건?"

"금연요. 혹시 동물을 기르나요?"

"아뇨, 없어요. 담배도 안 피고요. 진짜예요. 친구 중에 말보로 라이트를 피우던 녀석이 있는데 걔가 커다란 그레이트 데인 종을 키웠었죠. 언젠가 물려서 동물 병원 신세를 진 적이 있어요."

"음, 가벼운 상처였겠죠?"

"네, 다 나았어요. 에비 씨도 애견인이에요?"

"아뇨. 늘 키우고는 싶지만요. 하지만 제대로 신경 써주지 못할 것 같아서요."

"아, 그렇군요." 딘이 말했다. "앤디 말로는 월세가 800달러라던데요?"

"앤디가 800달러라고 얘기한 거죠." 그녀가 말했다. "걔가 저 대신 교섭을 다 끝낸 셈이네요."

"합리적이군요." 딘이 미소를 띠며 창밖을 내다보았다. 뜰에 서 있는 커다란 나무가 흔들리고 있었다. "바람이 부네요."

잠시 정적이 흘렀고 바깥에서 차 소리가 들려왔다. 그보다 더 큰 바람소리까지. 나뭇잎이 바람에 날려 우수수 뜰에 떨어졌다.

"차 한잔하기 좋은 날이네요." 그녀가 마침내 입을 열었다. "딘 씨는 게토레이나 뭐 그런 걸 좋아할 것 같은데, 차도 마시나요?"

"저도 차 마십니다. 추울 때는요." 그가 말했다. "데운 게토레이는 별로라서요."

주방으로 가서 두 사람은 나무 테이블을 마주하고 앉았다. 그녀는 물병에 담아둔 시든 파슬리 한 묶음을 바깥에 내던져버리고 싶었다. "어렸을 때는 앤디랑 같이 덴버에서 자랐다면서. 그 뒤로는 어떻게 지냈어요?" 에비가 물었다.

"야구를 하려고 코넬대학교로 갔어요. 졸업하고는 드래프트 지명을 받아서 두어 곳에서 마이너리그 생활을 하다가 2008년에 말린스에 갔죠."

"마…… 마이…… 애미 말린스?" 그녀는 모험을 해보았다.

"맞아요. 하지만 그땐 플로리다 말린스였어요. 새 스타디움으로 옮기기 전이었거든요. 그래서 마이애미에서 몇 년 살다가 양키스로 이적해서 뉴욕으로 갔죠. 지금은 실직 상태고요. 에비 씨는요?"

"흥미로울 게 하나도 없는데. 전 여기 캘카셋에서 자랐어요. 남편인 팀과 같이 서던캘리포니아대학교에 들어갔고요. 그 사람은 의과대학을 졸업하고 포틀랜드에서 레지던트 과정을 마쳤죠. 전 죽 여기에서 살았고요. 그땐 장거리 연애를 한 셈이었죠. 그 뒤에 그가 캘카셋으로 와서 결혼을 했고 이 집을 샀어요. 4년 전에요."

말이 끝나기가 무섭게 딘이 바닥을 내려다보았다. 그 이야기가 어떻게 끝났는지 이미 앤디가 아는 선에서 말해주었던 것이다. 물론 에비가 출생증명서와 돈뭉치를 들고 차에 탄 이야기는 포함되지 않았다.

딘이 황급히 시선을 돌렸다. "죄송해요. 그런 얘길 하게 해서."

"네, 고마워요." 그녀가 고개를 끄덕였다. 그녀의 마음은 다른 질문 거리를 파내고 있었다. "여기서 얼마나 지낼 것 같아요?"

"잘 모르겠어요. 한 여섯 달? 길어야 1년 정도요. 뉴욕으로 돌아가야죠. 거기가 제 인생이 있는 곳이니까요. 하지만 지금은 머리를 좀 비우고 싶어요." 그가 미소 지었다. "그래서 최대한 멀리 와 있는 거죠."

그녀가 고개를 끄덕였다. "이해할 수 있어요."

이제 막 만난 사람들이 서로를 응시하는 시간, 특히나 말없이 응시하면서 상대를 가늠하는 시간은 아주 짧고도 정확하게 이루어져야 한다. 너무 오래 끌면 의심이 생기거나, 위협감을 느끼거나, 찰나적인 유혹의 신호를 받게 된다. 마치 샤워실 문으로 벗은 몸의 실루엣이 살짝 내비치듯이 말이다. 두 사람은 미소를 지었고 그것으로 상황은 마무리

되었다.

"좋아요." 그녀가 말했다. "그럼, 당신도 받아들인 걸로 생각할게요. 별실, 사용할 거죠?" 그가 조심스럽게 뭔가 할 말을 고르는 모습이 보였다. "뭐 할 말 있어요?" 그녀가 물었다.

"제가 재미있는 사람은 아닌데, 괜찮은가 해서요."

그녀가 눈을 치켜떴다. "저한테 '당신이' 재미있는 사람이어야 할 필요가 있을까요?"

그의 표정이 조금 더 진지해졌다. "거래할 게 있어요." 에비가 기대하는 눈빛으로 그를 쳐다보았다. "저한테 야구에 대한 건 묻지 마세요. 저도 남편에 대한 건 묻지 않을게요."

그녀가 눈을 깜빡였다. "전 야구에 대해서 안 물어봤는데요."

"맞아요. 저도 남편에 대해서 안 물어봤고요."

"그리고 당신은 이걸 약속해주길 바라고 있고요."

그가 눈을 문질렀다. "에비, 당신이 저에 대해 얼마만큼 아는진 모르지만, 저한테 올해는 좀 엉망진창이었어요. 아니, 최근 2, 3년간 엉망진창이었죠. 그리고 그 일에 대해 지나치게 많이 떠들어야 했어요. 당신도 그런 상황이지 않나요? 괜찮다면 호의를 베풀어줘요. 그냥 평범하게 대해주면 정말 고마울 것 같아요. 제가 아침에 인사를 하면 받아주고, 슬픔에 잠긴 수수께끼의 여인이나 쫓겨난…… 망나니……와 관련된 건 입에 올리지 않고요."

그녀가 눈초리를 살짝 가늘게 뜨고 그를 보았다. "음, 그러니까, 이를테면 '쫓겨난 망나니'가 약간 부당하게 스트라이크를 던진 걸 입에 올리지 말아달라는 거죠?"

"맞아요. 저도 당신한테 어째서 '슬픔에 잠긴 수수께끼의 여인'이 아닌지 묻지 않을 게요."

그녀가 손을 테이블 너머로 뻗었다. 그는 악수하는 손을 내미는 대신, 비즈니스적인 제스처 대신, 같은 쪽 손으로 그 손을 감쌌다. "거래 성립인가요?" 그가 물었다.

에비가 고개를 끄덕였다. 그 순간 딘의 손목 뒤로 잔잔한 주근깨들이 눈에 들어왔다. 이런, 그만 보자.

··· 5 ···

딘이 에비의 집에 들어온 지 며칠이 지났다. 그녀가 두 번째 전기세 통지서를 주방 싱크대 서랍장에 넣고 있는데 별실에서 '탕!' 하는 소리가 났다. 별실로 가서 노크를 하자 딘이 문을 열어주었다. "안녕하세요."

"안녕하세요." 에비가 말했다. "괜찮아요?"

"네, 네. 소리가 컸죠. 주방 조리대에 상자를 내려놓다가 그만. 이불이 든 상자는 아니겠어요. 이불 상자는 계단 두어 개 아래로 던지면 로봇도 죽일 수 있을 것 같은 어마어마한 소리가 나잖아요."

에비가 웃음을 터트렸다. "잘 적응한 거 맞아요? 제가 창문 여는 법을 알려드렸나 모르겠네요."

"아, 알려줬어요. 창을 열어놨고 바람이 들어오잖아요. 잠깐 들어올래요? 짐을 푸는 중이지만요. 동네 중고 상점에 좋은 게 많더라고요. 가구랑 그릇, 그릴 치즈 팬도 가져왔어요."

에비가 안을 살짝 들여다보았다. "침대는 없네요."

"오고 있는 중이에요. 다이앤이 중고 매트리스에는 이가 있다고 하더라고요."

"역시 영리한 숙녀라니까요. 그럼 매트리스가 올 때까지 손님방에서 주무세요."

"아녜요." 그가 말했다. "전 비행기에서 내내 담배를 뻗어대는 남자 옆에 앉아 있어도 잘 자요. 앤디랑 2, 3일도 넘게 같이 구겨 잘 수도 있고요. 아, 그리고 오늘 밤 릴리가 고안해 그린 슈퍼 히어로 그림을 보러 와달래요. 제가 배트맨을 좋아한다고 앤디가 말했나 봐요."

그녀가 별실로 한 발 들어섰다. 방 안에 있는 모든 것이 지금까지와는 무척 다르게 느껴졌다. 심지어 상자들조차도 다르게 숨 쉬는 것 같았다. 방 가운데에 커다랗고 편안해 보이는 낮은 안락의자 두 개가 마주보며 놓여 있었다.

"베트맨요? 당신도 '그' 히어로들 중 하나잖아요."

"네, 몇 년 전 샌디에이고에서 열린 만화 축제에 그 복장을 하고 기어들어 갔었죠. 완전히 다 갖춰 입고 얼굴에 가면을 뒤집어쓰고요. 며칠 동안 연습도 못 하고 벌금도 먹었지만 그럴 가치가 있었어요."

"뭐 때문에요?"

짐을 풀던 손길이 멈췄다. "한 번도 가본 적이 없거든요. 늘 가보고 싶었고요. 한 사진에서 보바 펫처럼 분장한 어떤 남자를 봤는데, 음, 「스타워즈」에 나오는 사람, 알죠?"

"나도 보바 펫이 누군진 알아요."

"아무튼 만화 축제란 게 내가 가면을 쓰고 섞일 수 있는 장소잖아요. 슈퍼 히어로 복장을 하고 어슬렁거린 게 그해에 한 것 중 가장 정상적인 일일걸요."

그녀가 미소를 띠었다. "브루스 웨인(DC 코믹스의 캐릭터 중 하나. 배트맨임을 숨기기 위해서 가면을 쓰고 다니는 인물)도 그 이유로 가면을 쓴 걸 수도 있겠네요."

그가 웃음을 터트렸다. "그래요, 어쩌면요."

"음, '에스더의 빈티지 가게'에서 당신을 잘 대해준 것 같네요." 그녀가 말했다. "거기서 제가 뭘 살 것 같진 않지만, 그녀는 대단한 사람이에요. 다이앤요, 에스더 말고. 에스더 씨는 제가 고등학생일 때 돌아가셨죠. 다이앤은 그 가게에 있는 것 하나하나 모두 누가 줬는지 기억하는 사람이에요. 언젠가 스웨터를 하나 사려고 했는데, 그때 제가 다니는 치과의 의사가 어머니 집으로 이사하고 나서 모친의 물건들을 가게에 한 무더기 가져놨다고 말하더군요. 그래서 그걸 살 수가 없었죠. 노부인의 스웨터에서는 매력이 느껴지지가 않아서요."

"다이앤이 그 옷 어울린다고 말하지 않았어요?" 그가 풀던 짐에서 시선을 뗐다. "그녀가 당신은 무척 괜찮은 집주인이라고 보증하더군요. 이름을 언급할 때나 관련된 걸 말할 때 진심이 느껴졌어요."

에비가 한숨을 쉬었다. "아, 그랬겠죠. 동네 사람들 대부분이 내가 괜찮은 사람이라고 할 거예요. 나름의 애도를 표하는 거죠. 또 어디에 있는 의사를 소개해줘야 하나 고민하고 있단 뜻이기도 하고요."

"음, 다이앤은 당신이 연기를 잘한다고도 하더군요."

"네, 다이앤이라면 그렇게 말했겠죠."

"그 집 개도 봤어요."

"아, 지기요."

"네. 다이앤 말로는, 음, 지기가…… 피넛 버터 샌드위치에 환장한다고요. 무서워 죽는 줄 알았어요. 제가 보기엔 지기가 배가 잔뜩 부른 상태였는데 저한테 걸어올 때 소리를 지를 뻔했다니까요."

"지기는 미니 골든두들이에요. 크리스마스에는 뿔 장식도 쓰죠. 성 패트릭의 날(가톨릭의 공식 종교 축일이자 아일랜드 문화유산을 홍보하고 기념하는 축제 ―옮긴이)에는 버클 달린 모자도 쓰고요."

"그거 엄청 기대되는군요."

"다른 건요? 동네는 마음에 드나요?"

"네, 좋아요. 깔끔하고 조용해요. 음……."

"예스럽고요? 생선 냄새도 나고?"

"하얘요. 그래요, 무척 하얘요."

"오," 에비가 말했다. "알아챘군요! 알겠지만 메인주는 우리나라에서 제일 새하얀 지방이죠. 구식이고, 겨울에는 얼어 죽을 만큼 춥고, 여름에는 관광객들이 드글거리고요. 거기에 하나 더 있는 게, 바로 '바닷가재'죠. 이곳의 명물이에요."

"이 동네에선 뭐 하고 놀아요?"

"고등학교 애들은 빈 신발 가게 창문에 벽돌을 던지고 놀아요." 그녀가 말을 잠시 멈췄다. "'논다'는 게 이런 뜻 아닌가요?"

그가 미소를 짓고는 주방 조리대에 믹서기를 놓았다. "빌어먹을 야구는 안 하는 것 같더군요, 고맙게도."

에비가 웃음을 터트리고 의자에 푹 하니 몸을 묻고는 팔걸이 덮개를 꼼꼼히 살펴보았다. "그렇진 않아요. 메이저리그에 관심이 없을 뿐이지, 야구에는 엄청나게 관심이 많죠."

그가 얼굴을 찌푸렸다. "정말요?"

"당신은 지금 '캘카셋 클로 팀'의 홈에 와 있어요." 그녀가 말했다. 그가 무슨 소리냐는 표정으로 쳐다보자 에비는 손가락으로 브이 자로 접고 흔들었다. 그가 그 모습을 빤히 바라보았다. "'클로 파이팅'이라고 쓴 거 못 봤어요? 에스더 상점의 쇼윈도에도 하나 있을 건데."

"아," 그가 말했다. "맞다, 그게 뭔가 했어요. 음, 물 한 잔 줄까요?" 그녀가 고개를 끄덕이자 그는 작은 플라스틱 물병을 건넸다.

"80년대에는 애틀랜타 브레이브스 농장 팀이 있었는데, 잠시 사라졌다가 몇 년 후에 클로 팀이 생겼죠. 마찬가지로 똑같은 공원에서 경기를 하고 북부 애틀랜타 리그에서 뛰어요. 무소속 마이너리그죠."

그가 훌쩍 뛰어서 주방 조리대에 걸터앉았다. "괜찮아요?" 딘이 자기가 앉은 모습을 가리키며 물었다. 에비가 짐짓 오만하게 손을 절레절레 흔들었다. 그가 말했다. "클로는 큰 팀이군요."

"엄청나게요. 2년쯤 전에 '사건'도 있었죠." 그녀가 눈썹을 치켜올렸다가 누그러뜨렸다.

"어, 말하지 말아요."

"'시리얼 상자' 경주 이야긴 흥미 있을 걸요." 그녀는 의자를 한 바퀴 확 돌렸다. 몸이 갸우뚱 기울었다가 두 다리가 넓고 편안한 팔걸이 한쪽에 걸쳐졌다. "홈 경기를 할 때마다 3이닝과 4이닝 사이에 하는 행사인데, 마을 아이 셋이 발포 스티로폼으로 만든 치리오스, 위티스, 첵스 상자를 하나씩 뒤집어쓰고 나와요. 누가 먼저 사인 볼이랑 디큐 아이스크림 상품권을 쥐게 될지, 베이스를 뛰어 플레이트까지 들어오는 시합을 하는 거죠."

"디큐 아이스크림이라! 그거 참 좋은 선물이네요." 그가 말했다.

"딱이죠. 이 경기는 다들 무척 진지하게 임해요. 스탠드석에 있는 모두가 벌떡 일어나서 맥주잔을 부딪고 '치이이이리오스!'라든가 '위티이이이이스!' 하고 응원해요. 뭐, 어쨌든, 이번엔 여덟 살 먹은 마이크 파르코라는 애가 이겼는데, 사실 좀 나쁜 녀석이에요. 당신이 애들에 대해 어떻게 생각하는진 모르겠지만. 그 애 엄마 탤리는 야구장에서 바닷가재 롤 가판대를 운영하는데 팬 감사제를 주최하는 더그 렉싱턴이랑 그렇고 그런 사이죠. 모두가 이 사실을 알고요. 하하."

딘이 그녀를 보고 씨익 웃었다. "이런."

"편애 덕분인 것 같은데, 마이크가 연달아 열 경기 정도를 치리오스 상자를 뒤집어쓰고 참가했어요. 문제는 그 앤 한 번도 이기지 못했단 거예요. 탤리는 그게 상자 때문이라고 불평했어요. 시리얼 상자 경기가 '조작'됐다고요. 그녀는 캘카셋 주민회에 이 불공정한 일에 대해 뭔가 조치를 취해서 대중의 신뢰를 회복시켜 달라고 편지를 보냈죠."

"숙녀분께서 공짜 아이스크림을 손에 넣기 위한 긴 경주를 시작하셨군요!"

에비가 웃음을 터트렸다. "하하하. 탤리는 '어마어마하게' 구린내가 나는 일을 일으켰고 마침내 이런 말이 나왔죠. 콘래드 팀과의 경기에서 마이크 파르코가 위티스 상자를 뒤집어쓸 거라고요. 그날 밤, 이 경주는 무려 섹스, 스포츠, 공무상 부패가 버무려진 이야기가 되었고 모두가 그 자리에 있었죠. 어느 정도였냐면, 그날 밤은 도둑이 동네 어느 집이든 싹 털 수 있었을걸요? 전부 다요. 물론 사람들은 야구 경기 때문에 구장에 간 게 아니에요. 시리얼 상자 경주 때문에 갔죠. 지역사회를 사랑해서도, 지역민의 화합을 위해서도 아니고 누가 시리얼 상자 경주의 우승자가 될지 궁금했던 거죠. 여기서 최소한 희망적인 건 마을 사람들이 한자리에 모였다는 거예요. 명절 특선 영화 결말이랑 정반대로요."

그가 고개를 끄덕였다. "거짓말하지 않을게요. 그런 일은 뉴욕에서도 안 일어날 거예요."

"그래요. 여긴 중부 해안 지대인 메인주예요. 금요일을 즐기는 사람들이 놀랄 만큼 많은 고장이죠." 그녀가 미소를 지으면서 물병을 들어 보였다. "예상대로 마이크는 위티스 상자를 뒤집어쓰고, 더치 할로런네 집 애, 아, 동네에선 애를 더블 더치라고 불러요. 더치는 첵스 상자를 뒤집어썼어요. 저주받은 치리오스 상자는 놀랍게도 브리 블리서 너서링턴 차지가 됐는데, 앤 3학년 중에서 가장 키가 작은 여자애예요. 브리는 진짜 조그마해요. 모두 그 애가 뒤집어쓴 치리오스 상자에 뚫린 눈 구멍으로 앞이 보이기나 하는지 의아했다니까요."

딘이 손으로 머리를 짚었다. "이런, 이런."

"마침내 진행자인 데니가 출발 신호를 보내자 애들이 튀어나갔어요. 어느 정도 뒤뚱뒤뚱 달려나가니까 브리가 너무 작아서 상자가 발목까지 흘러내려왔는데, 맙소사, 그 애가 물리학의 법칙을 위배하고 거의 '모터를 달고' 달리더군요. 브리가 1루에 가장 먼저 도착했죠. 그런데 애들이 넘어지지 않게 진짜 베이스는 치워두었는데, 얘가 그걸 못 보고 계속 달리고 달려서 우익수 쪽 펜스에 걸린 보일러 광고판까지 직진했죠. '치리오스, 꺾어!' 하고 사람들이 소리치자 애가 몸을 확 꺾어서 2루로 곧장 달려오더라고요. 몸속이나 머릿속에 GPS나 나침반이 박힌 줄 알았다니까요. 마치 미사일 같더라고요. 브리가 2루까지 오자 사람들이 다시 한번 외쳤죠. '치리오스, 꺾어!' 그리고 그 애가 확 돌았죠. 브리가 3루 쪽으로 돌았을 때 이제 승리는 걔의 것으로 보였어요. 그때 마이크가 더블 더치를 제치고 브리 바로 뒤까지 따라붙었죠. 그리고 마이크가 브리에게 발을 건 것 같았어요. '위티스가 반칙했어' 하고 몇 사람이 소리를 질렀거든요. 브리는 아직 서 있었어요. 여전히 마이크 앞이었죠. 하지만 그때, 분명 모두가 봤을 땐 위티스 상자에서 발이 튀어나오더니 마이크가 브리 앞으로 발을 내밀었고, 브리가 거기에 걸려서 앞으로 꽈당 넘어졌어요. 마이크는 플레이트를 가로지르고 브리는 손으로 땅을 짚고 쓰러진 채로 발을 허우적거렸어요. 꼭 치리오스 상자를 뒤집어쓴 스티로폴 거북이 같았죠."

"누군가 브리를 도와줬겠죠? 계속 그대로 있진 않았겠죠?"

에비가 낄낄댔다. "네, 네. 사람들이 일으켜주고 브리 엄마가 그 장면을 촬영한 영상을 유튜브에 올렸죠. '클로의 바닷가재 롤 가판대가 이 영상을 싫어합니다'라는 제목으로요. 마침내 사람들이 마이크의 우승을 철회시켰고 브리가 디큐 연간 이용권을 받았어요. 팬 감사제 운영자 더그는 창피한 나머지 탤리를 버렸고 그녀는 바닷가재 롤 가판대를 그만두게 되었죠. 지금은 캠던에 있는 CVS 드럭스토어 지점에서 매니저로 일하고 있어요. 마이크는 평생 시리얼 상자 경주에 참가하지 못하게 되었고요. 공개 사과를 했는데, 세상에, 마이크를 잡고 팔꿈치로 방귀 소리를 냈죠." 에비가 물병에 입을 대고 물을 마셨다. "이거 다 진짜예요. 하나님께 맹세코."

"사람들이 저한테 관심이 없는 게 당연하네요." 딘이 대답했다.

그녀가 씨익 웃었다. "음, 여기 사람들은 당신에 대해 속속들이 다 알아요. 스캔들은 좀 다른 차원이니까요. 그리고 클로 팀에 대해, 고등학교 축구장 상태에 대해, 메인주 바닷가재 산업의 명운과 관광객이 더 생길지 아닐지에 대해 걱정하죠. 앤디가 당신에게 어째서 이 동네가 쉬기 좋은 곳이라고 말했는지 알 것 같긴 해요. 여기 사람들은……."

"옹졸해요?"

"오, 그렇진 않아요." 그녀가 물병에 부착된 상표 끄트머리를 긁어내면서 말했다. "사람들은 괜찮아요. 하지만 내부인보다는 외부인에게 더 친절하죠. 당신을 어렸을 때부터 알았다면 사생활을 엄청나게 침범했을 거예요."

"다들 당신과는 어렸을 때부터 잘 알고 지내는 사이고요." 그가 그녀를 쳐다보았다.

"그렇죠." 그녀가 느릿느릿 대꾸했다. 여태껏 듣지 못했는데 문득 냉장고가 짤깍짤깍 하는 소리가 거슬렸다. 그러다가 갑자기 다시 조용해졌다. "어쨌든 여기에 있는 동안 뭘 할 거예요? 바닷가재 사업을 할 것 같진 않고."

"이 동네의 가게 간판들을 보면 그걸 해야 할 것 같은데요. 특히 제가 들어가고 싶은 신발 공장에 들어가지 못한다면요."

"오, 바닷가재 사업이 현실적이긴 하죠. 우리 아빠도 하셨어요. 제가 어릴 때 아빠가 조그마한 어선 한 척을 사서 몇 년간 일하시고 은퇴하셨죠."

"아직 어머니랑 함께 계시고요?"

"아뇨. 엄마는 제가 여덟 살 때 플로리다로 갔어요. 부동산 업자랑 재혼했고 보석을 만들어서 관광객들에게 팔고 있죠. 요즘은 바다에 버려진 유리들이랑 옛날 동전들을 가지고 뭘 만든다고 하더라고요. 예쁘게 잘 만드는지는 묻지 마세요."

"금속 탐지기를 가지고 해안을 헤매고 다니는 남자들한테서 영감을 받으셨나 보네요. 마이애미에서 그런 분들 많이 봤는데."

"그런 것 같네요. 어쨌든 당신 계획은 뭐예요?"

"보네거트의 작품을 읽을 거예요. 시도 쓰고. 우쿨렐레도 좀 연주하고, 유목流木도 좀 깎고."

갑작스러운 깨달음에 그녀의 눈썹이 한데 모였다가 풀렸다. "오, 오……."

"농담이에요."

에비가 눈을 굴렸다. "흠, 흥미롭네요."

그가 웃었다. "잘 모르겠어요. 야구만 안 하면 될 것 같아요. 그냥…… 메인주에서는요. 뭐 앤디랑 같이 어슬렁거릴 수도 있죠. 모든 면에서 휴가나 다름없는 상황이니까요."

"휴가를 보내기엔 뉴욕이 더 좋아 보이는데요. 사람들 사이에 섞여서 묻힐 수 있는 곳이잖아요."

"보통은 그렇죠." 그는 두 사람이 아직 말하지 않은 게 얼마나 많은지를 암시하듯 고개를 천천히 까닥거렸다.

그녀가 일어섰다. "알았어요. 충분해요. 좋아요, 전 잠깐 나가서 일을 해야 해요."

"아, 그래요. 앤디 말로는 저널리스트라고."

"난 의뢰인이 인터뷰해서 가져온 녹취록을 옮겨 적어요. 이번엔 리듬 뭐시기에서 엄청나게 유명한 사람이라는데…… 아, 베일러 비프드요. 베일러의 이야기를 들어야 해요."

"베일러는 당신의 이야기를 못 듣겠네요," 그가 다시 상자를 푸는 일로 돌아가며 말했다. "당신이 분명 좋은 이야기를 해줄 텐데."

그녀가 미소 지었다. "만약 그렇다면, 몇 년 동안 다른 사람들의 이야기를 들은 덕분이겠죠."

"저로서는 감사한 일이네요." 그의 말에 에비가 문가에 멈춰 섰다.

"뭐가 감사한데요?"

"음, 그냥, 머물 곳이 생겨서? 그리고 시리얼 상자 이야기?"

"오, 알았어요. 여기에 오신 걸 대환영합니다. 클로 팀이 경기하는 게 보고 싶다면 언제든 말해줘요. 봄에는 경기를 재개할 거예요. 당신이 그때까지 여기에 있다면 말이지만," 그녀가 말을 잠시 멈췄다. "이상한가요? 당신을 경기에 데려가는 게?"

"내가 메이저리거라서요?"

그녀가 한 손을 들어 저지했다. "신경 쓰지 마세요. 야구에 대해 묻고 있는 거예요." 그리고 잠시 말을 멈추었다가 고개를 까딱했다. "자, 나중에 봐요."

··· 6 ···

에비는 나무를 심으며 기일을 지내기에 무척이나 좋은 날씨야, 하고 생각했다. 완벽하게 보송보송하고 상쾌한 날이었다. 이미 마신 와인이 다시 생각날 만큼. 에비는 주차장에서 앤디를 만나 잔디밭을 지나서 석조 벤치로 향했다. 거기에는 폴 슈람 박사가 있었다. 팀의 친구 네이트, 팀이 가장 좋아하던 간호사, 그리고 에비가 알기로 끊임없이 바람을 피우는 남자도 있었다. 그녀가 모르는 사람들도 드문드문 있었는데 아마 캠던이나 포틀랜드에서 왔을 터였다. 모두 가을 재킷 차림에 슬픈 표정을 짓고 있었다.

다들 들여다보고 있는 나무둥치 안에는 구멍이 하나 나 있었다. 이제는 재만 남았을 것이다. 1년 전 이맘때 이 자리에 있는 사람들이 모여서 큰 충격 속에서 그를 묻었다.

침울한 얼굴들 사이에서 시부모님의 모습이 보였다. 시어머니 릴라는 짙푸른 색의 짧은 코트 차림을 했고 백발이 된 머리를 고데기로 말아 웨이브를 줬다. 시아버지 피트가 릴라에게 한 팔을 두르고 있었다. 두 사람은 땅바닥의 같은 지점을 보고 있는 듯했다. 에비는 시부모에게 다가갔다. 그럴 수 없다는 걸 알면서도 한 걸음, 한 걸음 걸을 때마다 발이 잔디 아래로 푹 꺼지는 것 같았다. 다리를 억지로 움직여 앞으로 나아갔다. 에비가 다가가자 릴라가 일어나서 그녀를 끌어안았다. "잘 지냈니, 아가." 그리고 한 번 더 꽉 안았다. 릴라에게선 언제나처럼 장미향이 풍겼다. 고교 졸업 댄스파티 날 밤 그녀는 에비에게 이 향수를 뿌려주었다. 결혼식 날에도.

"이렇게 보니까 좋아요. 다 같이 기일을 기릴 수 있어서." 에비가 말했다. 릴라는 이런 말을 들을 자격이 있다. 그녀가 에비의 등을 쓸어주었다.

"아직도 믿기지 않는구나."

"네." 에비가 릴라의 머리를 꼭 끌어안았다.

그때 슈람 박사가 모여 선 사람들에게 입을 열었다. 친절했던 의사, 누구에게나 좋은 사람이었던 한 남자를 기리기 위해 모두가 오늘 이 자리에 어떻게 모였는지 설명했다. 앤디가 에비에게로 팔을 둘러 왔고, 그녀는 그에게 살짝 기댔다. 에비는 아직 다 자라지 못한 나무를, 그 안의 조그마한 잿더미를 응시하고 있는 사람들이 잘못된 결론을 끌어내고 있다는 걸 잘 알았다. 그녀가 앤디와 함께하는 주말 브런치에 대해, 앤디의 딸아이들이 익숙하게 그녀의 품으로 뛰어들어 온다는 사실에 대해서 말이다. 어느 소문이나 마찬가지로 얼마간은 흥분한 채 그녀가 이 마을을 떠날지 아닐지에 대해 온갖 말이 돈다는 걸 알았다. 그런 말을 안 하면 안 되는 건가? 하지만 이건 시리얼 상자 경주보다 훨씬 더 중요한 얘깃거리였다.

이따금 에비는 동네 사람들이 자신이 의사에게 가당한 짝인지에 대해서도 수군거렸을지 궁금했다. 사람들에게 있어 그녀는 바닷가재 장수의 딸에서 의사 아내로 고속 승진을 한 여자였다. 아무것도 모르는 이들에게 이 결혼은 신분 상승의 결과나 다름없었다. 그래서 에비는 사실 명성이란 거지같은 거라고, 한 톨의 의심도 없이 믿게 되었다.

죽은 남편 팀은 배우자를 제외한 모든 사람에게 손쉽게 매력을 발산하는 인물이었다. 그는 특히 환자들에게, 그리고 그가 높이 평가하는 사람들에게 친절했다. 이 때문에 사람들은 대개 팀의 말에 동조했다. 그렇지 않은 경우 그는 합리적인 이유를 들어 자신의 말에 수긍할 수밖에 없게 만들었다. 에비 역시 고교 시절과 대학 시절 내내 그가 무척이나 좋은 남자친구라고 생각했다.

언젠가 그가 에비를 크리스마스 파티에 데려갔을 때, 그녀는 춤을 추지 못했는데 그 사실로 인해 사람들이 그에게 더욱더 호감을 가지게 되리라는 걸 깨달았다. 사람들은 모두 이렇게 말했었다. "오, 에벌리스, 바보 같이 굴지 마." 그녀는 아니라고 말했지만 기분은 나빴다. 사람들은 팀에게 동정 어린 시선을 보냈다. '이런 여잘 사랑하다니, 이 얼마나 좋은 남자인가.'

그들은 믿지 못할 것이다. 에비가 춤을 출 기분이 들지 않는 이유는, 그가 그녀에게만 보이는 행동을 하기 때문임을. 그녀는 그가 대부분의 사람들에게 어떻게 기분 좋은 얼굴을 지어 보이는지 잘 알고 있었다. 누구보다도 더. 이에 대한 대가로 누구보다 더 많은 것을 바쳤기 때문이다.

오래전 3월의 어느 날, 당시 에비는 고등학교 2학년으로 열여섯 살을 앞두고 있었다. 그녀는 플리스 재킷을 입고 한 팔에는 클라리넷 케이스를 끼고는 비에 흠뻑 젖은 채 대책 없이 혼자 서 있었다. 그 모습을 차를 타고 가던 팀이 보았다.

에비는 다른 도시로 음악 동아리 친구들과 함께 합주회를 하러 갔다가 오거스타로 막 돌아온 참이었다. 그녀가 탄 버스는 4시 20분에 도착했고 아버지는 4시 30분에 데리러 올 예정이었다. 하지만 5시가 넘어도 아버지는 오지 않았고 심지어 비도 내렸다. 공중전화가 근처에 있다 해도 아버지가 아직 일하는 중이라면 방해하고 싶지 않았다. 그녀는 혹시 아는 사람이 있나 주위를 둘러보았다. 비록 친구들 대부분은 이미 부모님의 차를 탔거나 삼삼오오 모여서 같은 차를 타고 손을 흔들며 떠난 뒤였지만. 렉서스가 그녀의 앞에 놓인 도로 연석에 섰을 때 에비는 집으로 어떻게 돌아가야 하나 생각하던 참이었다. 번호판엔 'DR8KE'가 적혀 있었는데 한 번도 본 적이 없는 거였다.

에비는 3학년 이후로 팀 드레이크와 같은 수업을 들곤 했지만 그를 잘 알지는 못했다. 물론 수업을 듣는 아이들은 몇 명 되지 않아서 그를 알고 있기는 했다. 팀의 아버지가 변호사이고, 어머니는 진짜 모피를 두르고 다니고, 세 살 많은 누나가 있고, 강아지 이름은 케니이고 심지어 어머니가 어디 출신인지도 알았다. 두 사람은 수업 두 개를 같이 들었고 팀이 그녀에게 미소를 지으며 문을 잡아준 적도 있었다. 그러나 그게 전부였다.

렉서스의 창문이 내려갔고 팀이 보였다. "에비, 택시 불렀어?"

그녀가 눈살을 찌푸렸다. "뭐? 택시? 아니."

그가 주변을 보고는 미소를 지으며 다시 그녀에게로 시선을 돌렸다. "같이 타고 갈래? 그러니까, 그래야 하는 상황이냐고 묻는 거야."

그녀가 웃었다. "이런, 미안. 그래. 그렇지." 빗발이 점점 더 굵어지고 있었다. "음, 탈게. 태워주면 정말 고맙겠어."

"응, 문 열려 있어."

그녀가 서둘러 차 반대편으로 돌아갔다. "고마워." 말을 한 순간 자신이 카시트를 적시고 있다는 걸 깨달았다. "아버지가 데리러 오는 걸 잊으셨나 봐."

"그렇구나." 그에게서는 시나몬 껌 향이 풍겼다.

"고마워."

"아냐, 별것도 아닌데." 차에 앉은 두 사람은 움직이지 않았다. "너 바닷가 근처에 살지?" 팀이 질문했다.

"아, 맞아! 난 웩슬러에 살아. 어딘지 알아?"

"서점 근처잖아."

"응. 넌 그 앞에서 유턴해서 가면 돼. 난 거기서 내린 다음에 언덕만 내려가면 집에 도착하니까."

"중간에 잠깐 어디 들렀다 가도 될까?"

"혹시 브리즈웨이 서점?"

"응. 나 거기 좋더라."

옷이 잔뜩 젖은 에비는 으슬으슬 추웠고 집까지 타고 갈 차도 없는 상황이었다. 시나몬 껌 향을 풍기는 이 남자애는 친절하게도 가여운 소녀를 렉서스에 태워주었으며 이제 중고 서점에 잠깐 들르자고 했다. "좋아, 지금 급한 일은 없으니까."

자동차 와이퍼가 믿기지 않을 정도로 부드럽게 움직였다. 희미하지만 무척이나 부드러운 소리가 마치 콧노래처럼 들렸다. 아버지의 트럭에 달린 막대기들이 쿵쿵거리는 것과 완전히 달랐다. 점점 짙어가는 어둠 속에서 마을로 부드럽게 미끄러져 가는 동안 뭔가…… 뭔가가 느껴졌다. 그녀가 그를 바라보았다. "음, 뭐가 느껴지는데……."

"아, 시트에 열선이 깔려 있어." 그가 말했다. "좋지?"

귀여운 남자애와 보송보송한 차 안, 서점으로 가는 길이고, 엉덩이까지 따끈따끈했다. 세상이 지난 열다섯 번의 생일을 모조리 잊고 있다가 무려 15년치를 한꺼번에 모아 커다란 선물을 주는 것 같았다.

"음, 이거 네 차야? 좋다."

"내 차야," 그가 말했다. "새 차지. 다음에도 태워줄게. 비가 안 오는 날엔 선루프를 열어주고." '다음에', 이 단어로 그는 깜빡이는 미래를 존재하게 만들었다. 마치 마법 같이.

두 사람은 수업이나 팀의 가족에 대해 이야기를 나누었다. 그의 가족은 최근 밴 매크레아라는 지역 부동산 개발업자의 소유였던 빅토리아 양식의 대저택으로 이사했다. 에비는 아버지에게 들은, 밴의 아내가 추수감사절에 주방 화덕에서 칠면조를 다 태워 먹은 일에 대해 이야기해주었고 팀이 그때 생긴 그을음은 이제 없다고 대답해주었다. 그리고 서점에 도착했다. 이곳은 가정집을 개조한 서점이었다. '개조'라는 단어를 '지나다닐 때마다 팔로 칠까 봐 조심해야 할 정도로, 걸어 다닐 공간도 거의 없을 만큼 빽빽하게 중고 책들을 채워 넣은 선반을 설치하는 것'이라는 의미로 받아들인다면 말이다.

이곳에서는 10센트만 있으면 염가판 책들을 종이봉투 한가득 살 수 있었다. 그래서 에비는 가방이 반쯤 찰 때까지 어슬렁대면서 로맨스 소설과 미스터리 소설을 하나씩 하나씩 뽑아 넣었다. 손글씨로 '과학'이라고 적힌 하드보드지가 붙은 서가에서 모퉁이를 돌았을 때, 그녀는 『인간과 질병』이라는 양장본 한 부를 들고 있던 팀과 부딪쳤다. 에비의 눈이 커다래졌다.

"나 의사가 될 거거든. 그래서…… 이 책을 들고 있는 거지."

그녀가 웃음을 터트렸다. 시트에 열선이 들어오는 보송보송한 차를 가진 남자애는 서점에 가자고 권했고 의사가 되겠다고 고백했다. 재미있는 애였다.

"아, 잠깐 살짝 걱정했어, 널 말야." 에비가 웃으며 대답했다.

그 역시 싱긋 웃어 보였다. "웃으니까 예쁘다." 그 순간 그녀는 뭐든지 절대 참을 수 없을 것만 같은 기분을 느꼈다.

산들바람이 불어와 에비를 기억에서 끌어냈다. 간호사 하나가 시를 낭송하는 중이었다. '열', '열하나'라든가, '하늘', '한탄'이라는 식으로 운율이 맞았다. 어딘가에서 들어본 시였다. 감상주의자인 엄마에게서 들었나, 아니면 어느 집의 벽걸이에서 봤었나? 시간이 조금 지난 뒤 에비는 마침내 기억해냈다. 시청률이 굉장히 높았던 텔레비전 드라마 속의 중요한 장례식 장면에서 낭독된 시였다.

슈람 박사의 조수가 꽃다발을 가져와 에비의 손에 건네주고 시어머니에게도 똑같은 꽃다발을 주었다. 에비는 꽃다발을, 가을의 오렌지색과 붉은색을, 애도의 정취를, 자신의 막대한 안도감을 내려다보았다. 목이 긴장되고 눈물이 떨어지기 시작했다. 앤디의 손이 그녀의 등에 부드럽게 내려앉아 토닥였다. 하나님, 감사합니다, 에비는 속으로 안심했다. 눈물이 흐르기 시작했기 때문이다.

바쁜 사람들로 가득 찬 의례의 좋은 점은 그들이 오래 머물지 않는다는 사실이다. 사람들은 나무를 심고, 삽으로 흙을 두드리고, 자기가 얼마나 팀을 사랑했고 존경했는지 이야기했다. 에비는 내내 모든 시선이 자기에게 쏠려 있음을 느꼈다. 제대로 된 숨을 쉬고, 제대로 된 한숨을 내쉬고, 제대로 된 미소를 짓고, 꽃다발을 제대로 쥐고 있으려고 애썼다.

팀이 돌본 한 환자가 에비에게 몇 마디 해달라는 요청을 해왔을 때, 그녀는 사람들이 팀에게 얼마나 헌신적이었는지, 사람들이 그를 어떻게 생각하는지를 날카롭게 상기했다. 그 환자는 팀이 침상 옆에 앉아서, 자신이 암에 걸렸다는 사실을 딸에게 전하는 걸 도와주었다고 말했다.

대학 시절, 에비가 2주 동안 독감에 걸린 적이 있었다. 폐에 시멘트 가루가 들어찬 것 같았다. 팀은 수업 사이사이에 찾아와 침대 옆에 앉아 다양한 만화 등장인물 목소리로 생물학 교과서를 읽어주었다. 노란 병아리 트위티, 벅스 버니의 요세미티 샘 등이 세균성 질병과 분자 유전학에 대해 이야기해주었다. 그녀는 기분이 무척 좋았다. 그의 관심이 과장된 것이라는 생각은 들지 않았다. 이 '만화 속 등장인물 흉내' 이야기는 그의 추모식에서 말하려고 생각했던 것은 아니었다. 지나치게 다정하게 느껴지는 데다, 사실 당시 상태가 너무 안 좋아서 그날에 대해 올바로 이해하기가 어렵기도 했다.

그는 에비에게 무척 다정할 수도, 재미있는 사람이 되어줄 수도 있었다. 그녀에게 오롯이 관심을 집중하여 '들뜨게' 할 수도 있었다. 그런 한때의 일들을 떠올리는 건 그녀를 그 집에 계속 붙들어 두고, 그와 결혼하게 만들었다. 두 사람은 서로에게 묶여 있었다. 그러다 기쁜 순간들은 점점 드물어졌고, 그녀는 점점 더 행복하지 않았으며, 점점 더 자주 행복했던 날들의 증거를 그러모으게 되었다. 티켓 조각, 말린 꽃다발, 영수증을 모았고 그가 의대생일 때 만들었던 단어 카드도 찾아냈다. 기억을 떠올려서 뭐든 간에 머릿속을 채웠다. 행복하지 않았던 날들의 조각은 모두 던져버렸다. 특히나 두 사람이 결혼한 뒤의 일들을. 팀이 이성을 잃고 휴대전화를 던져서 석고보드가 움푹 팬 그날 이후, 그녀는 당시 입고 있던 옷들을 기증했다.

물론 이상한 낌새를 파악하지 못했던 것도 아니고, 탈출할 기회가 없었던 것도 아니다. 고등학교 2학년 봄, 캘카셋의 중소기업협의회가 조 크리스핀에게 학업 우수상을 수여하고 2천 달러의 장학금을 준 적이 있었다. 조는 학교의 방과 후 프로그램과 졸업 앨범 편집에 참여했고, 올 A 학점을 받는 아이였다. 하지만 팀은 장학금이 무조건 자신에게 올 거라고 기대했다. 배낭 속에 가지고 다니던 스케줄러에는 시상식 날짜에 커다랗게 ×자 표시가 되어 있었다. 조가 그 상을 받게 된다는 사실을 알았을 때, 마침 두 사람은 학교에 있었고 그는 아무 말 없이 교과서들을 사물함에 쾅쾅 던져 넣었다. 사물함 문짝이 떨어져라 닫는 바람에 주변에 있던 애들이 모두 돌아보았다. 에비는 그와 눈을 맞추려고 했다. "팀, 바라던 대로 되지 않아서 유감이야."

그는 가방을 잡은 채 어깨를 한 번 으쓱이고는 말했다. "여자애에게 줘야 한다고 생각했나 보네."

때때로, 결혼 생활 후반쯤, 에비는 그때 그의 배를 한 방 먹이고 도망쳤더라면, 하는 몽상을 했다. 하지만 그렇게 하진 못했다. 언제나 그녀는 고개를 끄덕이고 미소를 띠고는, 그의 손을 감싸 쥐고 "그랬나 보네" 하고 말했다. 그러면 그가 온갖 '소음'을 일으키며 상황이 끝났다. 그럴 때마다 이유는 알 수 없었지만 왠지 모르게 나이가 든 것 같은 특별한 기분을 느꼈다. 그건 마치 미래로 가는 문을 이미 지나온 것과 비슷했다.

차츰 그녀는 그를 진정시키는 법을 알게 되었다. 바로 사람들의 시선을 받는 것이었다. 다음 날, 두 사람이 바깥에서 점심을 먹는데 팀의 친구 하나가 그녀를 가리켜 '신줏단지'라고 부르는 소리를 들었다. 그녀는 팀에게 신줏단지가 무슨 뜻이냐고 물었다. 그러면서도 일이 커질까 봐 속으로 걱정했는데, 그는 주저하다가 조금 후에 그 말이 '신경안정제 주사'라는 의미라고 내뱉었다. 에비는 얼굴이 달아올라서 그냥 사과 조각을 씹었다.

그때 에비는 알지 못했다. 나중에야 그가 '부당한 대우'를 받으면 진정하지 못한다는 사실을 깨달았다. 팀의 아버지 피트는 4일 후에 캘카셋 중소기업협의회의 회장인 빌 제스트와 낚시를 했고 이틀 후에 중소기업협의회는 새로운 상을 발표했다. '리더십 상'이라는 것으로, 지역 사회에 기여할 만한 잠재력을 보여준 학생에게 수여한다고 했다. 여기에는 3천 달러의 장학금이 따라붙었고, 조에게 상을 주었던 바로 그 시상식장에서 시상식이 열렸다. 첫 번째 수상자는 팀 크리스토퍼 드레이크였다.

그렇게 매년 두 개의 상이 시상되었다. 이로써 팀의 상처 입은 자아는 다른 학생의 대학 진학을 돕게 된 것이다. 매년 시상식장을 꽉 채운 사람들은 그 사실을 알지 못한 채 치킨 요리를 먹고 팀을 기리며, 그의 부모님이 자녀를 얼마나 사랑하는지에 대해서 과하게 찬사를 보내면서 결국 한 사람의 상태를 악화시켰다.

에비 역시 팀의 상태를 악화시켰다. 그녀는 자기 반에서 2등으로, 1등인 팀 바로 다음으로 졸업했는데 실은 그 결과는 에비가 자발적으로 수학 기말고사를 망쳐서였다. 그녀는 그에게 있어 졸업 연설이 얼마나 중요한지 잘 알고 있었기 때문이다. 팀은 자신이 에비를 간신히 이겼다는 사실을 알게 된 날, 처음으로 사랑한다는 말을 했다.

그 순간 앤디가 등을 두드려서 에비는 뒤를 돌아보았다. 식이 다 끝나 있었다. 사람들이 자리를 뜨면서 그녀에게 친근하게 격려의 손길을 내밀었다. 어떤 사람들은 에비의 손이나 어깨를 하도 꽉 쥐는 바람에 무려 팔꿈치에서 어깨까지 그 자국이 여섯 달이나 가기도 했다. 이제는 힘을 내고, 사람들의 동정을 그만 사야 할 때가 되었다는 신호이기도 했다. 그녀는 사람들에게 감사 인사를 하고 릴라를 다시 한번 끌어안았다. 피트가 그녀의 손을 두드렸다. 에비는 모두에게 작별 인사를 했고 앤디와 함께 말없이 그의 차로 걸어갔다.

"괜찮아?" 앤디가 물었다.

"응." 에비는 밝게 말하려고 애썼다. "안 힘들었어, 진짜야."

"정말? 너무 힘들면 나한테 꼭 말해야 해. 그게 우리 거래야."

"그럼. 그게 우리 거래지." 그녀가 말했다. 사실 에비는 지금 너무 힘들었다. 하지만 어째서인지 그 말을 할 수가 없었다. 알고 있는 건, 그저 자신이 과오를 하나 더 저지르고 있다는 사실뿐이었다.

··· 7 ···

앤디가 차에서 내려줄 때 에비는 할 일이 있다고 말했다. 그리고 집에 들어가서 침대에 누워 턱 끝까지 이불을 끌어올리고 전자책으로 로맨스 소설을 보며 쉬었다. 해가 기울고 나서야 주방으로 가서 베이글과 다이어트 콜라를 챙겨 방으로 돌아왔다. 바닷가 근처에서는 드물지 않게 들리는 바람 소리를 들으며 어둠 속에서 전자책 리더기 불빛에 비추어 음식을 먹었다.

조금 후에 그녀는 책을 내려놓고 침대에 똑바로 누워서 귀를 기울였다. 으르렁거리는 소리가 들리기 시작했다. 그다음 그녀는 침대에서 내려와 두툼한 카펫 위에 누웠다. 그저 가만히. 한편으론 침대 아래 깔린 카펫에 몸을 뻗고 있는 모습이 얼마나 한심한지, 그 생각을 멈출 수가 없었다. 어른이 되어 가지고 이렇게 바닥에 누워 있다니. 언젠가 에비가 별실 카펫에 누워서 깜빡 졸고 있던 모습을 보고 팀은 이렇게 핀

잔했었다.

그녀는 창으로 다가가 바람이 얼마나 세게 부는지 보려고 커튼을 걷었다. 그때 옆뜰에서 그림자 같은 형상이 움직여서 일순간 놀랐다. 그 형상이 포치 등 아래에 다다랐을 때에야 딘임을 알아보았다. 딘이 쓰레기봉투를 들고 수거함으로 가고 있었다. 수거함 뚜껑을 열고 봉투를 안에 집어넣는 모습을 몰래 지켜보았다. 그가 집 쪽으로 몇 발자국 다가오자 현관 포치 전등이 켜졌는데, 그때 무언가가 발에 채였는지 자리에 우뚝 섰다. 솔방울이었다.

그가 땅바닥에서 솔방울을 주워 들었다. 손으로 무게를 가늠해 보는 것 같았다. 그러고는 뜰 주변과 진입로를 둘러보았다. 에비의 방 창문도 보았다(아마도 그런 것 같았다). 그녀는 저도 모르게 뒤로 물러섰다. 그가 허공으로 솔방울을 통통 날렸다가 다시 잡았다. 몸을, 넓은 어깨를 집 쪽으로 돌리고는 두리번거리다가 넓은 뒤뜰을 응시했다. 그가 뭘 하는지 알게 되기까지 시간이 좀 걸렸다. 딘이 다리를 차올리고, 어깨를 돌리고, 팔을 빙글 돌렸다. 그러자 솔방울이 뜰로 날아가 울타리를 때렸다. 그는 선 채로 그 모습을 잠시 바라보고 있더니 오른쪽 어깨를 문질렀다. 천천히 걸어가서 솔방울이 맞춘 자리를 살펴보고는 나무 울타리에 손을 가져다 댔다. 손가락으로 갈라진 틈을 읽을 수 있기라도 한 듯이.

딘이 몸을 숙여 솔방울을 집어 들고는 원래의 자리로 돌아왔다. 다시 한번 같은 동작을 반복했다. 몸을 세우고, 쭉 뻗고, 회전하기. 솔방울이 날아올랐고 나무 울타리를 때리는 소리가 났다. 위층 창가에서 에비는 커튼을 살짝 젖히고 몸을 숙였다.

그가 솔방울을 다시 주웠다. 손을 허리에 받치고 작게 원을 두 바퀴 그리며 걸었다. 그리고 손으로 솔방울을 살짝살짝 던져보다가 낚아챘다. 마침내 다시 자세를 잡았다. 쓰러질 정도로 몸에 힘을 주어 감았다가 풀고는 어깨를 돌렸다. 솔방울이 다시 울타리를 맞춘 순간, 산산조각이 나면서 바닥으로 후드득 떨어졌다. 그가 허리에 양 손을 짚고 잠시 서 있더니 상체를 숙여 무릎을 짚었다. 숨이 가쁜 모양이었다. 마침내 그가 집 쪽으로 몸을 돌렸다.

딘을 훔쳐보고 나서 아래층으로 달려 내려가는 건 공정하지 않을 터였다. 그래서 에비는 집으로 들어오는 그와 우연히 마주친 척하기로 했다. 딘이 바깥에서 무엇을 하고 있었는지 궁금하다면 직접 물으면 될 일이었다. 자신이 그 모습을 보았다고 말할 수도 있을 터였다. 훔쳐보는 건 별로였다. 꼬치꼬치 캐묻는 것도. 두 계단을 내려가 주방으로 가서 가스레인지에서 주전자를 낚아채는 동안, 이게 에비가 생각한 것이었다. 그래서 옆문이 막 열릴 때 그녀는 주전자에 물을 채우고 있었다.

"아, 안녕하세요. 거기 계신 줄 몰랐네요." 그래서 그가 청바지에 두 손을 문지르며 들어올 때 이렇게 말을 걸었다. "차를 끓이려고요. 당신도 마실래요?"

"아, 좋아요. 고마워요. 잘 지냈어요?" 그가 말했다.

'당신은 잘 지내요? 무슨 일이에요? 왜 야구를 못 하게 된 거죠? 어떻게 하면 수거함 뚜껑을 그렇게 살포시 열 수 있는 거죠?' 에비의 속마음은 이런 말들을 뱉어내고 있었지만 아무렇지 않은 척 주방 의자에 털썩 주저앉으며 말했다. "다 좋아요. 앉을래요?"

"오래는 못 있어요. 조금 있다 나가봐야 해요."

"제가 스스로에게 많이 하는 말이네요." 그녀가 소금 통을 만지작거렸다. "……당신이 뉴욕에서 지난 몇 달간 힘들었을 거라고 생각해요. 사생활 보호 측면에서요."

"그렇다고 할 수 있죠." 그가 희미하게 미소 지었다. 아니 희미하게 찌푸리는 것도 같았다. 그건…… 정말이지 희미한 표정이었다.

그녀는 시계 소리에 귀를 기울였다. 그가 무슨 말을 할지 궁금했다. 하지만 그는 아무 말도 하지 않았다. 두 사람은 함께 앉아 있었고 아무 일도 일어나지 않았다. 주전자가 길게 김을 뿜으며 소리를 내기 시작했지만 둘은 그대로 앉아 있었다. 문득 에비의 가슴이 답답해졌다.

그녀가 소금 통을 내려놓았다. "오늘은 팀의 기일이었어요. 사람들이랑 나무를 심었죠." 직설적인 그녀의 말에 그가 움찔 놀라는 게 보였다. 그랬다, 직설적이었다.

"이런." 그가 몸을 앞으로 숙였지만 그녀는 곧장 반응하지 못했다. "어땠어요?" 그녀는 둘 사이의 거래가 깨졌음을, 두 사람이 같이 타기로 한 배에 조그맣게 구멍이 났음을 깨달았다. 지금 이 순간, 한 번에. 하지만 그 구멍은 언제든 막을 수 있다.

"음, 많은 사람이 와서 그가 얼마나 괜찮은 인간이었는지 증명하는 수많은 말을 했죠. 시부모님께는 좋은 일이었어요. 그 사람, 친구가 무척 많아요. 아니, 많았었죠. 한 여자가 텔레비전에 나온 시를 그대로 가져와서 읊는 걸 듣고 '애도 대회에 나가면 예선 탈락이겠군' 하는 그딴 생각도 하고요. 아, 팀이 도움을 줬던 환자도 있었는데 좋은 말을 많이 하더군요." 그녀가 목 뒤를 주물렀다.

딘이 말했다. "당신은 어땠는데요?"

에비가 눈살을 찌푸렸다. "무슨 뜻이에요?"

"시부모님과 남편 친구들에게는 좋은 일이 되었다고 했잖아요. 그런데 당신한테는 어땠냐고요."

에비가 입술을 핥았다. "음," 믿을 수 없게도 갑자기 목 놓아 울고 싶어졌다. 본인 집 주방에서 차를 끓이고 있는데 아직 '지인' 이상이 될 준비조차 안 된 누군가와 대화하는 도중에 목 놓아 울고 싶어진 것이다. 아까 나무를 심으면서는 눈가가 촉촉해지길 기도했고 모두가 코를 훌쩍거리는 동안 본인도 목구멍을 꿀떡꿀떡 넘기려고 애써야 했는데, 정작 이제 와서 그러고 있는 것이다. 몇 차례 심호흡을 하고 무슨 말을 할지 고민하는 듯이 보이려고 애썼다. 마침내 마음이 가라앉았다. 그녀가 다시 입술을 열었다.

"안 좋았어요. 모두가 그 사람을 너무나 사랑했는데 난 그렇지 않았거든요. 그러니까 원래는 무척이나 사랑했지만…… 그가 죽던 시점에는 그렇지 않았어요. 나한테는 좋은 사람이 아니었어요. 때리진 않았지만 무척이나 고약하게 굴었죠. 지금은 그 사람이 죽었고, 그를 그리워하는 사람들에게 둘러싸여 있는데 난 뭘 해야 할지 모르겠더라고요. 이따금 그 사람이 그립지 않아서 잠을 못 이뤄요. 미친 소리 같겠지만. 그런데…… 진짜예요. 왜 그러냐면……" 목소리가 차츰 잦아들었다. 그녀가 얼굴 앞으로 손을 절레절레 저었다. "내가 이렇다는 건 아무도 몰라요. 앤디도요. 당신도 신경 쓰지 마요." 이 말을 뱉자마자 몸이 무너졌다. 그게 다가 아니었다. 자리를 뜨지도 못했다. 예상 밖의 일이었다. 어쩌면 지쳤기 때문일지도 모른다. 아니면 바깥의 불빛 아래에서 유령에게 공을 던지는 딘의 모습을 보아서 그런 것일지도 모른다.

딘이 그녀와 눈을 맞추고는 고개를 끄덕였다. "나는, 열 살 때 이후로 단 한 가지 일에만 매진했는데 이제 그걸 할 수 없게 됐어요. 왜 그런 일이 생겼는지 누구도 원인을 알아내지 못했고요. 그래서 뭘 해야 할지 모르는 상태예요." 그가 손으로 머리를 쓸었다. "뭐, 다른 일이긴 하죠. 당신이랑 똑같은 상황이라고 하는 건 아니에요."

"정말 그런지는 나도 잘 모르겠네요…… 아주 많이." 그녀가 한숨을 쉬었다. 주전자에서 커다랗게 부글부글 끓는 소리가 들려왔지만 두 사람은 그대로 앉아 있었다. 마침내 주전자 소리가 삐이이익 하고 가늘어졌다. 에비가 자리에서 일어나서 딘을 지나쳐 찬장으로 가는데 그가 그녀의 손을 잡아왔다. 손을 꼭 움켜쥐었다가 놓아주었다.

그녀는 귀 뒤로 머리를 넘기고 가스레인지 쪽으로 걸어가서 잦아들고 있는 주전자 소리에 귀를 기울였다. 등 뒤에서 정적이 흘렀다.

"앤디랑 내가 즉석 복권을 해서 100달러가 생긴 적이 있었는데 그걸로 뭘 했게요? 동전 한 푼까지 죄다 긁어서 리즈 피넛 버터를 한 무더기 샀죠." 그녀는 차에 물을 따르며 대화의 주제를 바꿨다. 그리고 두 사람은 날씨 얘기와 그의 트럭을 수리해야 할 것 같다는 둥의 소소

한 이야기를 나누었다.

찻잔이 비자 그가 별실로 갔고 그녀는 주방을 치우고 침실이 있는 위층으로 올라갔다. 상부 서랍장에서 노트북을 꺼내 침대에 앉아서 아직 하지 못하고 있던 일을 했다. 구글에서 딘을 검색한 것이다. 수많은 자료가 떴다. 그리고 딘에게 '입스yips'(골프에서 경기 전에 극도의 스트레스와 불안증으로 인해 근육이 굳어지고 호흡이 빨라지는 등의 증세가 일어나는 것. 골프 외 다른 종목의 운동선수들도 겪는 현상이다. ―옮긴이)라는 증상이 생겼음을 알게 되었다. 입스가 지금은 '딘 테니 병'이라고 불린다는 사실도.

그 증상이 야구 선수에게 나타난 것은 다음과 같았다. 2000년 6월 17일, 뉴욕 양키스 팀의 2루수 척 노블락은 1루로 공을 보내려고 애썼다. 하지만 그 대신 스탠드로 공이 날아가서 키스 올버먼의 어머니를 맞췄다. 입스의 증상을 완화하는 법에 관해 알려져 있는 사실은, 그저 노블락이 지금까지 수 년 동안 투구를 하지 못한다는 것뿐이었다.

입스로 인해 골퍼는 근육 경련을 일으키고, 테니스 선수는 갑자기 서브를 넣지 못하게 되고, 다트 선수나 크리켓 선수는 기량이 떨어지고, 농구 선수는 발이 얼어붙어 완벽한 프리 드로우를 못 던지게 된다. 이 용어는 1920년대에 갑자기 이 증상을 일으킨 골프 선수 토미 아머에게 큰 빚을 지고 있었다.

한편으로 입스는 야구계에서만큼은 오랫동안 '스티브 블래스 병'이라고 불렸다. 피츠버그 파이러츠의 투수였던 블래스는 1972년 시즌이 끝나고 나서 사실상 투구 능력을 잃었다. 나중에 그는 『파이러츠에서 보낸 한 시절』에 이렇게 썼다. "그때 나는 식료품점에 가고 싶지도 않았고 외출조차 하고 싶지 않았다. 비참했서였다." 이 병이 스티브 색스 증후군이라고 불리게 된 건 1982년에 그 해의 신인 선수가(노블락처럼 2루수였던) 1루로 실투한 뒤부터였다. 그러니까 야구에서만큼은 입스는 걸린 사람의 이름을 따서 별칭이 정해지는 것 같았다. 뉴욕 메츠의 포수 매키 새서가 투수에게 공을 던져주지 못하는 상태가 되자 한동안은 새서 병이라고 불렸다. 그리고 이제는 딘 테니 병이라고 불리고 있다.

2014년《뉴요커》에 데이비드 오원이 쓴 기사 하나는 메이저리거학의 최신 연구를 모은 것으로 입스에는 심리적·신경과학적 요소들이 복잡하게 얽혀 있다고 설명했다. 그건 어쩌면 불안일 수도, 어쩌면 심리적인 문제일 수도, 혹은 저주받은 부상 같은 것일지도 모른다. 하지만 보통 대부분은 입스에 걸린 사람을 보기가 힘들다는 게 사실이다.

에비는 유튜브에서 매키 새서가 투수에게 공을 던져주는 모습을 보았다. 삭스와 노블락이 1루수에게 공을 넘기거나 몸을 날리는 모습, 한 발짝 혹은 열 발짝 차이로 공을 놓치는 모습도 보았다. 노블락의 공이 올버먼의 어머니를 맞추는 장면도 보았다.

마침내 그녀는 경기장에서 딘 테니가 투구하는 영상을 보았다. 낮은 화질의 해적판 동영상은 화이트 삭스 팀과의 경기를 촬영한 것이었는데 그는 한 이닝에서 두 번이나 폭투하고 타자에게 세 차례 걸어갔다. 클로즈업된 화면에서 그는 이를 악물었다가 풀기를 반복했다. 그때 그의 턱에 수염이 거뭇거뭇 올라온 것도 무심결에 보았는데 그건 그녀가 싫어하는 종류의 것이었다. 다른 영상에서 아나운서가 그를 공개적으로 동정했고, 누군가는 이 일이 할리우드 여배우와의 염문설과 관계 있는 거 아니냐고 추측했다. 딘은 여배우는 징크스의 원인이 아니며 그저 팬들이 그녀를 징크스로 '지목'하고 있을 뿐이라고 말했다.

"겁나 섹시하네." 에비가 무의식 중에 중얼거리며 정지 버튼을 눌렀다. 그리고 '테니, 스트라이크 아웃 완승'이라는 제목의 영상을 발견했다. 볼티모어 오리올스와의 경기에서 투구한 것으로 문제가 발생하기 전이었다. 여기서 딘은 연달아 세 명의 타자를 당황시켰다. 1번 타자가 두 차례 심술궂게 스윙을 하고 공을 두 번 보냈다. 그러고 나서 다음 공이 포수의 미트 속으로 들어가는 것을 마치 슬로모션으로 보듯 지켜봤고, 심판이 팔을 들어 고함을 치기도 전에 즉시 자신이 끔찍한 실수를 저질렀음을 깨달았다. 다음 타자가 타석에 섰고 투지 있게 배트를 휘둘렀지만 공이 덩크슛처럼 뚝 떨어지면서 헛스윙을 했다. 마지막 타자는 잠시 버텼다. 그러나 딘이 팔을 뻗어 용수철처럼 튀어오르더니 공을 던졌다. 필라델피아까지 날려버리겠다는 듯한 스윙을 했다. 거의 바닥에 드러누울 정도로 강한 스윙이었다. 그 뒤 딘이 덕아웃으로 걸어갔고 정확히 3분의 1쪽짜리 미소를 입에 걸었다.

··· *8* ···

다음 날 오후, 차 한 대가 차량 진입로로 들어오고 시동이 꺼지는 소리가 들렸다. 에비는 창가로 갔다. 차체가 낮은 검은색 마쓰다 미아타가 들어와 있었다. 차에서 카키색 바지와 초록색 스웨터코트를 입은 여자가 내렸다. 잠시 기다리니 문을 빠르게 다섯 번 노크하는 소리가 들렸다. 에비의 귀에는 마치 '시간 없으니 빨리 나와' 하는 소리로 들렸다.

문을 열자 한 여자가 가죽 케이스에 든 노트북을 한 팔에 끼고 따뜻해 보이는 미소를 띤 채 서 있었다. "무슨 일이시죠?" 이렇게 묻는 와중에 에비는 뭔가 속에서 화가 치미는 기분이 들더니 갑자기 여자의 머리채를 휘어잡고 싶어졌다.

"엘런 보이드라고 합니다.《비트 스포츠》에서 일하죠."

에비에게는 그다지 의미 없는 이름이었지만 알고 있긴 했다. 그것도 무척 잘. "무슨 일이시죠?" 에비가 다시 한번 물었다.

"딘 테니 씨를 찾아왔어요. 그가 당신과 함께 살고 있다고 들었는데요."

딘이 이 집으로 세를 들어온 건 비밀은 아니었다. 그는 마을을 제법 돌아다니면서 주유소 사람들, 식료품점 사람들과 안면을 텄고 커피숍이라도 가면 여자애들이 주변에 앉으려고 하는 유명인사가 되었다. 휘핑크림을 잔뜩 얹고 설탕을 한 바가지 퍼 넣은 커피를 마시면서도 절대 1킬로그램 이상 살도 안 찔 것 같은 유명인사. 몇몇 사람들이 용기를 내어 다가가서 자기가 그의 경기를 얼마나 좋아했는지 말을 건 적도 있었다. 그러면 그는 미소를 띠며 감사하다고 말하면서 "무슨 일을 하시나요?"라든가 "뭘 사러 오셨나요?" 혹은 "비 올 것 같지 않나요?" 하는 식으로 말을 돌리는 모습도 볼 수 있었다. 필사적으로 쥐어짜내면 "좋아하는 바닷가재 요리법 있으세요?" 하고 물을 수도 있었을 텐데.

그가 여기에서 사는 건 비밀이 아니었다. 그래서 그녀는 이렇게 대답했다. "네, 그래요." 즉시 머릿속으로 질문과 대답을 되감아 보았다. "음, 그러니까, 이 집에 산다는 말이에요. '저'랑 사는 게 아니고요. 우린 같이 살지 않아요. 뒤쪽에 별실이 있고 딘은 거기에 살아요."

"딘이 집에 있나요?" 노트북을 든 엘런 보이드가 궁금해했다. 그녀가 그의 트럭이 여기에 나타나지 않게 될 때까지 기다릴지를 에비가 생각하는 동안에도.

"없어요. 원하시면 명함 주세요. 전화하라고 딘에게 전할게요."

이건 이전에 기자 몇 사람이 문을 두드려 팀의 사고에 대해 물었을 때 앤디가 에비를 위해 대신해준 말이었다. 그녀는 아직 그 명함들을 봉투에 담아 가지고 있었다. 한 장도 살펴보지 않았지만.

"몇 가지 여쭐 수 있을까요?"

"오, 아뇨. 전 도움이 안 될 거예요. 딘이랑 이야기하세요."

"그 사람이 여기로 온 뒤에 술을 마신 적이 있나요?"

에비는 문고리를 세게 움켜쥐었다. "뭐라고요?"

"그가 어떻게 지내는지 궁금해서요. 여기 온 뒤에 술 마신 적 있느냐고요."

"뭘 묻는 건지 모르겠군요. 나가주세요. 할 말 없으니까." 그녀가 문을 닫으려 하자 엘런이 그 틈으로 손을 집어넣었다.

"왜 이러시는진 충분히 이해합니다. 하지만 질문에 대답해주시는 게 그 사람을 돕는 일이에요. 그래야 제가 갈 테니까요. 그렇지 않으면 안 가요. 하지만 대답해주면 이 상황이 종료될 거고 전 다신 안 올 거예요. 아시겠어요? 그러니까, 딘에게 정신적인 문제가 있는 거 아셨어요?"

에비가 멈춰 섰다. 그리고 문을 다시 열고 현관으로 한 발짝 나아갔다. "우리 집 문 앞에서 썩 꺼져요."

"남편이 살아 있을 때부터 두 사람이 아는 사이였나요, 아니면 최근에 가까워진 건가요. 그것도 아니면⋯⋯?"

무거웠던 에비의 머리가 가벼워지기 시작했다. "잘 들어요." 그녀는 음절 하나하나 또박또박 말했다. "당신이 지금 서 있는 포치는 우리 아버지가 기온이 35도나 되는 날 만든 거예요. 난 여기에서 자랐고 동네 사람들은 죄다 내 친구들이에요. 계단에서 내가 당신과 그 빌어먹을 노트북을 발로 걷어찬 다음, 삽을 들고 땅에 파묻어도 내겐 아무 문제도 생기지 않을 거예요."

"두 사람이 어떻게 엮였는지 말하고 싶지 않다는 거군요."

에비가 엘런의 손에서 노트북을 낚아채서 내던졌다. 노트북이 잔디밭에 쿵 하고 떨어졌다. "어머, 뭘 떨어뜨린 것 같은데요." 에비가 노트북을 고갯짓으로 가리키고는 문을 쾅 하고 닫았다.

문을 잠근 뒤 잠시 등을 기댔다. "오, 젠장. 젠장." 에비는 쉰 소리로, 신경질적으로 으르렁거리며 중얼거렸다. 몸을 빙글 돌려서 창밖을 살펴보았다. 엘런 보이드가 그 자리에 서서 에비 드레이크가 자기 물건을 부쉈으니 체포하라고 경찰에게 전화를 걸어서 말하는 건 아닌지 궁금했다. 경찰차가 경광등을 켜고 사이렌을 울리면서 차량 진입로로 탈탈거리며 올라오는 걸 반쯤 기대하기도 했다. 하지만 엘런은 노트북에서 흙을 털어내고 웃음을 터트리며 통화를 하면서 차로 걸어갈 뿐이었다.

딱 45분이 걸렸다. 엘런 보이드가 이야기를 정리하고, 딘의 사진을 첨부하고, 그걸 《비트 스포츠》의 블로그에 '경기장 밖에서'라는 제목으로 글을 게시하는 데 걸린 시간. 그리고 그로부터 한 시간 뒤에 에비는 사촌 스티브에게서 링크 하나를 받았다. 30초 후에 그녀의 노트북 화면에 뜬 내용은 바로 다음과 같았다.

9월, 딘 테니가 그 어떤 투수보다 우리 기억 속에 대단한 장관을 심어주고 사라졌을 때 그가 마약을 한다, 우울증에 걸렸다, 혹은 도박 문제가 있다는 둥의 소문이 한바탕 뉴욕을 휩쓸었다. 좀 더 대범한 사람들은 그게 개인적인 일일 거라고 추측했다. 복잡한 상황에 처한 여자와 관련된 문제일 수도 있다고 말이다. 어쩌면 그 관계에 문제가 생겼을지도 모른다. 어쩌면…… 남자 문제일지도 모르고.

여기에 나열된 소문이란 것들은 모두 엘런의 입에서 나온 것임을 에비는 장담할 수 있었다.

한 달쯤 전, 딘이 메인주 캘카셋에 나타났다. 많은 사람이 그의 오랜 친구인 앤드루 벅이 그곳에 살고 있기 때문이라고 생각했다. 또한 이 지역은 휴대전화나 초고속 인터넷이 잘 되지 않아 트위터를 할 수 없는 곳이기도 하다.

이 #잘난_척쟁이_뉴욕_얼간이 같으니.

그런데 테니는 캘카셋에 도착하자마자 즉시 '에벌리스 드레이크'라는 한 젊은 미망인의 집으로 들어갔다. 그녀의 남편은 환자들에게 '선생님'이라고 불리며 사랑받던 마을 의사로 1년쯤 전에 자동차 사고로 사망했다.

에비는 이것이 끔찍하리만큼 옹졸한 기사임을 알아챘다. 악의적이고 말 같지 않은 소리 한 무더기 외에 '사랑받던'이라는 단어가 그녀의 목구멍에 달라붙었다. 뭐, 환자들은 원래 의사한테 '선생님'이라고 부르지 않나?

오늘 아침, 드레이크가 문 안에서 대답했다. 마치 영화에서 튀어나온 것 같은, 거대하지만 아늑한 집이었다. 내가 질문을 하자 그녀는 테니가 집에 없다고 대답했다. 그리고 함께 산다는 사실을 인정한 뒤에 그에게 음주 문제가 있느냐는 질문은 거부하고는 자신은 딘의 정신적인 문제는 아무것도 모른다고 주장했다.

하지만 어떻게 메인주의 미망인이 2년 전 뉴욕 양키스 팀 소속이었던 남자와 함께 살게 된 것일까? 이 모든 일이 '선생님'이 사망하고 나서 벌어진 게 맞을까?

이 질문의 답이 무엇이든, 남편이 사망하기 전부터 테니와 아는 사이였는지 묻자 드레이크의 미망인은 인터뷰를 끝내고 폭력을 행사하겠다고 위협을 가해왔다.

"난 폭력을 행사하겠다고 위협하지 않았어." 에비가 중얼거렸다. "아주 살짝 겁을 준 거지, 어쨌든." 맞다. 그렇게 했다. 이 기자는 생트집을 잡았다. 그리고 켕기는 게 없다고 해도 켕기는 게 있어 보이도록 글을 썼다. 에비가 아는 모든 사람이 이 기사를 읽을 것이다. 아버지도 읽을 것이다. 시부모님도. 그녀가 좋은 아내는 아니었다고 생각하는 모든 사람이 읽을 것이 분명했다. 그리고 딘도. 아, 대체 왜 문을 열어 줬니, 에비?

에비가 소파에 앉아서 텔레비전을 보는 중이었다. 그때 자물쇠가 열리는 소리가 들렸다. 딘이 거실 입구로 들어오다가 잠시 그 자리에 멈춰 섰다. 마침내 그가 한 손에 들린 휴대전화를 들어 보였다. "기사 봤어요."

그녀가 두 손으로 얼굴을 감쌌다. "미안해요." 손가락 사이로 말이 뭉개져 나왔다. "미안해요."

그가 다가와서 그녀 옆에 앉았다. "뭐가요? 뭐가 미안한데요?"

에비가 손을 치우고 그를 바라보았다. "마치 우리가 사귀는 사이처럼 행동했으니까요. 당신 이미지상 지금은 그래선 안 된다는 걸 아는데 말이죠."

"난 모르는데요." 그가 말했다. "그 기사는 나에 대해 어느 정도 잘 반영하고 있기도 하고요. 그리고 난 에비를 잘 몰라요. 게다가 내가 가장 좋아하는 스포츠 사이트는 최근 날 '우리가 활화산 속으로 내던져버린 첫 번째 선수'로 뽑아줬는데, 아무튼 당신이 내 이미지에 해가 될 짓을 한 것 같진 않은데요?"

"내가 그 기자를 위협한 것일 수도 있어요. 대체 무슨 짓을 한 거람? 당신 친구들도 좋아하지 않겠죠."

그가 미간을 좁혔다. "무슨 친구들요?"

"당신도…… 그…… 저…… 친구들? 변호사나 매니저나……
뭐…… 홍보 담당 직원이랄지?" 그녀가 귀 옆으로 한 손을 팔랑였다.
"작은 헤드셋을 끼고 리무진이 제때 들어오는지, 사람들이 모두 제자
리를 지키고 있는지 그런 걸 확인하고 지시하는 사람들?"

"음…… 호텔 지배인을 말하는 건가요? 아님 웨딩 플래너라든지."
그가 말했다. "난 웨딩 플래너는 고용한 적이 없는데."

"내가 무슨 말 하는지 알잖아요."

"난 수많은 사람들을 알아요." 그가 고개를 끄덕였다. "하지만 지
금은 몇 안 되는 친구들만 남았고 그들에게도 많은 이야기를 하지 않
아요. 설령 말한다고 해도 그 친구들의 대답을 귀 기울여 듣진 않을 거
예요. 내가 지금 하고 싶은 말은, 기자가 이 집에 와서 당신 인생과 남
편에 대해 캐묻게 되어서 미안하다는 것뿐이에요. 당신이 그걸 무척
즐긴 것 같긴 하지만요."

"안 즐겼어요." 그녀가 말했다. "그 여잘 위협하지도 않았고요."

"대체 뭐라고 말했어요?" 그가 웃음기 띤 말투로 물었다.

그녀가 다시 손에 얼굴을 묻었다. "우리 집 현관에서 꺼지지 않으
면 밀어버릴 거라고요."

딘이 충격받은 표정을 지었다. "위협했네요!"

"음, 그냥 노트북이랑 같이 널 걷어차버릴 거라고…… 아 젠장, 삽
으로 묻겠다고도 했네."

그 순간 그가 빵 하고 웃음을 터트렸다. "정말이에요?" 에비가 가
련하게 고개를 끄덕이자, 그가 그녀의 얼굴에서 손을 떼어냈다. "대단

하지 않은 척 그만해요. 엄청 대단한 일을 했으니까. 당신도 알죠? 걸어찬다니, 이제부터 상남자라고 불러야겠어요." 그녀가 다시 손에 얼굴을 묻고 가련하게 끙끙거렸다.

"봐요, 15개월 전에 사람들은 내가 공동으로 소유했던 바에서 내 인형을 만든 뒤 그걸 불태웠어요. 내가 사는 곳 옆집 창문에 비비탄 총을 쓰기도 했고요. 겨냥을 잘못한 거죠. 아니면 우리 집이 816호인지 818호인지 헷갈려서 실수한 거예요." 딘이 말했다.

"거기에다 활화산에 내던졌죠." 에비가 조용히 덧붙였다.

"그래요, 활화산에 내던졌죠." 그가 대답했다. "그러니까 날 믿어요. 내가 떠나온 그 사람들은 당신처럼 화를 내지도, 기자에게 고함을 지르지도 않았어요. ……오히려 당신이 그렇게 해줘서 고마워요."

에비가 살짝 미소 지었다. 어깨에 주었던 힘도 살짝 풀었다. 그가 한 손을 들고 말했다. "올라가요." 그녀는 대답하지 않았다. "자, 에벌리스, 위층으로 올라가요." 에비가 팔을 내밀어 딘의 손을 짝 쳤고 그제야 그가 뒤쪽 별실로 사라졌다.

그때 그녀의 귓가에 이런 소리가 들려왔다. "그 삽, 훔쳐야겠네. 이제 내 거야."

··· 9 ···

다음 날 딘은 형이 보낸 이메일에 답장을 쓰고 있었다. 그때 문을 두 번 두드리는 소리가 들렸다. 에비는 늘 이렇게 문을 두드렸다. 별실 문을 열자 그녀가 캘카셋고등학교 웜업 재킷을 입은 반백의 남자와 함께 서 있었다.

"딘, 손님이 왔어요. 이분은 테드 핀치 씨에요. 고등학교 미식축구 호크스 팀의 코치죠. 이분이 이야기하지 않을 것 같아서 하는 말인데, 아들 제이크는 우리 동네의 인기 러닝백이에요, 맞죠?"

"러닝백, 맞아요." 핀치가 대답했다.

"안녕하세요, 코치님." 두 사람은 어색하게 악수를 나누었다.

"텔레비전에서 테니 씨 투구를 굉장히 많이 봤습니다." 핀치가 말했다. "만나서 반가워요."

"아, 감사합니다."

에비가 그들에게 고개를 끄덕여 보였다. "음, 두 분, 테이블에 앉아서 이야기하면 안 될까요? 전 위층으로 올라가서 할 일이 좀 있어요. 즐거운 시간 되세요. 테드."

"에벌리스도요." 그가 말했다.

에비가 딘의 팔을 가볍게 두드려주고 위층으로 올라갔다. 딘이 그 뒷모습을 지켜보고는 코치에게 말을 건넸다. "그런데……."

"그런데, 마을 사람들이 잘 대해주나요?" 머뭇거리던 그의 말을 핀치가 이어갔다.

"네, 네, 무척요. 무척 좋은 분들이더군요. 좋은 동네예요, 아시겠지만."

"어땠을지 알겠어요." 핀치가 미소를 지어 보였다. "뉴욕에서 어떤 일이 있었는지 들었어요. 유감이에요."

딘이 고개를 끄덕였다. "네, 감사합니다." 잠시 말을 멈추었다가 다시 입을 열었다. "그런데, 무슨 일로?"

"아, 네. 부탁이 있어서 왔어요. 제가 맡고 있는 미식축구 팀 모두가 무척이나 열심히 해요. 뭐, 열심인데 약간 난장판이긴 하죠. 전 늘 애들에게 어떻게 하면 동기를 부여할 수 있을까 하고 골머리를 썩고 있고요. 애들이 게을러지지 않게요. 가끔은 미식축구에 대해 조언해줄 만한 명사를 초빙하기도 해요. 꼭 미식축구가 아니라 일반적인 조언도 괜찮고요. 일반적인 조언."

그가 방문한 이유가 점점 뚜렷해졌다. "네." 딘은 남자의 특징 없는 미간 주름을 응시하면서 말했다. 테드는 잘 설명하지 못하는 편이 아닌 것 같았다. 그리고 딘이 거절하면 안 될 것도 같았다.

"음, 딘 씨는 프로 선수잖아요. 최고의 업적을 이뤘고 스트레스도 다룰 줄 알죠. 야구가 아니라도 그런 건 어디에든, 누구에게든 다 통할 것 같아서요. 딘 씨가 와준다면……."

"아," 딘이 다소 의아한 시선으로 쳐다보았다. "코치님, 아시겠지만 전 프로 세계에서 밀려났어요. 그 일에 대해선 아주 잘 알죠."

핀치가 어깨를 으쓱했다. "알고 있습니다." 그의 주머니에서 열쇠 뭉치가 짤랑거렸다. 아마 학교 교실 열쇠, 운동실 열쇠 들일 것이다. "전 그런 '정신병' 같은 말 따위엔 관심 없어요. 남자들이란 어느 날 아침 문득 자기가 한 짓을 깨닫는 인종이죠. 코치도 마찬가지예요."

딘은 이 이상한 논쟁에서 무슨 이야기를 해야 할지 고심하느라 말을 멈췄다. 전문 스포츠 세계를 알지 못하는 작은 동네의 코치에게 해줄 말을. 하지만 적절한 답을 찾지 못하고 대신 마지못해 고개를 끄덕였다. "코치님 말씀이 맞겠지요."

"아무도 준비가 안 되어 있어요. 경기가 한창일 때도 그래요. 여기에선 텔레비전에 나올 만한 일이 일어나는 것도 아니고, 새로운 소식 같은 게 늘 생기는 것도 아니죠. 게다가 애들은 늘 다쳐요. 이따금 지치기도 하고. 하지만 모두 곧 정신을 차리고 자기가 할 일을 하죠. 아무튼, 딘, 당신은 우리 애들이 접촉할 수 있는 최고의 선수이자 최고의 기회예요. 인생은 이기고 지는 것 이상이라는 걸, 거기에 모든 게 달려 있진 않다는 걸 아는 일도 애들한텐 중요하고요."

어느 정도 일리 있는 말임을 인정할 수밖에 없었다. 딘은 적어도 자신이 왜 지금 여기에 와 있는지 아이들에게 설명해줄 수 있을 것이다. 뉴욕에 그대로 머무는 방법은 몰랐을지언정. 어쩌면 아이들에게 좋은 경험을 선사해줄 수 있을지도 모른다. 적어도 프로 선수가 '된 뒤에' 돈을 엄청나게 '벌고 나서' 장렬하게 '파멸하게 된' 사건에 대해 이리저리 변명하느라 막대한 비용을 쏟아부을 필요는 없다고 말해줄 수 있을 것이다.

그러나 벌써 에비의 집에 기자 하나가 왔다 갔다. 그는 이 집에 기자를 끌어들이게 되어 기분이 좋지 않았고, 학교나 미식축구 팀 연습장으로 기자들을 끌어들이고 싶지도 않았다. 이제는 쫓겨난 상황에서 고등학교 미식축구 선수들에게 강연을 해준다는 사실로 주의를 끌고 싶지도 않았다.

"물론 우린 입을 다물 겁니다." 핀치가 그의 마음을 읽은 듯이 말했다. 열일곱 살짜리 남자애들의 복잡한 행동을 20년 넘게 지켜본 사람다웠다. "강연이 아니에요. 그냥 애들 몇 명이랑 이야기나 나누는 거예요. 그게 잘되면 애들 연습을 도와주거나 코치를 조금 해줄 수도 있겠지만요."

딘이 빙그레 웃었다. "고등학교를 졸업한 뒤로 미식축구는 해본 적이 없어요. 그때도 잘하지 않았고요."

"상관없어요."

"좋은 생각인지 잘 모르겠어요, 코치님. 요즘 애들은 인터넷 세대라고요."

핀치가 어깨를 으쓱하고는 손을 저었다. "우리 애들은 우직해요.

트위터도 할 줄 모르고요. 가급적 입 다물고 있을 거예요." 딘의 마음에 드는 부분이었다. 바로 '트위터도 못한다'.

"이런 말씀드리긴 뭣하지만, 애들이 그냥 트위터를 안 하는 게 아닐까요. 그러니까 코치님과 저 같이 늙다리처럼 보일까 봐요. 이제는 애들한테 그…… 다른 걸 하지 말라고 해야 할 것 같은데요. 예를 들면 인스타그램 같은 거요."

"아, 제에발요." 코치가 애원하며 투덜거렸다. "애들이 휴대전화를 가지고 뭘 하는지, 다른 건 또 뭘 하는지 제가 계속 지켜볼게요. 뭘 잡고 있든지 간에요." 그가 말을 이었다. "아무튼 우리 애들은 좋은 학생들이에요. 당신이 애들 한 무더기랑 같이 논다는 게 알려지는 것 정도가 가장 최악의 일일 걸요? 어차피 사람들은 당신이 '개뼈다귀 괴짜'가 되었다고 말해요. 그러니까 지금 당신은 잃을 게 아무것도 없어요."

딘은 끔찍하게 많은 코치들 밑에서 경기를 해봤다. 그리고 캘카셋 고등학교 호크스 팀의 코치 핀치는 자신에게 호의를 베풀러 왔고, 대놓고 그것을 호의라고 말하는 최초의 사람이었다. 그 점이 마음에 들었다. 차마 '싫다'고 거절하기가 어려웠다.

··· 10 ···

10월 셋째 주, 딘은 별실 문을 열고 거실을 향해 목소리를 높였다. 거실에서 1920년대 무용수의 일기를 읽고 있는 에비에게 정치 드라마 「권력의 전당」이 방영될 시간이 10분 남았다고 알려주기 위해서였다. 둘은 이 막장 드라마의 본방송을 함께 보자고 약속했다. 그래도 여전히 두 사람은 서로 묻지 않기로 한 일들에 대해 더 알려고 하지 않기로 맹세한 상태였다.

별실 문을 닫지 않으면 각자의 공간에서 나는 소리가 들렸다. 그러니까 딘의 별실과 에비의 주방에서 나는 소리가 서로에게 들렸다. 이따금 에비가 저녁을 만드는 동안이나, 딘이 이메일 한 무더기를 열어보는 동안 두 사람은 별실 문을 열어둔 채 수다를 떨곤 했다. 에비는 종종 요리가 잘되었을 때 딘을 주방으로 불러 함께 먹거나, 딘의 테이블에 맥주 한 병과 함께 가져다 두기도 했다. 그럴 때면 딘은 그녀에게 지

095

방 투어 중인 야구 선수들에 관한 이야기를 해주었다. 이는 서로 동의한 것으로 딘이 말하고 싶어 하지 않는 야구 이야기에 해당되지 않았다. 언젠가 어떤 친구를 화가 난 전 여자친구로부터 숨겨준 이야기나, 통금 시간을 놓친 두 친구가 호텔로 몰래 숨어들게 도와준 적이 있는데 그때 자신은 벌거벗은 채로 타월 한 장과 전기 기타로 몸을 간신히 가리고 방으로 살금살금 돌아와야 했다는 에피소드 같은 것들이었다.

"당신이 이런 말도 안 되고 허무맹랑한 드라마를 본다는 게 아직도 믿기지가 않아요." 그녀가 「권력의 전당」을 보려고 자리 잡으면서 말했다.

"정말 좋아하는 프로그램이에요." 그가 의자 맞은편 테이블에 올라앉았고, 그녀는 의자에 털썩 주저앉아서 팔걸이에 다리를 걸쳤다. "어디까지 봤더라?" 에비가 말했다.

"우리가 싫어하는 로비스트가 납작머리 FBI 요원에게 뇌물을 주는 장면까지요."

"아, 알았어요." 그녀가 스웨터 속의 양팔을 문질렀다. "그리고 대통령이……."

"VP(부통령, 'Vice President'의 약자 ―옮긴이)에 대해 구鳶 법안 거부권을 행사했죠."

에비가 그를 향해 몸을 돌렸다. "이 프로그램을 어느 정도 보면, 당신이 성적인 농담을 정치에 제대로 비유할 능력이 있는지 알 수 있겠군요."

"그건 나도 모르는데. 한번 해봐요."

"좋아요. 대통령이 뭘 하고 있죠?"

"VP(여기서 'VP'는 다양한 강도 variable pitch, 다양한 장소 various place, 다양한 수준의 오르가슴 등의 약어로 떠올릴 수 있는데, 부통령을 VP라는 약어로 표현함으로써 동음이의어를 차용한 성적 농담을 한 것이다. –옮긴이)에 대해 옛날 식으로 동의를 표하고 구식 조언을 하고 있죠."

"그만."

"음, 그만 웃어요."

에비가 의자에서 몸을 쭉 폈다. "좀 추운 것 같네요. 당신은요?"

"약간요." 그가 그녀에게 음료를 가져다주러 일어났다.

에비도 일어나서 주방으로 향했다. 이따금 납작하게 두드려 구운 닭요리를 할 때 사용하려고 포일로 싸둔 벽돌을 꺼내 가져왔다. 별실 문을 열어두기 위해서였다. "공기 순환이 더 잘될 거예요." 그녀가 다시 자리에 앉았다. "오늘은 어땠어요?"

"사실 당신에게 말해주고 싶은 게 있어요. 들었는지 모르겠지만 드레이크 가에서 학교 장학금 제도를 제정하고 있어요."

에비가 고개를 끄덕였다. "그럴 거란 소린 들었어요. 별로 놀랄 일은 아니네요."

딘이 고개를 저었다. "그 남자, 그림자가 기네요. 그러니까 내가 물어도 되냐는 뜻이에요."

그녀가 고개를 끄덕였다. "네. 그는 캘리포니아로 갔다가 다시 돌아왔죠. 마을에서 일했고, 마을에서 살았고…… 이거 큰 거래데요."

"남편이 여기로 돌아와서 살았다, 그거뿐?"

"네." 그녀가 그에게서 위스키 잔을 받고는 고개를 저었다. 딘이 프링글스 뚜껑을 열었고 다시 에비가 입을 열었다. "2, 3년 전에, 누군가가 팀이 1999년 졸업생 대표 두 사람 중 지금까지 '살아 있는' 사람이라고 말한 적이 있어요."

"그게 왜요?"

"인구학적, 경제학적, 뭐 그런 얘기죠."

"계속 해봐요. 공 칠 준비해봐요. 우등생 씨. 난 대학에 갔었어요."

그녀가 웃음을 터트렸다. "음, 기본적으로 좋은 선택지를 가진 열여덟 살짜리들은 대부분 이런 동네에 오래 머물지 않아요. 마을을 떠나서 대부분 다신 돌아오지 않죠. 그렇게 마을은 늙어가고, 세를 낼 주민의 수는 점점 줄어들고, 상황은 더욱 어려워지죠. 긴 얘길 짧게 해볼까요? 너무 많은 애들이 떠나고 또 죽어요. 이곳에 새로 유입되는 사람이나 태어나는 아이는 너무 적고요."

"늙은 백인 마을이란 소리군요." 그가 고개를 끄덕였다.

"맞아요." 그녀가 위스키를 한 모금 더 마셨다. "많은 사람이 팀을 자기 아이처럼 여기고 그에게 마을을 떠나도 된다고 격려했을 거예요. 아마도. 하지만 그는 그렇게 하지 않았죠. 그래서 마을 사람들은 그를 더 사랑했어요."

"알 것 같네요."

"게다가 그 사람은 무척 귀엽고 친절한 사람이었죠. 대외적으로. 같이 살지만 않는다면요. 그리고 고등학교 시절 첫사랑과 결혼했죠. 그는 그냥 그렇게 했어요. 모든 걸 평탄하게 잘해내는 유형이었죠."

그녀가 손바닥을 펴서 공중에 휘휘 저었다. "그가 자라는 모습을 지켜본 몇몇 분들에게는, 그가······ 일종의 유니콘처럼 보였을 거예요."

"그 친군 더 크게 되고 싶진 않았나 봐요?"

"네, 그렇죠."

"왜 마을로 다시 돌아온 거죠?"

에비가 어깨를 으쓱했다. "어디에서든, 그 사람은 잘생기고 멋진 청년이었을 테니까요." 그녀가 미소를 띠며 텔레비전을 가리켰다. "이제 시작하네요."

그날 밤 침실로 돌아가면서 에비는 별실 문에 괴었던 벽돌을 빼내어 문을 닫았다. 다음 날 딘이 커피를 내리고 주방에서 함께 마시자고 했을 때 그녀는 손을 흔들며 이렇게 말했다. "벽돌 다시 가져다 놔요." 그 후로 두 사람은 오직 밤에만 문을 닫아 두었다.

... *11* ...

지난 가을 추수감사절에 에비는 혼자서 시간을 보냈다. 그녀는 아버지, 앤디와 그의 딸들, 그리고 앤디의 어머니인 켈의 편에 칠면조를 보내고는 자신은 테이블에 와인 한 병을 가져다 놓고 침대에서 책을 읽었다. 정오에 눈을 떠서 밤 10시 반이 되어서야 이 일과가 끝났다.

올해 앤디는 추수감사절 한 달 전부터 그녀를 설득하는 작업을 시작했고, 에비가 그녀의 아버지와 함께 토마스턴에 사는 본인의 어머니 켈의 집에 가길 바란다고 말했다. 켈은 딘의 부모님도 초대했다. 그들은 아들을 만나게 된다며 크게 기뻐하면서, 딘이 보낸 캘카셋 풍경 사진에 마음을 빼앗겨 초청을 받아들였다. 에비는 가겠다고 약속했다가, 어떻게 하면 취소할지를 생각했다가, 냉동 칠면조가 광고된 슈퍼마켓 전단 메일을 받아 보고는 욕실에서 울음을 터트렸다가, 결국 앤디에게 전화를 걸어서 자신이 호박 파이(구운 칠면조 요리와 호박 파이는

추수감사절에 나누어 먹는 대표적인 요리 -옮긴이)를 가져가겠다고 약속
했다.

목요일, 에비가 눈을 떠서 두터운 로브를 두르고 커피 한 잔을 가
지러 아래층으로 내려왔을 때 바깥에는 눈이 반 인치 정도 쌓여 있었
다. 그녀는 딘이 일어나는 소리를 듣고는 닫힌 별실 문으로 다가가 섰
다. "좋은 아침."

"좋은 아침." 잠에서 간신히 깬 목소리가 돌아왔다. 그 목소리에
절로 미소가 지어졌다. 에비가 커피 필터에 원두 가루를 한 스쿱 퍼 넣
을 때 문이 열렸다. "커피 마실래요?" 그녀가 물었다.

"네." 그가 주방으로 다가와 의자에 앉았다. "어젯밤 늦게까지 켈
아주머니 댁에 있었어요. 부모님이 탄 비행기가 연착해서 댁에 모셔
다 드리니 자정이 넘었더라고요."

"부모님은 좋아하셨나요?"

"네. 그분들 사이에는 근 10년 동안 쌓인 이야기가 있으니까요. 애
가 다섯이니, 늘 바쁘셨죠."

"두 분이 같이 오시다니 너무 근사하네요."

"어머니는 제가 얼마나 엉망으로 생활하나 직접 확인하고 싶으신
것 같아요. 당신은 어때요? 칠면조, 가족, 미식축구, 뭐가 궁금해요?"

그녀는 작게 흠 하고 소리를 냈다. 진짜 웃음은 아니었다. "궁금한
건 없지만 누구든 만나는 건 괜찮을 거 같아요. 지난 명절 때에는 사람
을 못 만났거든요."

"알 만해요." 그가 어깨를 문지르며 말했다.

그녀가 물을 붓고 버튼을 눌렀다. 들들들들 소리를 내며 커피 메이커가 작동했다. 소리에 귀를 기울이며 설거지를 했다. 테두리에 소담한 노란색 꽃들이 깔끔하게 둘러져 있는 흰 접시는 결혼할 때 받은 것이었다. 그녀는 이 접시들을 아직도 매일 같이 사용했다. '인형의 집'에 있어야 할 접시 같은 느낌이 들었지만 말이다.

"이 접시들을 보면 기분이 나빠요."

"오, 이런, 왜요?"

"내 취향이 아니거든요. 결혼 선물로 받은 거예요. 결혼 선물이란 건 우리가 다른 사람으로 변모해서 살아갈 거라고 생각하게 만들죠. 마치 결혼을 하면 내가 소담한 노란 꽃 같은 인간으로 바뀔 것 같고."

그녀는 유리잔과 납작한 접시들, 믹싱 볼을 치웠다. 이것들은 지난 두 달간 주방에서 너무 오래 자리 잡고 있었다. 등을 돌리자 그녀는 딘이 무엇을 하고 있었는지 알게 되었다. 그는 그녀가 일하는 모습을 보고 간헐적으로 미간을 좁히거나 고개를 갸웃거리면서 모든 소리에 귀를 기울이고 있었다. 처음 만났을 때 에비는 그가 심리 상담사처럼 이야기를 듣는다고 생각했는데, 지금은 마치 기자처럼 듣는다는 느낌이 들었다. 타인의 말을 한 단어, 한 단어 또박또박 새겨듣는 것 같은.

"그리고 난 소담한 노란 꽃이 되지 못했죠." 그녀가 덧붙였다. "난 내가 고르지 않은 이런 수많은 잡동사니들을 가지고 결혼 생활을 시작했어요. 결혼이라는 복합산업체란 이런 거죠. 예를 들어 당신도 결혼하게 된다면 촌스러운 그릇이나 뻣뻣한 수건들을 사야 할 거고, 사람들로부터 왜 압력솥이나 믹서기나 작은 포크를 사지 않느냐는 고함을 들을 거예요. 그러면 당신은 정말로, 정말로 그런 게 갖고 싶다고 강하게 말하고는 억지로 그것들을 떠맡게 되죠. 아마 난 남은 평생을 이 꽃무늬 접시들에 끼어 살 거고요."

"왜 그렇게 끼어 살아야 하는데요?"

에비가 식기세척기 문을 닫고는 그에게로 몸을 돌렸다. "아……그러니까 나한텐 이것들이 있으니까? 뭐, 괜찮아요, 이것들도."

"하지만 당신은 그 접시들에 끼어 살고 싶지 않잖아요."

"그래요, 하지만 지금은 그렇게 하고 있죠."

"에비, 그건 그냥 접시일 뿐이에요."

"맞아요."

"그러니까 다른 접시를 살 수도 있다고요."

"그런데 이미 접시를 가지고 있잖아요, 어쨌든."

"여기 사는 사람은 당신뿐이에요."

"당신도 여기 살잖아요."

그가 고갯짓으로 별실을 가리켰다. "난 저기에 살아요. 당신은 여기에 살고." 그리고 손가락으로 테이블을 탁탁 두드렸다. "당신은," 탁. "여기" 탁. "살잖아요." 탁. "빌어먹을, 그냥 접시일 뿐이에요. 그 접시들로 음식을 먹는 사람은 당신이고."

"나도 알아요."

"그럼, 저 접시들이 싫으면 새로 사요. 다이앤네 가면 50달러 정도에 한 상자쯤 가져올 수 있을걸요. 샐러드용 젓가락도 한 세트 덤으로 받아 올 수도 있고요.”

"왜 접시 문제로 당신이 화를 내요?" 그녀가 팔짱을 끼며 물었다.

"그럼 당신은 왜 그러는데요?"

"난 화 안 났어요!"

일순간 조용해졌고 이번 침묵은 좀 달랐다. 그때 커피 메이커가 들들거렸다. "살다 보면 꼭 결단을 내리지 않아도 되는 일도 많죠." 그가 마침내 입을 열었다. "하지만 이 일에 대해선 당신이 결단을 내리면 돼요. 당신은 꼭 할 수 없는 일처럼 말하는군요."

그녀는 너무나 깨지기 쉬운 와인 잔들, 무척 작은 테이블, 자신이 욕조를 놓고 싶어 했던 자리에 놓이게 된 큰 샤워기, 굉장히 큰 집, 그리고 자신이 이곳에서 사는 걸 '선택하지 않았다'는 사실을 문득 깨달았다. "그래요. 다른 접시 살게요. 약속해요."

커피 메이커에서 삐 소리가 났다. 그녀는 머그잔 두 개에 커피를 따르고 테이블로 가져왔다. "아빠가 가끔 당신과 시간을 보내고 싶어 하세요. 야구를 좋아하시거든요. 물론 아빠한테 약속을 드리지는 않았어요. 혹시 바닷가재에 대해 궁금한 게 있으면 아빠에게 물어봐요."

"아버지께서 그 일을 얼마나 하셨어요?"

"음, 2년 전에 퇴직하셨어요. 열 살 때부터 견습으로 일을 시작하셔서 열일곱 살부터 제대로 일꾼이 되었다고 들은 것 같아요. 그러니…… 거의 50년쯤?"

"그런데 당신 배는 없군요."

"내가 어렸을 때 그건 여자애들에게 하라고 할 만한 일이 아니었어요. 거기에다 난 아빠를 보고 자라서 내가 그 일을 잘 안다고 생각했죠. 인정사정없이 힘든 일이란 사실을요. 학교에 들어가기 전에는 아빠가 집에 거의 들어오지도 않았고, 학교에 들어가고 나서는 내가 저녁을 준비할 무렵에 아빠가 집에 왔죠."

"맙소사. 난 그 나이 때 수프나 데워 먹을 줄 알았는데."

그녀가 미소 지었다. "음, 아빠는 근면한 분이에요. 몇십 년간 어망을 끌어당기느라 등이 망가졌죠. 수술도 몇 번 받았고, 결국 그것 때문에 퇴직했어요. 그리고 아빠는 늘 내가 원하는 건 뭐든 할 수 있다고 생각하도록 애썼죠. '인생엔 800개의 어망보다 더 많은 게 있단다'라고 말하면서요."

"800개의 어망요?"

"그게 한 사람이 처리할 수 있는 양이래요."

"엄청나게 많은 바닷가재가 올라오겠군요."

"그래요. 그러니까 나는 좀 더 쉽게 살 방법을 안다고 생각했죠." 그녀는 테이블 위에 손을 내려놓았다. "그래서 의사랑 결혼한 거예요."

"하고 싶은 다른 일은 없었어요?" 그가 물었다.

그녀가 한숨을 쉬었다. "나중에 뭘 해야지, 하고 온갖 계획을 세웠었죠. 스물둘, 스물세 살 때는 시간이 영원할 것 같잖아요. 수심을 가늠할 수 없는 수영장 같죠. 거기에 뭔가가 있다는 건 알았지만 그건 늘 '나중으로' 미뤘어요. 나중에, 나중에. 뭔가가 일어나길 늘 기다렸다고 해야 하나. 사실, 지금도 내내 그러고 있죠. 이해돼요?"

"이해해요."

그녀가 로브 자락 한쪽에서 실밥을 집어냈다. "야구 말고 다른 걸 하고 싶어 했던 적 없죠?"

그가 푸흐흐흐 하고 소리 내어 웃었다. "없어요. 단 한 번도."

"부모님이 말리진 않았어요?"

그가 잠시 그 말을 생각해보았다. "자녀가 딱 한 가지 계획, 그러니까 애가 야구만 죽어라 하는 걸 바라지 않는 부모님도 있죠. 하지만 그런 부모들도 마침내는 포기하고 받아들여요. 우리 부모님은 나를 올스타 캠프에 있는 힘껏 밀어 넣었고, 난 거기에서 코넬에 가겠다고 생각하게 되었고…… 나머지는 당신도 알다시피, 짜잔."

그녀는 어둠 속에서 그가 울타리에 솔방울을 던지던 모습을 훔쳐본 일을 떠올렸다. 문득 그가 늘 그러고 다니는지 궁금해졌다. 슈퍼마켓 통로에서는 오렌지를, 기념품 가게 뒤편에서는 스노우볼을, 하얗게 바랜 선착장 가장자리에서는 성게 알을, 모두 다 부서질 때까지 끙끙거리면서 던졌을까? 투구를 다시 하려는 생각이 있는지도 궁금했다. 하지 않기로 약속했던 온갖 질문들이 하고 싶었다. 그가 정말로 돌았는지, 정신적으로 문제가 있는지, 도대체 무슨 일이 일어났는지.

"아빠가 바닷가재에 대해 수많은 걸 알려주실 거라는 말은 그냥 해본 거예요." 그녀가 말했다. "그래요. 준비됐어요. 우리 아빠는 당신한테 집주인으로서 어떤 정책을 갖고 있는지 물으실 거예요."

"오, 그거 기대되네요."

켈의 집 문은 열려 있었고 문가에는 앤디의 다섯 살배기 딸 릴리가 두 사람을 올려다보고 서 있었다.

"안녕하세요, 추수감사절에 오신 걸 환영합니다!" 릴리가 말했다. 오늘의 주인장은 스팽글로 개구리를 수놓은 흰색 긴팔 티셔츠에 갈색과 흰색의 체크무늬 바지를 입고 있었다. 여자애로서는 다소 모험적인 복장이었다.

"안녕, 개똥벌레." 에비가 말했다.

"안녕, 개똥이." 딘이 오른손으로 아이의 머리를 헝클어트렸다.

"아저씨, 만지지 마아아아아아." 릴리가 활짝 웃으며 툴툴대고는 집 안으로 달려 들어갔다.

"이런, 릴리가 당신을 한 방 먹였네요. 저거 봐요." 에비가 말했다. 칠면조에서 올라오는 따뜻한 김이 그들을 거실로 이끌었다. 거실에서는 에비의 아버지인 프랭크 애슈턴이 땅콩 접시를 들고 뭔갈 하고 있었고, 주방에서는 수다 소리가 흘러나왔다. 릴리는 지하실로 사라졌다. 그곳에서는 로즈가 할머니가 선물한 멋진 조립 로봇 세트나 튜브 요새 같은 걸 가지고 동생을 기다리고 있을 것이다.

"일어나지 마세요." 에비가 몸을 숙여 프랭크를 끌어안고 뺨을 부볐다. "잘 지내셨어요?"

프랭크가 에비에게 팔을 두르며 토닥였다. "우리 딸, 그럼. 잘 지내지." 그녀는 그 목소리가 늘 좋았다. 아버지를 한 번 꼭 끌어안고 팔을 풀었다.

"아빠, 여기는 딘."

딘이 프랭크와 악수를 나누었다. "뵙게 돼서 기쁩니다."

"나도 반갑네, 야구 이야긴 안 하기로 에벌리스와 약속했지." 이 말에 에비의 몸이 굳었다.

"그러시군요." 딘이 고개를 끄덕였다. "잠시 실례하겠습니다. 엄마 얼굴 좀 보고 올게요." 그는 에비에게서 호박 파이를 건네받고는 주방으로 몸을 돌렸다. "짜잔, 파이가 어떤지 보러 왔어요. 위에 코팅을 안 했으면 난 이따가 손으로 먹을 테야." 그의 말에 켈이 웃는 소리가 에비에게도 들려왔다.

딘에게 목소리가 들릴 만한 거리라서 에비는 아버지가 앉은 의자 쪽으로 몸을 숙였다. "아빠, 내가 하지 말라고 했단 말을 하면 어떻게 해요?"

프랭크가 손을 절레절레 흔들었다. "난 저 친구한테 아무것도 안 물어봤어. 그리고 그 얘기를 하지 말라고는 안 했잖니."

그때 앤디가 지하실에서 위로 올라왔다. "에비가 귀찮게 해요, 아저씨?"

"정답, 앤드루." 프랭크가 땅콩 네 알을 입에 던져 넣으며 말했다.

에비가 자리에서 일어나서 친구에게로 다가갔다. 앤디가 너무 세게 끌어안아서 그녀는 눈살을 찌푸렸다. "이렇게 보니 좋네." 그가 그녀의 귀에 대고 속삭였다.

"나도."

"아저씨랑 딘의 아버지는 친구가 되셨지."

"이런, 뭔 일이 생기겠군. 딘이 주방에 다른 분들이랑 같이 있는데."

앤디가 포옹을 풀었다. "딘, 너 우리 엄마 귀찮게 하는 거 아냐? 엄

108

마, 딘이 귀찮게 안 해요?" 그가 우렁차게 소리치며 걸어갔다.

딘이 다시 거실로 돌아올 때가 되어서야 에비는 코트를 벗을 수 있었다. 딘이 자신의 부모님과 함께 다가왔다. "에비, 우리 부모님이에요. 앤지 테니 씨와 스튜어트 테니 씨. 그리고 이 친구가 집주인 에비예요."

딘의 어머니는 회색 머리칼에 날씬했으며 볼이 붉었고 안경을 끼고 있었다. 아버지는 키가 크고 (딘 만큼은 아니었지만) 어깨가 넓었다. 에비는 두 사람과 악수를 했다. 그리고 딘의 엄마와 포옹을 하고 싶은 마음이 일어 가슴이 두근두근했다.

"얘기 많이 들었어요." 앤지가 말했다.

스튜어트는 허리에 양손을 짚고 섰다. "딘이 집에 난장판을 벌어진 않았나 모르겠어요. 에비 씨가 경찰을 부를 정도로."

"전혀 그렇지 않습니다." 에비가 말했다. "딘은 무척 좋은 세입자예요."

켈이 사과 한 조각을 베어 물며 주방에서 나왔고 그 뒤로 앤디가 따라 나왔다. "주방에서 해야 할 일은 다한 것 같아요." 켈이 말했다. "그런데 왜 다들 그러고 서 있어요?"

모두 자리에 앉았다. "자," 딘의 아버지가 입을 열었다. "오늘 아침 톰에게 들었어요. 톰이 낸시의 가족과 함께 볼더에 있다고요. 데이비드는 형 브라이언이랑 누나 집에 있고, 마크와 앨리슨은 크루즈 여행 중이죠."

"나의 형제들이에요." 딘이 에비에게 말했다. "아버지는 자식들 소식을 모두 함께 나누시죠. 형제들이 다 결혼한 건 말씀하셨나요?"

"마크는 크루즈 여행 중이래." 스튜어트가 다시 한번 말했다. "추수감사절에 말야, 누가 바다 한가운데 선상 욕실에 앉아 호박 파이를 먹는담? 조그마한 우산이 꽂힌 칵테일을 마시면서 먹는 건가? 지금까지 들은 말 중 제일 바보 같군."

아내 앤지가 웃음을 터트리면서 스튜어트를 팔로 쿡쿡 찔렀다. "멋진데요. 그 애들은 물을 좋아하니까."

"난 놀이공원에 가서 롤러코스터 타는 걸 좋아하지만 거기에선 추수감사절 음식은 못 먹는다고."

"스튜어트," 프랭크가 말했다. "자네 저지에서 자랐다고 했지? 코니 아일랜드 유원지에 가봤나?"

"물론이지." 스튜어트가 말했다. "고모 할머님네 집에 가면 롤러코스터를 탔지. 자넨 돌리우드 유원지에 가봤나?" 프랭크가 고개를 저었다. "선더헤드란 목재 롤러코스터를 들여놨더라고. 몇 년 전인가 여름에 타봤어. 거기서 내리고 나서 인생 신조를 다시 썼지."

"제게 좋은 걸 남겨주시길 바랄게요." 딘이 말했다.

"너한텐 고양이를 남길 거다."

"고양이는 됐어요."

"오, 알았다. 너한테 고양이를 꼭 남겨주고 가마." 스튜어트가 한번 더 강조했다. "그리고 매해 핼러윈마다 제대로 복장을 차려입고 5번가로 가라고 써놓을 거야, 안 그러면 아무것도 안 물려준다고."

"우리 마을에도 고양이를 데리고 돌아다니는 여자가 있어." 프랭

크가 말했다. "관광객들은 그게 동네 전통 의상인 줄 알더라고. 메인
주 사람들은 가죽 목줄을 채운 고양이들을 데리고 다닌다고 인터넷에
글이 올라와 있더라. 루이스가 후바를 메인가에 푸들처럼 홱 내던지
는 걸 어떤 바보가 보고 나서 올린 것 같아."

"후바가 아니고 호박이에요." 에비가 말을 정정했다.

"어쨌든."

"좋아요, 좋아요. 그런데 에비는 무슨 일을 해요?" 앤지가 날카롭
게 물었다.

에비가 웃음을 터트렸다. "전 여러 기자, 연구자 들과 같이 일해
요. 그 사람들이 딴 인터뷰를 듣고 정리하면서 글을 쓰고 내용을 쉽게
찾을 수 있도록 색인도 달아주고요. 재밌어요."

"딘이 기자들을 많이 알지." 스튜어트가 눈 한쪽을 찡긋거렸다.
"저 앤 인터뷰하는 거 좋아해."

에비가 딘에게로 몸을 돌렸다. "정말요?"

"우리 아빠는 나랑 같이 시작하려는 거예요."

"음, 그게 뭔지 지금 알고 싶네요." 에비가 말했다.

"에비한테 자니 부-후스 사건을 이야기해줘!" 스튜어트가 씨익
웃었다.

"자니 부-후스가 누구예요?" 에비가 물었다.

딘이 눈을 굴렸다. "누구가 아니라 '뭐'냐고 물어야 해요. 그건 브
루클린에 있는 바예요. 나를 언급한 잡지 기사 중에서 부모님이 제일
좋아하시는 이야기의 배경이 되었죠. 이건 내가 자니 부후스에서 치

킨 핑거를 한가득 먹으면서 시작돼요. 이런 일들은 늘 음식과 함께 시작되죠. 제니퍼 로런스가 데친 연어를 얼마나 먹었는지 알아요? 아님, 뭐든, 르브론 제임스 선수가 본인이 가장 좋아하는 장소에서 부리토를 얼마나 먹었는지는요? 사람들은 그런 데 관심이 많죠."

"난 르브론이 좋아하는 부리토 가게가 좋더라." 앤디가 한 손을 들면서 말했다.

"도움이 안 되네." 딘이 앤디를 한 손가락으로 가리켰다. 앤디가 미소를 지으며 의자에 등을 기댔다. "어쨌든, 대충 이런 식으로 시작하죠. '기자가 딘에게 스포츠 기사를 싫어하느냐고 묻는 동안 그는 목구멍에 냉동 프라이드 치킨을 꽉꽉 쑤셔 넣었다.'"

"그치들이 당신한테 물어보는 게 그딴 거예요?" 에비가 물었다.

"그러지 말아야 하는데 말이지." 앤지가 말했다. "그때 바에 있는 텔레비전에서 딘이 제일 좋아하는 해설자가 나오고 있었지."

"피트 댄지거." 스튜어트가 음울하게 말했다.

프랭크가 무시조로 코웃음을 쳤다. "아, '그' 바보."

"고마워요, 프랭크 아저씨." 딘이 말했다. "보셨어요? 프랭크 아저씨도 나랑 생각이 같다고요. 댄지거는 케이블 스포츠 방송국 앵커예요. 거지 같은 자식이죠."

"딘!" 앤지가 막말을 하는 아들을 저지했지만 얼굴에는 여전히 미소가 걸려 있었다. "켈, 이해해요. 내 아들이 이래." 켈이 손사래를 치면서 와인을 한 모금 더 마셨다.

딘이 말을 이었다. "한 3년쯤 전인 것 같은데, 메츠에서 뛰는 도메

니코 가자가 홈런을 치고 세리머니로 플로리도 마르케스와 가슴을 부딪던 일에 대한 이야기가 흘러나왔죠. 그때 노친네들이 모두 화를 내고 불만을 표하면서 가자가 투수든 누구든 나타나게 해야 한다고 말했죠. 그리고 댄지거가 선수들이 예의를 갖추는 법에 대해 알아야 한다고 말했고요. 나는 그 모습을 보고 기자에게 가자와 마르케스가 백인이라면 아무도 그 일에 그토록 흥분하진 않았을 거라고 말했죠."

"오, 그랬겠죠. 당신이라면." 에비가 말했다.

딘이 마치 몸으로 그때의 분노를 상기하기도 하듯이 약간 자세를 고쳐 앉았다. "도메니코 가자가 아니라 제임스, 레오, 프랜시스, 패트릭 같은 이름을 갖고 있었다면 아무도 그에게 무례하게 굴지 않았을 거예요. 가자는 그냥 경기를 사랑할 뿐이에요, 하고 내가 말했고 기자들은 이걸 그대로 기사로 내보냈죠."

"댄지거는 그 말을 좋아하지 않았지." 딘의 엄마가 말했다.

"네." 딘이 열의 없이 미소 지었다. "그는 나중에 제가 한 경기에서 네 차례나 폭투를 하자 바로 기사를 썼죠. 그래서 전 그걸로 벌충했다고 생각했어요."

침묵이 문 안을 휩쓸고 창 주변에서 갈라졌다. "난 네가 자랑스러웠다." 마침내 앤지가 입을 열었다. "넌 늘 본인이 옳다고 생각하는 걸 말했어. 그래서 사람들이 널 인터뷰했던 거야. 네가 진실을 말하니까."

"그 상황처럼." 스튜어트가 말했다.

"오, 상황!" 앤지가 심장을 부여잡았다.

에비가 앞으로 몸을 숙였다. "정말로요."

딘이 몸을 의자에 기대고 갑자기 탈장이라도 생긴 듯 끙 하고 신음했다. 하지만 앤지는 고개를 끄덕였다. "딘은 그때 여자친구였던 멜라니가 출연한 영화의 레드 카펫에도 섰었지. 무척 멋졌는데. 사람들이 팬들에게 한마디만 해달라고 청하자 이렇게 말했지. '기후변화를 부정하는 건 지구가 평평하다고 믿는, 모두 함께 물에 빠져 죽길 바라는 백치들이나 하는 짓이죠.'"

"'고지식한 멍텅구리'라고 했어." 스튜어트가 정정했다. "모두 함께 물에 빠져 죽길 바라는 고지식한 멍텅구리라고."

"맞아요." 앤지가 애정을 담뿍 담은 어조로 말했다. "고지식한 멍텅구리."

"네가 정치에 관심이 많은 줄 미처 몰랐구나." 켈이 딘에게 말했다.

"정치는 됐어요. 전 그저 「매드 맥스」의 유아용 수영장에 남은 마지막 물 한 양동이 때문에 전쟁하다 죽고 싶지 않을 뿐이에요."

에비와 앤지의 눈이 마주쳤다. 두 사람은 눈으로 웃음을 참기로 약속했다. "모두 모여 행복한 명절을 보내니 딘의 기분이 좋은 것 같네." 앤지가 아들 쪽으로 유리잔을 들어 보였다.

"엄마한테는 얼간이 아들들이 한 무더기나 있죠." 딘이 미소를 지었고 모두들 그에게 건배했다.

프랭크가 텔레비전으로 미식축구 경기를 틀었고 거실과 주방에서는 대화가 일어났다가 가라앉곤 했다. 어느 순간에는 프랭크가 터치다운에 격분하다가 과카몰리 접시를 떨어뜨렸다. 그가 도움을 청하기도 전에 에비가 키친타월을 들고 주방에서 쏜살같이 나왔다.

주방에서 에비는 켈 옆에 서서 감자 껍질을 벗겼다. 켈은 사람들을 먹이고, 마시게 하고, 서로 포옹을 하게 했다. 지난 몇 년간 켈의 세련된 짧은 머리칼은 점점 하얘졌고 그녀가 만든 차우더 수프는 점점 더 맛있어졌다. 켈은 어린 나이에 남편을 잃었다. 앤디가 아기일 때였다. 앤디와 로리가 로즈와 릴리를 낳자, 그녀는 콜로라도에서 친구들과(그중에는 스튜어트와 앤지도 있었다) 보내는 삶을 포기하고 가족과 함께 살고자 메인주로 왔다. 그래서 토머스턴에 있는 작지만 멋진 이 집을 산 것이다. 그녀의 집에는 과일은 의무적으로 먹지만 아직 채소는 먹지 않는 손녀들의 침실도 있다.

켈은 에비에게 딘에 대해 무척이나 많이 물었다. 에비가 아무리 자기들은 '순수한 집주인과 세입자 관계'라고 설명해도 그녀는 개의치 않았다. 진짜로 묻는 건 그게 아니었다. 에비는 자신과 앤디가 결혼하지 않으리라는 걸 믿지 못하는 여인의 흥미를 딴 데로 돌려야 했다.

에비는 오븐을 지켜보며 칠면조가 익었나 확인했다. 칠면조가 바삭바삭하고 노릇노릇해지는 모습을 한동안 지켜보았다. 그러고 나서 감자를 깎고, 가져온 호박 파이를 잘라서 바구니에 담았다. 파이 안에는 완두콩과 캐슈넛 소가 들어 있었다. 켈이 특제 생 크렌베리 소스를 만들고 감사를 표했다.

"캔에서 음식을 꺼내고 추수감사절 테이블에 올려놔!" 그녀는 이 말을 적어도 1년에 한 번은 하는 것 같았다. "석유 굴착 장치 위에 딸린 간이식당에서 먹는 것 같을 거다!" '간이식당'이 이따금 '대학 기숙사방' 같은 걸로 바뀌기도 했지만 그중에서도 에비가 가장 좋아하는 표현은 '차에서 기어를 넣으면서 먹는 것'이었다.

모든 준비가 끝났고 모두 테이블에 둘러앉았다. 릴리와 로즈는 자기들 방에서 책상을 끌고 왔다. 다들 서로의 팔을 살짝살짝 치면서 음식을 배에 꾹꾹 눌러 담았다. 잔에 와인이 채워졌고 프랭크가 손에 칠면조용 칼을 들고 앉아 솜씨를 보일 준비를 했다. "이거 무척 아름답군. 켈, 고마워. 지금 모두에게 하고 싶은 말이 있어."

에비의 얼굴이 붉어졌다. 와인 때문은 아니었다. 몇 해 전의 결혼식 날이 생각났던 것이다. 그날 아빠는 자리에서 일어나서 에비가 열두 살 때의 일을 이야기했다. 부녀가 함께 동물원에 간 적이 있는데, 아빠가 그때까지 간직하고 있던 엄마의 선글라스를 딸에게 빌려주었다. 그런데 에비는 선글라스를 잃어버렸고, 그 탓에 계속 불안 발작을 일으키며 벤치에 옹송그리고 앉아 숨을 헐떡거리면서 자신이 죽게 될 거라고 생각했다. 나중에 보니 선글라스는 가방 옆주머니로 미끄러져 들어간 것뿐이었다. 아빠에게 이 일은 사랑스럽고 예민한 딸의 성격과 관련된 일화, 고작 물건 하나 잃어버렸다고 정신을 놓은 소녀의 이야기일 뿐이었다. 하지만 이 사건은 적어도 에비에게는 엄마가 떠난 뒤 생겨난 구멍을(공황 상태를 포함한) 어떻게든, 무엇으로든 황급히 막아보려는 뼈아픈 시도 중 하나였다.

그리고 프랭크가 건배를 선언했다. 팀이 에비와 결혼한 것, 혹은 에비가 팀과 결혼한 것이 행운이란 말 같은 건 하지 않았다. 대신 무척이나 특별하게 에비는 행운아고, 팀은 그런 그녀와 결혼하는 거라고 말했다. "우리 가족은 무척이나 행운아고, 우리 딸 에벌리스도 엄청난 행운아지, 그래서 팀이 에비의 남편이 되고 싶어진 거야." 그녀는 아빠의 말이 평범하고도 관용적인 감사 표현임을 알았다. 프랭크는 '여성 평등권' 운동을 물리치기 위해 일하는 어머니와 1997년 추수감사절 저녁 테이블에서 '여성 해방'에 불쾌감을 표하는 아버지 밑에서 자란 양반이었다. 그리고 늘 누군가가 에비를 돌봐주기를 바랐으며, 그가 생각하기에 결국 딸은 행운을 거머쥐었다.

회상에서 돌아온 에비가 고개를 살짝 저었다. "아빠, 애들 배고플 거예요. 이제 먹어요."

"에벌리스, 아직 1분 남았어." 프랭크가 대꾸했다. "모두 이렇게 모여서 기쁘다는 말을 하고 싶어. 오랜 친구들, 그리고 새 친구들, 다 함께 모여서 기쁘네. 물론 우리 로즈와 릴리가 있어서 더 기쁘고. 매년 너희들이 크는 걸 보면 정말이지 놀랍구나."

"아멘." 에비가 투지를 불태우며 포크를 집어 들었다.

"얘야, 그렇게 축복에 달려들지 마라. 좀 기다려 봐." 프랭크가 말했다. "스튜어트와 앤지가 여기에 와서 무척 기뻐. 스튜어트와 앤지, 그리고 딘까지 알게 되어서 정말이지 벅차네. 우리 딸이 그 일을 겪고 나서 여기 와준 것도 행복하고. 에비가 정말 많은 호의를 받았지."

"아빠." 에비가 말했다.

프랭크는 아랑곳하지 않고 말을 이었다. "수많은 아빠가 딸이 의사랑 결혼해서 행복하게 살길 바라지. 난 에벌리스가 매일 밤 남편이 탄 바닷가재 배가 들어오는지 안 들어오는지 신경 쓰며 살지 않길 바랐어. 모두들 이해하겠지. 그리고 우리 딸은 언젠가 내 목숨을 구해줬던 좋은 남자와 결혼했어. 그날만큼 딸애가 자랑스러웠던 적이 없어, 앞으로도 그럴 것 같고."

에비는 뭔가에 '붙잡힌' 기분을 느꼈다. 나중에 생각해보니 그런 느낌이었다. 몸 전체로 통증이 녹아들고, 팔과 다리에 뭔가 슬금슬금 기어가는 느낌이 들고, 머리가 죄어와서 폭발 일보 직전이 되었다. 그녀가 포크를 내려놓고 아빠를 보고 말했다. "진짜요?"

프랭크가 말을 멈췄다. 그리고 모두가, 모든 것이 동작을 멈췄다. 어쩌면 지구까지도. 입을 연 사람은 앤디였다. 하지만 그도 "에비"라고 부르는 것 외에는 말이 없었다.

대체 어디에 행복이 있었단 말인가. 에비가 다시 말을 이었다. "난 그날 이후로 열세 달을 소파에 누워서 보냈고, 이제 열네 달이 되어가고 있어요. 그간 집 밖에 거의 나가지도 않았어요. 간신히 살고 있다고요. 아빠가 나를 자랑스러워하는 걸 바라진 않아요. 난 이제 더 이상 의사랑 결혼하지 않고 혼자 잘 살 거예요. 그게 아빠가 생각하는 제일 멋진 일은 아니겠죠. ……어쩌면 난 앞으로 50년은 더 살아야 할지도 모르는데, 지금이 내 인생의 하이라이트가 아니길 바랄 뿐이에요."

"아버지가 그런 뜻으로 말씀하신 건 아니란다, 얘야." 켈이 지극히 부드러운 목소리로 말했다. 엄마 같은 목소리였다. 에비가 지금 바로 뭔가, '뭔가'를 해야 한다고 여기는 목소리였다. 그 순간 '자기' 엄마가 아니라 앤디나 앤지가 그녀가 아버지에게 소리 지른 걸 그보다 더 불경할 수 없는 일로 생각하지 않길 바라면서 몸을 움츠렸다.

"물론 그런 뜻으로 말한 건 아니다. 애야, 바보 같이 굴지 마라." 프랭크가 말했다. "내가 알기론……."

"그만해요!" 그녀가 말했다. "아빠는 아무것도 몰라."

"우리는 감사해야 할 일에 대해 이야기하고 있었어." 프랭크가 말했다. "그리고 난 네가 강하다는 게 감사해."

에비는 자신에게로 시선이 모인 걸 느꼈다. 예민한 두 아이가 방 안 공기가 왜 이렇게 변했는지 두리번거렸고 반⧾이방인들은 뭐라고 말해야 할지를 몰라서 가만히 있었다. 그녀는 옆에 앉은 딘을 보았다. 그는 테이블에 올려놓은 주먹만 바라보고 있었다. 다시 아버지에게로 시선을 돌렸다. 그는 이해할 수 없는 표정으로 칠면조를 갈라도 되는지 고민하고 다음에 뭘 해야 할지 몰라 하는 중이었다. 그녀도 뭘 해야 할지 알 수 없었다. 마치 자신이 들고 있던 유리잔을 집어던지기라도 한 것 같았다. 바닥에는 깨진 유리 조각도 없는데 말이다. 그녀가 숨을 깊이 들이마셨다. 머리를 조여오던 압박감이 느슨해졌다.

"미안, 미안해요. 나한테 뭔가 문제가 있는 것 같네."

"이해한다." 그녀의 아버지가 안도하고는 칼을 집어 들었다. "너도 그러려던 건 아니었겠지. 이제 먹자꾸나."

토마스턴에서 캘카셋으로 돌아오는 길은 30분 정도 걸렸다. 딘의 트럭을 타고 돌아오면서 에비는 고개를 묻고 눈을 감았다. "우리 아빠는 5년에 한 번씩 자기 감정을 이야기해요." 그녀가 말했다. "하지만 그럴 때 돈이 가치를 발하죠."

"그런 거였군요." 딘이 말했다.

"내가 아빠한테 소리를 질렀다니, 믿을 수가 없어요." 그녀가 말했다. 딘은 다음 말이 나오기를 기다렸다. 다시 한번 말 사이에 방점이 찍혔다. "그러지 말았어야 했는데."

"아버지한테 한 번씩 말해야 해요."

"무슨 뜻이에요?"

"말 그대로예요. 당신이 계속 거짓말하는 한, 계속 화가 나는 사건이 생길 거예요. 그게 아버지에게는 불공평한 일이죠. 당신한테도요."

그녀가 고개를 들고는 어둠 속에서 그를 쏘아보았다. "무슨 소리죠? 내가 무슨 거짓말을 한다는 거예요?"

"당신이 대단히 멋진 결혼 생활을 한 것처럼 행동하는 한, 대단히 멋진 결혼 생활이 아니었다는 걸 아버지가 어떻게 아시겠어요?"

"뭐, 부모들은 죄다 자식이 대단히 멋진 결혼 생활을 하고 있다고 생각하죠."

"그 말 다시 해봐요."

"다시요?"

"부모님들은 무조건 자기 자식이 대단히 멋진 결혼 생활을 한다고 생각하지 않아요. 농담하는 거 아니죠? 우리 아빠는 며느리 한 사람에게 적응하기까지 무려 5년이란 시간이 걸렸어요. 심지어 아버지는 그 부부가 금방 이혼할 거라고 장담했죠. 그것도 결혼식 날에요. 다시 말해봐요."

"무슨 말을 하려는 건지 모르겠네요." 에벌리스가 눈을 비볐다. "어느 자식이 부모님에게 세세한 부부 관계를 전부 다 말하겠어요? 그저 아빠는 내가 사는 동안 이해해야 하는 부분인 셈이죠."

"아빠니까요."

"네."

"그런데 어째서 앤디도 모르는 거죠? 걘 당신이랑 가장 가까운 친구일 텐데."

"'친구일 텐데'는 무슨 뜻이에요?"

"걘 그 빌어먹을 일에 대해 모르잖아요. 당신이 1년 동안 힘들어

했던 게 남편이 그리워서 그런 거라고 생각하던데. 당신 아빠도 아닌데 말이죠. 앤디는 당신의 남편이었던 그 의사가 완벽하지 않았다는 걸 알아도 될 사람이잖아요. 당신은 앤디가 가장 친한 친구라고 말하고, 앤디도 당신이 가장 친한 친구라고 말해요. 당신이 아는 사람들 중 절반은 둘이 그렇고 그런 사이라고 생각하는데, 그 친군 무슨 젠장 할 일이 일어났는지 알지도 못하죠. 이제 누구에게든 진실을 말할 때가 되었어요."

"지금 거래 위반한 거 알죠?" 그녀가 마침내 입을 열었다. "죽은 내 남편에 대해 이야기하고 있잖아요."

"취소할래요." 그가 말했다.

"뭘 취소해요?"

"그 거래요."

"거래 전부 다요?" 그녀가 물었다.

에비에게 경고 신호와 함께 처음 떠오른 생각은 그냥 몸을 풀고 그의 어깨 위에 무너지자는 것이었다. 하지만 두 번째로 든 생각은, 결국 그래서는 안 된다는 거였다.

"그 거래는 취소할 수 없어요. 우리 다시 악수하죠."

"난 그렇게 했어요."

"좋아요, 좋아." 그녀가 자세를 바로 했다. "당신은 왜 공을 던지지 못하게 된 거죠?"

어둠 속에서도 그가 움찔하는 게 보였다. "몰라요. 왜 그런지 알아보려고 별짓 다해봤는데 알 수가 없었어요. 그냥 그래요. 그렇게 됐어요. 울고불고할 만큼 중요한 것도 아니고, 거지 같긴 하죠. 하지만 신경 껐어요."

당신, 어둠 속에서 녹초가 될 때까지 솔방울을 던졌잖아, 그녀는 생각했다. 농담은 지금 누가 하는데?

"음." 조용하지만 확실하게, 회의적이지만 동정 어린 투로 그녀는 말했다. 에비는 늘 잡음 속에서 수많은 것들을 구해내려고 애썼다.

"팀이 목숨을 구해줬다는 아버지의 말은 무슨 뜻이에요?" 딘이 물었다.

에비가 한숨을 쉬었다. "팀이 의대에 다닐 때인데, 우리 셋이 저녁을 먹는 날이었어요. 아빠가 배에서 물건을 끌어내릴 때면 등이 죄어드는 것처럼 아프다고 투덜대셨죠. 그러자 팀이 아빠를 모시고 응급실에 갔고 경미한 심근경색이 있다는 걸 알게 되었어요. 지금은 괜찮아요. 거의 10년쯤 된 일이에요. 팀이 응급실로 빨리 모셔간 게 다행이었죠. 나였다면 아버지 등 뒤로 가서 일찍 주무시라고 말했을 거예요."

"와."

"네, 그 일로 팀이 생색도 내더군요. 1년쯤 후 언젠가 다투는데 팀이 그러더군요. '에벌리스, 당신은 은혜도 모르는군. 하나밖에 없는 부모를 잃을지도 모르는 걸 구해줬더니.' 내 얼굴에 대고 똑바로, 큰소리로 그렇게 말하더군요. 당신이라면 믿겠죠."

"믿어요."

"알아요." 그녀가 손가락으로 문을 톡톡 두드리면서 잠시 말을 멈추었다. 딘이 무언가 말을 할 거라고 생각했지만 그는 아무 말도 하지 않았다. "또 언젠가 7시에 저녁 식사를 하기로 했는데 내가 30분 늦어서 그가 완전히 돌아버렸죠. 근데 분명 그 사람이 먼저 7시 반에 만나자고 했거든요. '당신이 7시 반이라고 했잖아'라고 했더니 그가 '에비, 난 7시라고 말했어, 당신이 책을 읽을 때'라고 대답했죠. 모든 게 이런 식이었어요. 한번은 팀이 하키를 보다가 휴대폰을 집어던져서 부순 적도 있어요. 기계에 작은 문제가 생겼던 것 같은데 그 사람은 별일 아닌 것에도 그런 식이었죠. 만약 그가 문을 잠그지 않고 집을 나섰다면, 그건 내가 잠그겠다고 말해서예요. 문자 메시지를 보냈는데 내가 회신을 안 한다면, 그건 팀이 나한테 문자 메시지를 보내는 걸 잊어서가 아니라 내가 주의력이 부족한 거였죠. 뭐든지."

그녀는 딘이 운전석에서 자신을 곁눈질하고 있다는 걸 알았다. 하지만 고개를 돌리지 않고 그저 차창에 비친 그를 응시했다. 집에 거의 다 도착했을 무렵, 이전에는 캘카셋 브레이브스 팀이 경기를 했고 이제는 클로 팀이 경기를 하는 데이시 공원 옆을 지나갔다. 그녀가 그에게 공원을 가리켰다.

"겨울에는 저 공원에서 뭘 해요?" 딘이 물었다.

"아무것도 안 해요." 그녀가 말했다. "그냥 비워진 채로 있어요. 클로 팀이 비시즌이라서 공원도 쉬죠. 우리도 다요, 아마도." 그녀가 하얀 잔디와 잎이 거의 다 떨어진 나무를 응시했다. "눈 속에서 야구 경기를 해본 적 있어요?"

"가끔. 많이는 아니고요." 그가 말했다. "해보려고 하지 마요. 추우면 손가락이 제대로 안 움직여서 공도 잘 못 던져요. 가끔 가을에도 그럴 때가 있긴 해요."

트럭이 집 차량 진입로로 들어섰다. 그녀는 조수석에서 미끄러져 내려가 11월의 차가운 공기 속으로 발을 내딛었다. 두 사람은 문 옆 매트 위에 신발을 벗어 두었다. 묻은 눈을 녹이기 위해서였다. 그녀가 소파에 털썩 몸을 날리며 물었다. "좀 더 놀까요? 텔레비전 볼래요?"

"아뇨, 파이가 소화될 때까지만 잠깐 앉아 있을게요. 두 조각이나 먹어버렸어요. 그러지 말았어야 했는데." 그가 그녀 옆에 앉았다. 두 사람은 소파 등받이에 몸을 기댔다. 너무 배부르게 먹어서 꼼짝도 하기 싫었다. 마침내 그가 고개를 돌렸다. "저기, 뭣 좀 물어봐도 돼요?"

"네." 그녀도 그에게로 고개를 돌렸다.

"당신이 간신히 먹고산다고 아버지한테 말했잖아요."

"네, 당신은 나한테 집세를 내고 나는 그걸로 공과금을 내죠."

"그러니까…… 당신 남편은 의사였잖아요. 그 사람은 왜 생명보험도 안 들어놓은 거죠?"

"들어놨어요."

"안 들었다고 앤디가 그러던데요."

"내가 그렇게 말했으니까요." 딘이 그녀를 쳐다보았다. "네, 거짓말했어요."

"왜 거짓말을 했어요?"

"그러니까 앤디가 거기에 대해 안 물어봤죠."

"보험금…… 받았어요?" 그가 한쪽 눈썹을 치켜올렸다.

그녀가 눈을 두 번 깜빡이고 잠시 생각하고는 숨을 깊게 들이쉬었다. "아무한테도 말하면 안 돼요. 앤디한테도요."

"알았어요."

그녀가 천장을 올려다보았다. "받았어요. 하지만 그건 내 것이 아니에요."

"누구 줬어요?"

에비가 눈을 감았다. "이제 그렇게 하려고요. 다 끝나고, 다 정리되고 나서 수표를 받았어요. 그리고 변호사한테 가서 내가 가진 돈이랑 멀찍이 떨어뜨려 놨죠."

"왜요? 보험금이 필요 없어요?" 그가 물었다.

그녀가 시선을 돌리고 그의 속눈썹이 얼마나 긴지 가늠했다. 비록 지금 할 일은 아니었지만. "음, 딘, 그건 돈이잖아요. 집엔 공과금 청구서가 수두룩 쌓여 있고요. 당연히 돈이 필요하죠."

"그런데 왜 그 돈을 안 써요?"

그녀가 다시 한번 시선을 돌리고는 천장을 응시했다. "······설마요. 지금 당장만 안 쓰는 거예요."

그도 천장을 올려다보았다. "조금 이상하네요."

에비가 웃음을 터트렸다. "당신 입장에선 그렇겠죠."

두 사람은 가스 난로를 켜고, 빵빵하게 부른 각자의 배에 손을 얹고, 그날 저녁 식사자리에서 나눈 재밌는 동네 소문 몇 가지를 입에 올렸다. 그러다 마침내 딘이 피곤하다면서 잠을 자러 가겠다고 말했다. 그녀는 자세를 고쳐 앉았고, 그는 사려 깊게 일부러 요란한 척 소파에서 몸을 일으키고는 등과 어깨를 쭉 펴고 서서 목 뒤를 문질렀다.

"내일 봐요."

"잘 자요." 그녀가 대답했다. 평소와 같이. 하지만 그때, 평소와 다르게 딘이 갑자기 에비에게로 몸을 숙였고 그녀는 반응할 새도 없이 그와 얼굴을 마주하게 되었다. 그가 에비의 이마 한가운데에 키스를 했다.

"행복한 추수감사절이었어요." 그러고 나서 딘은 별실로 향했다. 문이 닫혔다.

"행복한······ 추수감사절이었어요." 그녀가 그의 등 뒤로 조그맣게 외쳤다. 손이 이마 한가운데로 올라갔다.

부서진 두 사람의
한집 동거 생활

  기사의 제목은 「실패의 철학을 향하여」였다. 《에스콰이어》12월 호에 실린 것으로, 미국인들이 실패를 어떻게 느끼고 다루며 규정하는지를 정리한 글이었다. 여기서 다룬 네 가지 사례 중 하나는 전 뉴욕 양키스의 슈퍼스타 투수 딘 테니였다. 글쓴이는 딘을 '실패한 책'이라고 지칭했는데, 이건 자랑스러워 할 만한 명칭은 아니었다.

  테니는 뉴 코카콜라처럼 기억될 것이다. 이제 그는 인간의 형태를 띤, 팔리지 않게 된 상품이라고 할 수 있다. 한때 그는 유망주로 선수 생활을 시작했다. 경이로운 신체를 지니고 있었으며 인간의 가능성 그 자체를 보여주는 견본이었다. 하지만 이제는 그 무엇도 중요치 않다. 지금 상황을 보면 차라리 그가 성공하지 않는 편이 나았을 듯하다. 그는 이제 포수를 지나쳐 날아가는 공, 홈으로 질주할 행운에 당황해 하는 주자들, 헐뜯는 말을 할 수 없어 곤란해하는 동료 선수들의 모습으로 기억될 것이기 때문이다. 보통 사람들은 이런 모습을 지켜보면 그걸 어떻게 설명해야 할지 알 수 없게 되며 자기 자신에게도 이런 일이 일어날 수 있다는 부정적 생각에 이르게 된다. 이것은 정신적 취약성에서 기인한 문제로, 스스로의 힘으로 회복될 수 없을 만큼 정신적으로 무너진 것을 의미한다.

레니는 더 이상 투수가 아니다. 그는 유령이 되었고 우리에게 공포를 불러일으킨다. 어느 정도 성공한 인물들에게는 살아 숨 쉬는 최악의 시나리오가 되었다. 그러니까 노력이 한순간에 물거품이 될 수 있다는 것을 보여주는 이야기인 것이다. 즉, 우리의 삶이 어떤 분명한 이유 없이 더 이상 쓰이지 않고, 마지막 문장을 맺지 못한 채 테이블 위에 버려진 원고 초안으로 남게 되는 그런 시나리오 말이다.

12월의 월요일 저녁, 이 기사가 나왔을 때 앤디의 차는 에비네 집 차량 진입로에 들어서고 있었다. 에비는 문을 열고 분홍색과 보라색 코트에 둘둘 싸인 여자아이 둘과 그들의 아버지를 맞이했다. 앤디는 그녀의 얼굴을 보고는 잠시 탐색하는 듯한 시선을 보냈다. "이런 개자식들." 그가 입모양만 벙긋거리며 말했다. 그녀가 고개를 끄덕였다.

"들어오렴, 들어와." 에비가 로즈와 릴리에게 말하고는 코트를 벗겨주었다. "너희들은 위층으로 올라가서 큰 침실로 가렴. 아줌마는 몇 분 뒤에 올라갈게."

"「인어공주」!" 릴리가 꽥 소리를 질렀다.

"그래, 「인어공주」 보여줄게. 언니한테 덤비지 말고. 릴리, 우리 파자마 파티할 거야. 알겠니?"

"「인어공주」!" 릴리가 다시 한번 꽥 소리를 지르고는 로즈와 함께 남은 계단을 달려 올라갔다.

앤디가 민망한 표정을 지었다. "널 힘들게 하겠다는 소리로 들리네. 애들 봐줘서 고마워. 그런데 걔가 너한테 아무 말도 안 해?" 앤디가 물었다.

"응. 별실로 들어가서 문을 닫고 한마디도 안 해." 에비가 말했다.

"알았어. 데리고 나간 다음 한잔하면서 이야기할 기분인지 아닌지 살펴봐야겠네." 앤디가 에비와 주방으로 걸어가면서 별실을 향해 딘의 이름을 소리쳐 불렀다. "야, 나갈 수 있어?"

"잠깐만." 딘의 피곤한 목소리가 들려왔다.

앤디와 에비는 주방 테이블에 앉았다. 그녀가 한쪽 눈썹을 치켜올렸다. "그래서, 새 여자친구는 어때?"

앤디가 한 파티에서 모니카 벨이라는 고등학교 교사를 만났고 그 뒤로 두어 차례 데이트를 했다는 걸 에비는 알고 있었다. 하지만 앤디는 그 일에 대해 별말을 하지 않았다. 그가 씩 웃었다. "재밌는 여자야. 같이 영화를 보러 갔어. 주인공 하나는 프랑스 사람이고, 다른 주인공은 네가 싫어하는 제시카 차스테인이었는데."

"아, 알아. 그 배우는 브라이스 댈러스 하워드일 거야. 프랑스인이 아니라 캐나다인이지만, 어쨌든 뭔지 알겠다(2011년 영화 「헬프」를 말하고 있다. -옮긴이).”

“어느 나라 사람이든, 뭐. 어쨌든 우리는 영화를 보고 폰테인에서 저녁을 먹었어. 멋졌어. 난 그녀가 좋아. 분명 너도 좋아할 거야.”

“잘됐군.” 에비는 머릿속으로 두 사람의 모습을 그려볼 수 있었다. 레스토랑 구석에 놓인 테이블 하나를 같이 차지하고, 영화를 보러 들어가서 좌석에 나란히 앉아 있는 모습을. 저녁 식사, 극장 데이트를 상상하는 건 마치 누군가의 집에 무단 침입하는 것 같은 기분이 들었지만 그렇게 하지 않을 수가 없었다. “좋았겠네.”

“너도…… 언젠가 그럴 수 있겠지.” 앤디가 에비를 톡톡 쳤다. “네가 그러기로 결심만 한다면.”

“뭐, 모니카 벨이랑 데이트하는 거?” 또 사실을 회피했다. 이건 실속 있는 전략이기도 했다. 오만한 짓이기도 했고. 앤디에게 여자친구가 생긴 걸 놀리는 것처럼 보일 행동이기도 했다.

앤디가 눈을 굴렸고 에비가 항복의 표시로 한 손을 들었다. “미안, 네 말 무슨 뜻인지 알아. 근데 그런 일은 전혀 생각해보지 않아서 그랬어.”

“응, 그러지 말지. 근데 내가 이 말을 안 했네. 데이트를 시작한 남자보다 더 최악인 건 없다고 말야. 데이트를 시작하면 갑자기 모든 사람이 다 연애를 해야 한다고 생각하게 되거든. 난 그러지 않도록 조심할게.”

그녀가 고개를 저었다. “네가 그럴 거라고 생각 안 해.”

"난 언제나 네 친구일 거야."

"그래."

"근데 난 너도 '그럴 수 있다'고 말했다, 나는."

"나도 내가 그럴 수 있다는 거 알거든." 하지만 에비는 자신이 그럴 수 없으리라고 거의 확신했다. 앤디의 말은 두 가지 의미를 갖고 있었다. 그녀도 데이트가 가능하다는 뜻이자, 그녀에 대해 함부로 판단하지 않을 신중한 사람과 데이트를 할 수 있을 거라는 뜻. 그럴 만큼 시간이 충분히 지나기도 했으니까. 하지만 이 두 가지 모두 오판이었다. 야구에 비유하자면 에비는 1루를 밟는 건 고사하고 유니폼을 입는 것조차 상상조차 할 수 없는 상태였다. 여전히.

"데이트, 생각은 하겠지. 아직도 그게 잘못인 것처럼 느껴지지만."

"왜?"

"뭐랄까, 난…… 미망인이이잖아. 언젠가 이런 인터뷰를 가지고 작업을 한 적이 있어. 가끔 같이 일하는 제이슨이라는 사람이 따온 인터뷰였지. 제이슨이 제2차 세계대전 직후의 여인들에 관한 주제로 어떤 교수를 인터뷰했는데 주로 군인 남편을 잃은 '미망인'에 대한 거였어. 그걸 보고 나는 팀이 죽은 뒤로 내내 나 스스로를 미망인이라고 지칭하지 않았다는 사실을 깨달았지. 아니, '그의' 미망인이라고 말이야. 어딘가에 가서 '전 에벌리스 드레이크라고 해요. 팀 드레이크 박사의 미망인이죠'라고 나를 소개하진 않았지. 실은 드레이크의 미망인이면서."

"BBC 드라마가 아니고서야 실제로 사람들이 그렇게 말한다고 생각하지는 않는데.”

“‘미망인’이란 단어 때문에 이 일에 대해 생각하기 시작했어. 배우자가 죽은 여인을 지칭하는 단어가 존재한다는 건 참 이상하지. 하지만 그게 현실이야. 그게 나고. 지금 이 순간 나는 미망인이야. 늘 미망인이지. 어딜 가든 미망인이고, 내가 어째서 미망인의 기분을 느끼는지 ‘끊임없이’ 설명해야 하지. 사전에서 그 단어를 찾아봤는데 재혼을 하면 더 이상 미망인이 아니게 되더군. 내 남편이었던 남자가 죽은 건 매한가지인데 말이지.”

그가 얼굴을 찌푸렸다. “그거 참 이상하네.”

“그렇지? 누군가가 키스로 깨워줄 때까지 혼수상태로 있어야 하는 공주 같은 거지.”

“음, 잠들어 있는 거지.” 앤디가 의미를 분명히 했다.

“누가 잠들어 있는데?”

“공주, 그녀의 이름은 ‘잠자는 공주’야. ‘혼수상태에 빠진 공주’가 아니라. 난 최근에 이 동화를 읽어서 잘 알아. 그냥 잠들어 있는 거야. 날 믿어. 하지만 네가 뭘 말하고 싶은지는 접수했어.”

“그거 이상하지.” 에벌리스가 그에게 말했다. “내가 결혼을 했었다는 이유로 그래야 한단 거잖아. 재혼하기 전까진 그 굴레에서 벗어날 수 없고. 내가 죽 혼자가 아닐 수 있을까? 나는 결혼했던 여자이거나, 아니면 계속 미망인인 거야.”

앤디가 잠시 생각을 하고는 한 손가락을 들었다. “네가 재혼을 했다가 다시 이혼하면 어떻게 되는 거야?”

"하, 그럼 그냥 이혼녀 아냐?"

"그럼 재혼했다가 결혼을 무효로 하면?"

"그럼 다시 미망인으로 되돌아올 것 같은데." 그녀가 테이블을 응시했다. "끔찍하네. 뭐든 해야겠어. 날이 추워지고 일을 하지 못하게 되면 집에 앉아 빈둥거리면서 내 뼈를 하나하나 느끼게 될 거야."

"무슨 소리야? 뼈를 느낀다니?"

"난 내 몸의 뼈를 느껴. 음, 그러니까 내게 뼈가 있어서 다행이라는 걸 무척 잘 알고 있다는 소리지. 칠면조 고기를 발라낸 것처럼 뼈가 없다면 난 근육, 피부, 지방, 내장 한 무더기가 든 가방이나 다름없을 거라고."

"끔찍하게."

"미안." 그녀가 목소리를 살짝 낮췄다. "비극의 여주인공처럼 보이고 싶지 않아서 그래."

"음, 너 안 그래. 내가 사람들한테 칠면조 가방 어쩌고 하면서 돌아다니지도 않을 거고. 모두들 네가 행복해지길 바라. 뭐든 목표를 정해 봐. 그러면 사람들이 네가 하는 일에 집중하면서 지금 하는 질문들은 그만하게 될 테니까. 나는 에벌리스 전속 고자질쟁이에서 은퇴할 수 있을 거고."

"미안."

"뭐가?"

"네가 고자질쟁이가 되게 해서."

"지금 생각났는데, 에비, 앞으로 사과하지 않는 법을 배우는 걸 목표로 삼는 건 어때?"

"그것도 미안."

"이런," 그가 고함을 쳤다. "딘, 나가자!"

별실 문이 열렸다. 딘이 주머니 속에 손을 찔러 넣고 주방으로 걸어왔다. "안녕, 에비."

앤디가 그녀를 쏘아보았다. "좋아. 자, 지금 몇 신지 모르겠지만. 파자마는 문 옆에 둔 가방 속에 있어. 다시 한번 감사해. 릴리가 네 고막을 반쯤 찢어놓으면 그때 꼭 문자 보내."

"그럴게." 거실 창가에서 에비는 앤디의 차 후미등이 보이지 않을 때까지 지켜보았다.

「인어공주」가 끝날 무렵 에비의 방은 고요해졌다. 릴리는 팔다리를 아무렇게나 뻗고 침대 반절을 차지한 채 잠이 들었고, 남은 반은 에비에게서 등을 돌리고 몸을 웅크린 로즈가 차지하고 있었다. 엔딩 크레디트가 올라갔다. 에비는 DVD 플레이어를 끄고 몸을 숙여 릴리를 살펴보고는 로즈에게 속삭였다.

"동생이 평소보다 잘 자는 것 같네." 로즈가 몸을 일으켜서 에비가 있는 쪽을 응시하다가 다시 벌렁 누웠다. "릴리는 무지 재밌어." 에비가 부드럽게 말했다.

로즈가 눈을 굴리고는 에비처럼 조용하게 말했다. "릴리는 목소리가 커요."

"릴리 목소리가 크지. 지금은 노래 부르다가 지쳤나 봐." 에비가

136

로즈의 머리칼을 정리해주었다. "로즈는 크리스마스 어때? 좋아?"

아이가 어깨를 으쓱했다. "그런 것 같아요."

"그런 것 같아? 선물 없어도 돼?"

한쪽 입가를 움직여 미소 짓는 건 로즈가 제 엄마 로리에게서 물려받은 것이었다. "아니, 선물은 받고 싶어요."

그녀가 침대에서 내려간 다음 두 아이가 덮은 담요를 꼭 여며주었다. "뭐가 문젤까, 우리 아가?"

로즈가 한숨을 쉬었다. 에비 사전에 일곱 살은 한숨을 쉬기엔 아직 너무 어린 나이였다. 빈정거림의 한숨, 그리고 분노와 좌절의 한숨, 그랬다. 50대의 나이 든 식당 웨이트리스의 것과는 다른 한숨이었다.

"크리스마스니까 엄마네 집에 가야 하는데, 전에 엄마가 나보고 프레드 아저씨한테 선물을 줘야 한다고 했어요." 프레드는 로리의 남자친구로 찰스턴에서 가구 디자이너로 일하고 있다. 두 사람은 몇 년 전에 만났다. 로리와 앤디가 헤어지고 얼마 지나지 않은 시점이었다.

"넌 그렇게 하고 싶지 않고?"

"전 그냥 가족들 선물을 골라야 한다고 생각했을 뿐이에요." 로즈가 말했다.

에비가 고개를 끄덕였다. "아," 이 아이가 누군가를 위해 선물을 고르게 된 건 최근 1, 2년 전부터였다. 지금 로즈가 조용하게 손톱을 뜯는 모습은 어떤 기대가 부당하게 어그러졌음을 보여주는 것이 분명했다.

"음, 많은 사람이 친구에게 줄 선물을 산단다."

"아줌마랑 아빠도 서로에게 선물을 줘요?"

"아니." 에비가 말했다. "하지만 그건 우리가 게으르고 쇼핑하는 걸 싫어해서 그래." 로즈가 미소 지었다. "너희 아빠는 나한테 자판기에서 뽑은 포테이토 칩 같은 거나 줄 거고, 난 네 아빠에게 휴게소 핫도그를 사주겠지."

로즈가 파자마 자락으로 입을 가리고 웃음을 터트리고는 담요 가장자리를 손으로 돌돌 말았다 풀었다. "그런데 프레드 아저씨는 정말 재미없어요. 잘생겼지만 의자 얘기만 하거든요."

"아저씨는 다른 건 안 좋아해? 스포츠나 음악, 책 같은 거."

로즈가 에비에게 시선을 돌리고 말을 멈추었다. 눈을 최대한 크게 뜨고 대답했다. "아저씨는 '진짜로' 의자 얘기만 해요."

에비가 눈을 가늘게 뜨고 로즈를 보았다. "음, 그럼…… 골프는 어때? 골프는 해?"

로즈가 고개를 저었다. "아무것도 안 한다니까요." 잠시 기다렸다가 쐐기를 박았다. "의자뿐이에요."

"아저씨한테 넥타이를 선물해줘." 에비가 말했다.

"아저씨에게 넥타이가 필요할까요?"

"아니, 아마 아닐 거야. 하지만 수백 년 동안 사람들은 뭘 사야 할지 모를 때면 넥타이나 향수, 접시 같은 것을 샀단다. 일단 넥타이는 근사하고 실패하지 않을 선물이야."

"그걸로 될지 모르겠어요." 로즈가 말했다.

에비가 로즈의 손을 잡고 긴 손가락을 칭찬해주며 말했다. "그거 아니? 넌 아무것도 걱정하지 않아도 돼. 엄마랑 아빠는 너를 사랑하고 프레드 아저씨도 너를 사랑해. 아저씨는 네가 뭘 선물하든 보자마자 무척 기뻐할 거야. 분명 멋진 물건일 거고 또 네가 준 거니까."

"에비 아줌마?"

"응?"

로즈가 몸을 약간 꼼지락대더니 말했다. "음, 엄마한테 가기 싫어요. 가방도 싸기 싫고 릴리랑 방을 같이 쓰는 것도 싫어요. 그냥 가기 싫어."

"아줌마도 알지. 그래도 괜찮아."

"그래도 가야 하잖아요." 로즈가 단호하게 말을 했다. 그건 에비가 아니라 자기 자신에게 말하는 것이기도 했다.

"그래. 지금은, 그렇지." 에비가 로즈의 손을 꼭 잡아주었다. "언젠가 엄마한테 가는 게 좋은 날이 올 거야. 아줌마는 알아."

로즈가 고개를 끄덕였다. "아줌마도 엄마 보러 가야 해요?"

"응." 에비가 말했다. "크리스마스는 아니고 가끔 한 번씩, 엄마가 근처에 있을 때."

"아줌마도 엄마가 보고 싶군요."

"가끔." 에비가 로즈의 손을 손가락을 부드럽게 어루만졌다.

"나는 크리스마스에 아빠랑 여기 없을 거예요."

"크리스마스 당일은 아니지만," 에비가 말했다. "돌아오면 아빠랑 모두 다 같이 크리스마스를 보낼 수 있어. 쿠키도 먹고. 아줌마는 네게 크리스마스 준비를 도와달라고 할 거야. 올해만이 아니라 앞으로도 계속 그렇게 할 거야. 그리고 크리스마스는 그날 딱 하루만이 아니야. 크리스마스 휴가 기간 전체를 말하는 거지. 요정이 있고, 순록이 있고, 징글벨이 울리면 그날이 크리스마스야."

로즈가 캐럴을 짧게 부르고는 씨익 웃었다. 에비가 로즈 쪽으로 손을 뻗어서 침대 협탁에 놓인 핸드로션 병을 집었다. "조금 발라줄까?" 로즈가 고개를 끄덕였다. 에비는 손바닥에 로션을 조금 덜고는 아이의 손에 문질러 발라주었다. "집에 다시 돌아왔을 때도 계속 크리스마스일 거야. 아줌마가 약속할게."

"아저씨한테 넥타이를 선물할게요." 마침내 로즈가 말했다. "그런데 릴리와 아빠, 엄마, 그리고 할머니, 할아버지한테 드릴 선물도 사야 해요." 아이가 다시 에비를 올려다보았다. "아줌마 선물도요."

"와, 로즈가 최고네." 에비가 로즈의 어깨에 팔을 둘렀다. "이 세상에 로즈보다 더 멋진 사람은 없어."

… 14 …

로즈가 잠이 든 뒤, 에비는 침대에서 살그머니 기어 나와 설거지를 하러 아래층으로 내려왔다. 딘이 집에 오면 에비는 기사에 관해 이야기를 나눠봐야겠다고 생각했다. 하지만 그는 집에 돌아오자마자 아이들을 앤디의 차로 옮겨준 뒤 슬그머니 별실로 들어가서 문을 닫았다. 그게 다였다. 추수감사절 이후로 다시 이마에 키스를 하는 일도 없었다. 에비는 이따금 그 일이 혼자만의 상상이 아닌가 싶었다.

새벽 2시, 에비는 여전히 깨어 있었고 여벌 담요로 인해 땀이 났지만 그렇다고 덮지 않기엔 너무 추웠다. 얼어 죽을 것 같은 겨울의 날씨가 계속되고 있었다. 침대에 누운 채 일어나서 난방을 올릴까 말까 고뇌하는 중에 딘의 트럭에 시동이 걸리는 소리가 들렸다. 그러고 나서 차량 진입로의 자갈길로 들어서고 에비의 차 쪽으로 향해 가더니 마침내 떠나는 소리가 들렸다.

가능성은 여러 가지였다. 머리를 식히러 차를 몰고 나간 것일 수도 있다. 한밤중에 친구에게 타이어가 터졌다는 전화가 와서 도와주러 가는 것일 수도 있다. 아니면 아무 일도 아닐 수도. 그녀는 몸을 모로 돌리고 누웠고 등 쪽이 약간 당기는 바람에 비디오 재생 버튼을 누르듯 등을 꾹꾹 눌렀다. 딘은 종종 오른쪽 어깨를 문지르다가 다시 펴곤 했다. 에비와 주방에 있을 때, 마을을 걸어 다닐 때, 저녁을 먹을 때, 함께 앉아서 텔레비전을 볼 때 그랬다. 여기에도 역시 여러 가지 가능성이 있다. 단순히 신경성 습관일 수도 있다. 옛날에 입은 부상 때문일 수도, 1년에 여덟 달씩 무려 25년이나 고된 투구를 해온 대가일 수도 있다. 그것 역시 아무것도 아닐 수도 있다. 하지만 에비의 머릿속에서는 그가 계속 투구를 하다가 어깨의 통증을 느끼는 모습이 보였다.

바깥에서 바람이 부는 소리가 들려왔다. 문득 그 소리에 그가 겨울에는 데이시 공원에선 뭘 하냐고 물었던 게 떠올랐다. 에비는 담요를 걷어치우고 일어나서 스탠드 불을 켰다. 날이 추운 데다 부드러운 플란넬 셔츠와 체크무늬 트렁크 바지를 입고 있었기에 그녀는 셔츠를 입은 채로 청바지를 입고 부츠를 신었다. 아래층으로 내려와 울코트를 걸친 뒤 문 옆 후크에서 자동차 키를 낚아챘다.

데이시 형제는 한때 마을의 멋진 호텔과 신문사를 소유하고 있었으며 두 사업은 경제적으로 괜찮은 조합이었다. 다만 지금은 형제 중 한 사람은 마을을 떠나서 은행에서 일하고 있다. 하지만 캘카셋 브레이브스 팀을 위해 설립된 공원은 여전히 데이시 가족의 이름을 달고 있었다. 공원에 도착한 에비는 주차장에 차를 세운 뒤 자신이 잘못 생각한 건 아닌지 고민했다. 구장의 조명은 켜 있지 않았다. 어두웠다. 그래야만 했다. 그때 그녀의 눈에 딘의 트럭이 방갈로 한 곳 앞에 세워져 있는 것이 들어왔다. 그가 어디에 있는지 알게 되자 안심이 되는 한편, 여기에 있다는 사실이 걱정도 되었다. 에비는 이런 감정을 확인하고는 조금 놀라고 말았다.

그녀는 차에서 내려서 구장 쪽으로 걸어갔다. 입구에 다다랐을 때 공이 포수 뒤쪽 펜스를 때릴 때 나는, 익히 아는 쇳소리가 들렸다. 물론 거기에 포수는 없었지만. 그녀는 몇 발짝 더 나아갔다. 한 번 더 쇳소리가 울렸고 한 남자가 무미건조하게 중얼거리는 소리가 들렸다. "젠장……."

그녀는 코트 주머니에 손을 넣고 열려 있는 입구를 지나쳤다. 보통 경기 때 검표가 이루어지는 곳이었다. 운동장이 가까워지자 한 번 더 공이 펜스에 부딪는 소리가 들렸다. 이제 그녀는 1루를 따라 걷고 있었다. 딘이 무엇을 해놨는지 보였다. 크고 네모난 손전등, 실용적인 투광 조명등 몇 개가 투수 마운드와 플레이트 사이에 한 줄로 배치되어 있었다. 그때 그가 다른 방향을 보았다. 공이 담긴 통 속에 손을 뻗는 모습이 보였다. 이어서 다리를 차고 몸을 이리저리 돌리자 공이 어둠을 가르며 날아갔고 '탕' 소리가 났다.

에비는 차가운 공기를 한 줌 들이마셨다. "딘." 말을 하자마자 들이마신 숨이 하얀 공기로 바뀌어 나오는 모습을 지켜보았다.

딘이 움찔하더니 에비에게로 고개를 돌렸다. 숨을 헉헉대고 있었다. "여기에서 뭐 해요? 혹시 날 따라온 거예요?" 질문하는 목소리가 제법 날카로웠다.

"트럭 소리를 들었어요." 그녀가 말했다. "음…… 무슨 일일까 싶었죠." 그녀가 공이 펜스를 부딪은 쪽으로 걸어 내려가다가 구장 가운데로 들어가서 겨울이 할퀴고 간 잔디를 밟았다. 그 잔디는 딱 두 번 밟아봤다. 한 번은 학창 시절에 밴드부로 와서 경기 시작 전에 연주를 했었고, 다른 한 번은 걸스카우트 전국 성가대회에 참가했을 때였다. 그녀가 그에게로 가까이 다가가 섰다.

"내가 새벽 2시 반에 문 닫은 마이너리그 경기장에 있을 거라고 생각했군요."

"당신이 시리얼 상자 경주가 벌어졌던 곳에서 자신을 바라보고 싶어 하리라고 판단했죠." 그녀가 홈 방향을 가리켰다. "브리가 넘어진 데가…… 바로 저기예요."

딘이 미소를 지었다. 아주 조그마한 미소였다. 그녀는 주변을 둘러보았다. 마치 어둠 속에서도 뭔가가 보인다는 듯이. "12월에 여기를 잠가두지 않는다는 사실은 몰랐네요."

"잠겨 있었어요. 하지만 이리저리 알아보고 어딘가 부서뜨리지 않는다고 약속하면 열쇠를 가진 사람을 찾을 수 있죠."

에비가 천천히 고개를 끄덕였다. "난 당신이 담을 넘었을 거라고 생각했죠."

그가 고개를 저었다. "거기에 대해서 자세히 말하고 싶진 않네요. 그 말을 하면 나에 대해서 더 설명하게 되는 거니까요."

"당신은 우리가 '친구'라고 말했죠. 한번은 거래를 집어치우고 싶다고도 했고요. 나한테 팀에 대해, 보험금에 대해, 우리 아빠에 대해 묻기도 했어요. 그러니까 난 왜 당신이 한밤중에 침대에서 나와서 울타리에 대고 공을 던지고 욕을 하느냐고 물어볼래요."

"이런," 그가 숨을 내쉬었다. "친구? 당신이 생각하는 친구란 게 이런 건가요? 이건 사생활 문제예요, 에비. 난 1년 하고도 반 동안 사람들에게 일거수일투족을 감시당하지 않고는 무엇도 할 수 없었어요. 내가 지금 이 일에 대해 이야기하고 싶어 하는 것 같아요?"

"그럼 당신한텐 내가 아빠 문제를 이야기하고 싶어 하는 것처럼 보였어요?"

"난…… 온 힘을 다해 여기에 왔어요. 사람들이 내 뒤를 밟지 못하도록요. 내가 투구에 대해 이야기하고 싶었다면 맨해튼에 그냥 있었을 거예요. 난 여기에 왔고, 그래서 나에 대해서 설명하지 '않아도' 됐죠. 그러니까 묻지 마요, 알았어요? 난 괜찮아요. 정말로 이 문제에 대해 이야기하고 싶지 않으니까."

그녀는 그가 자신을 보고 반가워할 거라고 생각했다는 걸 미처 깨닫지 못했다. 그가 반가워하지 않는 모습을 보기 전까지는. 이제야 그녀는 자신이 한밤중에 그를 '뒤따라왔다'는 사실을 깨달았다. 거북한 기분이 등골을 타고 내려갔다. 자기도 모르는 사이에 복제되어서, 복제 인간 에비가 한 발 떨어져서 자신을 바라보고 있는 듯한 느낌이 들었다. 이 남자는 한밤중에 고독을 즐기려고 했을 뿐인데 미친 여자 하나가 파자마 차림으로 초대도 없이 불쑥 나타난 것이다. 에비는 '알았어요, 나 갈게요' 하는 말 외에는 아무것도 떠올릴 수가 없었다. 창피함으로 인해 자연 발화되어 죽으면 어떻게 될까, 하는 생각이 떠올랐다. 그 자리에서 얼어붙는 바람에 우아하게 퇴장하는 일조차 떠올릴 수 없었다. 그러다 그녀는 그가 긴팔 셔츠 하나만 달랑 입고 있음을 깨달았다.

"딘, 코트 같은 것 없어요? 그렇게 입으면 팔에 나쁘지 않아요?"

"네." 그가 투수 마운드 앞에서 왔다 갔다 하며 말했다. 그러고 나서 한 번 더 말했다. "네, 아마도요."

에비가 다가가서 그의 팔에 손을 얹고 상냥하게 말했다. "내가 도와줄 일 없을까요?"

그가 그녀의 손을 바라보았다가 눈을 맞췄다. "도와주고 있어요."

"더 돕고 싶어요."

딘이 빙그레 웃어 보이며 어깨를 문질렀다. "네, 그럴 거라고 생각해요. 솔직히 말해서, 지금 공의 감촉을 느낄 수가 없어요." 그가 글러브를 벗어 팔에 끼고 손을 쥐었다 폈다를 반복했다. "추운 날 투구하는 게 어떤 건지 내가 얘기했었나요?"

그녀가 주머니에서 두 손을 빼서 그의 손을 하나씩 맞잡았다. "네. 저번에 알려줬어요. 이런, 손이 꽁꽁 얼었네요."

그가 아래를 내려다보고는 엄지손가락을 움직여 그녀의 손을 꾹 눌렀다. 자신이 하는 일을 그녀에게 확인시켜주기에 충분할 강도로. 그다음 고개를 끄덕였다. "좋아요, 집으로 갑시다." 그들은 손전등과 야구공 들을 함께 챙겼다. 에비는 자신의 차에 오르고 딘은 트럭을 타고 그녀 뒤를 따라서 집으로 곧장 돌아왔다. 그리고 잘 자라는 인사를 나눴다.

침대로 돌아간 에비는 유령 같이 공을 던지던 딘의 모습을 생각했다. 퉁 하고 공이 펜스를 부딪던 소리가 계속 귓전을 맴돌았다. 투구는 딘이 어린아이일 때부터 계속 해온 일이다. 거기에는 무척이나 많은 것이 있을 것이다. 그의 육신은 지금도 그때와 똑같다. 인대도, 근육도, 관절도 모두 다. 정신도 마찬가지다. 그는 배웠던 걸 하나도 잊지 않았다. 에비는 알 수 있었다. 그저 무언가가 고장났을 뿐이다. 그리고 고장난 것은, 분명 고칠 수 있다.

··· *15* ···

데이시 공원으로 딘을 뒤쫓아간 날 이후로 며칠이 지났다. 그간 에비는 인터넷으로 심리 상담사를 찾다가 록랜드에 사는 제인 탤코 박사를 알게 되었다. 프로필에 따르면 그녀는 불안 장애를 주로 다루 며 사진상으로 믿음직한 외모를 갖고 있었다. 머릿속 문제를 고치려 면 머리를 고치는 사람을 찾아가야지, 하고 에비는 생각했다.

상담실로 에비가 찾아갔을 때, 박사는 문에서 등을 돌리고 책상 앞에 서 있다가 손에 노트를 든 채 몸을 돌렸다. 옷차림은 캐주얼했고 안경을 머리 위에 걸치고 있었다. "안녕하세요. 거기 앉으세요."

"안녕하세요. 전 에벌리스 드레이크라고 해요. 2시 반에 예약했는 데요."

"그럼요, 들어오세요. 미안해요. 서류 작업을 하느라 책상이 엉망 이네요." 그녀가 에비에게 손을 뻗어 악수를 청했다. "제인 탤코예요.

앉으세요."

에비는 소파에 몸을 묻었다. 소파가 생각보다 조금 더 깊었다. 그녀는 어색하게 미소를 지으면서 차분한 그림과 옆에 있는 협탁에 놓인 어딘가 불길한 느낌의 티슈 상자를 물끄러미 바라보았다.

"그래요, 무슨 일로 여기에 오셨나요?" 이 방은 마치 담요로 만든 요새마냥 소리를 죽이는 것 같았다.

에비는 무슨 말부터 해야 할지 몰랐다. 그냥 덜컥 말하면 되는 건가, 하고 생각했다. "음, 도움이 조금 필요해서요. 제가 아는 사람들은 늘 친구에게 도움을 받으라고 말을 하거든요. 그래서 지금 친구에게 도움을 '청하고' 있는 거죠."

의사가 고개를 갸웃했다. "친구에게 도움을 청한다라, 좋아요. 조금 더 말해보세요."

"음, 저한테는 프로 운동선수였던 친구가 있는데…… 혹시 '입스'라는 증상, 들어보셨어요?"

"스티브 색스, 아닌가요?"

"맞아요, 맞아요. 제 친구가 입스에 걸렸어요. 그래서 은퇴했고요. 친구는 본인이 괜찮다고 말하는데 전 그렇지 않다고 생각해요. 제가 좋은 친구가 되어 주고 싶어요. 또 입스에 대한 연구가 많이 이루어져 있다고 하던데, 불안 증세를 다루는 전문가에게 조언도 받고 싶고요. 제가 친구를 도울 수 있도록요."

"재밌군요. 먼저 에비 씨 상황이 어떤지 좀 말해줄 수 있나요? 거기에서부터 이야기를 시작해보죠." 박사가 말했다. 에비는 이 말을 귀담아듣지 않았지만 자신이 이 사무실에 머물 가치가 있음을 말해주어야만 쫓겨나지 않으리라는 사실만은 잘 알 수 있었다. 그래서 고개를 끄덕였다.

"결혼하셨어요?" 박사가 질문을 던지기 시작했다.

"아뇨."

"애인은요?"

"없어요."

"자녀는요?"

"없어요." 맙소사. 이건 꼭 할머니가 살아 계실 때 그녀와 이야기를 나누던 것만 같았다. 선반 위에 도자기 오리 인형 몇 개를 놓아두던 할머니와.

"결혼한 적은 있어요?"

에비는 소파에서 자세를 고쳤다. "1년 좀 전까지는 결혼한 상태였어요. 남편이 죽었거든요."

"오, 이런, 유감이군요." 탤코가 말하고는 노트에 뭔가를 끼적였다. "어떻게 지내고 있어요?"

"생각할 수 있는 만큼 잘 지내는 것 같아요."

"남편과는 얼마나 같이 지냈어요?"

"제가 열다섯 살 때부터 만났죠."

탤코 박사가 느릿느릿하게 고개를 끄덕였다. "역사가 깊겠군요."

"그렇죠." 에비가 침을 꼴깍였다.

"그럼 지난해에 건강 상태는 괜찮았어요? 잠 드는 게 힘들진 않았나요? 푹 잤나요?”

그녀는 수면제 병과, 2주 간격으로 팀이 꿈에 나타나서 왔다 갔다 하며 소리를 질러 대는 모습을 떠올렸다. 이건 지금도 꾸는 꿈이다. 이따금 그는 흰색 코트를 입고 등장하기도 했다. “네. 잘 자요.”

“체력은요? 평소랑 똑같나요?”

“네.” 그녀는 몸을 조금 곧추세웠다.

“이런 심리 상담 같은 거 전에도 받아본 적 있나요?”

“아뇨. 친구와 가족 들이 많이 도와줘서 괜찮아요. 제게 정말로 필요한 걸 다해주죠.” 그녀는 손으로 스웨터 끝자락을 돌돌 말기 시작했다. “남편이나 결혼 생활에 대해 생각하면서 시간을 보내고 싶진 않아요. 정말로요. 생각하지 않으려고 조금씩 애를 쓰고 있어요. 그건 그냥 복잡했거든요. 그래서 제 친구의 기분이 좀 나아지게 도와주고 싶은 거예요.”

“결혼 생활이 복잡했다고요? 조금 더 이야기해줄 수 있어요?”

에비는 눈을 가늘게 뜨고 벽에 걸린 의사 면허증을 바라보았다. “아뇨, 사실이 아니에요. 평범한 결혼 생활이었어요.”

“평범한 결혼 생활이라, 알았어요.” 의사가 말했다. “그 친구랑 안 지는 얼마나 되었어요? 입스에 걸린 친구요.”

“그 친구는 저희 집 세입자고 별실에 살아요. 두 달쯤 전에 이사왔어요.”

“알았어요.” 탤코 박사가 노트를 바라보았다. “그럼, 이렇게 말해볼게요.” 그녀가 펜 끝을 만지작거렸다. “가끔 제 사무실에 와서 이렇게 말하는 분들이 있어요. '전 지금 위기 상황이에요. 상담이 필요해요.' 하지만 이들은 사실 다른 무엇보다 친구를 바라고 있는 거예요. 그걸 알게 되면 난 상담과 우정은 다르다고 설명해줘요. 우선 우정은 공짜잖아요. 이상적으로는요. 그러니까 전 친구가 아니에요."

"알겠어요. 그럼 선생님은 지금 제가 친구를 찾고 있다고 생각하신단 건가요? 그게 제가 요청하는 건 아닌 것 같은데, 전 그냥…… 아, 비꼬는 건 아니에요."

탤코가 말했다. "아뇨. 내 말은 상담사가 친구가 될 수 없듯, 친구도 상담사가 될 수 없단 뜻이에요. 에비 씨가 투수 친구를 위해 상담사가 되어줄 순 없다는 말이죠." 탤코가 잠시 말을 멈추고 에비가 내용을 이해했는지 살펴보았다. 그렇지 않은 것 같아 보였다. "그 친구에게 문제가 있고 주변인들의 지지가 필요하다면, 에비 씨가 친구가 되어줄 수 있죠. 하지만 그 친구에게 의사가 필요한 상황이라면 그는 자기 자신을 위해 본인의 의지로, 스스로 의사에게 가야 해요. 에비 씨가 이런 종류의 도움을 줄 순 없어요. 그냥 친구로서라면, 에비 씨가 내게 불안에 대해 아무리 많은 말을 들어도 소용없어요."

"그걸 제가 할 수 있다곤 생각하진 않아요."

"그게 나쁘다는 건 아니에요. 그리고 이런 생각을 하는 건 에비 씨만이 아니에요. 많은 사람이 여기에 와서 애인이나 부모님, 자녀를 바로잡아 달라고 해요. 그러면 난 지금 한 것과 똑같은 버튼을 누르죠."

"그게 뭔데요?"

"심리 상담은 칫솔 같은 거예요. 자기 말고 다른 사람을 위해 사용

152

할 수는 없단 거죠."

"잠깐만요," 에비가 말했다. "지금 제 상담 요청을 거절하시는 건 가요?"

그녀의 말에 탤코 박사는 웃음을 터트리기 일보 직전이 되었다. 하지만 웃지는 않았다. "상담을 거절하는 게 아니에요. 사실 함께할 수 있는 일이 많을지도 모르겠다고 생각하고 있죠. 그건 에비 씨가 생각하는 것보다 훨씬 더 큰 도움이 될 거고요. 지금은 그저 이렇게 말하고 싶군요. 배우자를 잃은 경우, 특히나 에비 씨 나이에는, 대부분의 사람들에게 도움이 필요해요. 결혼 생활이 복잡했든 아니든 간에요. 상담을 받는 건 나쁜 일이 아니에요."

물론 정신 분석을 하여 속을 뒤집어보고 거기에서 이득을 취하는 건 나쁜 일이 아니다. 하지만 에비가 침대에서 공처럼 몸을 말고 있었던 일, 앤디가 병원에서 집으로 데려다준 뒤 거의 2주 동안 그의 어깨에 얼굴을 묻고 셔츠 자락을 적셨던 일은 박사가 파고 들고자 하는 비애, 그 수준이 아니었다. 그건 뼛속 깊이 '지치는' 일이었다. 언젠가는 그 일에 대해 터놓을 수 있게 되길 진정으로 바라지만. 지금 할 수 있는 일은 아니었다.

에비가 자리에서 일어섰다. "조언 감사해요. 명함 잘 간직하고 있을게요."

박사도 자리에서 일어나서 에비의 팔을 두드려줄 것처럼 손을 내밀었지만 그렇게 하지는 않았다. "조금 더 있을 수 있어요? 상담 시간이 끝나기 전까지만이라도요. 가능한 돕고 싶어서 그래요."

"그럴 수 없을 것 같아요. 어쨌든 이야기를 들어주셔서 감사해요."

에비가 가방을 집어 들고 코트를 걸친 채 밖으로 나왔다. 등 뒤에서 사무실 문이 자동으로 잠겼다. 차로 향하면서 에비는 곧장 휴대전화를 꺼냈다. 누군가에게 환자의 이야기를 들어주지 않는 박사에 대해 문자를 보내려고 말이다.

탤코 박사는 에비를 울게 만들기 위해서 전문가와의 상담을 마치 바버라 월터스의 인터뷰 쇼처럼 바꾸었다. 마치 그녀에게 미망인 생활이 어떠냐고 꼬치꼬치 캐물을 사람이 필요하기라도 한 듯이. 에비는 손에 휴대전화를 쥔 채로 차에 잠시 앉아 있었다. 차장으로 진눈깨비가 조용하게 바스락거리며 내려앉는 소리가 들리기 시작했다. 잠시 후 그녀는 휴대전화를 가방에 도로 집어넣고 차를 출발시켰다.

크리스마스 일주일 전, 별실에서 에비는 딘과 함께 버번을 들이
켰다. 얼음장 같은 바람이 시시때때로 창틀을 흔들었다. 버번을 두
잔째 마셨다. 딘은 긴 다리를 커피 탁자에 올려놓고, 에비는 그 옆 의
자에 앉아 뚱뚱한 팔걸이에 무릎을 걸치고 있었다. 기분이 몽롱했다.

"크리스마스는 어째서 매년 돌아올까요?" 그녀가 물었다.

"이런, 친구." 그가 미소를 띠었다. "대체 그런 생각은 어디에서
나오는 거예요?"

"난 이게 엄청 공평한 질문이라고 생각하는데." 그녀가 남은 술을
입안에 털어넣고는 술을 마실 때면 언제나 그렇듯이 조그맣게 '캬' 하
고 외쳤다. "아무도 이걸 생각하지 않잖아요. 아무도 알아보려고 하지
않고……" 그녀가 잔을 들지 않은 손을 절레절레 저었다. "크리스마
스가 매년 필요한 것 같진 않은데 말이죠."

"그럼 몇 년마다 기념해야 할 것 같은데요?"

"한 4년마다? 올림픽처럼."

"올림픽도 사실 2년마다 해요."

"좋아, 그럼 동계 올림픽처럼 4년마다. 변호사 씨."

"그럼 그게 당신의 크리스마스 계획이로군요. 지금 네 살 먹은 아이라면 1학년 때까지 크리스마스는 없는 거예요."

"그게 아이들한테도 좋을 거예요. 어떤 애들에겐 크리스마스도 끔찍하거든요. 그게 에벌리스네 세상의 진실이죠."

그가 느릿느릿 고개를 끄덕였다. "75퍼센트에게는 크리스마스를, 끔찍한 애들한테는 0퍼센트의 자비를."

"그래요, 0퍼센트." 그녀가 말했다.

"에벌리스란 이름은 어디에서 따온 거예요?" 그가 이마를 찡긋했다. "가문 대대로 내려오는 이름인가요? 바닷가재의 여왕, 뭐 그런?"

그녀가 고개를 저었다. "미네소타식 이름이에요. 여기서 북쪽 위로 가면 정말 헉 소리 나게 추운 곳이 나와요. 캐나다랑 4마일밖에 안 떨어져 있을 텐데 거기가 엄마의 고향이에요. 외할아버지가 철광산을 하셨고요."

"미네소타에 철광산을 가지고 있었다고요?"

"그랬었죠."

"지금은 아니고요?"

"그런 것 같진 않아요."

"대체 어떻게 그런 분이 메인주의 바닷가재잡이 어부랑 결혼하게 된 거죠?" 딘이 말했다. 본인의 술잔이 비자, 에비에게서 술잔을 건네받고 두 잔 모두 술을 더 채웠다.

"엄마가 보스턴에 있는 대학에 진학했는데 어느 해 여름에 심리상담사가 되려고 이곳 여름 캠프에 왔대요. 그 캠프는 지금은 없어요. 아버지는 친구를 따라서 카누 조타수를 하고 있었고요. 두 분이 어떤 바에서 만났대요. 꼭…… 열병에 걸린 것 같았대요. 엄마는 여기로 이사를 왔고 나를 갖게 되었죠. 엄마한테는 무척이나 로맨틱한 일이었겠죠. 모험 같기도 하고. 하지만 엄만 곧 고향이 그리워졌고 그래서 나를 에벌리스라고 불렀어요. 그러니까 내 이름은 엄마의 불행을 딴 이름인 거죠."

그녀가 잔을 딘에게 들어 올려 보이고는 한입에 털어 넣었다. 보통 때 그녀는 무슨 말이든 입 밖으로 내뱉기 전에 머릿속에서 한 번 더 생각해보곤 했다. 그러나 지금은 정반대로 하는 중이었다.

딘이 그녀를 뚫어져라 바라보았다. 마치 이 실마리를 파고들어 보려는 듯이. 하지만 그는 그렇게 하지 않았다. 대신 자신의 이야기를 시작했다. "우리 큰형 톰은 엔지니어예요. 둘째 형 마크는 터치스크린인가 뭔가 개발하는 IT 스타트업에 다니고, 셋째 형 브라이언은 회계사예요. 그리고 막내인 나는 현재 비공식적으로 '데드록'으로 여겨지고 있죠. '데드록'이 뭔지 안 궁금해요?"

"아니, 몰라도 될 것 같아요."

"맞춰봐요."

그녀가 얼굴을 찡긋했다. "맞추고 싶지 않네요."

157

"한마디로 질식시킨다는 뜻이에요."

그녀가 고개를 끄덕였다. "음, 그런 의미라면 끔찍하네요."

바람이 창을 강타해 창틀이 덜걱거렸다. "바깥에 바람이 심하게 부는 중이군요." 그가 말했다.

"끔찍하게 부네요." 그녀가 술을 들이켜고 한숨을 내쉬었다. "피지 같은 데 있고 싶다."

"당신은 가진 돈을 다 내던지고 싶어 하는 숙녀의 소망을 갖고 있군요." 그가 눈썹을 치켜올렸다. "분명 피지에 갈 수 있을 거예요."

"난 '그 돈'을 바라지 않는다고 했어요."

그가 한 손을 들고 저지했다. "아뇨, 그 돈을 '원하지만' 받진 않았다고 말했었죠. 내가 보기에 그건 미친 짓 같고요. 당신이 내가 미쳤다는 기사를 여기저기에서 읽었을 수도 있지만. 아무튼, 보험금이 얼마든 간에 받아요."

"미친 게 뭔지나 알아요?" 그녀가 말했다. "난 그 돈을 받을 수도 없고 그걸 되돌려줄 수도 없죠. 돈을 어디에 놔둬야 할지도 모르겠고요. 그래서 거짓말한 거예요. 원래 보험금은 시부모님께 갔어야 했어요. 이 일 전체가 마치 서커스 같아요. 시부모님께 막대한 돈뭉치를 드리는 게 '해야 할 일'인 서커스요. 하지만 난 그렇게 하지도 못했죠."

"왜 그렇게 하지 못했는데요?"

그녀가 가늘게 미소 지었다. "어떻게 설명해야 하려나? 그건 그 사람의 생명 보험금이에요. 난 그의 아내였고. 시부모님은 내가 그 돈을 수령하길 바라시죠. 내가 왜 보험금을 받을 수 없는지 설명하지 않으면 그분들도 절대 안 받으실 거예요. 내가 그 당시 남편을 사랑하지 않았다고 말해서 그분들이 인연을 끊으면, 그 돈을 내가 가로챌 일은 없어지겠죠. 하지만 그분들께 사실을 말하지 않으면 계속 돈을 가지고 있어야 해요. 내가 그를 떠나려고 했다는 말도 해야 하고요. 아, 그때 그를 떠났어야 했는데."

"그럼 당신 아버지한테 드릴 수도 있잖아요?"

에비가 코웃음쳤다. "내가 아빠한테 그 돈을 드릴 확률은 0퍼센트예요."

"에비, 왜 보험금을 못 받겠단 거예요? 난 아직도 이해가 안 돼요. 보험회사에서 주는 돈이고, 당신은 돈이 필요하잖아요. 내가 듣지 못한 무언가가 또 있어요?"

그녀가 술잔을 내려다보았다. "그냥, 그럴 수 없는 거예요. 팀이 살아 있을 때 내가 그 사람한테 의지해서 산 것만큼 나쁜 일이니까."

"생명보험 시스템이란 건 원래 그런 거예요, 에비. 사람들은 돈이 필요해요. 당신이 얼마나 슬픈지랑 보험사가 돈을 주는 거랑은 상관이 없어요. 보험사는 남편이 넣어둔 돈을 지급하는 거고, 또 당신은 지금 수입이 없잖아요."

"그래서 그 사람이 죽고, 나는 돈을 받고, 그렇게 예전처럼 살라고요? 엄청난 대저택에서 이 방, 저 방을 배회하면서 늙어가고, 그럼 아무것도 아닌……."

딘이 자세를 바로 하고는 테이블에 잔을 내려놓았다. "좋아, 무엇보다 아가씨……."

"아가씨?" 그녀가 술을 홀짝거렸다. 두 사람 모두 조금은 취해 있었다.

"무엇보다 아가씨, 당신은 '아무것도' 아닌 사람이 아녜요. 그 바보 같은 학교 밴드부 셔츠랑 보푸라기가 인 스웨터를 입고 소파에 앉아 울적하게 지내면서 여든 살을 맞이한다고 해도, 아무것도 아닌 사람이 아니에요. 그래서 그런 소린 듣고 싶지 않네요." 그가 술을 마시고 나서 술잔 밑바닥에 대고 말했다. "이런, 이 주정뱅이는 누구지?"

"보험금을 당신한테 줘야겠네요." 그녀가 말했다. "사실을 내가 누군가에게 말하지 않을 때까지 돈은 당신 거예요."

"난 돈 필요 없어요. 투구를 할 수 없게 되던 순간까지 엄청 많이 벌어뒀거든요. 뭐 칠면조 같은 거 굽는 엔진을 만드는 스타트업에 투자해서 돈을 날려도 좀 남을 걸요."

"무슨 말이에요?"

"무슨 말처럼 들리는데요?"

"투구를 할 수 없게 되었다는 말요."

그가 눈을 가늘게 뜨고 그녀를 바라보았다. "대체 뭐 때문에 그 사람이랑 결혼했던 거죠?"

"내가 먼저 물었어요." 그녀가 다리를 위아래로 달랑달랑거렸다.

"투구를 하는 데는 많은 동작이 필요해요." 그가 말했다. "당신이 배울 수 있다면 말이지만요."

그녀가 계속 말없이 발을 달랑거렸다.

"좋아요. 생각해봐요. 지금 자리에서 일어나서 방을 걸어가 보라는 말을 들으면 제일 먼저 뭘 하겠어요?" 그가 물었다.

"음…… 자리에서 일어나는 거?"

"맞아요. 따로 생각하지 않고도 본능적으로 할 수 있는 일이죠. 의자에서 일어나는 방법을 알고 있으니까요. 그런데 '실제로' 일어나는 일은, 손으로 옆을 짚고, 몸을 살짝 들어 올리고, 등을 떼고, 다리를 들고, 몸을 돌리고, 발을 땅바닥에 내려놓는 거예요. 그러고 나서 무게 중심을 옮기고, 다리를 쭉 펴면…… 무슨 말을 하는지 알겠어요?" 그녀가 대답으로 고개를 살짝 갸웃했다. "'그 빌어먹을 의자에서 나와' 하고 자기 몸한테 말하면 일어나게 되죠. 방법을 아니까요. 20년 동안 투구를 하면 마찬가지의 일이 일어나요. 매번 투구하는 방법을 떠올리지 않아도 되죠. 60피트 앞에서 왼쪽으로 1인치, 오른쪽으로 1인치 떨어진 지점을 공으로 맞추려고 시도할 뿐이죠. 아침에 눈을 뜨고 이렇게 매일 똑같은 일을 반복했는데…… 어느 날 투구를 하는데 마치 억지로 '스푼 구부리기'를 하는 것 같은 부자연스러운 느낌이 들었어요. 아무 예고도 없이 갑자기." 그가 술을 한 모금 마셨다. "내 팔이 아닌 다른 사람의 팔로 투구를 하는 것 같은 기분이 들었죠. 갑자기 그런 일이 일어났어요."

"이런, 끔찍하네요." 그녀가 말했다. "슬프고."

"멋진 일은 아니죠." 그가 눈썹을 치켜올렸다. "이제 당신도 말해 봐요."

그녀가 잔을 비우고 나서 손가락으로 톡톡 쳤다. "팀과의 결혼 생활은 마치…… 배를 타고 노를 저어 가는 일 같았어요. 문제는 10년 동안 저었는데 어디에도 가지 못한 거죠. 그러다 그만둘 준비도 해요. 하지만 앞으로 더 나아갈수록 '음, 100야드만 더 가자. 딱 거기까지만 더 가. 지금까지 온 걸 무효로 만들 순 없어' 하고 생각하게 되죠."

그가 고개를 끄덕였다. "난 팔을 날려버리고 싶었어요. 이 빌어먹을 손목을 산산조각 내고 싶었죠. 내 팔을 가리키고는, '이거, 이거 때문이야'라고 했죠."

그녀가 의자에서 몸을 돌리고 고개를 숙여 본인의 잔에 술을 따랐다. 갑자기 몸이 아무 노력 없이 바라는 일을 할 수 있다는 데 대한 죄책감 비슷한 기분이 들었다.

그때 딘의 얼굴에 3분의 1짜리 미소가 다시 나타났다. "그런데 어째서 여자 문제냐고는 안 물어봐요?"

그녀가 다리를 의자 팔걸이에서 회수하기 위해서 몸을 움직였다. "궁금하긴 해요."

"네, 그런데 '특히' 여자 문제인지는 안 궁금해요? 지금은 여자친구가 있는지도요."

그녀가 높은 소리로 경박하게 낄낄댔다. "음, 당신은 그건 말하지 않을 거예요. 혹시 '숨은 맥락'이라는 말 못 들어봤어요?"

"여자 문제는 아니에요. 지금은 아니에요. '맥락'을 생각해봐요."

그녀가 그에게 잠시 눈을 맞추고는 엄지로 입술을 쓸고 자리에서 벌떡 일어났다. "가봐야겠어요. 자야 해요⋯⋯." 그리고 아직 술이 남아 있는 잔을 테이블에 올려 두었다. "이걸 마시면 감상적이 될 것 같네요."

"그래도 괜찮은데."

에비는 얼굴이 붉어지는 걸 느꼈다. 자리에서 일어나서 그에게서 등을 돌렸다. 몸이 약간 휘청거려서 잠시 의자 팔걸이에 몸을 기댔지만 뒤돌아보진 않았다. "고마워요, 재밌었어요." 큰 주방 쪽으로 가며 말했다. "잘 자요, 딘."

"잘 자요, 캐나다 근처에 있는 미네소타의 에벌리스 씨." 딘이 대답했다.

… 17 …

딘이 앨버커키의 마이너리그에서 뛰던 시절, 구단이 지역 철도 재 벌인 피츠 홀리의 집에서 시즌 폐막 파티를 한 적이 있었다. 양쪽으로 길게 뻗은 빅토리아 양식의 저택 내부는 퀴퀴했다. 하지만 어두운 색 의 목재들로 이루어진 방, 시가 냄새가 풍기는 손님 접대실에는 핀업 걸이 그려진 빈티지 핀볼 게임기가 놓여 있었다. 종이 딸랑 소리를 내 고, 가로막이 팟 하고 움직이고, 공이 민들레 홀씨처럼 조용히 움직이 는 모습은 말로 다 표현할 수가 없었다. 딘은 이 모습이 너무 좋았다. 그것이 가지고 싶었다. 아니, 아예 똑같은 걸 바랐던 것 같다. 일이 잘 풀리던 시절, 그는 가지고 싶은 물건 목록에 그것을 올려두었다.

한동안 모든 일이 잘 풀렸다. 그래서 뉴욕에서 살던 때, 그는 이따 금 핀볼 게임기를 보유하고 있는 곳을 찾곤 했다. 하지만 이제 길리건 스 아일랜드 게임기나, 키스 슬롯머신 게임기, 마이클 조던 게임기 같은 핀볼 게임기는 키치 문화의 유행을 탄 것 같았다. 대신 그는 최신형 다트 게임기를 몇 개 구입했는데, 투구를 할 수 없게 되자 그 상황에서 다트를 던진다는 게 좀 희한해 보였고 (아직 다트는 던질 수 있지만 젠장, 그게 무슨 상관이람) 그래서 이사하기 전에 친구들에게 게임기를 나눠주었다.

그리고 2월이 되었다. 여전히 에비의 집에 살고 있는 딘에게 보스턴에 사는 친구 하나가 연락을 해왔다. 딘도 아는 어떤 사람이 최근에 아버지가 돌아가시면서 유품들을 팔고 있는데, 그중에는 1956년에 제작된 핀볼 게임기도 있다는 것이다. 상태가 썩 좋으며 가격도 합리적이라는 설명이 뒤따랐다. 지출할 수 없을 정도로 높은 금액도 아니었으며 당장 가진 여윳돈을 쓰면 될 정도였다. 그는 이메일을 통해 게임기 사진 몇 장을 받았다. 아쉽게도 핀업걸 그림이 아니라 레이싱카들이 거친 화필로 그려져 있었다. 그래도 마음에 들었다. 다만 보스턴으로 직접 가지러 가야 했다. 가는 데만 차로 거의 네 시간이 걸리는 거리였다.

서늘한 화요일 오전, 그는 에비와 커피를 마시면서 이 이야기를 했고, 그녀는 핀업걸이란 소리에 눈썹을 치켜올렸다가 핀볼 게임기라는 말에 웃음을 터뜨렸다. 예의를 차려서 그 게임기는 얼마를 주고 구입했는지, '자신의' 집에서 몇 시쯤에 '철커덕-딩-짜잔'을 할 건지 묻지 않았다.

"그래서 언제 가지러 갈 건데요?"

"일요일요. 같이 갈래요?"

"보스턴에요?" 그녀가 물었다.

"네. 내 트럭으로 가면 왕복으로 여덟 시간이 걸리는데 당신이 즐겨 찾기 해둔 팟캐스트를 다 들어보도록 하죠. 아마 내가 안 들어본 게 많을 것 같은데. 뭐, 맨홀 뚜껑을 만드는 법과 같은 간단한 이야기들이 많을 것 같지만요. 나랑 같이 가요. 일전에 집 밖으로 멀리 나가고 싶다고 했었잖아요. 이렇게 외출하면 되죠. 일찍 일어나서, 차를 몰고 나가서, 보스턴까지 내려가서, 핀볼 게임기를 트럭에 싣는 걸 도와주고, 다시 집으로 돌아와서, 핀볼 게임기를 안으로 끌고 들어가는 걸 같이 해주고……."

그녀가 웃음을 터트렸다. "이런, 나, 여행하면서 일해야 하나요?"

"그럴걸요. 친구의 일은 거기에 달려 있죠. 그리고 당신 피의 반은 철강왕한테서 온 거라면서요."

"음, 반의 반만인데. 반의 반은 철강왕한테, 반의 반은 미네소타 출신 퀼트 여왕한테, 나머지는 뉴잉글랜드의 바닷가재잡이한테 받았죠."

"난 퀼트 할 줄 몰라요. 하지만 나머지는 다정하게 들리네요. 같이 가요."

"동행이 필요하다면, 음, 일은 잘 못하지만 앤디한테 물어봐요."

"걔가 평소에 어떤 음악 듣는지 알잖아요."

"육체노동에는 나보다 그 친구가 나아요."

"장사 그만해요, 미네소타 양. 갈래요, 말래요?"

"던킨에서 꽈배기 도넛 사주면?"

"여기에도 던킨은 있어요."

"거기랑 여기랑 달라요. 난 보스턴의 던킨 도넛을 바란다고요."

"알았어요. 보스턴에 있는 던킨에서 꽈배기 도넛 사줄게요."

이렇게 해서 그녀는 일요일에 딘과 함께 핀볼 게임기를 가지러 보스턴으로 가게 되었다. 미망인 그리고 추방당한 야구선수가 얼마 머물지 않을 별실에 무겁고 값비싼 장난감을 가져다 놓으려고 장거리 자동차 여행에 나서는 것이다.

일요일 아침, 에비는 딘이 먹을 반숙 달걀 두 개를 접시에 담았다. 베이글은 반으로 갈랐다. 한쪽은 딘이, 한쪽은 자신이 먹을 것이었다. "아침 만들었어요." 그녀가 소리쳐 불렀다. 딘이 뉴욕 자이언츠 트레이닝복 차림으로 주방으로 왔다. 그녀가 그를 쳐다보고는 눈을 치켜떴다.

"왜요?" 그가 물었다.

"우리, 보스턴까지 네 시간이나 운전해서 갔다가 다시 네 시간을 운전해서 돌아와야 하고, 중간에 게임기도 실어야 하잖아요. 바에서 싸움할 시간이 있겠어요?"

"바에서 싸움 안 할 거예요."

아침을 먹고 나서 에비는 싱크대에 접시들을 던져 넣고, 코트와 키를 손에 들고 바깥에서 기다리는 딘에게 갔다. 그가 차에 시동을 걸고 예열 중이었다. 그녀가 조수석으로 미끄러져 들어갔다. 잠깐 동안 다시 내려서 집에서 하루 종일 담요를 두르고 뒹굴거릴까, 하는 생각에 사로잡혔다. 다 큰 남자가 500킬로그램이나 나가는 장난감을 옮기는 걸 도와주는 기쁨을 위해 트럭에 탄 채 몇 시간 동안 시달리지 않을 수 있고, DVR로 아직 보지 못한 「서바이버」를 세 편쯤 볼 수도 있을 것이다. 소파는 따뜻할 것이 분명했다. 반면 트럭 안은 추웠고 보스턴은 멀었다.

딘이 운전을 시작했다. "좋아요, 이제 갑시다." 차량 진입로를 나서는 트럭 아래 깔린 자갈이 우드둑 우드둑거리는 소리를 냈다.

여태껏 에벌리스는 자신이 볼 수 있는 모든 각도에서 캘카셋을 바라보았다고 생각했다. 여기저기에 서서 모든 건물들을 보았었다. 하지만 떠나기로 했던 그날, 마지막으로 바라보았던 풍경이 강렬히 각인되었다. 그녀는 얼마 전에도 이때 본 장면을 아주 잠깐 동안 머릿속에 떠올렸다. 남쪽으로 가는 1번 국도에서 혼다 뒤에 서 있는 자신을 상상했다. 지금 딘과 하고 있는 것처럼. 하지만 지금 자신은 운전석에 앉지 않았고, 차창 밖을 바라보면서 코트를 이리저리 추스르고 중이다. 영원히가 아니라 그저 오늘 하루 떠나는 것뿐이고.

"근데 질문이 하나 있어요." 꼬리에 꼬리를 무는 생각을 딘이 잘랐다. 딱 알맞게도.

"말해요." 그녀가 그에게로 고개를 돌렸다.

"올해도 시리얼 상자 경기 해요? 안 하면 실망스러울 것 같은데."

"할걸요. 모두들 정의가 회복되길 기대하고 있거든요. 부정 시합과 불륜이 개입된 스캔들로 진흙탕이 되지 않은 마이너리그 지역의 매력적인 일상을 회복하고 싶은 거죠. 어쩌면 치리오스 상자가 물러날지도 몰라요. 올바른 경기에 올바른 조명을 비추고 싶은 거죠. 클로

168

팀 경기에 같이 갈래요?"

"물론이죠."

"난…… 당신이 그게 싫은지, 아니면 그리워하는지 어떤지 잘 모르니까."

"야구 말이에요? 거지 같지만 그래요, 그립죠. 장난해요? 난 거의 내 평생을 야구에 바쳤다고요. 내가 핀볼 게임기에 돈을 과하게 쓰는 것 같다는 생각이 들면 내가 야구로 돌아가려고 쓴 비용이 얼마나 되는지 알아요. 원래처럼 잘 던질 수 있게 된다면 난 남은 한쪽 팔도 바칠 수 있어요."

에비가 트럭 오디오에 휴대전화를 걸고 음악을 틀었다. 메인주 중부 지방, 바 하버에서 포틀랜드로 가는 길목에는 작은 섬들이 대서양을 향해 방울방울 떨어지는 종유석처럼 매달려 있으며, 시프스콧 강, 다마리스코타 강, 라인킨 만 같은 거품 목욕제 상표나 포크송에 나오는 항구 같은 아늑한 느낌이 드는 이름의 강과 항구 들이 이곳을 가로지르고 있다. 1번 국도는 이 해안을 건너뛰고 내려가는 길로, 유감스럽게도 95번 도로로 난 포틀랜드를 마주치기 직전에 위스카셋, 배스, 브런즈윅 같은 관광도시로 합류되며, 뱅고어, 오거스타에서부터 좀 더 내륙으로 훅 들어가 있는 곳이다.

캘카셋 남부에서 한 시간을 좀 넘게 달려서 프리포트에 다와갈 무렵, 딘이 표지판 하나를 가리켰다. "자, 이제 L. L. 빈 가게를 지나갈 거예요. 텐트나 개집 문이나 영하 30도로 내려갈 때 신는 부츠 같은 거 안 사도 돼요?"

"벌써 갔다 왔어요." 그녀가 말했다. "엄청 크더군요. 자신이 어떤 사람인지 알고 싶지만 그 대신 포이즌 아이비(DC의 캐릭터 중 하나) 분장을 하고 무도회에 가는 걸로 족한 사람들로 득시글대더라고요. 같이 갔었던 팀은 그런 사람들은 혼인신고도 안 하고 산다고 화를 냈죠."

딘이 이맛살을 찌푸렸다. "대체 그분은 L. L. 빈에서 어떤 선물을 사려고 했던 거래요?"

"침낭요." 그녀가 말했다. "물통, 배낭 같은 것들요. 그 사람은 그냥 저기 위에 틀어박혀 있었을 뿐이에요. 그리고 우리 둘이 아웃도어형 인간이 되길 바랐고요. 그런 일은 안 일어났지만. 또 그 사람이 텐트폴 한 다발 때문에 욕을 해댔고, 뭐 그랬죠."

남쪽으로 한 시간쯤 더 내려갔을 때 '빅토리 문신, 다음 출구에서 4마일 거리. 우수상 수상한 잉크 사용'이라는 옥외광고판을 지나치게 되었다.

"딘, 우수상 받은 문신은 안 해도 돼요?" 그녀가 물었다. "저기 들러도 되는데."

"나 문신 있어요." 그가 말했다.

그녀가 그에게로 몸을 돌렸다. "했어요?"

"네."

"뭘 문신으로 했어요?"

"첫 계약을 했을 때 새겼는데 그때 술에 취해 있었어요. 그게 고등학교 졸업 앨범에도 남아 있어요."

"어디에요? 그러니까, 음……."

170

딘이 한 손으로는 운전대를 잡은 채 다른 손을 뻗어서 트레이닝복 오른편을 움켜잡고는 확 잡아당겼다. 오른편에 멋지게 새겨진 문신이 드러났다. 딘은 도로에서 시선을 떼지 않고 있는 탓에 에비의 입이 떡 벌어졌다가 다시 다물어지는 모습은 보지 못했다. 그녀가 그의 옆태, 피부, 셔츠 속에서 박동하는 멋진 복근에 시선을 주었을 때 그가 웃음을 터트렸다. 그녀의 다리 사이에서 이에 대한 적절한 '반응'이 고동쳤고 머릿속에서는 크고 선명한 종소리가 댕댕 울려 퍼졌다. 이런, 이건 욕정이야.

그의 갈비뼈 옆쪽에, 검은 잉크에 단순한 서체로 새겨진 문신이 있었다. "멈춘다는 건 죽어가기 시작한다는 말이다." 그녀는 입을 떡 벌렸다. "푸흐흐흐흐흐" 하는 소리가 (훨씬 나중에 두 사람은 이 말이 소리처럼 들렸다는 데 합의했다) 새어 나왔다.

그가 웃음을 터트리고 셔츠를 다시 끌어내리고는 변명이라도 하듯이 말했다. 그녀가 거기에 감상적으로 반응하는 것처럼 말이다. "난 그저 오래 하고 싶었어요. 기록을 세운다거나, 떼돈을 번다거나 하는 건 기대도 안 했죠. 그냥 야구를 오래 하고 싶었어요."

"오, 그거 참 안타깝네요." 그녀는 이 말이 가장 적절한 반응은 아니라고 생각했다. 하지만 이 순간이 길어지면서 이 편이 가장 적절하게 느껴졌다.

"비극적이라고 생각하지 마요." 그가 말했다. "안 그러면 엉덩이에 '난 바닷가재가 싫어'라고 새긴 건 안 보여줄 테니까."

"비극이라고 생각하지 않았어요!" 그녀가 항의했다. "난 이야기를 듣고 있었다고요!”

“에비,” 그가 애매하게 고개를 까닥였다. “내 주머니에서 주소 적은 쪽지를 좀 꺼내서 휴대전화로 검색해보고, 어느 방향으로 가야 할지 좀 알려줄래요?”

“지금 나한테…… 당신 주머니에서 쪽지를 꺼내라고요?”

잠시 침묵이 흘렀고 그가 이맛살을 찌푸렸다. “네, 근데 이상한 생각은 하지 말고요! 햇빛 가리개 안쪽에 주머니가 하나 있어요.” 그가 고개를 절레절레 저었다. “그것도 ‘내’ 주머니긴 하죠.”

“잘못 알아들었네요!” 그녀가 웃음을 터트리고는 햇빛 가리개를 내렸다. 정말 끈으로 돌돌 묶인 주머니 하나가 있었다. 그녀는 주머니에서 서머빌 주소가 적힌 쪽지를 찾아서 휴대전화에 엄지로 주소를 입력했다. “당신이 셔츠를 벗어던졌잖아요.” 그녀가 중얼대는 동안 내비게이션이 현재 위치를 특정하고 예상 경로를 띄워 주었다. 1시간 50분 정도 더 가야 했다. “지금 가고 있는 집의 주인에 대해서 뭐 아는 거 있어요?” 그녀가 물었다. “그 사람이 우리 껍데기를 벗겨서 램프 갓으로 만들면 어쩌죠?”

“코넬대학교에서 같이 뛰었던 친구 코리가 관 공장에서 함께 일했던 사람이라던데.”

“‘관’ 공장요?”

“뭘 에둘러 말하는 게 아니고, 진짜 관 공장이에요. 관을 만드는 곳이요. 코리가 핸들을 잡고 자르면 이 집 주인 빌이 그걸 다듬었겠죠. 그리고 지금 우리가 가지러 가는 핀볼 게임기 주인은 빌의 아버지고요. 레이싱카가 그려진 핀볼 게임기요."

"네, 그렇게 말했죠."

"경적이랑 사이렌도 있으면 좋겠는데. 당신이 괜찮다고 해주면 정말 끝내주게 놀 수 있어요."

"어째서 핀볼 게임기에 사이렌 같은 게 달려 있어야 하는 거예요?" 그녀가 물었다.

"아마도 없겠지만, 있으면 멋질 것 같지 않아요? 밤새도록 당신을 잠 못 자게 할 수 있을 거예요." 그가 말했다. "난 그 소리가 그냥 좋은 거예요."

"사이렌 소리가 그렇게 듣고 싶으면 경찰에 전화해서 당신을 끌고 가라고 해줄 수 있어요."

"오, 허풍이 세시네, 미네소타 양."

"당신 내비게이션이 잘 작동하는 건지 모르겠어요. 보스턴 근처에 진입한 지 얼마나 지났는지 모르지만, 여기 거리 구조가 목적지로 가는 방향을 곧바로 이해할 수 있게 되어 있진 않네요."

"운에 맡겨야겠군요."

그녀가 계속 휴대전화를 들여다보았다. 그러는 사이 트럭이 덜컹거리며 차가 꽉꽉 들어차고 이따금 대각선으로 놓인 데다 일방통행로이기까지 한 미로 같은 서머빌 거리로 진입했다. 마침내 두 사람은 푸른 슬레이트로 된 길쭉한 집을 발견했다. 딘이 집 옆으로 난 차량 진입로에 차를 댔다. 두 사람은 차에서 내렸다. 에비는 몸을 숙이고 무릎 뒤를 짚었다가 등을 쭉 펴고는 딘을 따라 현관 포치로 올라갔다. 그가 초인종을 눌렀다. 문이 열리고 반백에 메사추세츠대학교 티셔츠를 입은 남자가 문을 열어주었다.

"안녕하세요, 선생님. 딘이라고 합니다. 이쪽은 에벌리스예요."

"오, 안녕하시오. 내가 빌이오. 자, 들어와요." 그가 두 사람에게 악수를 건네고는 안으로 들어올 수 있도록 한옆으로 비켜주었다. 거실은 거의 텅 비어 있었고, 한쪽 구석에는 '벼룩시장용 1', '벼룩시장용 2'라고 쓰인 상자들이 쌓여 있었다. "지저분해서 미안하네, 아직 아버님 물건을 처리 중이라서."

"괜찮아요. 상심이 크시겠어요." 딘이 말했다.

"고맙네, 딘. 이렇게 보니 반갑구먼. 자네가 나온 경기를 보는 거 좋아했는데, 이런 말해도 괜찮은지 모르겠다만."

"전혀요, 괜찮아요. 감사합니다."

"아버님도 자넬 좋아하셨어. 텔레비전 앞에 앉아서 자네에게 욕을 퍼부을 때도 말야. 자네가 이 장난감을 사러 온 걸 아시면 무덤에서 뛰쳐나올 만큼 좋아하실 거야." 빌이 양손을 허리에 얹고 숨을 씩씩거렸다.

"어쨌든 아버지가 지금 내 모습을 보신다면 기뻐하실 거야."

빌이 시선을 위로 하고는 에비가 보기에도 커다란 윙크를 딘에게 날렸다. "위에서 아버지가 보고 계실 거니까."

"이렇게 되어서 저도 기쁩니다." 딘이 팔을 넓게 벌렸다.

"자네가 트레이닝복을 입고 온 건 못 본 체하겠네." 빌이 짐짓 근엄한 투로 말했다. "운전하느라 힘들진 않았고?"

"네, 괜찮았어요. 에비한테 사줘야 할 꽈배기 도넛이 하나 있지만 그건 집으로 가는 길에 먹을 수 있을 거예요."

"난 도넛 값 받았어요." 그녀가 덧붙였다.

빌이 미소 지었다. "자네가 와줘서 고마워. 몇 달 동안 장난감에게 좋은 집을 찾아주려고 했어. 저걸 재미있게 사용할 사람에게 주고 싶어서."

"딘은 정말로 재미있게 잘 사용할 거예요." 에벌리스가 대답했다. "저 게임기에게 이 사람보다 더 큰 사랑을 퍼부어줄 부모는 못 찾을 거라고 생각하셔도 돼요."

빌이 웃음을 터트렸다. "좋아, 좋아."

그가 두 사람을 게임기가 있는, 집 뒤쪽의 방으로 데리고 갔다. 방은 깨끗하게 치워진 상태였고 핀볼 게임기만 벽 한쪽에 놓여 있었다. 새것 같진 않았지만 청소가 된 상태였다. 빌이 전원을 켜자 친절한 버저 음과 종소리가 났는데, 마치 피난지에 둔 개가 열정적으로 구조를 기다리며 준비하고 있던 것과 같았다. 사이렌 소리는 나지 않았지만. 몸체 양쪽과 디스플레이 부분에 밝은 색의 자동차 그림이 그려져 있었다. 누군가가 마음속에 한 번쯤 떠올려볼 만한 옆 날개가 있는 멋진 줄무늬 차에는 플레어스커트를 입은 여자들과 청바지 아랫단을 접어 입은 남자애들이 기대서 있었다.

딘은 빌이 기계를 분해하고 나중에 다시 조립할 수 있도록 각 부품마다 표시를 하는 걸 도왔다. 에비가 속으로 되뇌었다. '저 팔뚝 멋진 것 좀 봐. 아니야, 보면 안 돼.'

기계를 분해해서 꼼꼼하게 뽁뽁이로 싸고 테이프로 감은 뒤 딘과 에비가 트럭에 실었다. 푸른빛의 집으로 다시 돌아와서, 딘이 돈을 세고 빌에게 악수를 하며 건네는 동안 에비는 예의 바르게 시선을 돌렸다. 두 사람은 다시 차로 돌아왔다.

"모든 숙녀가 집에 핀볼 게임기를 두는 걸 좋아하는 건 아니지." 빌이 소리쳤다. "정말 좋은 여자를 만난 거야."

"아, 알고 있어요." 딘이 고개를 끄덕였다.

에비는 트럭 문을 열고 안으로 들어갔다. 딘도 차에 올라 문을 닫았다. 그녀가 바라보자 그가 한쪽 어깨를 으쓱해 보였다. "아저씨의 판단이 잘못되진 않았네요." 그녀가 고개를 저었다.

딘이 말했다. "알았어요. 그나저나 내가 도넛 갚아야 하지 않아요? 이제 먹으러 갑시다."

두 사람은 점심 대신 도넛을 먹었다. 그런 날이었기 때문이다. 식사를 마친 뒤, 딘의 트럭이 고속도로에 올라탔다. 오후가 되어 캘카셋에 진입할 때까지 두 사람은 라디오 쇼 프로그램이나 에비가 좋아하는 범죄 실화 팟캐스트 등 뭔가를 들으며 왔다. "남편이 범인이네" 하고 딘은 자꾸 훼방을 놨고, 나중에 여동생이 범인인 것으로 밝혀졌지만 방송이 끝날 무렵 그래도 결말이 마음에 든다고 말했다.

에비의 집에 도착했을 때는 어둠이 깔리기 시작하고 있었다. "배고파요." 딘이 트럭 적재함을 여는데 그녀가 말했다. "날 위해 피넛 버터 샌드위치를 사달라고 말할래요."

"좋아요, 근육 씨." 그가 말했다. "반대편 좀 잡아 줄래요?"

두 사람은 함께 게임기의 몸체, 다리, 모니터를 안으로 날랐고 딘이 깔끔하게 별실 카펫 위에 줄지어 세워두었다. "나중에 조립할래요." 그가 작은 주방 쪽으로 걸어가며 말했다. "이제 '내' 핀볼 게임기네요, 너무 좋아요. 하지만 먼저 뭣 좀 먹어야겠어요." 그가 조리대에 기댔다. "피넛 버터 말고 그릴드 치즈 샌드위치 먹지 않을래요? 갑자기 그게 먹고 싶은데 당신은 어때요?"

"좋아요." 그녀가 늘 앉는 자리에 앉았다. "당신이 꿈꾸던 게 핀볼 게임기 주인이었어요?

"솔직하게 말해서," 그가 음식을 만드느라 온갖 물건을 달그락거리고 서랍을 열고 닫았다. "오랫동안 꿈꾸던 일이긴 한데 조립할 게 걱정이네요. 머릿속으로는 뭔들 못 하겠어요. 무엇보다 난 핀볼을 잘하지도 못하는데. 뭐, 일단 게임기를 조립하고 작동시키게 된다면 지금 당장 바닥에 놓인 저것들보다는 훨씬 더 분명해지겠죠."

"빌 아저씨네 아버님께서 어딘가에서 지켜보고 계실 거예요. 당신이 즐거워하면 그분도 무척 즐거워하실 거고요. 동시에 양키스가 자기가 가장 아끼는 물건을 가져갔다고 화내실 거고."

"어쩌면 가장 좋은 관을 갖고 계실지도 모르고요."

"후아, 그나저나 당신, 게임기 가져오고 나서 다크서클이 짙어졌어요."

딘이 다가와 그녀 옆 의자에 앉는데, 팬에 올린 빵이 타닥타닥하고 구워지는 소리가 들려왔다. "뭣 좀 말해도 돼요?" 그가 짧은 머리칼을 쓸며 물었다.

"해요."

그가 오른쪽 신발을 벗고 이어서 왼쪽 신발도 벗었다. 그다음 잠시 그녀의 얼굴을 살펴보았다.

"뭔데요?" 그녀가 뺨에 설탕 가루라도 붙은 듯이 반사적으로 얼굴에 손을 가져갔다.

"오늘 몇 번이나 당신에게 키스하고 싶었어요."

에비가 저도 모르게 눈썹이 치켜 올라갔다 내려가는 걸 느꼈다. 입이 딱 다물렸다가 다시 풀어졌다. 빨리, 빨리, 빨리, 다시 아무렇지 않은 표정을 지으려면 어떻게 해야 하는 거지?

"그랬군요." 충격적이었다. 아니, 만족감일지도. 신이 난 것 같기도 했다. 아니, 잠깐만, 그녀는 지금 발가락이 오그라들만큼 안달이 났다. 또한 어쩔 줄 모르기도 했다.

"네, 그랬어요. 다른 때에도 그런 생각을 하긴 했지만 오늘은 좀더 했어요. 트럭에서도, 집에 돌아와서도, 물건을 내리고 나서도요." 그가 모호하게 주차 진입로 쪽을 손으로 가리켰다. "어떻게 생각할지 모르겠지만 당신을 놀래킬 만한 이야긴 아닌가 보네요. 그러니까, 내가 평소에, 당신 잘 놀라게 했잖아요. 이야길 나누거나 하진 못하겠네요. 특수 상황 같아서요."

"흠," 그녀가 천천히 입을 열었다. 수면 아래에서 오리가 발을 젓듯 뇌가 맹렬하게 일을 하고 있었지만 표정은 가급적 평소처럼 유지하려고 노력했다. "내가 미망인이라서? 아님 집주인이라서? 아니면 우리가 지금 친구라서? 그것도 아님 당신이 앤디랑 끈끈한 친구라서?

아니면……."

그가 천천히 고개를 끄덕였다. "그래요, 모두 다 해당될 거예요. 특수 상황이란 건."

"그래서 지금 당신이 계속 이야기를 하고 있군요."

"내가 시작한 것 같네요."

에비는 머릿속이 어질어질했다. 한 번쯤, 자기가 먼저 이 이야기를 시작했어야 할 것 같았다. 입이 열렸다. 그녀는 자기도 모르게 얼굴에 미소가 번져서 당황스러웠다. "자, 딘."

그가 즉시 자리에서 일어섰다. "예압."

"딘, 앉아요!" 그녀의 말에 딘이 돌아와서 의자에 몸을 털썩 내렸다.

"'들을' 이야기가 아닌 것 같은데요." 그가 양손을 부여잡았다. "계속해요. 하지만 당신이 내게 그저 '좋은 사람'이라고 말한다면 샌드위치는 없어요."

그녀가 입술을 살짝 깨물었다. "알았어요. 그러니까 알아들었다고요. 난 아까부터 여기에 있었어요. 아까부터 여기에 있었다고요." 그녀가 손을 절레절레 흔들었다. "그러니까 놓친 거 없어요. 내 말은…… 받아들인다고요."

그가 씨익 미소를 지어 보였다. "좋아요, 좋아."

잠시 그녀는 혼자였던 동안 한두 번쯤 몸을 던져 아무 생각 없이 실컷 놀아볼걸 싶었다. 마음 한편에서 다른 사람의 손과 살갗을 쓸어 보고, 맥박도 느껴볼걸 하고 후회했다. 이런 제안을 두고 고민하는 건 정말이지 갈피를 잡을 수가 없었고, 너무 좋은 동시에 너무 무서웠다.

남편하고만 키스를 해본 건 아니지만 잠은 남편하고만 자봤다. 마음 속에서 어른들이 하는 "그래요, 제발 해요"라는 승낙이, 고교 시절 남자에게 반했던 감정이, 그리고 어렵게 얻어낸 경계심이 에비의 바늘구멍을 통과하려고 온갖 시도를 다하고 있었다. 그것도 동시에. 머리가 어지러웠다.

"난 아직 준비가 되지 않았어요." 그녀가 말했다. "준비가 안 된 상태에서 이런 일을 맞이하고 싶진 않아요. ⋯⋯후회하게 될 거니까, 그러니까⋯⋯ 이런 일을⋯⋯ 후회하게 될 테니까. 무슨 뜻인지 알겠어요?"

"알아요. '나중에요'랑 비슷하게 들리네요."

"준비가 안 된 상태에선 난 절대 그러지 않을⋯⋯." 그녀가 완전히 민망한 표정으로 말했다.

"특수 상황, 아니, 알았어요. 정말로 괜찮아요. 하지만 이게 대답이라고 생각할게요. 그러니까 '나중에'가 있다면, 나중에 당신 마음이 바뀌면 내게 '고' 신호를 줘야 해요."

"신호요? 당신한테 '고' 신호를 줘야 한다고요?"

"네. '고' 신호는 당신이 보내요."

그녀는 잠시 이 말을 생각해보았다. "좋아요, 그러면 당신은 어떻게 할 건데요?"

"'고' 신호를 받으면요?"

"네."

"'고' 해야 한다고 생각하겠죠."

"그게 '고' 신호예요? '고' 신호란 게 '고' 하라는 의미라고?"

"그게 '고' 신호죠."

"알았어요. 이해했어요. 딘, 내 샌드위치 태우지 마요."

그가 가스레인지 앞에 섰을 때 그녀는 자기 자신에게 소리 없이 속삭였다. '고', 이 말에 담긴 감정이 어떤 것일지 알아내려고 애쓰면서.

··· *18* ···

그날 이후로 두 번의 목요일이 지났고 지금 에비는 「권력의 전당」을 보고 있었다. 현관문을 노크하는 소리가 들렸다. '밤 10시가 넘었는데 대체 어떤 인간이 문을 두드리는 거야?' 하지만 그녀는 창으로 바깥을 내다보았다. 앤디의 차가 주차 진입로에 세워져 있었다. 그녀는 벌떡 일어나 문을 열어주었다. "안녕, 잘 지냈어?"

"응, 모두 다 잘 지냈어." 그가 말했다. "전화도 없이 와서 미안. 엄마 집에 있다가 바로 이리로 왔어. 이야기를 좀 해야 할 것 같아서, 괜찮지?" 주머니에 찔러 넣은 앤디의 양 손목에 여자애들 머리끈이 끼워져 있었다. 엄마 집에서 애들의 땋은 머리를 풀어주었다는 뜻이다.

"물론이지. 들어와. 맥주 줄까? 아님 차나 뭐 다른 거 줘? 넌 잘 지내는 거 맞지?"

"응, 나도 잘 지냈어. 고마워." 앤디가 소파에 앉아서 무릎에 팔을 괴고 양 손가락을 깍지를 꼈다. "너랑 할 얘기가 있어. 음, 좋은 관계를 쌓는 일에 대해 생각해봤는데 내가 그러고 있는지 잘 모르겠어서."

"그거 좀 겁나는 말이네." 에비가 그의 옆에 앉으며 말했다. "무슨 일인데?"

"미안. 엄마 집에 하룻밤 지내러 갔다가 엄마랑 네가 요새 어떻게 지내는지에 대한 이야기를 좀 하게 됐는데," 그가 말했다. 에비는 이 고백이 당황스러울 것임을 감지했다. 앤디가 계속 말을 이었다. "그리고 팀이 사고가 나던 그날 밤 이야기가 나왔어."

"그랬군." 에비가 이렇게 대답하고는 손톱을 잡아 뜯었다.

"엄마는 네가 팀이 다쳤다고 생각하고 응급실에 갔다는 게 무척 슬프셨대. 넌 팀과 병원에서 며칠 있다가 나오면 될 거라고 생각했을 텐데, 그 생각만 하면 마음이 울렁거린다고 말야. 네가 얼마가 걸리든 병원에서 지낼 준비를 한 만큼 팀을 무척이나 사랑했었다고 하시더라. '그 앤 오래 걸릴 거라고 생각했는지 짐을 그만큼 쌌더라'라고."

"그렇군." 에비의 입가가 바짝 말랐다. "뭐 때문에 그런 말씀을 하신 거지?"

"그날 밤 네가 집까지 운전 못 하겠다고 한 거 기억나? 그래서 내가 데려다줬잖아. 우리 엄마가 다음 날 다른 사람 차를 얻어 타고 네 차를 가지러 병원까지 가셨었잖아."

에벌리스는 무기력하게 카펫을 응시했다. "누가 차를 가져다줬는지 생각이 안 나. 기억이 죄다 흐릿해. 당연한 일 아닌가."

"그래서 네가 병원에서 며칠 있을 계획이었단 걸 엄마가 아시는 거지. 네가 병원에 여행용 가방을 가져온 걸 보셨대. 침대 옆에 놓을 수 있는 거. 팀과 함께 지내려고. 네 차를 가지러 갔는데 차 뒷좌석에 가방이 있었다면서. 네가 병원에 도착하기도 전에 팀이 죽어서 더 이상 그 가방이 필요 없다는 걸 알았을 때 어땠을까 생각하면, 지금도 얼마나 슬픈지 모르겠다고 하시더라."

에비의 귀에서 웅웅거리는 소리가 들리기 시작했다. 그리고 머리 끝까지 붉어지는 게 느껴졌다. 열이 확 올랐다. 아니, 반대로 몸이 싸늘하게 식은 건가?

"엄마가 네 차로 걸어가는데 스티커가 잔뜩 붙은 낡은 푸른색 여행 가방이 보였대." 그는 에비와 눈을 맞추려고 애썼지만 그녀는 발 아래 어느 지점에서 눈을 떼지 않았다. "엄마는 네가 병원에서 머물 짐을 싸서 온 거라고 생각하고 계셔. 그 여행 가방이 너희 어머니 것인 줄 모르시니까. 하지만…… 난 알잖아."

앤디는 여행 가방에 관한 사실을 전부 다 알고 있었다. 팀이 야근을 하던 어느 날 밤, 에비가 집으로 앤디를 불러 함께 맥주를 마시면서 에벌리스라는 딸의 소속이 아닌, 에벌리스라는 도시의 소속이었던 그녀의 엄마 아일린 애슈턴에 대해 모조리 털어놓았던 것이다. 그리고 현관 벽장을 열어서 파리, 런던 같은 스티커가 덕지덕지 붙은 낡아 빠진 푸른색 여행 가방을 끄집어내렸다. 그 스티커들은 엄마가 서점에서 산 것이었다. 에비는 앤디에게 가방을 열어 안을 보여주었다. 에비는 거기에 엄마가 보냈거나 남겨두고 간 온갖 물건을 보관하고 있었다. 엄마의 선글라스, 캐시미어 스카프, 편지 몇 통, 은팔찌, 색이 바랜 염가판 소설책들…… 에비는 자라면서 자신이 얼마나 엄마를 그리워했는지, 그리고 지금은 엄마로부터 소식이 오는 게 얼마나 두려운지 설명하려고 애썼었다.

앤디가 말을 이었다. "우리 엄마는 네가 응급실에서 온 전화를 받았을 때, 여행 가방을 꺼내서 그 안을 비우고 짐을 쌀 시간이 없었다는 걸 모르시지. 네가 가방을 벽장에서 꺼내서 차에 실을 이유가 단 하나뿐이란 것도 모르시지." 그가 잠시 말을 멈췄다. "하지만 난 알아."

"앤디," 마침내 에비가 그를 바라보았다.

"떠나려고 한 거지?" 그가 잠시 기다렸다. "팀을 떠나려고 한 거지?" 다시 한번 기다렸다. "그날 밤에 팀을 떠나려고 한 거야. 그렇지, 에비?"

에벌리스는 지난 17개월 동안 갈빗대에 뭔가가 칭칭 감겨 있는 것 같은 기분으로 보냈는데 이제는 가슴이 터져버릴 것 같았다. 기절할 것 같고, 토할 것 같고, 눈물이 터질 것 같고, 웃음이 터져 나올 것도 같았다. 하지만 대신 이런 말이 나왔다. "그날 밤 떠나려고 했어."

"그래서 차에 짐을 실은 거야." 그가 말했다.

"거의 그럴 뻔했지." 에비는 자기 목소리가 녹음기에서 흘러나오는 것처럼 들렸다. 아니 인형처럼 등에 있는 줄을 잡아당기면, 자기 것이 아닌 녹음된 말이 흘러나오고 있는 것 같았다. "하지만 그렇게 많이는 못 쌌어."

"그리고 전화가 왔지."

그녀가 고개를 끄덕였다. 응급실에 도착하자 백발의 의사가 그녀

185

에게 남편이 사망했다고 말해줬던 일을 이야기했다.

팀이 죽은 그날 밤 앤디가 에비를 집으로 데려다주었다. 지금 에
비네 집 차량 진입로에 세워져 있는, 뒷좌석에 로즈의 스웨터가 돌돌
말린 채 던져져 있는 그 차로. 집에 도착했을 때 앤디가 에비를 부축해
서 집으로 데리고 들어와서 그녀가 미처 잠그지 못한 문을 열고, 좁은
계단을 함께 올라가 침대에 뉘여주었다. 에비는 그에게서 등을 돌리
고 눕고는 무릎을 가슴까지 끌어올려 안고 웅크렸다. 앤디는 침대 옆
협탁에 있는 스탠드를 켜고, 욕실로 가서 수건에 찬물을 적셨다. 그리
고 그녀 옆에 앉았다.

"괜찮아. 이리 와 봐." 그의 말에 그녀가 몸을 다시 돌렸고, 앤디는
딸들이 아플 때 해주듯이 이마에 찬 물수건을 올려 열을 식혀주었다.
그러고는 서랍장에서 옷들을 끄집어내서 에비가 욕실에서 옷을 갈아
입고 나올 때까지 기다렸다가, 담요 위에 함께 누워 동이 틀 때까지
30분에서 한 시간 정도 잠을 청했다.

앤디는 13일 동안 에비의 집에 머물렀다. 켈이 아이들을 돌봐주
고 앤디의 옷가지를 싸가지고 왔다. 매일 같이 누군가가 스튜, 빵, 수
프, 캐서롤 같은 것들을 가지고 왔다. 앤디가 문앞에서 그것들을 받아
서 에비에게 꼭 전하겠다고 말했다. 그의 학교 수업은 다른 교사가 대
신해주었다. 에비의 아버지는 매일 전화를 걸어서 가지 않아도 되겠
느냐고, 누군가를 만나고 싶어 하지는 않느냐고 물었다. 앤디는 에비
가 샤워하게 하고, 음식을 먹도록 어르고 달랬고, 손님방에서 잤지만

밤 시간의 절반 정도는 그녀 곁에서 웅크리고 잠을 잤다. 이따금 에비가 알레르기 약을 먹고 한 팔로 몸을 싸안고 꾸벅꾸벅 졸았는데, 문제는 한 알만 먹은 게 아니었기 때문이다.

팀의 부모님이 장례 절차를 진행했고 앤디가 그녀를 데려갔다. 그리고 에비의 차콜색 울 드레스를 세탁하고, 에비를 교회에 데려가고, 조의를 받는 동안 부축해주었다. 조문객들 역시 앤디처럼 병원에서 전화가 걸려왔을 때 그녀가 짐을 꾸려 차에 싣고 있었던 사실을 알지 못했다. 사람들이 5분, 10분마다 그녀의 귀에 대고 "괜찮아" 하고 말해주었다. 그럴 때마다 새로운 통증이 찌르르하게 나타나서 에비의 온몸을 죄어왔다. 매번 심장에서 산$_{acid}$이 튀어나와서 손가락 끝까지 곧장 내려가는 것 같았다. 그리고 머릿속에서 이 단어가 계속 산란했다. 괴물, 괴물.

앤디가 다시 에비를 집으로 데려다주었고 그녀는 곧장 침대로 들어갔다. 대부분 울고, 잠을 자고, 앤디가 침실까지 가져다준 수프나 토스트를 깨작거렸다. 한동안 앤디는 억지로 에비를 끌어내서 영화 두어 편을 함께 보기도 했다. 너무 바보 같지도 않고, 너무 슬프지도 않고, 차량 충돌 장면 외에는 아무것도 나오지 않는 영화였다. "어떡하니," 그가 말했다. "어떡해. 에비. 내가 어떻게 해줄 수 있을까?" 그러면 그녀는 머리끝까지 담요를 뒤집어썼다. 며칠이 지나서 에비는 아래층으로 내려와 음식을 먹었고, 시간이 더 지나자 두 사람은 에비가 혼자 설 준비가 되었는지 이야기를 나누기 시작했다.

에비는 앤디가 마을에 다시 모습을 드러내게 되었을 때, 가는 곳마다 사람들로부터 그녀가 어떠냐는 질문을 받았다는 사실을 알게 되었다. 앤디가 사람들이 건넨 안부 인사를 전해주었던 것이다. 그리고 앤디가 말은 하지 않았지만 사람들이 얼마나 그를 칭찬했을지도 잘 알았다. "앤디는 에비에게 너무 극진해", "에비가 앤디 널 만난 건 정말 행운이야", "에비는 너 없인 아무것도 못 할 거야" 하는 소리를 몇 번 우연히 들었기 때문이다. 이런 소리는 에비가 혼자 사는 지금도 시시때때로 들려왔다. 사람들은 에비가 '정말로' 어떤지 앤디가 말해주길 바랐다. 입을 닫은 에비의 말을 통역해주고, 에비가 와야 하는 곳에 왜 오지 않았는지 말해주길 바랐다.

"넌 팀을 떠나려고 했어." 그가 말했다. "그래서 그 뒤로 내내······ 팀이 그립지 않았던 거지. 아니야? 그리웠어?"

에비가 고개를 가로저었다. "그때 난 어떻게 해야 할지 몰랐어."

"에비, 혹시······ 팀이 널 때렸니? 팀이 무서웠어?"

팀과 대화하는 게 무서웠느냐고? 팀이 방에 들어올 때 긴장했느냐고? "아니," 그녀가 말했다. "너하고 결혼 생활에 대한 이야기는 하지 않겠다고 팀이랑 약속했었어. 그리고 떠날 준비를 하면서도 진짜로 내가 떠날 수 있을지 잘 몰랐었고. 그리고······ 뭔가 말할 수가 없었어. 너한테 전화를 하려고 했었는데."

그가 고개를 끄덕였다. "넌 이 동네를 떠나려고 했어." 그의 말은 질문이 아니었다. 에비가 팀을 떠난다면 캘카셋에서 더는 살 수 없으리란 걸 그도 알았다.

"그래." 그녀가 말했다.

"나한테 작별 인사도 안 하려고 했었지……? 너희 아버지랑, 우리 애들한테도."

"응, 안 했어." 그녀는 실은 자신이 앤디와 애들, 자기 아버지에게 쪽지를 쓰고 있었다고 설명했지만 상황은 더 나빠진 것 같았다.

"에비……. 난, 난 네가 살 곳을 찾는 걸 도와줬을 거야. 어디든 널 데려다줬을 거고."

그녀가 고개를 저었다. "난…… 그냥 아무한테도, 아무 말도 안 했어."

앤디는 목소리도 높이지 않았다. "난 이혼할 것 같다는 말도 너한테 처음 했어. 엄마보다도 더 먼저 말했지. 내가 아무것도 감지하지 못했다는 게 믿을 수가 없네."

그녀는 앤디가 과거를 머릿속에서 돌려보고 있다는 걸 알았다. 위층 침실로 음식을 가져다주고, 팀의 장례식을 하는 동안 그녀 옆에 바싹 붙어 있어주고, 기일에 함께 있어 주던 장면들을. 그리고 이제 앤디가 이 모든 장면들에 다른 해석을 붙이고 있다는 것을 깨달았다. 앤디는 거듭거듭 그녀에게 모든 걸 이해한다고 말해주었다. 이상한 기분, 잘못된 기분, 나쁜 기분이 들고, 상황을 받아들이지 못하고 있다는 것 전부 이해한다고. 그건 모두 상실감이라고, 그는 말했었다. 슬픔이라고. 하지만 이제 이 모든 장면들을 다시 끄집어내서, 불가피하게 이것저것을 생각하며 새로운 해석을 끌어냈다. 그것은 마침내 '에비의 거짓말'이라는 이름을 얻게 되었다.

"그렇다고 말하고 싶지 않았어." 그녀가 말했다. "사람들이 다 날 욕할 것 같아서."

"나한테 욕을 먹을 거라고 생각했어?" 그는 그게 얼마나 부당한 대우인지, 자신은 그렇게 보일 행동을 한 적이 한 번도 없다고 말하지 않았다.

그의 말이 맞다. 그리고 앤디가 에비의 아버지를 안심시키면서 13일을 함께 보내주었음에도, 에비가 그에게 쪽지 한 장 말고 아무것도 남기지 않으려고 했다는 사실도 바뀌지 않았다. 아니라고 말할 수도 있지만 그건 사실이었다. 작별 인사 한 마디 없이 모두를 떠날 준비를 했다는 사실 말이다. 모두에게 한 번쯤은 찾아갔어야 했다. 전화했어야 했다. 하지만 정말로 사라져버리는 것이 그녀의 의도였다. 정말로, 정말로 조용히 사라져 버릴 셈이었다.

"아니," 그녀가 말했다. "아니, 물론 아니야, 네가 그러지 않으리라는 건 당연히 알았어. 그저 나 스스로 내가 무슨 생각을 하는지 몰랐을 뿐이지." 두 사람의 일이었다. 그리고 안에서 용광로가 희미하게 부글부글 끓어오르더니 마침내 터졌다. "미안." 지금 에비가 할 수 있는 건 오직 이 말뿐이었다.

그가 고개를 끄덕였다. 그러고는 이렇게 말했다. "미안해할 필요 없어."

그녀가 시선을 아래로 내리깔고는 자신이 계속 휴대전화를 켜두었음을 처음으로 깨달았다. 앤디는 그렇지 않았다. 로리가 집을 나간 뒤에 두 달 동안 휴대전화를 꺼두었다. 그리고 앤디는 결혼했다가 이혼한 것이고 아직 재혼하지 않았다. 하지만 그녀의 결혼 생활은 달랐다. '영원히' 이어질 것이었다.

"우리, 괜찮은 거지?"

그가 고개를 끄덕였다. "물론이야. 물론 괜찮아." 그가 그녀에게로 몸을 돌렸다. "생각할 게 많은 것뿐이지."

"응." 그녀가 눈을 비볐다.

앤디가 시계를 보고 말했다. "네가 자는 걸 방해하고 싶지 않네. 아니, 사실 나 집에 가야 해. 오전에 할 일이 있어. 오늘 하루가 기네. 그냥 다른 집에서 자고 싶지 않은 것뿐이야."

"알았어. 이렇게 얘기해서 좋았어." 두 사람은 문 앞에서 멈춰 섰다. "앤디, 미안해. 이런 식으로 모든 걸 알게 해서, 너한테 말하지 못해서 미안해."

"아냐, 이해해." 그가 손에서 열쇠고리를 짤랑거렸다. "일이 손에 안 잡히겠다."

"그렇지 않아. 그땐 누구도 알게 되길 바라지 않았던 것뿐이야. 아무도 몰랐으면 했어."

그가 느릿느릿 고개를 끄덕였다. "응," 다시 한번 말했다. "응." 그 뒤 문으로 걸어갔다.

"우리 토요일에 보는 거지?" 앤디가 현관 포치로 발을 디디는데 에비가 물었다.

"물론이지."

"고마워."

"나도, 에비." 앤디가 계단을 내려가 차로 향하면서 손을 흔들었다. 그가 떠나는 걸 보고 에비도 문을 닫았다.

··· *19* ···

금요일 오후, 에비는 거실에서 책을 읽고 있었다. 앤디에게서 문자가 한 통 왔다.

– 에비, 내일 약속 취소해야겠어. 모니카랑 주말을 보내야 해

서. 다음 주에 보자.

에비는 잠시 그 문자를 응시하다가 휴대전화에 답장을 입력했다.

– 물론이지, 재밌게 보내.

그러다가 지우고는 이렇게 썼다.

– 물론이야! 재밌게 보내!

약간 비꼬는 것처럼 보여서 다시 작성했다.

– 물론이야. 재밌게 보내!

다음 날 아침, 에비가 주방에서 꾸물거리며 설거지를 하는데 띵, 쿵 하고 핀볼 게임기에서 나오는 특유의 소리가 들려왔다. 그녀가 별실로 고개를 불쑥 들이밀었다. "봐도 돼요?"

"놀라지 않는다면요." 그가 게임기에서 눈을 떼지 않고 말했다. "잠깐만, 오늘은 토요일이잖아." 종소리에 그의 목소리가 묻혔다. "앤디 만나는 날 아녜요?"

"앤디가 취소했어요." 그녀가 걸어가 게임기에 기댔다. "여자친구랑 할 일이 있대요."

"오, 다른 여자라." 딘이 말했다. "지금 기분이 어때요?"

"음, 내 팬케이크는 스스로 만들어야겠다? 맥 빠지는 기분."

"그걸 물은 건 아닌데."

"아니, 난 괜찮아요. 앤디가 행복해서 나도 좋아요. 약속을 취소하지 않았으면 더 좋았겠지만 그 친굴 탓하진 않을 거예요. 여자친구도요, 누구든. 내가 앤디랑 데이트하는 사이였다면 그가 매주 토요일 아침마다 고정적인 약속이 있다는 게 싫었을 거예요. 그 친구랑 둘이 나가서 데이트하거나, 뭐 집에서 보내도 좋겠지만, 어쨌든 그러길 바랐

194

을 거예요."

"어쨌든." 그가 말을 따라 했다. "당신이 하는 건 잘돼요?"

"아뇨."

"뭐가 잘 안되는데요?" 그가 조용히 욕을 내뱉고는 새로운 은색 공을 내보냈다.

"내가 질투할 거라곤 생각하지 마요. 너무 뻔한 클리셰잖아요. 지난 4년 동안 앤디가 데이트한 여자가 그녀만은 아니니까요. 제일 오래가고 있긴 하지만요."

"당신이 그 여자분을 좋아하지 않을 거라고 생각했어요."

"난 그 여잘 잘 알지도 못하는데요. 그러니까 2월의 앤디 생일에 한 번 봤을 뿐이고, 별로 말도 많이 못 나눠봤어요."

"음, 진짜 별로인 여자 같은데요." 딘이 기계를 엉덩이로 치면서 말했다.

"그렇게 치는 거 반칙 아녜요?" 에비가 말했다. "그리고 그 여자가 뭐가 별론데요?"

"당신한테 별로일 거라고요."

"어째서 나한테 별로죠?"

"진담이에요, 에비? 그녀가 앤디랑 만난 뒤로 당신이 그 친구랑 데이트하는 사이였다는 소리를 얼마나 많이 들었겠어요? 아님 당신이랑 분위기가 무르익고 있었다거나? 아니면 당신한테 작업했었다거나? 이런 지겨운 소문 같은 거 잘 알면서 그래요. 두 사람은, 일종의, 음, 내가 모니카라면, 당신이 음…… 미친 시어머니감이나 아니면 전

195

부인, 늙은 시누이, 뭐 미친 상사 같다고 생각할 것 같은데요. 당신도 인정하죠……, 그…….”

“그…… 뭐요?”

“극성이라고요.”

“음, 그녀가 나에 대해서 많이 알아야 할 거라고는 생각하지 않아요. 자길 위해 그렇게 하겠죠. 그리고 우리가 어떤데요?”

“평범한 사인 아니죠.”

“뭐가 안 평범한데요?”

“둘처럼 플라토닉한 소울메이트 관계는 그리 많지 않거든요.”

“맞아요, 나도 알아요.” 그때 버저 음이 울렸다. “그냥…… 그렇게 된 거예요. 알아들어요?”

“운명 같은 건가요?”

“생필품이라고 하죠.” 그녀가 말했다. “앤디가 이혼했을 때 릴리는 갓난아이였고 로즈도 유아였어요. 그리고 로리는…… 팟.” 그녀가 마술을 하듯 손동작을 해 보였다. “로리가 수저를 죄다 가져간 거 알아요? 새 보금자리에 안착할 때 수저가 더 필요할 것 같았나 봐요. 앤디는 관계를 끝내고 싶어 했고, 쉽게 가고 싶어서 (내가 그러지 말라고 했는데도) 이렇게 말했다더군요. ‘원하는 건 다 가져가도 돼.’ 그랬더니 주방에 있는 수저를 하나도 남김없이 가져가 버렸어요. 로리가 집을 나간 다음 주에, 어느 날 아침에 가보니까 로즈가 플라스틱 포크로 시리얼을 먹으려고 기를 쓰고 있더군요.”

“퀠 아줌마가 필요한 거 주문 안 해줬어요?”

196

"앤디가 아줌마한테 말을 안 했거든요. 나한테만 했지. 그래서 내가 수저를 좀 사줬죠. 요리책도 사주고. 그리고 앤디가 일을 가면 애들이랑 있어 주고요. 릴리가 전화하면 밤에도 가줬어요. 그리고 애들한테 엄마는 돌아가셨다고 말해주고 로즈가 잠들 때까지 등을 쓸어줬죠. 그리고 앤디한테 애들 머리 땋는 법도 가르쳐줬죠. 아니, 가르쳐주려고 시도했죠."

"앤디는 당신이 자기 목숨을 구해줬다고 하더군요."

"그랬어요?"

"네." 딘이 공을 구덩이로 굴리고는 그녀를 지그시 바라보았다. "그래서 내가 이렇게 말했죠. '빈자리를 차지해.' 앤디한텐 애도 있고, 전부인도, 엄마도 있고, 정기적으로 만나는 친구도 있죠. 당신요. 걔가 자기 목숨을 구했다고 말하고 다니는, 대단찮은 플라토닉한 관계인 여자친구 말예요." 그가 테이블로 손을 뻗고는 커피잔을 들고 마셨다. "내가 한 말은 그게 극성으로 보일 수도 있단 거였어요."

"요지는 알아들었어요. 당신은 수많은 심리학자들을 만났었으니까. 근데 이것 말고 오늘 뭘 하려고 했어요?"

"음, 우리 팀이랑 약간의 조율 작업을 했고 그리고 기자와 이야기를 할 예정이죠." 그녀의 놀란 시선에 그가 새 공을 쏘며 고개를 끄덕였다. "알아요, 어쨌든 난 좋아요. 그 기자는 남자들이 일을 끝낸 다음에 뭘 하는지에 대해서 쓰고 싶어 해요. 그리고 비자발적으로 은퇴한 누군가에 대해 알고 싶다고 했어요. 정확히 이렇게 말했죠. '자발적으로 은퇴하지 않았다'라고요. '너무 세게 들이박아서 수영장만 한 구멍을 남겨 놓았다' 하는 식으로 엄청 예의 바르게 표현하더군요."

"당신이 기자와 이야기하고 싶은 건 확실하고요?"

"확실히 그렇다고 말하지는 못할 것 같지만, 언젠간 내가 당신 집에 살면서 고등학교 애들 한 무더기랑 빈둥대는 것 말고 뭘 해야 할지는 찾아내야 해요. 창밖으로 고개를 내밀고 겨울 날씨가 6주 이상 갈지 아닐지 알아봐야 한단 말이죠."

"벌써부터 개구리가 겨울잠에서 깨어날 날이 그리운 건가요?"

"뭐, 그리고 봄에 열릴 성 패트릭의 날도 확인해야 하죠. 창밖으로 고개를 내밀고 비아일랜드인 바보들이 보도에 돌을 던져대면서 6주를 보냈나 확인하겠죠."

"그렇게 해요."

핀볼 게임을 하는 딘을 보는 것은 꽤나 품위 있는 방식으로 주말 오전을 날리는 일이었다. 아직도 그녀는 나침반 카페의 따뜻한 커피와 베이컨이 그리웠다. 주말마다 친구와 함께 아무것도 아닌 이야기를 나누고 베이비시터를 구하던 누군가의 앞에 앉아 있던 일이 그리웠다.

그다음 주 목요일, 앤디가 문자를 보내왔다.

 – 토요일에 못 만날 것 같아. 일요일에 괜찮니? 모니카랑 릴리
　랑 로즈 때문에 주말이 미친 듯이 바빠.

그녀가 회신했다.

　– 나도 바빠. 다음 주말에 보자.

아니지, 이건 아니야. 문자를 지웠다.

　– 토요일까지 못 기다리겠어. 네가 너무 보고 싶다, 이야기하
　　고 싶어.

대신 이렇게 다시 써서 앤디에게 보냈다.

　딘이 인터뷰한 기사는 3월 둘째 주, 춘계 훈련 기간에 나왔다. 딘
이 11년 만에 처음으로 참여하지 않은 춘계 훈련이었다. 기사는 화요
일 오전 10시에 온라인에 풀릴 예정이었는데 그 시간 메인주는 비가
내렸지만, 탬파는 분명 화창할 것이었다. 딘은 자기 방에서 아이패드
를 보며 커피와 베이글을 먹고 있었다. 위층에서는 에비가 노트북을
가지고 인터넷 서핑을 하며 영화 예고편 몇 개를 보고 있었다. 에비
는 근 2년간 영화관에 가지 않았다. 그가 아래층에서 그 기사를 기다
리고 있다는 걸 알고, 그녀 또한 기사를 기다렸다. 10시, 10시 2분, 10
시 5분이 되어도 아무것도 올라오지 않았다. 그러다 10시 7분에 그녀
는 인터넷에서 그의 기사를 보았다. 「야구 이후의 생활: 여가를 즐기
고, 술도 한잔하고, 여행을 다니는 여덟 명의 야구선수들」. 그중 여섯

명은 오랜 선수 생활 끝에 은퇴를 했고, 한 사람은 가족에게 집중하기 위해 젊은 나이에 그만두었다. 마지막으로 딘은, 글쓴이의 말에 따르면 '21세기 스포츠 역사에서 가장 유명한 추락'을 한 사람이었다.

하지만 그 기사에서 딘은 현재 지내는 고장과("거의 모든 면에서 뉴욕과는 정반대"라고 표현한) 그가 코치하는 팀 아이들("지나고 나면 바보 같은 사내애들이 엿을 먹인 일도 그리워지는 법이죠, 이런 바보 같은 아이들을 만났으니 제법 운이 좋죠.")에 대해 애정을 듬뿍 담아 말했다. 기사 속의 딘은 '원숙한 남성'이었다. "우리 팀은 모든 면에서 도우려고 했죠", "때때로 우린 자산이 동난 순간을 알아야 합니다", "전 프로 야구선수로서 열한 번의 시즌과 세 번의 월드 시리즈에 대해 배은망덕하게도 무지 불평을 했었죠. 전 행운아였어요. 그리고 여전히 행운아이고요"라는 그의 말들이 실려 있었다. 그는 핀볼 게임기를 가지러 보스턴까지 간 일도 이야기했는데, 에비가 미처 모르는 사이 방문한 기자에게 게임기를 보여주기도 한 것 같았다. 심지어 기자는 서머빌의 빌에게도 찾아갔었고, 빌은 딘이 '양키스에 좋은 선수'였다고 말해주었다.

하지만 딘은 기자에게 자신이 이따금 새벽 2시에 동네 마이너리그 야구장으로 살그머니 기어 들어가서 플래시를 둥그렇게 늘어놓고는 공을 던져 울타리에 맞춘다는 소리는 하지 않았다. 쓰레기를 버리러 나갔을 때 솔방울을 던졌다는 이야기도 하지 않았다. 다른 사람의 팔로 투구를 하는 것 같은 느낌이라는 말도 하지 않았다. 대신에 기자에게 새로운 환경에 잘 적응하고 무척이나 느긋해진, '사람들은 그에게 숨통이 막혔다고 하지만 사실은 잘 지내고 있는' 테니를 보여주었다. 쿨한 내음이 풀풀 풍기는 왕을.

기자는 이렇게 끝을 냈다.

> 이따금 레니는 왼팔을 뻗어서 오른쪽 어깨를 문질렀다. 여전
> 히 매일 같이 어깨를 사용하는 것처럼 말이다. 나는 그게 뭐든
> 요즘 귀찮은 일은 없느냐고 물었다. "난 이제 그냥 온몸이 삐
> 걱대는 늙은이에요." 그가 내게 말했다. "내 팔이 내게 소파로
> 썩 꺼져서 네 일이나 하라고 말을 하죠." 그가 미소 지으며 덧
> 붙였다. "이제는 그냥 보통 사람일 뿐이에요." 그가 농담을 하
> 는 건지 아닌 건지는 확신할 수가 없었다.

에비는 기사를 끝까지 다 읽고는, 사진기자가 찍은 딘의 모습을
응시했다. 사진 속의 딘은 따뜻한 코트를 입은 채 양키스 모자를 쓰고
'두 번째 기회'라는 어선에 쌓인 바닷가재 더미 위에 앉아 있었다. 에
비가 알기로 '두 번째 기회'는 자기 아버지 친구의 어선이었다. 그는
온화하게 눈을 가늘게 뜨고 사진기자를 바라보고 있었는데 모습이 약
간 초췌했다. 그 얼굴이 그가 다소 힘든 시간을 보냈음을 말해주었고
뭔가 음모를 꾸미고 있는 표정 같기도 했다. 그리고 섹시했다. 그녀에
게만 그렇게 보이는 것인지도 모르지만.

그녀는 열정 넘치는 사진기자가 딘을 데리고 나가서 '두 번째 기
회'라는 배를 찾아내 그를 앉히고 사진 찍는 모습을 머릿속에 그릴 수
있었다. 그 배의 이름은 다소 무디지만 힘 있는 비유였다. 저게 앤디

가 늘 말하던 것이었다. 언론들은 언젠가 딘이 돌아오려고 분투하는 모습을 갈망하게 될 거라고, 그리고 그를 용서하게 될 것이라고. 그건 언론이나 대중이 자비로워서가 아니었다. 싸구려 껌을 퇴출시키듯이 그에 대한 증오를 표방하던 시기가 지나가면 구미에 맞는 다른 것을 필요로 하게 되기 때문이다.

그녀는 노트북을 끄고 주방으로 내려가서 가스레인지에 찻주전 자를 올렸다. 물이 끓어오를 때쯤 딘이 나타났다.

"안녕."

"안녕. 기사 멋지던데요." 그녀가 티백을 찻잔에 넣으며 대답했다.

"그 친구 멋지죠." 딘이 한쪽 어깨를 출입구에 기대고 말했다. "정 직해요. 난 나 자신을 잘 알고 있답니다."

"당신 팔에 대해서 재밌게 썼던데요. 당신 팔이 얼마나 공을 던지 고 싶어 하는지 모른다고 말한 것 말이에요."

뒤돌아보지 않아도 딘이 이 말을 못 알아듣겠다는 듯이 고개를 갸웃거리고 있을 거라는 사실을 에비는 알고 있었다. 그걸 읽어내지 못한 양.

"내 팔이 공을 던지고 싶어 한다고는 안 했어요." 딘이 대답했다.

그녀는 몸을 돌리지 않았다. "한 것 같은데. 당신 팔이 공을 너무 던지고 싶어 해서 어깨가 망가졌다고요."

"농담이었어요."

"그래서 다시 공을 던지고 싶지 않다는 거군요." 그녀가 몸을 돌 리고는 자리에 앉았다. 그러고는 테이블 아래로 발을 뻗어 반대편 의자를 밀어서 빼주었다.

에비가 손가락으로 찻잔을 두드렸다. "어째서 이 추운데 한밤중에 나가서 공을 던지는 거죠? 어째서 미친 사람처럼 허공에 공을 던지는 모습을 내게 보인 거죠? 대체 뭘 하는 거예요?"

"음, 당신이 날 본 건, 날 쫓아와서죠." 그가 뻣뻣하고도 신중한 어조로 말했다. "새벽 2시에 파자마 차림으로 침대에서 나와 차를 몰고 내 뒤를 쫓아왔으니까 날 본 거죠. 여기에 대해 이야기를 해야 할 것 같군요. 당신이 어째서 탐정마냥 한밤중에 차를 몰고 나왔는지 설명해야 할 것 같지 않아요? 『살인마』 같은 책이라도 쓸 셈이에요?"

"난 친구가 되려던 것뿐이에요. 당신을 이해하고 싶었어요. 당신은 괜찮다고 말하지만……."

"봐요, 그냥 평범한 일을 하는 게 기분 좋을 때가 있어요. 여기에는 야구장이 있고 난 할 일이 없어요. 여기에 왔을 때 앤디 말고는 아는 사람도 없었고요. 그리고 난 운동장을 좋아해요. 익숙한 곳이니까요. 그게 다예요. 당신이 일을 키운 거예요. 투구를 할 수 없다는 게 어떤 기분인지 난 설명할 수가 없어요. 당신이 몇 번이나 물어도 마찬가지예요."

"솔방울은 뭔데요?" 그녀가 물었다. "당신, 솔방울 좋아해요? 그것도 익숙해서 좋은가?"

다시 한번 같은 시선이 다가왔다. "무슨 말을 하는 거예요?"

"여기 마당에서 당신이 솔방울을 집어서 부서질 때까지 울타리에 대고 던지는 걸 봤어요. 어디에서나 그런가요? 늘 걸어 다니면서 뭔갈 던져요? 그래서 어깨를 문지르는 거예요? 허공에 대고 뭔갈 던지는 걸 그만둘 수는 없는 건가요?"

딘이 곧바로 쏘아붙였다. 그녀로서는 전혀 생각지도 못한 방식으로. "당신이랑 앤디는 뭔데요? 어째서 토요일 만남을 그만둔 거죠?"

그녀는 귀에 물이라도 들어간 듯이 고개를 세게 흔들었다. "무슨…… 그게 뭐여야 하는데요?"

"당신에 대해 아는 사람이 있긴 해요?" 그가 물었다.

에벌리스는 그를 되쏘아 보았다. 너무 말이 안 돼서 정신이 나갈 것 같았다. "날 아는 사람이 있긴 하냐니, 무슨 뜻이죠?"

"당신은 나랑 친구가 되고 싶어 하고, 우리 둘이 친해지기 전에 목격한 내 모습이 뭔지 물으려고 하죠. 하지만 당신에 대해서는 누가 아나요? 난 몰라요. 앤디도 모르고요. 당신 아버지도 모르죠. 죽은 남편도 몰랐을 거라고 생각해요. 난 당신 집에 살고 있고, 당신은 우리가 친구라고 말하지만 나는 당신한테 무슨 일이 일어나고 있는지 머리털한 올만큼도 몰라요. 그리고 이제 나한테 한밤중에 무슨 짓을 한 거냐고 심문하고 있는데, 그건 잊어요. 내 엿 같은 일에 대해 거래했잖아요. 무슨 말인지 알죠? 하고 싶으면 당신이 먼저 해요."

에비의 머릿속이 둥둥 고동쳤다. 찻잔을 내려다보자 손잡이를 잡고 있는 손이 떨리고 있었다. 그녀는 본능적으로 자리에서 일어나서 찬장 윗줄로 손을 뻗었다. 찬장 문 하나를 활짝 열고는 작은 노란색 꽃무늬 도자기 접시 하나를 꺼냈다. 인형의 집에나 어울릴 법한 그릇. 그녀가 딘에게서 몸을 돌리고는 접시를 수직으로 들어 보였다.

204

"접시는 왜요?"

그녀는 그에게서 시선을 떼지 않고 머리 위로 접시를 들어 올리더니 그대로 손바닥을 쫙 펼쳤다. 접시가 아래로 떨어졌다. 한순간 시간이 정지한 것만 같았고 채 말이 되어 나오지 못한 말이 목구멍에 걸렸다. 그릇이 땅바닥에 부딪었다. 큰 소리가 나며 접시가 산산조각 나 흩어졌다.

딘이 의자에서 펄떡 일어났다. "무슨 짓이에요?"

"난 여기에 살아요." 그녀가 말했다. "알아요? 난 '여기에' 산다고요. 내 접시들도요. 당신이 그랬잖아요. 이 접시들이 싫다면 새것을 사라고요."

그녀가 찬장으로 몸을 다시 돌리고는 시리얼 그릇을 꺼냈다. 이번에는 떨어뜨리지 않았다. 타일 바닥에 날렸다. 더 세게, 더 멀리 경쾌하게 파편들이 흩어졌다. 그는 아무 말도 하지 않았다. 그저 꼼짝없이 그 모습을 응시할 뿐이었다.

그녀가 다른 접시 하나를 더 꺼냈다. 두 손을 사용해서. 하지만 어떤 이유인지 이번 접시는 땅에 떨어져도 깨지지 않았다. 제대로 던졌는데. 어쩌면 잘못 던진 것일지도 모른다. 접시는 바닥에 떨어졌지만 목숨을 건졌다. 그녀가 몸을 숙여서 접시를 집어 들고는 그를 바라보았다.

"알았어요." 그가 한 손을 들고 말했다. "접시 안 깨도 돼요. 알아들었어요."

그녀가 팔을 뒤로 빼고 접시를 주방 테이블 모서리에 쳤다. 그러자 손에 쥔 부분을 제외하고 접시가 조각조각 부서졌다. 그녀는 발아래 쌓인 접시 더미 위로 손에 쥔 조각을 던졌다.

"에벌리스, 이런." 딘이 일어나며 방금 전까지 앉아 있던 의자를 테이블에서 빼냈다.

그녀는 몸을 빙글 돌려서 남은 접시들을 (아직 여섯 개나 남아 있는) 모두 꺼내고는 주방 조리대에 놓았다. 그러고는 접시를 하나씩 하나씩 조리대나 테이블 모서리에 부딪었다. 접시 조각들이 주방 바닥에 착지했다. 딘은 일어선 채 팔짱을 끼고 그 모습을 지켜보았다. 접시 하나를 던지면서 에비는 옛날 일을 기억해냈다. 자기가 주방 바닥에 접시를 떨어뜨리는 바람에 그게 냉장고나 설거지 기계 아래로 들어갔을 때 팀이 바보 같다고 지적하던 것을 떠올렸다.

접시가 모두 산산조각 나서야 그녀는 동작을 멈췄다. 팀이 집에 오기까지 기다리다가 밤 9시 반이 되어서야 포기하고 뒤늦게 저녁을 먹을 때 사용한 접시들이었다. 팀의 생일날 아침에 초를 켜고 프렌치토스트를 한가득 쌓아놓고 먹을 때 사용한 접시들이었다. 열이 올랐고 어질어질하여 심장이 쿵쿵 뛰었다. 딘은 여전히 입을 다물고 있었다. 그러다가 발로 접시 조각들을 걷어내면서 그녀에게로 다가왔다. 그녀 앞까지 길이 났다. 그가 그녀 옆에 섰다. 그의 옷에서 세제 냄새가 풍겨왔다.

그가 그녀 뒤로, 그녀의 어깨 너머로 손을 뻗었다. 그녀는 그 손이 목을 감아오면 어떤 기분일까 궁금해졌다. 다행스럽게도 그녀는 눈을 감거나, 키스를 바라고 있는 게 노골적으로 드러날 법한 그런 행동을 하기 전에 그가 접시를 꺼내는 모습을 보았다. 한때 수백 만 달러의 연봉을 받던 그의 손목 스냅이 훌륭했다.

영화에서였다면 흥분해서 웃음을 터트리는 장면으로 이어졌을 것이다. 서로를 간질이거나 혹은 그 상황을 즐기는 장면이 나왔을 것이다. 하지만 두 사람은 그냥 주방 싱크대 옆에 서서 접시 여덟 점, 시리얼 그릇 여덟 점, 샐러드 접시 여덟 점을 내던지고 있었다. 그가 마지막 접시를 건네자 그녀는 경건하다시피 한 동작으로 접시를 받아 들고는, 손가락을 펼치고 손에서 접시가 빠져나가도록 그대로 두었다. 접시가 바닥에 부딪어 산산조각이 났다. 그때 모든 것이 멈췄다. 접시 깨지는 소리가 최고조에 달하자 모든 것이 멈췄다. 접시 조각들이 한데 모여 노란 꽃들의 바다를 이루었고, 그 사이로 타일 섬들이 군데군데 보였다. 그녀는 왼손을 들어서 붉어진 얼굴로 내려온 머리칼을 쓸어 올렸다. "이런, 다쳤잖아요." 딘이 당황한 소리로 말을 걸어 왔다.

많은 접시 조각에 둘러싸여 있는데 고작 손가락 두 개가 베인 건 놀랍지도 않았다. 손을 앞뒤로 돌려보면서 확인하니 피가 더 나지 않은 게 훨씬 더 놀라울 정도였다. 그녀가 찬물에 손을 씻어내자 딘이 깨끗한 키친타월을 가지고 와서 다친 자리를 꾹 눌러주었다. "내가 할게요." 에비가 대신 타월을 누르려고 했지만 딘은 손을 치우지 않았다.

"누르고 있으면 멈출 거예요."

그의 손이 무척 컸다. 에비는 그의 손 크기를 가늠하다가, 그 아래로 보이는 자기 손가락이 어찌나 땅딸막해 보이는지 낄낄 웃음이 새어

나왔다. "당신 손, 꼭 커다란 사냥개 발 같아요." 그녀가 중얼거렸다.

"네, 네, 얘네들이 어떤 일은 아직도 잘하죠." 그가 대답했다.

에비가 그를 올려다보았다. 그의 눈썹 위로 작은 상처가 하나 있었다. 분명 공을 치다가 생긴 상처일 거라고, 그녀는 생각했다. 상처는 아직 벌어져 있었다. 어쩌면 그녀가 접시를 깨뜨릴 때 생겼을지도 모른다. 아닐 수도 있고. 그녀는 그의 눈가에 밴드를 붙여주면서 눈을 깜빡인 순간, 마음속에서 자신의 솔직한 모습을 보았다.

그가 키친타월 아래 상처를 슬쩍 들여다보았다. "당신, 살아 있는 게 맞네요."

에비는 그의 손을 계속 바라보다가 슬며시 그의 팔부터 어깨까지 죽 훑어보았다. 거기 어딘가에, 분명 어딘가에 에비가 찾는 답이 있을 것이다.

"어떻게 던지는지 당신이 가르쳐줘요." 갑작스럽게 그녀가 제안했다.

그가 웃음을 터트렸다. "뭐라고요?"

"공 던지는 법을 가르쳐 달라고요."

"뭐 때문에요?"

"그래야 공을 던지는 게 어떤 기분인지 알죠."

"왜요?" 그가 한 번 더 물었다.

그녀가 어깨를 으쓱했다. "그래야 공을 못 던지는 상태가 어떤 기분인지 알 수 있으니까요."

그가 느리게 고개를 끄덕였다. "그냥 내가 투구할 수 없게 됐다는 사실을 알게 될 거예요. 전적으로 내 문제라는 걸요.."

"알아요. 그래도 어떻게 던지는진 가르쳐줄 수 있겠죠."

"어느 수준까지 던지고 싶은데요?"

"음…… 작은 리그 경기에서 비웃음거리가 되지 않을 수준까지?"

딘이 얼굴을 찌푸렸다. "연령대는요?"

그녀가 잠시 생각했다. "20대요."

"스무 살 무렵 애들은 꽤 잘해요." 그가 콕 집어 말했다. "과욕 부리지 마요."

"난 배우고 싶어요."

그가 아주 희미하게 미소를 지었다. "좋아요, 지금 시작할까요? 당신은 오른손잡이 같고 오른손은 문제없을 것 같군요."

"아뇨, 다음에요. 오늘은 할 일이 좀 있어요."

그가 한쪽 눈을 치켜떴다. "좋은 일이에요?"

그녀가 싱크대에 몸을 기댔다. "주방 치우고 그릇 사러 가야죠."

| 봄 |

눈이 녹으면
봄이 오듯이

··· *20* ···

4월 초 어느 목요일, 에비가 침대에서 일어나 겨울 스웨터를 정리하고 있는데 주머니에서 휴대전화가 부르르 떨렸다. 전화기를 꺼내자 앤디의 사진과 함께 문자가 와 있었다.

- 토요일에 브런치 할래? 못 본 지 좀 됐네. 만나면 무척 반가

 울 거야.

안도감으로 그녀의 어깨가 내려갔다. 팀이 죽던 그날 밤에 대한 이야기를 한 후, 앤디는 그녀에게서 멀어졌다. 그에게는 새 여자친구도 있고, 아이들도 있으며, 직장도 있고 여러모로 바쁘기도 했다. 하지만 에비는 자신이 털어놓은 진실, 그러니까 사실 자신이 몇 주, 몇 달 동안 팀의 일로 전혀 상처 입지 않은 상태였다는 데 앤디가 화가 나

지 않았음을 확신할 수가 없었다. 그 뒤로 두서너 차례 보긴 했지만, 그는 비참할 만큼 다정했다. 에비는 여러 번 앤디에게 문자를 보내려고 휴대전화를 꺼냈지만 결국 보내지는 못했다.

잠시 가만히 있다가 그녀는 주머니에 손을 넣어 다시 휴대전화를 꺼냈다.

- 잘 지내? 문자 고마워. 나도 좋아. 그렇게 하자. 많이 보고 싶었어.

답장이 왔다.

- 나도! 좋아, 모니카도 같이 가도 돼?

그녀는 좋다고, 그날이 기다려진다고, 다른 뜻은 없다고 답장했다. 그리고 다시 휴대전화를 들어 딘에게 문자를 보냈다.

- 좋은 소식. 앤디랑 토요일에 브런치 하기로 했어요.

그에게서 답장이 왔다.

- 그럼 나쁜 소식은요?

미처 답장을 하기 전에 휴대전화가 다시 부르르 진동했다.

  – 여자친구 데리고 온대요?

그녀는 그에게 입을 쭉 벌리고 이를 한가득 드러낸 이모티콘을 보냈다. 그녀가 '오우케이 씨'라고 부르는 이모티콘이었다.

  – 즐거울 거예요. 그리고 괜찮을 거예요. 멋진 여자거든요. 내
    가 보증하죠.

그가 답장했다. 그녀는 노란색 하트 이모티콘으로 답신했다. 그녀에게 하트 이모티콘은 하나하나 다른 의미가 있다. 그것들은 자신이 하는 말에 뉘앙스를 더해주고 때론 유쾌하고도 완곡하게 표현해주었다. 이모티콘은 언어가 아니라 잘 보이는 곳에 숨겨둔 일기장 같은 것이다. 그리고 그녀에게 노란 하트는 감사의 의미였다.

토요일, 에비는 먼저 아침을 먹었다. 봄이 다가오고 있어서 테이블에 커피 한 잔을 두고 햇살을 즐기는 중이었다. 눈을 감고 얼굴을 큰 창 쪽으로 돌렸다. 햇살에 볼이 달아올랐다. 앤디의 웃음소리가 들려 고개를 돌려 보니 앤디가 모니카를 에스코트하며 다가오고 있었다.
"안녕, 늦어서 미안."
"괜찮아." 에비가 말했다. "반가워."

"저도요." 모니카가 미소 지으며 말했다. "두 사람의 전통에 끼워 줘서 고마워요. 특별한 전통인 거 알아요."

"앤디에게 시간이 생겨서 저도 기뻐요." 아니, 아니, 아니, 이런 말을 하려던 게 아닌데. "사람이 많을수록 좋죠." 말을 정정하려는 것처럼 들리지 않도록 덧붙였다. 이것으로 2타석 0안타가 되었다. "여기는 블루베리 팬케이크가 맛있어요. 앤디는 햄과 치즈 오믈렛을 흡입하지만요."

"네, 알아요." 모니카가 말했다.

웨이트리스 마니가 테이블로 다가왔다. 그녀가 티백이 담긴 잔과 따뜻한 물이 담긴 작은 주전자를 모니카 앞에 내려놓았다. "이렇게 다 함께 있으니 보기 좋네요!" 마니가 말했다. "세 분 모두 음식을 주문한다면 잠시 기다려야 해요." 그녀가 앤디의 커피 잔을 채워주었다.

"미안해요. 모니카가 여기 와본 적이 있다는 걸 몰랐군요, 바보 같이." 에비가 무릎에 냅킨을 펼치면서 말했다. 앤디는 휴대전화를 들여다보고 있었다.

"앤디는 늘 하던 대로만 하잖아요." 모니카가 그를 감쌌다. "그건 그렇고, 일전에 앤디랑 같이 에비 씨 집 근처로 차를 몰고 지나가다가 집이 너무 멋져서 입에 침이 마르게 칭찬했어요. 포치가 진짜 멋지더라고요."

에벌리스가 웃음을 터트렸다. "고마워요. 언제 한번 오세요." 그러면서 얼굴을 찌푸렸다. "그럼 이상하다고 생각하게 될걸요."

"아니, 전혀 안 그래. 이리 와서 여기 같이 앉아요. 별로 안 그러고 싶을 것 같긴 하지만." 앤디가 손을 뻗어서 모니카를 감쌌다. "어떻게 지냈어, 에비?" 그가 물었다.

에비는 손을 뻗었다. "잘 지냈어. 그동안 「미국인들」까지 봤지."

그가 미소 지었다. "내 말이 맞았어?"

"그래, 네 말이 맞더라." 에비가 느릿느릿 고개를 끄덕였다.

"그게 '프로파간다'라고 생각하지 않아?" 그가 모니카에게 눈을 찡긋하면서 물었다.

"이런," 모니카가 눈을 굴리며 끼어들었다. "난 당신이 보는 프로그램 별론데, 미안. 에비 씨랑 말해. 에비 씨는 그거 좋아하잖아." 모니카가 놀리듯이 두 손을 홱 잡아당겼지만 앤디가 그 손에 키스를 하고 다시 끌어당기고는 테이블 아래에서 움켜쥐었다. "텔레비전에 대해서라면 아이처럼 군다니까."

에비가 작게 미소 지었다. "맞아요. 근데 애들은 어때요?"

"오, 엄청 잘 지내지." 앤디가 말했다. "그나저나 애들 엄마가 프레드랑 결혼한대."

"이런." 에벌리스가 중얼거렸다. "결국 그 사람이랑 하는구나?"

"다행히 최근에 애들이 프레드를 좋아하게 되었어. 안 그러면 힘들 거야. 두어 달 동안 브런치 같이 하지 못한 것도 그 문제 때문이야." 그가 한쪽으로 고갯짓했다.

"아, 모니카가 애들이랑 친해지고 있는 중이군요." 에비가 모니카에게 말했다.

"네, 그러고 있어요." 모니카가 말했다. "진짜 좋은 애들이에요.

하지만 에비 씨가 나보다 애들에게 더 잘하겠죠. 애들이 에비 씨랑 논지가 오래됐다고 무척 침울해하고 있어요." 그녀가 앤디에게 눈을 찡긋했고 그 역시 눈을 살짝 찡긋해 화답했다.

누구의 대꾸도 없이 침묵이 짙어졌다. 그때 마니가 음식을 가져왔다. 에벌리스의 팬케이크와 앤디의 오믈렛 그리고 모니카의 것은 야채 스크램블 에그 같아 보였다. 모니카는 야채 스크램블 에그를 먹는 유형, 그러니까 무척 건강한 타입처럼 보였다. 코티지 치즈 같은 것을 먹는다고 으스대지 않고 그냥 이 테이블에 있는, 이를테면 팬케이크를 먹는 누구들보다는 잘 자란 사람 말이다.

세 사람은 음식을 먹으며 이야기를 나누었다. 실은 에비와 모니카가 이야기를 하고, 모니카와 앤디가 이야기를 했다. 음식이 거의 다 사라질 때쯤 모니카가 입을 열었다.

"미안해요, 난 이제 가봐야 해요." 모니카가 앤디의 어깨를 툭 치자 그가 자리에서 일어나 그녀를 배웅했다. 모니카가 간 뒤, 에비가 접시 가장자리에 남은 블루베리를 포크로 집었다. "멋진 여자네." 그녀가 턱을 괴고 앤디를 쳐다보았다. "좋아?"

그가 미소를 지었다. "너무 좋아, 에비. 그러니까 좀 이르다고 생각하지만, 진짜 멋진 여자야. 행복해. 그동안 너희 집에 들르지 못해서 미안해. 좋은 남자친구가 되려고 애쓰고 있거든. 주말은 바빴고 일이 많았어. 기분이 안 좋더라. 너희 집에서 여행 가방 얘기하고 나서 내가 화가 났다고 생각할까 봐 걱정도 되고."

에비의 볼이 발그레해졌다. "응, 나도 그게 궁금했어."

"미안. 실은 그것 때문에 약간 마음이 어수선하긴 해. 나도 잘 모르겠어."

"그런 걸 말한 게 아닌데." 그녀가 말했다. 앤디가 신경질적으로 웃음을 터트리고는 목청을 가다듬었다. 에비는 급격하게 벌어진 틈, 거리감을 느꼈고, 갑자기 눈이 따갑고 목이 약간 갑갑했다. 그냥 '응'이라고 할걸. 대신 마른기침을 했다.

"앞으로 딘이 공 던지는 법을 가르쳐주기로 했어."

"아, 정말?" 앤디가 웃었다. "둘이 재밌게 지내는 것 같네."

다시 틈이 느껴졌다. '고' 사인과 접시에 대해 이야기할 때였다. 하지금 이것들은 그녀가 가진 유일한 비밀이었고, 후퇴하지 않고 밀어붙여야 하는 것들이었다. 만일 이 이야기를 한다면 커피를 마시다가 버번을 마시는 것처럼 경미한 나쁜 짓으로 상대를 충격에 빠트리게 될지도 모른다. 아니, 다 떠나서, 앤디가 어떻게 대답할지, 그 대답으로 한 가지 말고는 생각할 수 없었다. '뛰어들어 봐. 조심해. 대신 나한테 모두 이야기해줘야 해.' 그래서 이렇게 말했다. "맞아. 친구가 생기는 건 좋은 일이지. 주저앉아 자기 속으로만 파고들지 않게 해주니까."

"걜 고치려 들지만 마. 네가 어떻게 행동할지 훤히 보여."

"내가 어떻게 하는데?"

"넌…… 엄청…… 뭐든지 돌보려고 들잖아. 아버지를 돌보고, 팀을 돌보고, 로리가 떠난 뒤에 나를 돌봤지. 네가 앞으로는 너 자신보다 다른 것들을 더 위하고 살진 않았으면 좋겠어. 넌 다리가 두 개인

개를 보면 카트를 끌고와서 태우고 다니다가 여생을 마칠 거 같은, 그런 류의 사람이거든."

"그런 류는 아닌데."

"확실히 그런 류야. 인형 수선집을 하면서 부러진 새 다리에 아주 조그마한 이쑤시개를 대주다가 일생을 마치는 부류."

"음, 인형 수선집을 열지 않을 거라고 약속할게."

"앞으로 넌 뭘 하고 싶은데?"

그녀가 앞으로 흘러내린 머리 몇 가닥을 귀 뒤로 넘겼다. "직장을 구해볼까, 아니면 학교에 다녀볼까. 실은 잘 모르겠어. 생각 중이야. 노나가 메시지를 보냈는데 새 책을 냈대. 내가 노나랑 일하는 걸 얼마나 좋아하는지 잘 알지?"

"그거 좋겠는데." 앤디가 자세를 고치며 말했다. 그에게서 저도 모르게 말이 흘러나오고 있는 게 보였다. "지금 안 하는 일 중에서 뭘 하고 싶은지 물어본 게 아니야. 좀 더 재밌고 멋진, 다른 일을 하고 싶은 생각이 없냐는 거지." 두 사람의 시선이 마주쳤다.

그 순간 모니카가 옆에서 나타나 앤디의 어깨를 살짝 밀쳤다. 앤디가 아직 시선을 에비에게 고정한 채 모니카에게 자리를 내주려고 허둥지둥 움직였다. 무슨 일인가 하고 어리둥절한 표정이었다.

"내가 뭘 까먹었게?" 모니카가 물었다.

"모르겠는데요." 에벌리스가 대답했다. 그녀가 영수증을 집자 마니가 테이블로 미끄러지듯이 다가와서 섰다. "내가 낼게요. 두 사람, 만나서 반가웠어요."

"아, 이런. 고마워요." 모니카가 팔을 뻗어서 에비의 팔을 지그시 잡았다. "다음엔 우리가 살게요, 괜찮죠?"

에비가 손을 모니카의 손에 올렸다. "물론이죠. 다음에 봐요." 그녀가 접시 가장자리에 팁을 놓고 계산대로 향했다. 앤디와 모니카가 카페를 나가면서 에비에게 손을 흔들었다. 두 사람이 자연스럽게 손가락을 얽고는 함께 자리를 떴다. 계산대 옆에 선 에비는 자신을 지켜보는 시선들을 느꼈다. 토요일 오전, 자신이 테이블을 정리하는 모습도, 이렇게 일찍 자리를 뜨는 모습도, 혼자 서 있는 모습도 여태껏 보인 적이 없었다. 오히려 카페 문을 나선 뒤에도 항간의 소문을 확인시켜 주기라도 하듯 앤디의 차 옆에서 포옹을 나누었다. 하지만 오늘만은 아니었다.

··· 21 ···

그날 오후 에비는 다시 한번 딘의 트럭에 올랐고, 그가 한 번 더 말했다. "좋아요, 이렇게 합시다."

이번에 그는 고등학교 축구장으로 그녀를 데려갔다. "딘, 내가 스포츠형 인간이 아니긴 한데 여기가 야구장이 아닌 것 정돈 알아요." 딘과 함께 잔디를 가로지르면서 에비가 말했다.

"맞아요. 당신이 투수로서 공식전에서 첫 승을 거둘 날이죠. 그렇게 되면 야구장에서 하는 주니어 경기를 치르게 해주죠. 당신이 오늘 할 일은 그냥 공을 던지는 것뿐이에요. 공과 글러브 말고 다른 건 필요 없어요." 딘이 공을 쥔 오른손을 그녀에게로 내밀었다. "자, 이거 받아요."

"당신한테 야구공을 받는 거, 어쩐지 의식을 치르는 것 같네요. 무슨 선서라도 해야 하는 거 아녜요?"

"공이나 받아요." 그의 목소리가 낮고 깔깔했다. 그가 몸을 돌려 공을 쥔 채로 그녀 바로 앞에 섰다. 너무 가까이 서서 공이 그녀의 배에 닿을 것만 같았다. 공을 받아 쥐자 그가 어깨에 걸치고 있던 더플백에 손을 뻗어서 핫핑크색 레이스가 달린 검은색 야구 글러브를 꺼냈다.

"이거 장난이죠?" 그녀가 말했다.

"받아요."

"핫핑크네요." 그녀가 손을 내밀지 않고 말했다. 오히려 글러브를 건드리지 않으려고 뒤로 살짝 몸을 피했다.

"핑크 아니에요. 핑크가 좀 '가미된' 거지."

"나 그거 안 낄래요. 싫어요."

"왜요?"

"음…… 가부장적이라서요."

"에비, 난 가부장적으로 구는 데 소질 없어요. 날 실패자라고 부르며 쌍욕을 하는 네티즌 때문에 뉴욕에서도 쫓겨났잖아요. 자, 핑크 글러브 좀 껴주시겠습니까?"

"핑크 아니에요. 핑크가 좀 가미된 거지." 그녀가 투덜대고는 글러브에 손을 끼우고는, 자신 없는 투로 야구공을 받아 움켜쥐었다.

"이것도 당신 교습의 일부인가요? '중도 포기하지 마라'요."

"물론이죠. 하지만 난 그걸 현실적이고 현명한 방식으로 사용해요. 경험에서 우러나온 이점과 함께." 그가 그녀에게 멈추라는 뜻으로 한 손을 들어 보였다. "좋아요. 자, 너무 어렵게 생각하지 말고 그냥 나한테 공을 던져봐요."

그녀가 아버지가 언젠가 가르쳐주었던 교훈을 몸으로 기억해내며, 그를 향해 비스듬히 오른쪽으로 서서 왼쪽 어깨가 나오도록 상체를 틀었다. 그녀가 한 발짝 앞으로 나아가면서 딘에게 공을 던졌다. 그가 왼쪽으로 몸을 뻗어서 공을 잡아챘다.

"시작이 좋은데요. 한 번 더 해봐요." 그가 그녀에게 공을 다시 쏜살같이 던져주었다. 그때 그녀는 가엾은 매키 새서를 떠올리지 않을 수 없었다. 글러브를 뒤집어 앞으로 내밀자 공이 그 안에 부드럽게 안착했다.

"잘했어요," 그가 말했다. "재능이 있는데요?"

"정말요?"

정적이 흘렀다. "재능이 있을 수도 있다고요."

그녀가 웃음을 터트렸다. 두 사람은 30분 정도 더 공을 주고받았다. 그녀는 티슈를 구겨 쓰레기통에 넣을 때를 제외하고 무엇도 던져본 적 없는 사람치고는 썩 괜찮은 수준으로 끈질기게 던졌고, 그가 부드럽게 보내준 공을 받았다.

"좋아요, 뭐 하나 보여줄게요." 딘이 그녀를 향해 뚜벅뚜벅 걸어왔다. 그가 바로 뒤에 서는 바람에 몸에서 피어오르는 열기가 느껴졌다. "이걸 보여주면서 당신 폼을 약간 잡아줄 건데, 그래도 되죠?"

그녀가 몸을 돌려 자기 어깨보다 높이 있는 그의 얼굴을 눈동자에 담았다. "네, 괜찮아요."

그가 윙크를 한 것 같았다. 아니, 하지 않았을 수도. 딘은 에비의 팔을 쥐고는 왼쪽 어깨가 표적과 마주 보도록 자세를 조정해주었다.

"이걸 제대로 해야 해요. 던질 때 공을 손에서 놓기 전에 팔꿈치부터 나가는 거예요. 손목을 이렇게 꺾고……." 그가 그녀의 오른쪽 손목을 움켜쥐었다. "……던지기 전에 이렇게 다시 손목을 돌려요. 손바닥이 위를 봐야 해요. 지붕을 들어 올리는 것처럼요."

"지붕을 들어 올려요?"

그가 양 손바닥을 뒤집어서 팔을 위로 올렸다. "이렇게요."

"이런. 내가 부탁한 거 잊어버려요. 당신한테 코치받는 애들이 지금 모습을 보면 다신 선생님의 말에 귀 기울이지 않을 것 같아요."

"알았어요, 근육이에요. 열심히 할 준비됐어요?" 그가 자신에게서 살짝 뒤로 물러나는 게 느껴져서 그녀는 미소를 지었다.

"준비됐어요, 준비됐어." 그녀가 팔을 뒤로 끌었다.

그가 그녀의 등 뒤에 다시 붙었다. 그의 왼발이 앞으로 살짝 끌리며 나오더니, 10여 센티미터 앞에서 그녀의 왼발을 쿡쿡 찔렀다. "여기를 약간만 더 벌려요." 그가 왼팔을 그녀에게로 감고 손바닥으로 에비의 손등을 감쌌다. 5초가 흘렀다. 그리고 다시 5초가 흘렀다. "뭐하는 거예요?" 마침내 그녀가 물었다.

"당신한테 매달려 있어요." 딘이 그녀의 귓가에 대고 말했다.

에비는 언제나 자신의 얼굴이 붉어지는 게 싫었다. 이것은 늘 언젠가는 사라져버릴 허망한 안개를 좇는, 가엾은 욕망 뒤에 따라오는 것이었다. 이번에는 마치 꽃이 확 피어나듯이 얼굴이 붉어졌다. 아래를 내려다본다면 그녀의 양 어깨에서부터 꽃잎이 하늘하늘 떨어지는 모습을 볼 수 있을 것만 같았다. 그녀는 숨을 크게 들이쉬었고 두 사람은 그대로 서 있었다. 손목에서 고동치는 맥박을 그가 느낄까 봐 걱정되기 시작했다. 심지어 갈빗대마저 떨릴까 봐 두려웠다. 그에게서 몸을 살짝 떼기 전에 딘이 팔을 뻗어서 두 손가락을 그녀의 목 옆에 가져다 댔다.

"심박 수를 확인하고 있어요. 편안한 상태인지 보려고요. 이것도 코치 방법 중 하나죠. 잠깐만요." 그가 말했다. 그리고 그녀의 목에 숨을 훅 불었다. 타인의 숨결이 목에 닿자마자 팔에 소름이 오소소 돋아났다. 딘이 그 모습을 보고는 호기심과 만족감이 섞인 투로 말했다. "후."

그녀가 그의 어깨를 올려다보았다. "숨, 불었죠?"

"네." 그가 말했다.

"왜요?"

"벌레가 붙어 있어서요."

"아, 그랬군요. 다시 하죠, 코치 님." 그녀가 단호하게 말했다.

딘이 어깨가 들썩일 정도로 가슴에서 우러나온 웃음을 크게 터트렸다 "공을 던지면서 몸을 돌려야 해요. 아까 말한 것처럼 팔꿈치부터 나가는 거예요." 그가 그녀의 손에서부터 팔꿈치까지를 슥 쓸었다. "먼저 앞으로 나간 다음에, 던질 때는 이 발을 당기고" 그가 손을 아래로 내려서 한 손가락으로 그녀의 오른쪽 엉덩이를 톡톡 두드렸다. "그리고 앞쪽을 향해 와인드업(투수가 양팔을 머리 위로 들어올리고 공을 던지기 전까지 홈플레이트를 향하는 것)해요. 알겠죠? 그럼 몸이 앞쪽으로 돌아올 거예요."

그녀가 자신의 오른쪽 어깨를 다시 올려다보고는 이맛살을 구겼다. "고등학생 남자애들한테는 이렇게 안 가르칠 것 같은데."

"이렇게 안 하죠. 걔들 냄새가 얼마나 고약한데."

"지금 속이 너무 빤히 들여다보이는 거 알죠?" 그녀가 말했다.

"이런, 난 여기서 이론을 실행하고 있는 거예요. 받아들이든지, 아니면 말든지."

"계속해요." 그녀가 말했다.

"자, 여기에서 글러브 낀 손을 당기고," 그가 글러브를 낀 손으로 그녀의 글러브를 살짝 쳤다. "그리고 이 팔꿈치를 올려요. 그 팔꿈치는 내가 가리키는 곳을 향하게 한 다음 손목을 가볍게 튕기고, 이쪽 다리를 같이 따라서 움직여요. 이게 공을 던지는 법이에요."

"그럼 이제 당신처럼 던질 수 있게 되는 건가요?"

그가 한 걸음 물러났다. "요즘의 나처럼은 던질 수 있을 것 같은데요."

그녀가 얼굴을 구겼다. "그런 뜻으로 한 말이 아닌데."

"나도 알아요." 그가 몇 걸음 터벅터벅 걸어가고는 천천히 몸을 돌렸다. "좋아요, 나한테 날려봐요." 그러고는 끼고 있는 글러브를 팡팡 쳤다.

에비는 딘과 수직이 되도록 몸을 돌렸다. 두 다리를 황급히 약간 벌렸다. 손에 공을 쥐고 팔을 뒤로 끌어당겨서 왼쪽 팔꿈치를 딘 쪽으로 향하게 했다. 앞으로 무게 중심을 싣고, 팔꿈치를 앞쪽으로 보내고, 꺾고, 다시 돌린다. 그녀가 던진 공이 땅바닥에 거의 꽂히다시피

했다.

그가 웃음을 터트리며 앞으로 달려와서 공을 주웠다. "아니, 아니, 이거 엄청 기억에 남을 일이네요."

"당신이 던지는 걸 보고 싶어요. 도움이 될 것 같은데."

그가 손에 공을 쥐고 서 있었다. 마치 무게를 가늠하는 것 같았다. "음……."

"보고 싶어요."

"에벌리스, 난 그게……."

"나 말고 당신요. 바보, 날 죽여봐요. 펜스까지 던져요." 그녀가 핑크색의 글러브를 까딱까딱해 보였다.

그가 축구장 한쪽에 쳐진 회색 울타리를 빤히 쳐다보았다. "모르겠어요, 에비."

그녀가 그에게로 다가가 팔짱을 끼고 섰다. "도움이 될 거예요. 그냥 나한테 보여주기만 하면 돼요."

"좋아요." 그가 울타리 쪽으로 몸을 돌리고 걸음을 뗐다. 그녀는 그의 몸이 움직이는 모습을 지켜보았다. 에비는 그의 온몸의 근육과 뼈, 힘줄이 조율되고 새총처럼 팽팽하게 당겨졌다가 탁 풀리는 모습을 지켜볼 수 있을 것 같다고 생각했다. 그때 그의 어깨가 돌아가고 엉덩이가 씰룩였다. 목 뒤쪽에서부터 변화가 일어났다. 공이 날아가서 울타리를 날카롭게 쳤다. 그가 에벌리스에게로 몸을 돌리고 고개를 끄덕여 보였다.

그가 땅바닥에 놓인 가방을 열고 펼치자 열 개 정도 되는 야구공들이 굴러 나왔다. 그리고 공을 차례대로 던졌다. 팡! 팡! 팡! 처음에는 딘이 공을 좀 던질 줄 아는 남자처럼 보였고 그다음에는 투수처럼 보였다. 그가 쓰고 있는 캘카셋고등학교 모자챙을 만지작거렸다. 손은 엉덩이에 문질러 닦았다. 공이 다 떨어질 때까지 그는 와인드업 자세로 발을 차고는 처음 던졌던 공을 다시 눈으로 좇았다.

딘이 마지막으로 숨을 내쉬었다. 공 한 무더기가 펜스 아래에 쌓여 있었다. 그는 양 손을 허리에 얹고 그대로 서 있었다. 에비는 그가 서 있는 자세를 그대로 따라 한 뒤 그의 시선이 가 닿은 곳을 보았다. 그리고 펜스로 걸어가서 공을 모으고는 셔츠로 만든 조그마한 파우치 안에 넣었다. 다시 돌아와서 딘 앞에 공들을 던져놓았다. 그가 고개를 끄덕이고는 하나를 집어 들었다. 팡!

그녀의 눈에는 공들이 계속 똑같은 자리에 꽂히는 것 같았다. 시간이 조금 지나자 공이 때린 자국이 나타나기 시작했다. 그 자국들이 옹기종기 모여 있어서 마치 복숭아가 한 바구니 안에 담겨 있는 듯 보였다. 그녀가 딘을 바라보았다. 이마가 땀으로 번들거리고 머리칼 몇 가닥이 달라붙어 있었다. 그가 중얼거리는 소리가 들렸다. 에비의 귀에는 "그래, 이거지, 썩을" 하고 들렸다.

자연 다큐멘터리에서 거대한 고양이가 몸을 날리듯이 딘이 공을 던졌다. 그녀는 그 일이 시작되는 것을 볼 수 있었다. 행동 하나하나가 어찌나 단호하고 조용하게 이루어지는지 놀라움을 금할 수가 없었다. 그녀는 다시 야구공들을 모아서 그의 발치에 놓았다.

그가 허리에 손을 짚고 섰다. "얼마나 더 보고 싶은 거예요?"

그녀가 어깨를 으쓱했다. "모르겠어요. 당신은 얼마나 더 해야 직성이 풀릴 건데요?"

그가 미소를 지으며 고개를 저었다. "아뇨. 이건 당신 때문에 하는 건데, 미네소타 양."

"진짜요?"

그가 그녀를 바라보고는 작게 숨을 내쉬었다. "우리가 왜 여기에 온 거죠?"

그녀가 주머니에 손을 찔러 넣고 펜스 쪽으로 걸어가서 공 자국을 응시했다. "나한테는 당신이 공을 마구 던지는 것 같아 보이는데요." 그녀가 소리쳤다. "내가 뭘 놓쳤나요?"

"목적요." 그가 푸르른 하늘을 올려다보았다. "에비, 내가 공을 펜스를 넘겨 저 길까지 던지지 못한다는 사실은, 아무것도 바뀐 게 없다는 뜻이에요. 우리가 왜 이 이야기를 다시 하고 있는 거죠?"

"당신이 야구를 한 것만큼 나도 뭔가를 할 수 있었다면, 가급적 그 일을 오래도록 계속하고 싶었을 거예요. 당신도 그렇지 않나요? 난 일이 잘 풀리지 않을 때 그게 어떻게 보이는지 알아요. 그런데 당신은 그렇지 않아요." 그녀가 펜스에 난 공 자국들을 가리켰다. "뭔가 달라요. 당신은 이게 궁금하지도 않아요?"

"난 그만뒀어요. 그게 다예요."

그녀가 그에게로 향했다. "그만뒀다면서 왜 '두 번째 기회' 같은 배에 앉아서 사진을 찍었어요?"

그가 자세를 고쳐 섰다. "사진기자 생각이에요. 그냥 상품 사진 같

228

은 거죠."

그녀가 고개를 저었다. "그러지 말아요. 내가 무슨 말을 하는지 알잖아요. 인터뷰에서 했던 말은 뭔데요? 당신은 한밤중에도 나가서……."

"그 얘긴 더 이상 하고 싶지 않아요." 그가 단호하게 말했다. "이야기를 하고 싶었다면 진즉 당신한테 했을 거예요. 일전에 당신이 그 일을 물어봤을 때요."

"내 눈에 당신은 아직 포기한 것 같지 않은데요. 한밤중에 뛰쳐나가는 이유도 알 것 같고요."

"에비…… 언제까지 할래요?"

에비가 딘의 앞에 다시 똑바로 서서 그가 공을 던지는 팔에 손을 올렸다. "클로와 프리포트 팀 경기는 매년 열려요. 시범 경기도 있죠. 두 팀은 경기를 하고 돈을 끌어모아요. 그 돈은 각 팀 학부모회와 겨울 보너스로 사용되죠. 종종 게스트를 불러서 경기를 하기도……."

"장난해요? 젠장, 됐어요." 그가 말했다. "수백 명의 기자들을 여기로 부른 뒤 내가 자선 경기에서 공을 던지는 가여운 신세가 됐다고 글을 쓰게 하고 싶은 거예요? 사람들은 나한테 질렸어요. 난 그들에게 더 줄 것도 없고요."

"그걸 공개적으로 알리진 않을 거예요." 그녀가 미래형으로 말했다. "우리가 클로 팀에 이야기하면 돼요. 모두가 놀라겠죠. 당신이 코치하는 아이들도 좋아할 거예요. 아마 한 이닝 정도 던질 수 있을 거예요."

그가 공에 난 실밥을 손가락으로 계속 더듬었다. "당신은 사람 말을 듣질 않는군요." 그가 말했다.

"나도 알아요." 에비가 대답했다.

캘카셋 클로 팀과 프리포트 익스플로러 팀은 매년 3월의 마지막 일요일에 열리는 봄 댄스 축제에서 시범 경기를 펼쳤다. 두 팀은 번갈아 가며 행사를 주최했고 매년 주최 팀은 전년도보다 훨씬 더 잘하려고 애썼다. 한번은 프리포트에서 서바이벌 게임 행사를 진행했는데, 1년 뒤 캘카셋은 가상현실 게임룸을 만들고 도그 쇼까지 했다. 그러자 그다음 해에는 프리포트에서 투우 쇼가 열렸다.

올해는 캘카셋 차례였다. 딘 테니는 경기 2주 전 데이시 공원에 있는 임시 조직위원회 사무실에 와서 괜찮다면 자신을 환영해준 마을 사람들에게 감사의 표시로 한 이닝 정도 공을 던지고 싶다고 말했다. 조직위원회는 당연히 열광적으로 반응했다. 지난해 프리포트 팀은 수직 풍동風洞 터널 장치를 설치했었는데, 올해 캘카셋 팀은 정말이지 뉴스에 실릴 만한 건수를 잡은 것이나 다름없는 수준이었다. 하지만 이 일은 딘이 경기장에 등장할 때까지는 비밀로 유지되어야 했다. 그가 내건 유일한 조건이었다.

딘은 조직위원회를 주관하는 리자와 거래를 마무리하고 나서 흥분하여 사무실을 나온 다음 복도를 지났다. 이제 오른쪽으로 나가서 트럭을 세워둔 주차장으로 향할지, 아니면 밤에만 가곤 했던 구장으로 갈지, 그의 앞에 두 가지 길이 있었다. 그는 왼쪽으로 발을 옮기면서 휴대전화를 꺼내 들고 에벌리스에게 문자를 보냈다.

– 조직위에서 승낙했어요. 내가 공을 던지게 될 거예요.

그녀는 푸른색 하트 이모티콘으로 답신했다.

딘이 구장의 출입구를 열었다. 걸쇠가 삐걱댔다. 구장으로 들어섰다. 그가 처음으로 갔던 구장은 고향 미시건주에 있는 곳이었다. 형들이 야구를 하는 동안 어린 딘은 그 모습을 보는 대신 외야석에 누워서 공 소리를 듣곤 했다. 쿵! 공이 포수의 미트에 꽂히는 소리가 그를 매료시켰다. 그가 아는 수많은 친구들은 보통 타격 소리에 끌리곤 했다. 그들은 공을 치는 걸 사랑했다. 어린이 야구단 시절에는 알루미늄 배트에서 나는 '깡!' 소리에 매혹되며 자랐고, 그다음에는 메이저리거의 나무 배트에서 나는 총알 같은 소리에 끌렸다. 하지만 딘은 공이 포수의 미트로 꽂히는 소리에 끌렸다. 그는 좋은 투구는 나쁜 투구와 소리부터 다르다고 확신했고, 야구 인생이 내리막길로 들어섰을 때는 자기 공이 포수가 원하는 곳에 꽂히는 만족스러운 소리를, 좋은 소리

232

를 내길 갈망했다. 그가 양키스 구장에서 마지막으로 걸어 나오던 때, 관중들은 그가 나가는 모습을 보며 좋아하면서도 한편으로 그가 머리를 떨구지 않는다며 실망했다. 그때 그는 자신이 다시는 공을 던질 수 없게 되리라는 사실을 깨달았다.

그는 선수 대기석과 내야를 지나 잔디로 걸어가서 투수석에 섰다. 언젠가 플래시를 깔아두고 서 있던 모습을 에비에게 들킨 그 자리였다. 그는 에비를, 그녀가 주방에서 접시를 던지던 모습을 생각했다. 그녀는 무척이나 차분하고 단호했다. 한 접시를 깨고 바로 다음 접시로 넘어갔다. 당시 그가 그 자리에 같이 있었다는 걸 그녀가 의식이나 하고 있었을까? 알 수 없었다. 문득 아래를 내려다보자 그녀의 손에서 피가 흐르는 것이 보였고, 그것을 보는 순간 딘은 앞으로 자신이 무엇을 할 수 있을지, 그리고 과거에 무엇을 할 수도 있었을지 깨닫게 되었다.

그는 발로 흙을 한 번 차고 구장으로 걸어 들어갔다. 싱크대 앞의 에비 옆에 서서 그녀의 목선을 바라보면서, 손에 난 상처를 지혈하려고 꾹 누르고 있던 그 순간을 떠올리면서.

몇 주 동안 예행연습이 이루어졌다. 리자가 클로 팀 매니저에게 연설을 했고 그다음으로 딘에 대해 말했다. 딘이 정말 공을 던지겠다고 했느냐고 팀원 한두 사람이 놀라움을 표했지만, 누구도 전국적으로 대서특필될 이 복귀가 자기네 홈구장에서 펼쳐지는 것을 반대하지 않았다. 딘을 한 번이라도 만나본 적 있는 선수들은 모두 그를 좋아했고, 그가 무척 재미있는 사람임을 알게 되었으며, 그를 다소 괴짜처럼 생각했던 사람들 역시 그가 영리하다는 사실을 알고 놀랐다.

조직위원회는 등에 '딘'이라고 이름이 새겨진 유니폼을 만들어주었다. 옛 등 번호를 받고 싶냐는 질문에 그는 단호하게 거절했다. 대신 26번을 달라고 했는데 그건 밴크로프트 26번지, 즉 에비의 집 주소였다. 집으로 돌아온 딘은 에비에게 셔츠를 보여주었다.

"이런, 우리 집 주소잖아. 행운이 깃들 거예요." 에비가 말했다.

딘이 셔츠를 개키면서 말했다. "그럴 거예요."

봄 댄스 축제가 열리는 동안 날씨는 그 이상 좋을 수가 없었다. 하늘엔 구름 한 점 없었고 산들바람이 느리게 불었다. 사람들은 잔디밭에서 피크닉을 즐기기 위해서 차 트렁크에서 담요를 챙기고 저녁엔 서늘해질 것을 대비해 경량 재킷을 걸쳤다. 주차장에서는 벌써 튀김 기름 냄새가 진동했고, 여자아이들은 캠든에서 파는 재활용 소재 귀걸이를 하고 다녔다. 몇몇 사람들은 개막 행사로 보스턴에서 온 밴드가 연주할 무대 옆에 놓인 스피커 위에 앉아 있었다.

밴크로프트 26번지의 주방에서 에비는 캔버스로 된 토트백에 선글라스와 클로 팀 방석, 긴팔 셔츠를 챙겨 넣었다. 이건 에비가 가진 집업의 지퍼가 고장 나서 딘이 빌려준 것이었다. 아래로 내려가보니 별실 문은 닫혀 있었다. 그녀는 문에 귀를 가져다 대고 그가 자신이 보내준 팟캐스트를 아직 듣고 있는지 확인한 후, 부엌 가장자리 쪽 찬장을 열어서 목 부분이 포일로 싸인 샴페인 한 병을 꺼냈다. 눈을 감고는 라벨에 손을 얹고 행운을 빌며 잽싸게 냉장고 안으로 옮겼다. 그리고 아이스티 병 뒤로 슬쩍 감추었다.

집을 나서기 전에 그녀가 먹을 것을 준비하는데 딘이 청바지와 초록색 티셔츠를 입고 어깨에 더플백을 멘 채 불쑥 나왔다. "난 준비 다 됐어요."

그녀가 토트백을 내려놓았다. "기분이 어때요?"

"좋아요." 그가 어깨에서 가방을 추켜올렸다. "조금 긴장되는 것 같긴 해요."

그녀가 고개를 끄덕였다. "엄청나게 멋질 거니까 걱정 마요."

"당신 말대로길 바라요. 그렇지 않으면 진짜 쇼를 망치게 될 테니까요."

"이건 돈을 끌어모으는 재밌는 경기라고요. 코치 일이랑 다를 거 없어요. 그냥 당신 식대로 하면 돼요."

"사람들이 죄다 나의 비극적인 사건을 잊었나 봐요. 그걸 기억하는 사람들이 영리한 건지, 원."

"내가 기자를 내쫓았던 거, 기억 안 나요? 만약 그래야 한다면 또 그렇게 해줄 수 있어요."

"당신의 근육은 이미 준비가 되어 있군요."

"아무렴요."

그가 미간을 좁혔다. "당신은 진짜 대단해요. 난 그냥…… 당신이 알고 있는 그 기분을 느끼고 싶네요."

그녀가 싱크대에 기댔다. "당신도 대단해요. 분명 겁이 나겠지만, 당신은 그냥 내가 예전에 봤던 그 일을 하면 돼요."

"내가 이번 일을 망치면 동네 사람들은 사상 초유의 '대실패'를 보게 될 거예요."

그녀가 손을 절레절레 저었다. "안 그래요. 치리오스 상자를 뒤집어 쓴 2학년짜리 여자애가 넘어지고 난 뒤에 한 것처럼 하면 돼요. 그건 이 동네 사람들이 본 가장 멋진 실패 대처법이었죠. 동네 축제에서 얼굴을 땅에 박은 초등학생 정도는 이길 수 있잖아요?"

그가 크게 웃음을 터트리고는 턱을 훔쳤다. "이런, 부탁 하나 해도 돼요?"

"물론이죠."

"어떻게 들릴진 모르겠지만…… 플레이트 뒤에 서 있어줄래요?" 그가 마치 비행기 착륙을 유도하듯이 양 손을 쭉 뻗어 보였다.

에비에게 처음 든 생각은 '딘이 투구를 잘하고 있는지 아닌지 봐달라고 말하는 건가'였다. 두 번째로 든 생각은, '자신에게 좋은 자리를 주고 싶어서인가'였다. 세 번째로는, 그가 말하는 걸 받아들여야겠다는 것뿐이었다.

"그럴게요. 뭐 손짓이나 그런 거 해줘요? 당신이 있는 곳에서 내가 보일진 모르겠지만."

"안 보이죠." 그가 말했다. "하지만, 어쨌든 거기 있다는 사실은 알아요. 누가 알겠어요? 도움이 될지. 난 준비가 되었다고요."

"좋은 말이군요. 영광으로 생각할게요."

"나가봐야겠어요." 말은 그랬지만 그는 나가지 않았다. 손에 열쇠를 쥐고 만지작거렸고 열쇠 고리를 손가락에 걸고 달랑달랑 흔들었다. "긴장되네요."

그녀가 한 걸음 앞으로 내딛었다. 완벽한, 무릎을 꿇을 것만 같은 포옹을 의도하고. 그는 에비의 머리칼에서 풍기는 향을 맡고 그녀는 딘의 목덜미에서 풍기는 향을 들이마신 순간, 두 사람이 서로를 은밀하고도 낯설게 와락 움켜잡고 말았다. 에비가 행동에 돌입하자 그가 그녀를 똑바로 응시하면서 어깨에 걸친 더플백을 떨어뜨렸다. 가방이 바닥에 퉁 하고 소리를 내며 떨어졌다. 그 바람에 셔츠 한쪽이 내려가면서 그의 쇄골 뼈가 드러났다. 그가 한 걸음 더 옮기면서는 손가락에 건 열쇠까지 바닥에 떨어트렸다. 열쇠가 바닥에 떨어지며 짤랑거렸다. 그녀가 한 걸음 더 다가가자 딘이 그녀의 모자를 낚아채고 앞으로 휙 던졌다.

그녀가 그에게 키스를 하면서 한 생각은, '드디어', 이것뿐이었다. 두 손으로 그의 머리를 움켜쥔 순간 자신의 엉덩이를 파고드는 그의 손길이 느껴졌다. 그에게서 놀랄 만큼 자그마한 소리가 났다. 아니, 두 사람 모두에게서 난 소리일지도 모른다.

엉성하고도 불완전했다. 아니, 반대로 완전했을 수도 있다. 두 사람이 전에는 한 번도 해보지 않은 행동이었기 때문이다. 치약 냄새, 목덜미, 숨결, 그녀의 셔츠 속으로 미끄러져 들어와 허리춤을 움켜쥐는 손, 자세를 바꿔 그녀를 단단히 껴안는 팔뚝에서 나는 우두둑 소리. 머릿속에 입력된 건 이게 다였다.

얼마간의 시간이 흐른 뒤 두 사람은 천천히 몸을 뗐다. 에비가 한 걸음 뒤로 물러섰다. 두 손을 머리에 얹었다. 살짝 묶은 머리가 반쯤 옆으로 틀어져 있었다.

"내가 '고' 신호 보내는 거 잊었었네요." 그녀가 뒤에 놓인 테이블을 두 손으로 짚으며 말했다.

그가 씨익 미소를 짓고는 한 손으로 볼을 문질렀다. "괜찮아요, 난 신호를 받았으니까."

떨어진 모자로 손을 뻗으면서 그녀는 그의 눈에 자그마한 우려감이 번뜩이는 것을 보았다. "이런, 당신은 이제 가야 하는데. 오늘은 중요한 날이잖아요! 이럴 생각은 없었는데. 혼란스러울 일은 하면 안 되는데……."

그가 바닥에 떨어진 열쇠를 줍고 다시 어깨에 더플백을 걸쳤다. "에비, 이건 혼란스러운 일이 아니에요." 그가 주방 문으로 걸어 나가다가 다시 한번 몸을 돌렸다. "대단한 일이지. 혼란스러운 게 아니에요." 그리고 말을 잠시 멈추었다가 덧붙였다. "머리 헝클어트려서 미안해요." 마침내 그가 눈을 찡긋하고는 집을 나섰다.

··· *23* ···

에비는 가는 길에 앤디와 모니카, 릴리와 로즈를 만났다. 네 사람은 함께 있었다. 에비는 깔끔하게 양 갈래로 땋은 릴리의 머리를 살펴보았다. "우리 개똥이, 아빠가 마침내 머리 땋는 법을 익혔구나."

"아빠는 아무것도 못 해요." 릴리가 무미건조하게 말했다. "모니카 아줌마가 해줬어요. 지금까지 한 머리 중에 이게 제일 예뻐."

"아, 그랬구나!" 에비가 뒤로 물러나 모니카에게 엄지를 치켜 보이면서 마치 유치원생이 사탕에서 눈을 떼고 태양광선 총을 바라보는 듯한 경이로운 시선을 보냈다.

클로 팀 관계자의 배우자나 애인, 선수의 아내, 여자친구 등을 제외하고 스탠드에 앉은 사람들 중에서 딘 테니가 4이닝째에 대기석에서 나와 공을 던질 거라는 사실은 에비와 앤디, 모니카만이 알고 있었다. 세 사람은 경기가 진행 중인, 4이닝이 시작될 때쯤 들어갔다.

4회 초 프리포트 팀이 공격할 때는 클로 팀이 3대 2로 앞서가고 있었다. 3이닝과 4이닝 사이에 캘카셋고등학교의 글로리아 루비아 교장이 나와 3학년생들이 꼽은 '우리가 바라는 구내식당 증진안'을 읊어주었는데 내용엔 스키볼 여섯 개 설치 같은 것이 있었다(스키볼은 경사진 테이블에서 딱딱한 고무공을 굴려서 길쭉한 홈에 떨어뜨리는 게임을 말한다. —옮긴이).

에비가 자세를 움직여서 모자를 고쳐 썼다. 앤디가 그녀를 보았다. "무슨 일이 벌어져도 괜찮겠어?" 그녀가 고개를 끄덕이자 앤디가 미소를 지었다. "좋아."

확성기로 안내 방송이 나왔다. "신사 숙녀 여러분, 특별 안내입니다. 캘카셋 클로 팀의 구단주, 진저 버클리 씨입니다!"

함성이 울렸다. 진저는 좋게 말해 자세가 꼿꼿한 괴짜 미망인으로, 마지막 남편이 소유하고 있던 켄터키주의 위스키 제국을 물려받은 여자였다. 1990년대 중반에 남편이 50대 초반의 나이에 비행기 충돌 사고로 사망하자 그녀는 짐을 꾸려 남쪽으로 떠났다. 동부 외곽에서 자라서 바다가 그리웠기 때문이다. 그녀는 둑 끝에 있는 등대를 개축한 집에서 그레이하운드 구조견 세 마리와, 끊임없이 얹혀 살러 오는 사랑하는 손자들과 지냈다. 2009년에는 클로 팀 구단주가 되었다. "나의 제2의 고향에서 영원히 즐겁기를" 하고 취임 연설을 한 뒤로 그녀는 모든 경기에 참석했다. 비가 오는 날에는 종종 얇은 은색 담요를 걸치고 붉은 머리카락을 휘날리면서 앉아 있기도 했다. 그녀는 경기에서 중요한 소식을 전달하는 역할을 맡았다.

"봄 댄스 축제에 오신 걸 환영합니다!" 손잡이 주변에 분홍색 싸구려 보석이 달린 마이크를 쥐고 그녀가 외쳤다. 그건 전용 마이크였다. 함성이 터졌다. "즐겁게 보고 계신가요?"

한 번 더 함성이 울렸다. "하지만 이게 끝이 아닙니다. 가끔 경기에 특별 게스트를 초대하는데요," 그녀가 짓궂게 한쪽으로 몸을 기울였다. "할 수 있다면 규칙을 바꾸는 것도 불사해서요." 그러면서 클로팀 선수 대기석으로 시선을 던졌다. "올해는 무척이나 기쁘게도, 최근 우리 마을에 이사를 오신 이웃 한 분께서," 몇몇 사람들이 이 말의 의미를 파악하기 시작했다. "투구를 해주기로 했습니다. 캘카셋 주민 여러분, 캘카셋고등학교 호크스 팀의 보조 코치이자 우리의 이웃인 딘테니 씨를 따뜻하게 맞아주십시오."

에비의 눈에 딘이 선수 대기석에서 뛰어나오는 모습이 보였다. 귀가 먹먹해질 정도로 함성이 크게 터져 나왔다. 투수 마운드에서 딘이 진저와 악수를 나누었고, 진저가 구장으로 걸어 내려가 한 손으로는 분홍색 마이크를 공중으로 높이 흔들어 보이고 다른 손으로는 주먹을 쥐고 위로 쳐올렸다. 토마스턴의 혼다 자동차 대리점에서 일하는 포수 마르코 갈베즈는 플레이트 뒤에서 일어났다. 딘은 손에 들린 공을 내려다보았다. "웜업하는구나, 괜찮네." 에비가 혼자 중얼거렸다. "심호흡해요." 그녀의 귀에 들리는 거라고는 함성뿐이었다. 그리고 머릿속에서는 아직도 자신의 등에 닿았던 그의 손가락이 계속 활발하게 떠오르고 있었다.

그가 와인드업을 했다. 팔이 돌아가고 공이 그의 손을 떠났다.

2500명의 관중들은 이게 어떤 의미인지 잘 알고 있었다. 그리고 나중에 자신이 그 역사적인 현장에 있었노라고 말하게 될 것이 분명했다.

공이 마르코의 미트로 묵직하게 메다꽂혔다. 함성이 울렸다. 마르코가 딘에게 다시 공을 던져주었다. 에비가 고개를 들자 군중들 사이로 수많은 휴대전화들이 물결쳤고, 몇몇 사람들은 그 위로 더 높이 휴대전화를 들어 올려 사진을 찍고는 겸연쩍은지 다시 주머니에 집어넣었다. 동영상을 촬영하는 사람들도 있었고 라이브 방송으로 송출하는 듯한 모습도 보였다. 그 영상은 인플루언서들에 의해 다시 공유되어 사람들이 버스 정류장에 서서, 레스토랑에 앉아서, 컴퓨터 게임을 중단하고, 텔레비전 소리를 죽이면서 딘의 움직임을 실시간으로 보고 있을 것이 분명했다. 한때 지역 노인 센터 합창단의 여성 일곱 명과 남성 두 명이 부르는 애국가가 울려 퍼지는 와중에 플레이트 밖으로 공을 던지지 못하고 당혹스러워하던 그 딘 테니의 새로운 모습이.

그녀는 옆에 앉은 앤디를 바라보고는 숨을 깊이 들이쉬었다. 그가 손을 뻗어서 그녀의 어깨를 세게 쥐었다. 모니카가 입만 뻐끔거렸다. "행운이 있기를." 에비는 딘이 연습 투구 몇 개를 성공적으로 던지는 모습을 보았고 그가 관중석을 살펴보고 있음을 거의 확신하게 됐다. 손을 흔들어줘야 하나? 손은 흔들면 안 될 것 같은데. 자리에서 일어서야 하나? 좀 더 밝은색 옷을 입고 왔어야 하나? 그녀가 허벅지에 양손바닥을 문지르고 그의 귀에 대고 속삭이듯이 몸을 앞으로 기울였다. '당신은 할 수 있어요. 할 수 있어. 괜찮아요.'

타자는 브라이언 스태그스였다. 프리포트 팀의 이 외야수는 낮게 자세를 잡고 공을 정확하게 치는 타자였고 카페인이나 술에 취한 것 같은 응원단을 이끌고 다녔다. 선수 소개 글에 따르면 그는 스물 한 살 이었다. 이 말인즉 그가 열일곱 살, 고등학교 1학년 때 딘이 양키스에서 뛰는 모습을 보았을 가능성이 있다는 뜻이다. 인근 출신이라면 분명 레드 삭스 주니어 팀에서 좋은 기회가 왔을 것이다. 지금은 청소년기의 영원한 적에 맞서 타격을 하고 있는 것일지도 모른다. 많은 청소년이 그랬듯이.

스태그스가 배트 끝을 획 움직였다. 딘이 가슴팍에 공을 잡고 있었다. 에비는 숨을 들이마시고 멈췄다. 다리가, 몸이, 팔이 움직이고, 공이 날아갔다. 스태그스가 어깨를 돌려 스윙을 했고 공이 배트 중심부를 가르며 마르코의 미트 속으로 빨려 들어갔다. 퍽 하고 묵직하면서도 깊은 소리가 외야석 아래까지 커다랗게 울렸다. 앤디가 고함을 지르고 로즈와 릴리는 손뼉을 짝짝 쳤다. 에비는 숨을 크게 내쉬었다.

이제 공 하나를 던졌을 뿐이다. 딘은 컨디션이 최악일 때도 이따금 괜찮은 투구를 했었다고 그녀에게 말한 적이 있다. 두어 차례 정도는 괜찮은 경기를 했었다고. 또한 문제가 발생하기 바로 직전에, 무척이나 자주, 자신이 잘 던졌는지 아닌지도 알고 있었다고 말했다. 그는 이 일에 대해 누군가가 자신을 바라보고 있는 것 같은 느낌, 혹은 목구멍이 마르고 간질거리는 목감기에 걸린 것 같은 느낌이라고 설명했다. 그가 지금도 자신의 상태가 어떤지 잘 알고 있을까, 그녀는 궁금했다.

하지만 그건 그냥 공 하나를 던진 게 아니었다. 솜씨 좋은 마이너

243

리그 투수의 경기를 정기적으로 보러 다닌 사람이라면, 정말 실력 있는 메이저리그 투수가 갑자기 등장했다고 말할 수 있는 순간이었다. 딘이 있는 힘껏 공을 던졌다. 예상치 못한 속도였고 사람들은 공이 지나간 뒤에야 비로소 그것을 볼 수 있었다. 타자 역시 마찬가지였다. 스태그스, 칼로스 스탠필드, 미키 쿠다히, 세 선수가 차례로 스트라이크 아웃을 당했다. 쿠다히는 수년 동안 배트를 휘둘렀고, 수년 전에는 딘에 맞서 배트를 휘둘러본 적도 한 번 있었다. 마지막 네 번째 공이 날아갔을 때, 스트라이크 소리가 울려 퍼졌고 에비는 쿠다히가 입가에 미소를 건 채 배트로 딘을 가리키는 모습을 보았다.

뉴욕에서 '빌어먹을 미친 자식'이라고 야유를 받으며 구장에서 걸어 나왔던 딘 테니는 메인주 캘카셋 구장에서 2500명 군중들의 환호 속에 상징적으로 양어깨를 들어 올리면서 걸어 나왔다. 이 장면에서 휴대전화를 내릴 생각도 하지 못하고 있는 사람이 얼마나 많을지 세아릴 수조차 없을 정도였다. 마르코가 뛰어나와서 딘과 가슴을 부딪으며 점프했고, 이 모습을 1루 쪽 가장자리 1열에 앉아 있던 중학교 3학년생 샬럿 페니가 완벽하게 찍었다. 샬럿은 동영상을 트위터에 올렸고, 이 트윗은 다시 그녀의 사촌 브렌다가 퍼 나르고, 그다음으로는 브렌다의 남자친구 스티브가, 스티브의 아버지 릭이, 릭의 대학 시절 룸메이트이자 조그마한 뉴스 사이트의 스포츠 기자인 마이클 매케이시에게로 이어졌다. 그리고 거대 뉴스 사이트의 스포츠 기자 월트 윌레트가 이 트윗을 보게 되었다. 이 모든 일이 단 4분 만에 일어났다.

딘이 그들에게 둘러싸인 채 구장을 떠났다. 모두들 그의 등을 두드리고, 악수를 하고, 이야기를 나누고, 감사를 표하고, 감탄사를 날렸다. 그들은 딘 테니가 아니었던 '그 딘'일까 봐 걱정했지만, 그들은 4이닝에서 진짜 '딘 테니'였던 자를 만났다. 모두들 선수 대기석으로 향할 때, 1루수 브렛 브래들리가 몸을 숙여 뭐라고 말하자 딘이 웃음을 터트렸다. 엄청나게 크게 웃음을 터트리며 브렛의 어깨를 팡팡 쳤다. 구장을 막 떠나기 직전에 딘은 몸을 돌려서 에비가 있는 곳에 정확히 시선을 주었다. 마치 그녀를 본 것 같았다. 보이지 않을 거라고 말했음에도 불구하고. 모니카가 에비의 머리에 손을 얹었다. "와, 이보다 더 멋질 수는 없네요." 그녀가 눈썹을 치켜올렸다. "진짜 멋져요."

"네, 진짜로요." 에비가 말했다.

'몇 년 동안 최악의 시간을 보낸 쿨가이의 정말 멋진 순간'이라는 코멘트와 함께 '#딘테니'라는 해시태그가 붙은 동영상은 그날 가장 많이 공유된 트윗이 되었다. 두 번째로 많이 공유된 트윗은 클로 팀이 축하 인사를 건네며 딘을 둘러싸고 있는 사진으로, '축하, 네 번의 월드 시리즈 우승자였던 멍청이 씨, 메인주 마이너리그 경기에서 3연속 스트라이크 아웃 달성!'이라는 코멘트가 붙어 있었다.

딘은 클로 팀과 함께 선수 대기석에서 남은 경기를 지켜보았다. 그래서 에비는 그의 모습을 볼 수 없었다. 그녀는 한동안 릴리를 무릎에 앉히고 프레첼을 먹었으며, 그녀가 무슨 일이 일어났는지 알고 있는지 목을 빼고 궁금해하는 몇몇 사람들의 질문을 받았다. 그녀가 그들에게 한 말은 이러했다. "진짜 그가 나타난 것 같다고 느꼈죠."

그리고 휴대전화를 꺼내서 딘의 이름이 온갖 곳에서 가장 뜨거운

245

이슈가 되어 있음을 확인했다. 그의 놀라운 등장은 각종 스포츠지 헤드라인이 되었으며, ESPN은 딘이 은둔하여 지내면서 지난 6, 7개월 동안 그의 뺨을 올려붙인 고등학생 선수들에게 도움을 줬다는 가짜 이야기를 만들어냈음을 알게 되었다.

지금 그가 선수 대기석에서 튀어나온다면, 그녀는 루니툰즈의 캐릭터 로드러너처럼 구장으로 달려 내려가 딘이 나무라도 된 양 그의 위로 올라타고는 에비의 형체를 한 연기가 되어 사라질 것만 같았다.

앤디가 몸을 앞으로 내밀었다. "너 기분 좋아 보인다."

그녀가 미소 지었다. "응, 그래."

"나도 좋네." 그가 몸을 돌려 모니카에게 진저가 사는 등대에 얽힌 뒷이야기를 말해주었고, 모니카는 반은 그 이야기를 듣고 반은 릴리에게 땅콩을 까서 주는 데 집중했다.

에비가 운동장 한 곳을 보는 척하면서 딘의 셔츠를 집어 들고 그 안에 팔을 먼저 집어넣어 입고는, 옷깃에 코를 대고 그의 냄새를 맡았다. 서서히 해가 저물기 시작했고 그 뒤로 오렌지빛 노을 한 줄기만 남았다. 공원의 조명등이 하얗게 타올랐다. 산들바람이 그녀의 뺨에 붙은 머리칼을 뒤로 흩날렸다. 그녀는 눈을 감고 입술에 남은 짭조름한 프레첼 맛을 음미했다. 그래, 바로 이거야. 오늘을 좋은 날로 기억해야지.

··· 24 ···

경기가 끝나고 에비는 앤디와 모니카, 두 아이에게 작별 인사를 하고 집으로 돌아갈 준비를 했다. 그녀는 주차장에서 운전석 문에 기댄 채 휴대전화를 바삐 들여다보는 척하며 딘이 오기를 기다렸다.

조금 전에는 포틀랜드 신문의 스포츠 기자가 왔는데, 이제 다른 신문사도 줄줄이 방문할 것 같았다. 내일이면 마을 모텔은 예약이 꽉 차고 브런즈윅에서는 렌트카를 찾을 수 없게 될 것이다. 그리고 그녀는 현관 포치에 모여든 기자들을 내쫓고 있겠지. 다들 바로 이 자리에 오게 될 것이다. 어쩌면 엘런 보이드가 작은 노트북 가죽 케이스를 들고 나타나서 지난번에 미안했으며, 딘은 분명 술을 마시지 않았고, 두 사람은 불륜 관계가 아닐 것이며, 자신이 아는 게 아무것도 없는 것 같다고 인정할지도 모른다. 동네 사람들 중 누구도 팀을 '선생님'이라고 부르지 않았으며, 에비가 자신을 위협한 적도 없고, 딘에게 아무 문제가 없다고 인정할지도. 혹은 에비네 집 현관 계단에서 굴러 떨어져서 화단에 얼굴을 처박을수도 있고.

"부인, 제 트럭에 기대어 계시는군요."

그녀가 고개를 들었다. 청바지와 티셔츠, 클로 팀의 신상 재킷을 입은 딘은 모든 여자의 이상형, 바로 그 자체였다. 그녀는 주머니에 휴대전화를 집어넣고 그에게로 달려갔다. "이런, 젠장, 젠장." 그녀가 스스로에게 욕을 퍼붓듯이 그에게 말했다. 그가 그녀를 낚아챘다. 에비는 발이 지면에서 붕 뜨는 걸 느꼈다. 그가 그녀를 내려주고 입에 잽싸게 쪽 하고 키스를 했다.

"당신이 얼마나 근사해 보이는지 모르죠?" 그녀가 말했다. "정말, 정말, 너무 근사해요. 기분은 좀 어때요?"

그가 양손으로 본인의 목 뒤를 감쌌다. "모르겠어요."

"음, 알아야 해요. 당신이 얼마나 멋진지 말이에요. 거기 서 있던 남자들은 공이 오는 것도 못 보더군요. 안쓰러울 지경이었죠. 안됐다고 느껴질 지경이었어요. 어찌나 가여워 보이던지……."

"이게 자선 경기인 건 알죠?"

"그들은 자선 경기에서 '가여운' 꼴이 되었죠. 도움을 받아야 할 만큼 가여운 꼴요. 당신이 던진 공 근처에도 가지 못하던데요."

"내가 공을 열한 번이나 던진 건 알아요?"

"네, 열한 번 던졌죠. 열한 번이나 '멋지게' 던졌어요. 정말 잘 던졌어요. 믿을 수가 없었어요. 모두들 굉장히 흥분했고 당신 덕분에 엄청나게 행복해했어요. 그리고……."

"우리가 승리했죠."

"맞아요! 우리 팀이 승리했죠! 내가 우리 팀이 승리했단 걸 잊었네요! 너무너무 기뻐요." 그녀가 펄쩍 뛰었다. "당신이 자랑스러워요. 이런! 집에 당신한테 줄 게 있어요."

그가 눈썹을 치켜올렸다. "네?"

그녀가 웃음을 터트리고는 검지를 들어 보였다. "아, 그런 뜻이 아닌데."

그가 그녀에게로 몸을 기댔다. "좋아요. 하지만 주방에서 조금 더 이야기할 수 있겠죠? 아까 당신 머리를 헝클어뜨리고 나서 이걸 했어야 했는데."

"……슈퍼스타처럼 투구하는 거? 바보들을 바보처럼 보이게 만드는 거? 스포츠 해설가들을 어리둥절하게 만드는 거? 뭘 했어야 하는데요?"

그가 몸을 숙여서 그녀의 이마에 자신의 이마를 맞대고는 깊이 숨을 들이쉬었다. 아주 깊이. 마치…… 한숨을 쉬듯이. "기분이 좋아요."

"나도요." 그녀가 속삭였다.

"딱 1이닝인데 말이죠."

"한 번에 하나씩 하는 거죠."

그가 몸을 쭉 폈다. "우리, 조금 이따 집에서 만날까요?"

그녀가 고개를 끄덕였다. 두 사람은 서로를 스쳐 지나갔다. 딘은 트럭으로, 에비는 자신의 차로 향하면서 다시 몸을 돌려 상대를 바라보았다.

차에서 에비는 근 2년 동안 듣지 않았던 에벗 브라더스의 노래를 틀었다. 엄밀히 말해 죽어가는 것을 표현한 곡이었지만 지금 그녀의 귀에는 희망을 노래하는 것처럼 들렸다. '두려움, 희망, 의심을 내려놓을 때 손가락에 끼워진 반지와 집 열쇠를 고통 없이 내려놓을 수 있으리……'

그녀는 여전히 딘의 셔츠를 입고 있었다. 밤에는 날씨가 쌀쌀했음에도 불구하고 차창을 반쯤 내린 채 주차장을 빠져나왔다. 여기까지 항구의 짭조름한 냄새가 풍겨왔다. 음악이 잦아들자 사람들이 바다에서 일하는 소리, 고동 소리, 부표 소리가 들려왔다. 오랫동안 그녀의 아버지가 일하던 곳에서 들려오던 소리였다. 에비가 대학에 들어가기 전까지 프랭크는 주로 아침 일찍 나가서 밤 늦게 들어왔고, 그럴 때면 부츠에는 오물이 묻어 있었으며 늘 허리가 아프다고 말했다. 그러면서 에비에게 부슬부슬한 분홍색 양말을 신고 데리러 나와달라고 부탁했다. 당시 그녀는 수없이 항구까지 나갔고 저 멀리 해변가에 있는 모든 것들을 볼 수 있었다. 물가 바로 옆에 자리한 주택과 레스토랑, 남자애들이 낚싯대를 드리운 채 콜라를 마시고 도리토스를 집어먹으면서 다리를 달랑거리던 그 둑방까지.

그녀는 밴크로프트로 향하는 길에 진입했다. 백미러로 딘의 트럭이 보였고 절로 미소가 지어졌다. 자신의 집과 널찍한 현관 포치, 떠나올 때 포치에 켜두고 온 불빛과 차량 진입로가 보였고 곧 그곳에 차를 댔다. 어둠 속에서도 딘을 구별할 수 있었다. 그가 트럭에서 내리며 "에비" 하고 속삭였다.

"에이스 씨." 에비가 뒷문에 등을 기대자 그가 그녀에게로 몸을 숙이면서 말했다.

"주변이 좀 시끄럽네요."

"크리켓을 하나 봐요."

그가 그녀에게 키스했다. "크리켓 하는 소리랑, 또 무슨 소리?"

"음…… 개구리 소리?"

"들어갈까요?"

에비가 고개를 끄덕이고 발을 떼자 그가 뒤를 따랐다. "음, 내가 줄 게 있다고 했잖아요." 그녀가 거실을 가로질러 주방으로 들어갔다. 냉장고를 열고 아이스티를 한옆으로 치운 뒤 샴페인 병을 꺼냈다. "이긴 거 축하해요."

그가 씨익 웃었다. "와우, 고마워요." 그녀에게서 병을 받고는 살짝 뒤로 물러났다. "내가 망했으면 어쩔 뻔했어요?"

그녀가 오만상을 찌푸렸다. "그런 일은 절대 없었을 거예요."

그가 샴페인 뚜껑을 감싼 포일에 손을 가져갔다. "당신이 나보다 훨씬 더 자신만만하네요." 그리고 포일을 풀고 쓰레기통에 던져 넣었지만 가장자리를 맞고 도로 튀어나왔다. "무시해요. 저건 셈에 넣지 마요."

"이런, 내가 보여요? 언제 던졌지? 사실대로 말해요."

"아까 당신을 찾으려고 해봤는데 못 찾았어요." 그가 코르크를 살살 빼면서 말했다. "그래도 당신이 거기에 있다는 건 알았어요. 내가 미쳤다는 말을 들은 사람들의 얼굴에 한 방 먹여주느라 당신이 바쁘다는 것도 알았죠." 뻥 소리가 나면서 병에서 김 한 줄기가 희미하게 피어올랐다. 그가 주스 잔 두 개에 샴페인을 따랐다.

"음, 공 열한 개로 막은 것을 건배! 그런 공을 더 많이 던지게 되길." 두 사람은 건배하고 샴페인을 마셨다.

"그런데," 그가 말했다.

"그런데?"

"어떻게 내가 망하지 않을 거라고 확신했어요?"

에비가 살짝 고개를 저었다. "확신 안 했어요. 그냥 안 거죠.

"당신은 내가 최악의 상황에서도 연달아 열한 번이나 좋은 투구를 할 거라는 사실을 알긴 했겠죠." 그가 잔을 내려다보았다.

"그렇게 좋은 공을 열한 번씩이나 던지는 일이 얼마나 있었어요? 그러니까, 하락세를 타기 시작했을 때요."

"거의 없었어요." 그가 한 모금 더 홀짝였다.

"자, 잘했어요. 오해하지 말아요. 난 당신이 그렇게 할 거라고 믿었어요. 가끔 눈에 보이지 않는 게 있는 법이죠."

"눈에 보이지 않는 거요?"

두 사람은 서로를 응시했다. 이번에는 그녀가 한쪽 눈썹을 치켜올렸다. 그가 뒷목을 문질렀다. "이런, 친구. 나 이제 후회할 말을 할 것 같아요."

그녀의 눈이 휘둥그레졌다. "뭐가 문제예요?"

그가 빙그레 웃었다. "아무 문제없어요. 하지만 사실대로 말하자면, 지금은 피곤해요. 뜨거운 물에 한 달 정도는 샤워를 해야 관절 상태가 돌아올 것 같아요. 거지 같죠. 정말로…… 더 있고 싶은데.”

그녀가 천천히 고개를 끄덕였다. “알겠어요. 당신이 더 있고 싶다는 거.”

“에비, 난 그냥…… 이건 나한테 큰 사건이에요. 내가 망치지 않게 신경 써야 할 일들을 뒤죽박죽으로 만든 것 같은 기분이 들어요. 멍청한 기분요. 그런데, 또 한편으로는, 우리에게는 오늘만 날이 아니니까.” 그가 싱크대에 몸을 기댔다. “이런, 또 후회할 말을 했네요.”

오늘 아침에 일어났을 때 그녀는 이런 일이 벌어질 거라고는 전혀 생각하지 못했다. 그 무엇도 현실감이 없었지만 결국 모두 일어나고야 말았다. 한꺼번에 너무 많은 일이 일어났다.

“정말 솔직하게 말하자면, 조금 안심했어요.” 에비는 팽팽하게 조였던 등이 풀어지는 걸 느꼈다. “그동안은 너무 느렸는데 지금은 또 너무 빠르네요. 그리고 하루에 ‘고 신호’까지 모두 줘도 되는지도 잘 모르겠고요.” 남은 샴페인을 다 들이키고는 잔을 테이블 위에 내려놓았다. “내 말은, 난 고등학생 때 첫사랑이랑 결혼했잖아요.”

“알아요.”

에비가 몸을 앞으로 숙였다. “그리고 그 사람은 죽었죠.”

딘의 얼굴에 혼란스러운 표정이 떠올랐다. “나도 알아요. 내가 뭐 잘못 말했어요?”

“아뇨.” 그녀가 손을 조리대에 얹고 손가락으로 탁탁 두드렸다.

“아,” 딘이 입을 열었다. “그 사람에 대해 말하고 있는 거군요.”

“그냥, 그 사람에 대해서요.”

그가 어깨를 으쓱했다. "알았어요."

그녀가 밀어붙였다. "그러니까 난 그냥 말을 하고 있는 거예요."

"네, 그냥 뭔가를 말하고 있는 거죠?"

에비는 주방 안을 둘러보았다. 천장, 계단, 가스레인지, 싱크대, 찬장, 또 다른 찬장, 테이블 그리고 그를. "……에벌리스 보증서는 없어요. 만족감은 보증할 수 없는 거니까."

그가 크게 웃음을 터트렸다. 그녀의 허리에 한 팔을 감고는 확 끌어당겼다. 에비는 그에게로 주춤주춤 다가섰다. 그의 시선이 자신의 정수리에 닿아 있는 게 느껴졌다. 그 눈길이 그녀의 귀, 뺨 그리고 입술로 이동하고는 눈에서 딱 멈추었다. "난 걱정 안 해요." 그가 속삭였다. 그러고는 키스를 했다. 첫 번째 키스는 미칠 것 같았고, 두 번째 키스는 너무 빨랐지만, 이번에는 서서히 다가가 서로를 마주하는 진한 키스였다. 딘에게 키스하는 것은 그에게 말을 하는 것이나 마찬가지였다. 그냥 쉽다는 뜻이다. 음, 쉽고, 그녀가 옷을 벗어던지고 싶게 만들었다. 이것도 마찬가지로 쉬웠다.

"데이트를 해야 할 것 같은데요." 그가 마침내 입을 열었다.

"우린 이미 같이 살고 있잖아요." 그녀가 그와 눈도 못 마주친 채 말했다. "같이 사는 사람이랑 데이트를 나갈 순 없지 않나요?"

"우리는 같이 살고 있지 않아요. 당신은 위로 올라가고," 그가 지적했다. "그리고 난 여기에 있으니까." 다시 한번 지적했다. "그건 같이 사는 게 아니죠. 내가 당신을 데리고 나가게 해줘요."

"어디로요?"

그가 그녀의 허리를 감싼 손가락을 까딱거리면서 잠시 생각에 잠겼다. "저녁 먹으러 나가요. 보통 사람들처럼요. 당신이 가고 싶은 곳으로 가요."

"좋은 제안이에요." 그녀가 말했다. "하지만 집에 있어도 괜찮아요. 사람들 입방아에 오르내리고 싶지 않아요. 섬뜩하잖아요. 내가…… 사람들 입방아를 싫어하는 거 당신도 알죠? 음식은 시켜 먹어도 돼요. 당신은 주방에서 어슬렁거려요. 거실에서 먹어도 되고."

"그보다 더 괜찮은 것도 있는데." 그가 말했다. "동네를 벗어나는 건 어때요? 아무도 만나지 못할 그런 곳으로요."

"당신은 지금 이 동네 최고의 핫이슈예요. 그런 데가 있을지 모르겠네요."

"내가 알아볼게요. 조그맣고, 차를 몰고 나가야 하는 곳으로요." 그가 그녀의 이마에서 머리칼을 넘겨주었다. "당신을 데리고 나가게 해줘요." 딘이 다시 한번 말했다.

그녀가 그의 초록색 눈동자를 올려다보았다. 군데군데 별을 박은 듯 금빛으로 반짝이는 눈동자, 긴 속눈썹 등 좋은 유전자란 유전자는 다 쓸어 담은 그 눈을. 그리고 거기에는 조그마한 흉터가 하나 있었다.

그녀가 말했다. "그게 좋을 것 같네요. 언제 나갈까요?"

"좋아요. 월요일, 화요일, 수요일엔 방과 후 연습을 지도해야 하니까 목요일 어때요? 목요일 저녁요. 5시쯤 나가서 드라이브해요." 에비가 고개를 끄덕이자 그가 손을 뻗어서 그녀의 코끝에 키스했다. "좋아요, 미네소타 양. 전부 다 고마워요. 빌어먹을 프리포트 팀도, 그리고 이건 목요일에 다시 해요."

그가 별실로 몸을 돌렸을 때 그녀가 얼굴을 찌푸렸다. "다시 뭘 한다구요?"

"뭐든지요!" 그가 소리친 뒤에 별실 문을 닫았다. 그렇다. 지금 이 순간, 수수께끼가 하나 정도는 남아 있어야 하는 법이다.

　다음 날, 에비는 아버지에게 전화를 걸어 소피네 가게에서 저녁거리로 차우더 수프를 포장해서 집에 가도 되느냐고 물었다. 오전에 그녀는 실패자 딘이 어떻게 조그마한 메인주의 시골 동네에서 모든 것을 떨치고 일어나서 한 이닝 동안 예전처럼 투구했는지에 대한 놀라운 기사들을 모조리 읽었다. 엘런 보이드는 딘의 재등장을 '지역 학부모회 기금 마련 친선 경기에 메이저리거의 기적적이고 수준 높은 커브볼이 등장하다'라고 표현했다. 에비는 '나쁜 년'이란 욕을 싫어했고 가급적 입에 올리지 않으려고 애썼지만, 이 순간만은 사람들이 왜 이 말을 그토록 좋아하는지 알 것 같았다.

　아버지는 그녀의 연락에 크게 기뻐했다. 오후 6시 조금 넘어서 아버지 집 앞에 차를 세웠을 때, 에비는 자신이 미처 차에서 내리기도 전에 아버지가 스크린도어 뒤에 서 있는 모습을 보았다. 그녀는 손에 포장 봉투를 들고 차에서 내려 금이 간 돌바닥을 따라 걸어갔다. "안녕, 아빠."

"안녕, 우리 딸." 그가 스크린도어를 열었고 그녀는 앞으로 몸을 숙여 아버지의 볼에 입을 맞췄다.

"수프 사왔어요." 그녀가 포장 봉투를 들어 보였다.

"그래, 맛있겠구나."

아버지는 에비를 키운 바로 그 집에서 여전히 혼자 살고 있다. 부녀는 주방 테이블에서 식사를 했다. 프랭크는 인테리어에 신경 쓰는 편이 아니어서 집은 늘 오래된 물건투성이였다. 새 물건은 오래된 물건을 버리거나, 이따금 에벌리스가 가져오는 물건을 거절하지 않고 받을 때에야 집에 들어왔다.

"어제 야구는 재밌었니?" 그는 어제 친구들과 함께 좌측 잔디 객석에서 경기를 보았다.

"당연하죠. 내 평생 최고의 봄 댄스 축제였어요. 날씨까지도 완벽했고."

"날씨도 완벽했다라."

"경기도 이겼고요."

아버지가 잠시 틈을 두고는 고개를 끄덕여 보였다. "딘이 거기에 투구를 하러 나올 거라곤 상상도 못 했어."

아버지와 마주 앉으면서 그녀는 미소를 지었다. "그렇죠. 깜짝 쇼였어요. 미리 귀띔 못 해서 죄송해요. 기자들과 사람들이 주목해선 안 됐으니까."

"딘이 좋아하디?"

"네, 당연하죠." 그녀는 과하게 미소 짓지 않으려고 애썼다. 너무 말을 많이 하지 않으려고도 했다. 아버지가 달라진 상황을 눈치 채지 못하도록.

"그래, 너처럼 기뻐해주는 친구가 있다니 딘에게 다행스러운 일이구나. 네게도 그 큰 집에서 같이 살 사람이 생겨서 기쁘단다. 너 혼자 사는 게 무척 맘이 안 좋았거든."

그녀가 짭조름한 차우더 수프를 한 수저 가득 뜨고는 입에 집어넣었다. 소피네 가게는 문을 연 지 몇 년 되지 않았지만 벌써 온갖 잡지에 여름철 관광객들이 들를 만한 곳으로 소개됐다. "음, 저도 아버지가 혼자 지내시는 게 무척 맘이 안 좋아요."

"난 노친네잖니." 아버지가 굴 크래커 포장 박스를 뜯고는 과자 그릇에 부었다. "넌 예쁜 여자고, 난 네가 그 집에서 혼자 휑뎅그렁하게 지내길 바라지 않는단다. 이런 말을 해도 될지 모르겠지만 팀도 그럴 거야."

그녀는 잠시 수저질을 멈추었고 자잘한 흉으로 뒤덮이고 검버섯이 핀 아버지의 손을 쳐다보았다. 그의 어깨 너머로 조리대 위에 허리 통증 약, 고혈압 약, 고지혈증 약 등의 약통이 쟁반에 한가득 담겨 있는 것이 보였다. 아버지와 달리 딸의 손은 부드럽고 창백했다.

"아빠, 저한테 재혼하라고 말하는 거예요? 나중에라도?"

"재혼? 아니다. 아, 물론 나도 여잘 만나긴 했었다."

그녀는 한 사람도 기억이 나지 않았다. "그러셨어요?"

그가 그녀를 바라보고는 눈을 치켜떴다. "네 엄마가 떠났을 때 난 고작 서른셋이었단다. 내가 뭘 했겠니? 25년 동안 바닷가재랑만 이야기했을 것 같아?"

"하지만 특별한 분은 없었잖아요."

"특별한 사람이 있다고 이야기를 안 한 것뿐이지. 그리고 재혼하고 싶은 생각이 들게 만드는 사람이 없었을 뿐이야. 알잖니, 내가 매일 배에서 일한 것을. 돈도, 데이트 할 시간도 많지 않았지."

에벌리스는 미소를 지었다. 그 순간 머릿속에 아버지와 함께 찍은 사진 하나가 떠올랐다. 그녀가 일곱 살 무렵이었다. 양갈래로 머리를 땋은 에비가 손에는 생선을 들고, 아버지가 딸의 허리를 한 팔로 감고 있는 사진. "그리고 아빠한텐 어린 딸도 있었고요."

"그래." 이렇게 말하고 나서 아버지는 에비의 표정을 확인했다. "하지만 그건 아무것도 아니었단다, 얘야. 넌 내 인생에서 가장 중요한 부분이었어. 지금도 그렇고. 딴생각은 하지 마라."

"지금도요." 그녀가 말했다. "그렇게 짐을 떠맡은 사람들이 많겠죠……."

"바보 같은 소릴 하는구나." 그가 말했다. "어떤 바보가 나랑 살고 싶겠니? 네가 아니라. 너에게 새엄마를 주지 못한 건 내 잘못이야." 그가 과자를 한 조각 씹었다. "난 행복했어. 내 인생은 행복하고 운이 좋은 편이지. 내가 너한테 바라는 것도 그런 거란다."

"알았어요, 아빠. 애써볼게요." 그녀가 수저를 내려놓았다. "뭐 하나 물어봐도 돼요? 조금 사적인 거지만."

"그러렴."

"엄마가 집을 나간 뒤에 뭘 해야 할지 어떻게 아셨어요?"

아버지는 말이 없었다. 마침내 그가 두 손을 앞으로 펼치고는 그녀를 바라보았다. "그냥, 매일매일 침대에서 나왔을 뿐이었어. 네가 느꼈을 그런 감정도 조금 겪어보고. 좀 다르다는 건 안다. 팀은 진짜로 영영 가버렸잖니. 그때의 나는 일어나서 일을 하러 나갔고 넌 학교에 가야 했지. 멍하니 계속 앉아서 그 일에 대해 고심하진 않았어. 바쁜 게 좋겠다고 생각했다. 그러고는 집에 돌아와서 너와 저녁을 먹었지. 난 움직이는 걸 멈출 수가 없었고 계속 움직였지."

"엄마가 왜 떠난 건지 아세요? 그러니까, 그게 도움이 되었어요?"

"네 엄마는 여기에서 사는 게 행복하지 않았어. 더 큰 도시에서 살기를 바랐다고 나는 생각한단다. 더 많은 사람들 사이에서 말이야. 네 엄마는 뭘 생각하고 있는지 내게 한 번도 말하지 않았어. 화요일에 우리가 잠에서 깨기 전에 떠난다는 사실도 말야. 의문이라면 이런 게 의문이지. 내가 아는 건, 이 일이 너와는 관계없다는 것뿐이란다. 네 엄마를 널 사랑했어."

이것은 아버지가 몇십 년간 해온 훈련의 성과라고, 에비는 굳게 믿었다. 아버지는 자식의 잘못이 아닌 일에 대해 아이를 안심시켜 주는 게 좋다고, 도중에 포기하지 말고 계속 그렇게 말해주어야 한다는 조언을 어딘가에서 읽었던 모양이다. 너랑은 관계없단다, 너랑은 관계없단다, 하고. 하지만 그녀는 내내 이 말이 사실이 아닐까 봐 두려웠다. 엄마는 딸이 있는 캘카셋보다는 딸이 없는 플로리다가 더 좋다

261

고 판단한 것이니까. 이게 사실이었다.

아일린은 화요일에 집을 나갔다. 에비가 그 사실을 깨달은 시점은 아침 테이블에 앉아서 엄마가 아닌 아빠가 달걀을 부치고 있는 모습을 보고 난 뒤였다. 평소라면 그가 집을 나서고 없을 시간이었다. 프랭크는 전날 밤 그동안 염원해오던 조그마한 어선을 한 척 사서 엄청나게 희열에 차 있었다. 자신의 배로 자신의 일을 할 수 있게 된 것이다. 자기만의 사업이 시작되려고 한 순간, 다른 뭔가가 끝났다. 당시 아버지의 얼굴은 창백하고 핼쑥했다.

엄마는 어디 갔느냐고 에비가 묻자 아버지는 이렇게 대답했다. "잠시 산책 나갔어." 몇 년이 지나서야 아버지는 그날 잠에서 깨어났을 때 침대 협탁에 편지가 한 통 있었노라고 말해주었다. "프랭크에게, 미안해. 하지만⋯⋯"으로 시작하는 편지를 아버지는 몇 시간이고 읽고 또 읽었다.

그날 밤, "잠시 산책 나갔어"라는 말은 "한동안 돌아오지 않을 거란다"가 되었다. 몇 주 뒤 아버지는 엄마가 플로리다에서 지내기로 했으며, 에비는 자신과 이 집에서 살게 될 거라고 말해주었다. 에비가 플로리다에 대해 아는 것이라곤 디즈니 월드가 있는 곳이라는 사실뿐이었다. 그래서 그녀에게 그 일은 엄마가 디즈니 월드로 가서 머문다는 의미에 불과했다. 누가 여기에 이의를 제기할 수 있었을까?

어린 에비는 엄마를 보러 언제 플로리다에 가느냐고, 혹은 엄마가 언제 우리를 보러 여기에 오느냐고 종종 물었다. 가족이 그저 두 집에 나눠 살고 있다고 생각한 것이다. 마치 해변에 있는 집이 부모님 별장이기라도 한 듯이. 두 달이 지나도 엄마를 만나지 못하자, 그제야 에비는 아빠가 잠자리에서 읽어주기 시작한 동화에 나오는 하이디처럼, 하이디가 할아버지와 알프스에 사는 것처럼 자신이 아빠와 단 둘이 살게 되었음을 완전히 이해했다.

엄마가 떠난 게 네 탓이 아니라는 말을 에비가 처음 들은 것은 열 번째 생일날이었다. 에비가 엄마가 떠난 거냐고 직접적으로 물었던 것이다. 디저트 가게에서 구입한 고양이 모양 생일 케이크의 촛불을 끄고, 아버지가 준 새 겨울 코트가 든 붉은색 상자의 하얀 리본을 풀고 나서 엄마가 보낸 카드를 집어 들었다. 그때까지는 편지를 받은 적이 거의 없어서 에비는 주소 위에 적힌 자기 이름을 보는 것만으로도 기분이 무척 좋았다. 언젠가 엄마는 긴 편지를 보내기도 했다. 한 여자의 좌절된 야망에 대한 그 편지를 에비는 읽고 또 읽었다. "엄마는 정말로 춤에 재능이 있었단다. 하지만 많은 일이 일어나 댄서가 되지 못했고 그래서 너무 슬펐어. 그리고 내가 불행하면 에비에게 좋은 엄마도 되어줄 수 없다는 사실을 깨달았단다."

'내 이름은 엄마의 불행에서 따온 거야.' 결국 에비는 그렇게 생각할 수밖에 없었다. 생일 카드 앞면에는 스코티 강아지가 그려져 있고 안에는 '생일이 하나의 씨실이 되기를, 멍멍'이라는 글자가 인쇄되어 있었다. 그리고 '사랑하는 엄마가'까지. 이 카드는 나중에 에비가 푸른색 여행 가방에 넣어 보관했다. 켈이 에비의 차 뒷좌석에서 본 바로 그 여행 가방 말이다.

에비는 카드를 갖고 와서 아빠에게 보여주었다. "'생일 축하해'라고 쓰지도 않았네요."

프랭크는 카드를 건네받고 훑어보았다. "아니," 그가 엄격하게 말했다. "쓰지 말아야 한다고 생각했겠지." 그는 인쇄된 글씨를 가리켜 보였다. "자, 여기 '생일'이라고 써 있잖니. 네 엄만 똑같은 글씨를 한 번 더 쓰고 싶지 않았던 거야." 그가 에비의 어깨를 감싸 쥐었다.

"날 열받게 하려고 그런 것 같은데." 에비는 코트 위에 카드를 내려놓으면서 말했다.

"그렇지 않아." 프랭크가 차분히 말했다. "내가 약속하마, 내 말 들었지? 엄마가 널 화나게 하고 싶을 리가 있겠니."

에비는 울음이 터져 나오기 시작했다. 손가락이 손바닥을 파고들었다. "그러면 엄마는 어째서 집에 오지 않은 거죠?"

아버지가 에비를 거실로 이끌고는 낡아 빠진 녹색 소파에 나란히 앉았다. "네 엄마는, 많은 것을 생각하면서 침울해했지. 하지만 널 사랑했단다. 엄마는 너 때문에 떠난 게 아냐." 그가 딸의 뺨에 손을 가져다 댔다. "그게 중요한 거야."

에비는 시선을 내리깔고는 뭔가에 목이 꽉 막힌 채 아버지에게 말했다. "난 절대 떠나지 않을 거예요."

"나도 그렇단다." 프랭크가 에비의 볼을 톡톡 두드렸다.

그녀는 아버지의 눈을 똑바로 응시했다. "응, 나도."

에비의 행운은 상자 속에 다양한 것들과 뒤섞여 있었다. 거대한 저택을 지닌 미망인, 현실적인 직장이 없는 삶, 반쯤 붙어 사는 친한 친구, 지난 20년간 최고의 투수라 칭송받는 사람과 보낼 사흘 뒤의 데

264

이트 그리고 섹스에 대한 기대……. 하지만 그녀는 자신에게 있어 가장 중요한 행운은 인생 초반에 나타났음을 깨달을 만큼 영민했다. 자신에게 없는 것인 줄 알았지만 행운은 내내 거기에 있었다. 지금 이 순간, 허리 통증을 무시하면서 맛있게 차우더 수프를 먹는 아버지의 모습을 보면서 느꼈다. 또한 자신이 할 수 있는 유일한 일은 아버지와 좋은 시간을 보내는 것이라는 사실도. "아빠, 사랑해."

그가 손을 뻗어서 그녀의 손을 움켜쥐었다. "나도 사랑한단다, 우리 딸."

··· 26 ···

목요일 아침, 에비는 딘에게 커피를 건넸고 그는 그녀의 이마에 키스로 인사를 대신했다. 딘이 문으로 향하면서 말했다. "오후 5시, 괜찮아요?"

그녀가 고개를 끄덕였다. "5시요."

"나갈 준비하고 있어요."

"준비할게요. 당신이 좋은 장소를 찾아냈길 바라요."

"찾았어요. 하룻밤 묵고 올 수도 있으니 가방도 싸요. 제안할 게 또 하나 있는데."

에비가 코웃음을 쳤다. "알 것 같은데."

"당신, 음흉해요." 그가 낮은 목소리로 말했다. "내가 하려던 제안은 오늘 저녁 식사 때 우리가 옛날에 했던 계약을 지키자는 거였어요. '남편 얘기하지 않기, 야구 얘기하지 않기' 말이에요."

"좋아요, 그렇게 해요."

"그러니까 그런 건 지금 당신 시스템에서 빼요."

"좋아요. 자, '내 남편은 얼간이다'."

"음, 나는 한번씩 유튜브로 내가 타자들을 스트라이크 아웃시키는 영상을 봐요."

"좋아요, 잘했어요. 자, 이제 학교에 가요. 애들이 당신을 목이 빠져라 기다리고 있다고요."

그가 집을 나서자 그녀는 위층으로 올라가서 옷장으로 향했다. 옷장 안에는 우아한 검은색 글씨로 '캐서린'이라고 쓰인 흰색 가방이 들어 있었다. 캐서린은 속옷 부티크로 모니카가 비밀을 지킨다고 맹세하며 문자로 추천해준 곳이다.

– 이상한 질문. 귀여운 레이스가 달린 속옷 파는 곳을 좋아하나요? 옷장 안을 바꾸고 싶어요. 몇 년 동안 쇼핑을 안 해서.

– 좋아해요. 뱅고어에 캐서린이라는 가게가 있어요. 갈 만한 가치가 있을 거예요. 싸구려가 아닌 아름다운 게 많죠. 평소에 입을 것도, 특별한 날에 입을 것도 다 있어요.

그 뒤에 윙크하는 이모티콘이 붙어 있었다. 그녀는 그 이모티콘을 나무라지 않았다. 지금은 윙크 이모티콘을 받을 상황이 맞으니까.

– 고마워요. 내가 이런 것을 물었다고 앤디에게는 말하지 말

267

아줘요.

모니카가 웃는 입에 지퍼가 달린 이모티콘을 보냈다.

자, 이건 특별한 날에 걸맞은 것이다. 특별한 날이란 게 오랫동안 하지 않아서, 해야 할 필요조차 없어서 마침내 까먹을 지경에 이르렀던 뭔가를 하는 날이라면 더욱 그러했다. 그녀는 분홍색 한 벌, 검은색 한 벌, 붉은색 한 벌의 속옷 세트를 꺼내서 울 세제로 손세탁을 하고 말린 뒤 다시 옷장 속 가방 안에 넣어 두었다. 다른 옷가지들, 그러니까 사람들이 아연실색해 하는 그녀의 스웨터들에게서 부정 타지 않게 하려는 듯이.

오후에 그녀는 욕조에 몸을 담갔다. 그다음 꼼꼼하게 여기저기를 면도하고 나서 전신에 로션을 담뿍 발랐다. 페디큐어를 하고 싶다고 생각하면서 수정석으로 발뒤꿈치 각질을 제거하고 페퍼민트 향 스프레이를 뿌렸다.

에비는 목욕 가운을 두른 채, 맨발로 아래층으로 내려와서 피넛버터 샌드위치를 먹고 몸을 이완시키려고 애썼다. 지금은 9월이다. 팀이 죽은 지 2년이 다 되어 가고 있다. 이 말은 그녀가 2년 가까이 누구와도, 섹스 비슷한 것조차 하지 않았다는 뜻이다. 애초에 그녀는 팀이 아닌 누구와도 성관계를 가진 적이 없다. 그녀는 최근까지 그 일을 그다지 중요하게 생각하지 않았다. 그게 미망인적인 삶의 일부이고, 더 이상 아내가 아닌 사람의 삶의 일부였으며, 그녀는 당초에 계획했던, 탈출하여 사라져버리기로 했던 모든 일을 당장 해야 할 일에 대한 질문들로 덮어버리고 바쁘게 살았다.

팀이 죽고 돌아온 첫 번째 12월에, 그녀는 앞으로 다신 섹스를 하지 못하게 될까 하고 생각했던 일을 떠올렸다. 누구에게도, 그 어떤 흥미도 느끼지 못하면 어쩌지? 영원히 그러고 싶은 기분이 들지 않으면 어쩌지? 자신이 미처 읽어내지 못한 규칙이 있으면 어쩌지? 그러니까 시부모님이 자기들이 죽을 때까지 에비가 그래선 안 된다고 요구하고 있는 건 아닐까? 마을 사람들이 팀을 기리고자 그녀를 유리병에 가둬서 우체국 앞에 전시하기로 한 건 아닐까?

샌드위치를 먹고 나서 그녀는 바보 같은 일 하나를 하기로 결심했다. 노트북을 켜서 구글 검색을 한 것이다. '딘 테니 여자친구', 그리고 '사진'을 클릭했다.

"이런, 젠장!" 그녀가 조용히 내뱉었다. 멜라니 콥스는 그녀도 아는 배우였다. 콥스는 딘이 경력이 끝장나기 직전에 만난 여자 배우였다. 붉은 머리칼, 완벽하게 하얀 피부, 오드리 헵번의 유령과 포커를 해서 딴 것 같은 눈매를 가지고 있었다. 어떤 사진에서 그녀는 허리춤에서 아래로 딱 떨어지는, 그러니까 한 줌밖에 안 되는 허리를 자랑하는 초록색 드레스를 입고 딘의 팔뚝에 매달려 있었다. 그녀뿐이 아니었다. 그가 전문 서퍼와 함께 있는 사진도 보았다. 탄탄한 어깨에 금발 머리를 찰랑이며 주근깨가 매력적인 여자였다. 베브 보와 함께 있는 사진도 있었다. 보는 전자 첼로음을 배경으로 하여 부드러운 목소리로 노래하는 가수였다. 그녀 또한 탄탄하고 어두운 피부에 풍성한 검은색 머리칼을 지닌 정말 아름다운 여자였다.

에비는 노트북을 닫고는 욕실로 갔다. 거울을 보니 이마에 여드름 자국이 보였다. 볼에는 언제 생겼는지 모를 희미한 기미가 하나 있었는데, 예전에 피부과 의사가 거기에 잡아먹힐 때까지 손 놓고 있지 말라고 조언도 했다. 코는 약간 휘었고 앞니 역시 살짝 옆으로 뒤틀려 있다. 손끝으로 목욕 가운 아래에 놓인 배꼽을 지그시 눌러보았다. 양손을 허리춤에 대보고 숨을 깊이 들이마셨다. 다리는 9학년 때 어떤 여자애가 한마디로 표현했듯이 나무통 같았고 그나마 자신 있던 가슴도 스무 살 때만큼 만족스럽지 않았다.

에비는 거울에 몸을 가까이 기댔다. 자그마한 은쟁반에서 핀셋을 집은 다음 눈을 가늘게 뜨고 얼굴을 살펴보았다. 왼쪽 눈을 가늘게 뜰 때마다 재채기가 났지만 그녀는 이마 사이에서 관자놀이 쪽으로 제멋대로 자라난 잔머리를 뽑았다. 그리고 클렌징크림으로 얼굴을 문질렀다. 여기에 돌고래와 거북이들에게 유해한 발포플라스틱이 함유되어 있지 않길 바라면서 말이다. '생기를 되돌려준다'고 광고하는 수분크림도 발랐다. 노화 방지 제품은 사용하지 않았다. 그녀는 '생기를 되돌려주는' 제품은 30대까지 사용하고, 40대부터 70대가 되기 전까지는 '노화 방지 제품'을 쓰며, 그러다 70대가 되면 모든 사람에게 다 집어치우라고 말하게 될 것임을 내심 짐작하고 있다. 양쪽 눈가에 아이세럼을 세 방울씩 떨어뜨렸다. 눈가 피부는 일반 피부와 다르기 때문이다. 입술에는 립밤을 발랐다. 그녀는 이 제품이 챕스틱과 같은 공장에서 비밀리에 만들어진 뒤, 마지막 공정에서 튜브 대신 작은 플라스틱 원통에 담고 바닐라향을 한 방울 첨가하여 16달러에 팔고 있는 것이

270

라고 의심했다.

그녀는 선척적인 곱슬머리인데, 고교 시절 몇 년 동안 간헐적으로 머리카락과 씨름했다. 할머니 애슈턴 여사가 지친 아들(에비의 아빠)에게 그 '둥지'에 뭔가 조치를 취해야 한다고 했던 소리를 건너 들은 뒤부터였다. 아, 고급 살롱 대기실을 좋아하시던 우리 할머니, 평안히 잠드소서. 이따금 에비는 옷을 차려입어야 하는 날엔 머리칼을 곧게 폈다. 지금도 그런 경우긴 하지만 너무 공들이는 것 같아 보이진 않을까 하는 생각이 들었다. 지금 이 생각은 오늘 '하루'를 보내기 위해서가 아니라 섹스를 '할지도' 모른다는 기대감 때문으로 보였다. 그래서 그녀는 곱슬머리를 차분하게 하는 로션을 바르고 그게 최선이 되길 바랐다.

다음으로 옷장 문을 열었다. 그녀는 청바지로 가득 찬 서랍장을 살펴보고는 어두운 색의 잘빠진 스트레이트 진을 골랐다. 그녀를 가장 날씬하게 만들어주는 옷이었다. 침대에 청바지를 꺼내 놓고 다시 옷걸이 사이를 뒤졌다. 부드러운 천의 검은색 티셔츠와, 양옆을 끈으로 조이는 검은색 랩 톱, 가벼운 반팔 스웨터가 있었다. 언제 그것들을 샀는진 모르겠지만 고르기가 끔찍하게 어려웠다. 계속 노력해봤자 그 결과로 얻을 수 있는 건, 제법 노력한 외모로는 보이지 않으리라는 사실뿐이었다.

그녀는 스웨터를 꺼내 침대 위에 펼쳐 보았다. 완전히 다른 걸 입어야 하나? 셔츠는 어떨까? 너무 캐주얼해 보이지 않을까? 치장한 것처럼 안 보이지 않을까? 그가 집에 오면 그녀는 주방을 서성이고 있을 것이다. 갑자기 다른 청바지를 입어야 할 것 같았다. 저녁을 먹으러 나가기엔 별로였다. '사랑의 신이시여, 골라 주세요.' 그녀는 가운을 벗고 검은색 속옷을 몸에 끼웠다. 검은색 브래지어에 붙은 액세서리들이 짤랑거렸다. 그다음 청바지와 스웨터를 입고 머리를 휙 쳐들었다. 다 끝났다. 거의 다.

그녀는 욕실로 돌아가서 조그마한 화장품 가방을 꺼냈다. 파운데이션은 과할 것 같았다. 너무 제대로 메이크업을 한 것처럼 보일 것이 분명했다. 그녀가 풀메이크업을 한 모습을 딘이 본 적이 있는지 없는지 확신할 수가 없었다. 그가 이상하다고 생각하면 어쩌지? 그녀는 이번 데이트가 섹스로 이어지리라고 확신할 수 있었다. 베개에 화장품이 묻기라도 하면 어쩌지? 이 화장품은 몇 년이나 된 거지? 아니, 아니, 얼굴에 파우더를 약간 두드리고 블러셔와 마스카라만 하면 된다. 아, 이런, 마스카라는 얼마나 된 거지? 마스카라는 사용할 수 없을지도 모른다. 남편이 죽은 뒤로 마스카라를 사지 않았던 것이다(심지어 휴대용이라 사용 기한이 짧았다). 하지만 그녀는 어쨌든 마스카라를 속눈썹에 문지르고 다음 섹스를 하기 전에는 새로운 화장품을 사야겠다고 결심했다.

"난 성인 여자야." 거울 속 자신에게 말했다. "……정말 바보 같은 짓이군."

그녀는 아래층을 배회하다가 거실로 들어가서 소파에 털썩 주저앉았다. 옆에 놓인 잡지 더미 사이에서 《스포츠 일러스트레이티드》를 끄집어냈다. 한쪽 구석 위에 딘과 마르코가 가슴을 부딪으며 뛰어오르는 모습이 담긴 조그마한 사진이 실려 있었다. 그 위로 헤드라인이 보였다. '빠른 건 아니다— 정신적 문제로 야구계에서 추방당한 삶이란?'

선수 대기석에 앉은 딘의 모습이 실린 3년 전의 짧은 기사도 하나 발견했다. 그는 한 손에 모자를 든 채 무릎에 팔을 걸쳤고 이마에는 땀 방울이 살짝 맺혀 있었다. 그녀는 그의 눈을 보려고 몸을 앞으로 내밀어 가까이 들여다보았다. 기사는 그를 '문제 있는', '한때 빛났던', '요동치는' 같은 말로 표현하고 있었다. 지난 몇 달간의 그의 모습을 아는 상태에서 그 얼굴을 살펴보고 있노라니, 그가 얼마나 섹시했는지에 관해서밖에 생각이 나지 않았다.

그는 섹시했다. 그는…… 영리하고, 예리하고, 재미있는 사람이며, 에비에게 무척이나 친절하고, 좋은 세입자이고, 좋은 야구 선수이고, 앤디의 아이들과 켈, 프랭크에게도 좋은 사람이다. 마을의 궂은 일, 그러니까 1월의 어느 날 밤사이 눈이 1.5피트나 쌓이자 이웃들이 제설 작업하는 것을 돕기도 했다. 프렌치토스트와(그가 새로 개발한 특별 음식이었다) 그릴드 치즈를 잘 만들었고, 또…… 핀볼 게임도 잘했다. 하지만 그 무엇보다도 그는 섹시했다. 언젠가 그가 키스했던 때, 에비의 가슴과 무릎 사이에서는 어마어마한 소리가 쿵쿵 울려 퍼졌다. 그가 문신을 보여주었던 날도 울렸었다. 아주 큰 소리가.

그녀는 주방으로 가서 전날 캐서린 부티크에 갔다가 돌아오는 길에 구입한 와인 한 병을 꺼냈다. 뚜껑을 감싼 포일을 벗겨내고 코르크 마개를 뽑았다. 마개가 씰룩이며 조금씩 올라왔고 마침내 유리잔에 와인을 콸콸 부었다. 싱크대에 기댄 채 잔을 입으로 가져가는데 옆문의 자물쇠가 돌아가는 소리가 들렸다. 문이 활짝 열리고 그가 어깨에 더플백을 걸치고 들어섰다.

"안녕. 예쁘네요. 준비는 다했어요?" 그가 씨익 미소를 지었다.

두 사람은 차로 한 시간 반쯤 달렸다. 차는 스태퍼드 호텔 앞에 섰다. 해양 산업 지대와 예전 공장 지대 사이로 쑥 들어간 곳에 둥지를 튼 고급 호텔이었다. 호텔 레스토랑은 조용하고 조명이 어두웠으며 고루하지 않았다. 두 사람은 어두운색의 가죽 소파에 앉았다.

"멋진데요." 에비가 말했다. "여기에 누구랑 왔었어요?"

"내가 인터넷을 얼마나 싫어하는지 알죠?"

에비가 고개를 끄덕였다. "그럼요, 잘 알죠."

"그런데 레스토랑 찾기에는 무척 좋더라고요."

웨이트리스가 다가와서 메뉴판을 내려놓았다.

"뭐 하나 물어볼게요." 에비가 말했다. "이 레스토랑이 호텔 안에 있는 건 우연의 일치인가요?"

딘이 잠시 그녀를 샐쭉하게 쳐다보았다. "그 말에 담긴 그런 뜻으론 생각 안 했어요."

대부분의 자리가 비어 있는 식당에는 아늑함이 감돌았고 인디 밴드의 어쿠스틱한 음악이 흘러나왔다. 테이블에 빵이 놓였다. 그녀가 빵 한쪽을 뜯어서 올리브 오일에 담그자 그가 그녀의 잔에 와인을 따라주었다.

"그런데 학교 수업이 끝날 때쯤에는," 그녀가 말했다. "끝났다, 라고 말하나요?"

"그럼요." 그가 말했다. "이전에 크리스타 캐시디가 지역 장학금으로 퍼듀대학교에 가게 될 거라고 얘기했었죠? 언젠가 그 애를 마주쳤을 때 기분이 어떠냐고 물어봤더니 내 덕분이라고 하더군요. 난 고등학생 때 애들을 정말 싫어했는데, 나중에 이 아이들만큼은 그리워질 것 같아요."

"음, 애들이 당신이랑 아는 사이라고 떠벌리고 다닐 것 같아요. 애들한텐 그게 무슨 특권처럼 느껴질 것 같거든요."

딘이 와인 잔을 들었다. "알았어요. 음…… 앞으로 우리가 하게 될 모든 멋진 일들을 위하여, 건배." 두 사람은 건배를 하고 와인을 마셨다.

"그리고 현대 문명의 이기가 당신에게 멋진 저녁을 먹도록 도와주었다면 그게 다른 일에도 나쁘지 않을 수 있어요. 어쩌면 아는 사람을 마주치지 않을 레스토랑을 찾는 사람들에게 도움이 될 앱을 개발할 수도 있지 않겠어요?" 그녀가 말했다.

"이런, 만약 내가 앱을 만들고 싶다고 말하면 날 한 대 때려요. 내가 앱을 만들 누군갈 고용한다거나 스타트업을 차리고 싶다는 둥 지껄이면 그때도요. 우리 아버진 내게 후드 티셔츠를 입은 누군가에게 더는 돈을 주지 않겠다는 약속을 하게 만들었죠."

"왜요?"

"난 세상을 더 나아지게 만든다고 말하는 사람들에게 잘 속는 부류거든요. 이산화탄소 배출을 줄이는 채식 치킨 텐더를 만든다거나, 플라스틱 병을 재활용해서 우비를 제작한다든가…… 그러니까 환경을 위한다는 온갖 기술적인 아이디어나, 나쁜 걸 나쁘지 않게 만들 수 있다고 말하는 비즈니스 계획 같은 걸 들으면 돈을 꺼내요."

"왜요?"

"그게 새 차를 사지 않게 해주거든요."

"그 말을 들으니 갑자기 생각났어요. 뜬금없지만, 나도 당신한테 할 말이 있어요." 에비가 말했다. "나 구글에서 당신 여자친구들을 검색했어요."

"이런, 나한테 물어볼 게 있겠군요." 그가 말했다.

"모두 엄청나게 예쁘더군요."

"그건 질문이 아닌데요."

"맞아요, 이건 관찰 결과예요."

"그럼," 그가 말했다. "멜라니 콥스를 봤겠군요. 그 여자애는 붉은 머리를 갖고 있죠. 배우고. 우리 엄마도 그녀가 엄청나게 멋진 여자라고 말했어요."

"여자애가 아니라 여자겠죠."

"네, 엄청 멋진 여자죠." 그가 말했다. "그녀가 가장 최근에 만난 여자친구였어요. 거의 2년 정도 만났고 내 경력이 끝장나고 얼마 안 있어서 헤어졌죠. 좋은 이별은 아니었어요, 불행하게도."

에비가 눈살을 찌푸렸다. "당신 일과 관련 있어요?"

딘이 고개를 저었다. "직접적인 건 아니에요. 나랑 같이 많은 시간

276

을 보내기엔 시기가 안 좋았죠. 나는 상담이나 치료란 치료는 죄다 받고 있었고 내내 고약하게 굴었거든요. 심지어 사람들이 그녀를 비난했는데 나는 거기에 대해서 아무 대응도 하지 않았고요. 하지만 그녀를 무척 좋아했어요. 또 물어보고 싶은 사람 있어요?"

"서퍼도 만났던데요."

"린지." 그가 말했다. "오래전 일이에요. 그녀는 운동선수였고, 그래서 보통 여자들이 하지 않는 이상한 일을 내게 좀 저질렀죠. 그래도 난 그녀도 많이 좋아했어요. 양키스에 들어가고 나서 헤어졌는데 그냥 평범한 이별을 맞이했어요. 그녀는 독실한 친구였죠. 종교가 그녀에게 막대한 부분을 차지하고 있었죠. 나는 장로교를 다니면서 크리스마스와 부활절을 기념하며 자랐고요. 거기서 타협점을 찾지 못했죠. 관계가 진지해지면서 그게 점점 더 상황을 악화시켰고요."

"베브 보랑도 사귀었던데."

"1년 아니면 1년 반 정도 만났는데, 만나다 말다 했어요. 멜라니를 만나기 전이에요. 베브는 그때 막 경력을 쌓아가던 참이었죠. 전국 투어를 많이 했는데 럭셔리 투어는 아니고 밴을 타고 다녔어요. 우린 주말에 만나서 열정을 불태우고는, 평일에는 서로 지구 반대편에서 지냈죠. 그때가 내가 뉴욕에 들어간 첫해였어요. 그녀는 내가 사귄 여자 중에서 가장 영리했고 대학에서 음악 이론을 전공했죠."

"당신은 뭘 배웠나요?"

"음악 이론에 대해서라면 배운 게 없어요. 대신 추잡한 문자가 날돌게 만들 만큼 당황시킨다는 걸 그때 배웠죠. 지금은 다들 그런 문자를 주고받는단 걸 알지만. 섹스 하는 동안 할 수 있는 가장 지루한 일은, 바로 거기에 대한 문자를 보내는 일이라고 장담하죠. 성인이 되어서 뭐든 할 때마다 그걸 문자로 쓴다면 '누가 이런 짓을 하지?'라는 생각이 들잖아요. 내가 그녀의 어깨에 어떻게 키스할 건지 텍스트로 묘사하려고 애썼던 게 기억나네요. 마치 농부가 되어서 말을 어떻게 녹초가 되게 만들 건지 설명하는 듯한 기분을 느꼈죠. 그러니까 그게 기분이 나빴다고요. 어쨌든. 키스하는 게 아니라, 그걸 묘사하는 게요."

그가 말을 멈췄다. "이런 얘기 좀 민망해요?"

"아뇨." 그녀가 말했다. "재미있어요."

"현명하군요, 엄청요. 추잡한 대화, 해본 적 있어요?" 그가 말했다.

"당신이 말하는 그 '추잡한' 게 뭔지 모르겠는데요." 그녀가 말했다. "여성의 오르가슴에 대해 연구한 사람의 인터뷰를 옮겨 써본 적이 있지만, 그 사람은 그걸 마치…… 마치 '레드 와인'처럼 들리게 만들었어요."

"흠, 더 말해봐요."

"그 사람이 과학자인지는 모르겠어요. 그 사람은, 그러니까 오르가슴을 온갖 단어로 묘사했어요. '마음이 따뜻해지는 것', '진동', '빛이 번쩍이는', '피상적인' 같은 말들로요."

"이해했어요."

"정말요? 나한테는 너무 특이했는데. 하지만 난 그걸 글로 옮겨 썼죠. 괴짜는 괴짜야, 하면서요. 그게 그 사람들의 일이니까."

"당신, 어릴 때 그런 거 많이 읽었죠?" 딘이 고개를 살짝 기울이면서 말했고 그녀는 우스꽝스러운 어린 범생이였던 본인의 모습을 그려 보았다.

"맞아요." 그녀가 말했다. "하지만 솔직히 말해서, 책 말고도 중요하게 생각한 건 라디오였어요. 우리 아빠는 한 주에 6일씩 조업을 하러 나가셨는데, 그것도 새벽 5시쯤 나가서 저녁때나 되어야 들어오셨죠. 내가 여름 방학을 보낼 때도요. 엄마가 떠난 후, 그건 내가 혼자서 많은 시간을 보내야 한다는 뜻이었죠. 우리 집엔 케이블과 수신기가 없어서 텔레비전을 많이 못 봤어요. 그래서 난 라디오를 사랑했죠. 좋은 프로그램만 들은 건 아니에요. 의학 토크쇼 같은 것도 들었는데, 사람들이 전화를 걸어서 내가 모르는 건막류(발가락염증 -옮긴이)랄지, 갑상선종 같은 것들을 물어댔죠. 열 살 때쯤 일인데, 아빠에게 테니스 엘보(손이나 팔을 과도하게 많이 사용하는 경우 팔꿈치 관절에 통증이 생기는 질환 -옮긴이)가 뭐냐고 물었더니 모르시더라고요. 난 사실 그 내용을 전부 다 이해하지 못했지만 그냥 들었어요. 나한테는 무엇도 의미가 없었지만, 라디오에서 새로운 누군가가 이야기를 할 때마다 뭔가가 일어나는 듯했어요. 심리학자들이 나와서 애도의 감정이나 이혼에 대해 이야기를 하기도 했는데, 그걸 들으면서 정말로 흥미롭지만 내가 겪고 싶진 않다는 생각도 했죠. 뉴스도 엄청나게 들었어요. 정치적인 일들, 지역 소식 등이 수없이 나왔죠. 사람들이 이야기하는 걸 듣는 게 좋았어요."

"지금도 그렇고요." 그가 말했다.

"어떤 면에선 그렇지 않다고 생각하지만, 맞아요. 그런 것 같아요.

그리고 배운 것도 많아요. 음, 캘리포니아에 살 때는 피부 노화를 연구하는 남자애를 대신해서 수업 내용을 필기했는데, 그 뒤에 5년 동안 자외선 차단제로 목욕을 하고 다녔죠."

"그래서 피부가 좋군요."

그녀가 민망함에 움찔하고는 얼굴을 찌푸렸다. "내 피부는 보통 수준이에요. 난 당신이 내 껍데기 아래에 사실 배우라거나 서퍼가 숨어 있는 건 아닌가, 하고 생각하지 않았으면 좋겠어요."

"에비?"

"네."

"난 당신이 누군지 잘 알아요. 당신 안에 뭐가 있는지 몇 가지 생각을 하고 있긴 하지만, 배우나 서퍼이길 바라진 않아요."

"평범한 사람이랑 데이트해본 적 있어요?"

"음, 평생 동안을 이야기하는 건가요?" 그가 말했다. "그렇다면 있어요. 당신이 말하는 '평범한 사람'이랑 제법 만나봤어요. 비록 구글은 그 친구들에 대해서 모르지만요. 하지만 내가 지난 몇 년 동안 유명한 여성들과 데이트를 한 것도 맞아요."

"유명해진 다음에는 유명한 여성들하고만 데이트 할 수 있었던 건 아니고요?"

"그렇진 않아요." 그가 느릿느릿 말했다. "그건 좀 더…… 내가 대중적으로 알려진 사람이 되자 그렇지 않은 사람들이 내 주변에 있기가 힘들어졌을 뿐이에요. 아, 그렇게 말하면 내가 얼간이 같잖아요. 쿨하거나 멋진 인간 같지 않잖아요. 모두가 아는 사람이 된다는 건 괴상하죠. 어딜 가든, 거기에 있는 사람들이 내가 누군지, 무슨 일을 하는 사람인지 다 안다는 거죠. 차라리 모두가 같은 입장에 있는 편이 더 쉽죠. 어떤 곳에서 연달아 여덟 번 정도 '아, 나 당신 누군지 아는데' 하는 말을 듣는 존재가 되는 건 별로예요. 그렇게 되면 친구들과 어울리고 싶어도 모르는 사람들과 주로 놀아야 하죠. 신상 보드카 출시 기념 파티에 가야 하고, 거기에서 특정 부류의 사람을 만나게 되고요."

에비가 앞으로 몸을 숙였다. "무슨 파티요?"

"'이번에 새로 출시한 피넛 버터 보드카 어쩌고를 소개합니다' 뭐 이런 거요. 그리고 밤새도록 클럽 몇 곳에서 파티를 하고, 귀청 터지는 소음 속에서 서로의 귀에 대고 소리를 지르며 대화를 하죠. 바에서 10분마다 술을 한 잔씩 받아 마시고 영화를 홍보하면서 걸어 다니는 미끈한 애들 뒤에 서 있는 거죠. 좋은 게 하나 있다면 '피넛 버터군의 달콤한 귀환' 어쩌고 하는 신상 보드카가 다시 출시될 때까지 술이 공짜라는 거예요."

"피넛 버터 보드카란 게 진짜 있어요?"

"만약 없다면, 누군가의 눈에 그게 출시 기념 파티를 하기엔 좀 바보 같이 느껴져서일 거예요."

"난 파티는 멋지다고 생각했는데 당신 경험을 들으니 마냥 그런 것 같진 않군요."

"2014년쯤엔 나도 그렇게 생각했어요." 그가 말했다. "창고에서 열리는 성 패트릭 축일 파티에 갔는데, 엄청나게 많은 사람이 몰려 있는 틈에 한 여자가 내 등에 초록색 맥주를 홀딱 쏟아부었죠. 당신이 거기 있었다면 그것보다 훨씬 더 재밌었을 거라고 장담하죠."

에비는 천장을 응시하면서 기억을 떠올리려고 애썼다. "난 2014년 3월에 아빠의 허리 수술비를 조율하고 있었던 것 같아요. 그래서 그 집을 지킬 수 있었죠."

침묵이 흘렀다. 딘이 잔을 내려놓고는 한 손을 가슴에 댔다. "내가 이렇게 멍청하다니까요, 미안해요."

"아니에요," 그녀가 손을 뻗어 그의 손에 포갰다. "공평치 않은 말이네요." 에비가 의자 등받이에 몸을 기댔다. "각자 다르게 살았을 뿐이죠. 그러니까 난 특별히 찬란하게 살진 못했어요. 딘, 이건…… 지금 이건, 내게 생길 수 있는 가장 좋은 일이에요."

"날 당신한테 더 이상 빠지지 않게 해줘요." 딘이 그녀를 빤히 응시했다. "이러면 일하러 가지 못하잖아요. 난 정말이지 지금 이 순간 당신에게 푹 빠졌어요, 너무나."

두근두근. "알았어요." 그녀가 간신히 목소리를 냈다.

"말하자면," 그가 주머니에서 둥그런 청동 고리가 달린 열쇠고리를 꺼냈고 테이블 위에 놓았다. "208호 방 키예요. 위에 있는 방이죠."

에비는 열쇠를 보려고 몸을 앞으로 숙였지만 건드리지는 않았다. "와우, 진짜 열쇠네요. 지금은 다 플라스틱 카드를 쓰는 줄 알았는데 예스럽네요." 그리고 더 이상 무슨 말을 해야 할지 생각이 나질 않았다. "멋지네요."

"음, 당신 게 아니에요. 내가 208호에 묵어요." 딘이 열쇠를 다시 주머니에 넣었다. 그러고는 다른 열쇠를 테이블 위에 부드럽게 놓았다. "이건 204호 열쇠에요. 홀 맞은편이죠."

에비가 눈을 치켜떴다. "방을 따로 잡았군요. 진심으로요."

그가 눈을 깜빡이면서 레스토랑을 둘러보고는 본인의 방 열쇠를 만지작거렸다. "우리는 열아홉 살이 아니죠. 하지만 우리가 함께 더 많은 시간을 보내야 하고, 나는 기다려야 한다는 것도 잘 알아요. 초대를 받아들이는 건 당신이 결정해요."

그녀는 그의 귀 위로 곱슬거리며 삐져나온 머리칼 한 가닥을 바라보았다. "당신은 방을 따로 잡았어요." 그녀가 한 번 더 말했다.

"처음 생각했을 땐 겉만 번드르르한 게 아닌가 싶었는데," 그가 테이블에 시선을 고정한 채 중얼거리고는 다시 그녀를 보았다. "지금은 잘 모르겠네요. 나약한 행동이었던 것도 같고. 그런가요? 나약한 행동이죠?"

그녀가 204로 열쇠를 손에 쥐었다. "아뇨, 난 그게 엄청 섹시하다고 생각해요."

두 사람은 서로를 응시했다. 에비는 잠시 테이블에서 열쇠 두 개를 낚아챈 뒤 딘의 벨트 고리에 손가락을 집어넣어 끌어당기고는, 그가 미처 잔을 내려놓을 새도 없이 위층으로 끌고 가서 그의 셔츠를 풀어헤치는 모습을 생각했다. 하지만 금방 웨이트리스가 다시 나타나는 바람에 그녀는 둘 다 무엇을 먹을 건지조차 생각할 겨를이 없었음을 깨달았다.

··· 27 ···

마침내 두 사람은 음식을 주문하고 식사를 했다. 레스토랑 안에 조금씩 사람이 붐비기 시작했다. 에비는 예의상 마늘이 과하게 들어간 음식은 피하려고 했다. 식사를 마치고 딘이 계산하고 나서 두 사람은 자리에 앉은 채 테이블에 놓인 열쇠 두 개를 빤히 응시했다. 그가 손을 뻗어서 208호 열쇠를 끌어당겼다. 그녀 역시 204호 열쇠를 끌어당겼다. "일어나요. 내가 방으로 가방 가져다줄게요." 그가 말했다.

"네." 에비가 말했다. 2층으로 향하는 계단은 폭이 넓었고 204호는 계단참에서 몇 발자국 떨어지지 않은 곳에 있었다. 열쇠를 구멍에 꽂은 뒤 문을 활짝 열어젖혔다. 킹사이즈 침대 하나, 서랍장, 벽걸이 텔레비전, 장미 꽃병이 놓인 책상 하나가 놓여 있었다. 그녀는 안으로 들어가서 검은색 플랫 슈즈를 벗을 생각도 안 하고 침대에 털썩 누웠다. 처음에는 본인도 알 수 없는 뭔가를 기다리다가 마음이 바뀌어서 벌떡 일어나 앉아 그가 방문을 두드리기를 기다렸다.

잠시 후 딘이 문을 두드렸다. 그가 팔을 뻗어 가방을 주자 그녀가 말했다. "감사합니다. 훌륭한 서비스였어요."

그가 그녀의 방을 둘러보았다. "방 좋네요."

"꽃도 고마워요."

"저게 클리셰란 걸 나도 알아요."

"정당한 이유에서," 방 입구에 선 남자의 모습을 보고 그녀는 다시 한번 그의 키가 얼마나 큰지 깨달았다. "당신은 이러면 안 되는 거였어요."

"알아요. 하지만 이제 몇 분 뒤에 당신이 내 방문을 두드리는 짜릿한 일이 벌어지겠죠?"

"자신만만하군요."

그가 몸을 숙여서 그녀의 코앞까지 다가왔다. 눈이 봄날의 나뭇잎사귀처럼 초록색이야, 하는 예상치도 못한 생각이 머릿속으로 거침없이 파고들어왔다. 딘이 그녀의 입술을 느긋하게 쳐다보았다. "난…… 낙관주의자거든요."

에비가 발끝을 들어 딘에게 키스를 하고 그를 올려다보았다가 다시 시선을 바닥으로 떨구었다. "통로에서는 당신이랑 아무것도 하지 않을 거예요." 그녀가 말했다. "사람들이 쳐다보면 어떻게 해요? 이제 저리로 가요. 그리고 잠들면 안 돼요."

"알았어요, 잠들지 않을게요." 그가 그녀에게서 몸을 떼고 홀 너머의 객실로 사라졌다. 그녀는 방문을 닫았다.

욕실에서 에비는 머리를 빗었다. 거울을 가까이 들여다보고 손을 뻗어 볼에 난 작은 얼룩 하나를 톡톡 두드렸다. 그때 귀걸이가 반짝거리는 모습이 눈에 들어왔다. 단순한 모양의 링에 다이아몬드 하나가 박힌 금귀고리는 결혼식 날 이후로 거의 꺼낸 적이 없는 물건이었다. 마침 귀걸이가 손가락 사이로 빠져나가는 바람에 손에는 그 감촉만이 남았다. 잠시 그녀는 손바닥을 내려다보고는, 그 손이 열여덟 살 때와 비슷하다는 생각을 떠올렸다. 15년 정도 태양 빛을 더 받았는데 말이다. 그녀는 호화로운 귀걸이를 착용하고 신발을 벗었다. 맨발로 문을 열고 텅 빈 복도를 가로질러 208호로 조용하게 걸어갔다.

"누구세요?" 방 안에서 그의 목소리가 울렸다.

"누군지 모르시나요?"

"비밀번호를 말하세요."

"'승인'합니다."

잠시 침묵이 흘렀다. 조금 뒤 낄낄거림이 묻은 그의 목소리가 들려왔다. "열렸어요."

그녀가 방 안으로 들어가 문을 닫고는 등을 기댔다. 딘이 흰색 티셔츠와 청바지 차림으로 침대 헤드에 기댄 채 맨발을 쭉 뻗고 앉아 있었다.

"왔어요." 그녀가 말했다.

"오, 만나서 반가워요." 그가 능청스럽게 대답했다.

그녀가 씨익 웃으며 빠르게 걸음을 옮겼다. 그의 옆으로 기어 올라가서 목에 팔을 두르고 키스를 했다. 마음속에서 욕망이 부풀기 시

286

작했다. 사심이 가득 담긴 손길로 그의 어깨, 등, 팔꿈치, 엉덩이를 셀 수도 없을 만큼 더듬었다. 지금 그녀가 바라는 건 오직 이것, 이것뿐이다. 그의 셔츠 속으로 손을 미끄러뜨리자 그가 이에 화답하며 셔츠를 벗어던졌다. 그녀에게 스포츠란 지루하기 그지없는 것이지만, 운동으로 다진 몸만큼은 즉각 감사를 표하게 만들었다.

그의 손이 그녀의 스웨터 자락 속으로 들어오다 멈췄다. 딘이 몸을 떼고 가볍게 숨을 내쉬더니 그녀의 눈을 바라보았다. "왜요?" 에비가 물었다. 심장이 쿵쿵 뛰었다. 그가 그녀를 계속 바라만 보았다. 돌연 그녀는 그의 맨 어깨를 손으로 짝 소리 나게 내리쳤다. "'고'예요. '고'라고, 분명해요. 분명히 '고'예요."

그가 민망한 표정으로 미소 지었다. 그녀는 그가 스웨터 단추를 푸는 걸 도와주고는 본인도 어깨 위로 상의를 벗어던졌다. 그가 그녀의 손을 잡고는 그녀의 손가락과 그의 입술이 스쳐 간 자리를 쳐다보았다. 그가 손을 풀어주자 그녀는 손을 뻗어 오른쪽 어깨, 그가 늘 문지르던 그 자리에 얹었다. 거기에서부터 팔까지 어루만지자 마침내 두 사람의 손이 한데 얽혔다.

나중에 이 일을 떠올리자, 그녀는 같은 영화를 두 번 이어서 보거나 한 번에 두 편의 영화를 연달아 보는 것 같은 느낌이 든다고 생각했다. 완벽히 연결되었지만 실상은 제각각인, 어쩌면 순서대로 이어진 것도 아닌 그런 영화. 그가 그녀의 손바닥 한 지점에 키스를 했고 그 행동에 그녀는 놀라고 말았다. 에비는 남은 옷가지를 어색하게 다 벗어내고 그대로 뒤로 누워서 발에 걸려 있던 청바지를 확 잡아당겼다.

딘이 놀림조로 말했다. "원한다면 떠나도 좋아요. 난 여기에서 계속 이러고 있을 테니까."

"날 자꾸 웃기면, 행동이 더 느려질 수도 있어요." 에비는 살갗에 닿는 공기와 숨결로, 그가 처음으로 자신의 몸에 지도를 그리고 있다는 것을 느끼면서 자신만만하게 말했다. 그리고 몸의 감각에 정신을 집중하려고 간신히 노력했다. 잘되고 있는지는 모르겠지만.

숨이 턱 막혔다. 에비는 손을 뻗어서 그의 이마에 맺힌 땀을 닦아주었다. 열의가 더해질수록 동작이 서툴러졌다. 그녀는 그를 무릎 사이에 가두고 허벅지로 꽉 끌어안았고 그러자 그의 팔꿈치가 그녀의 복부를 스쳐 지나갔다. 에비가 웃음을 터트리자 그가 그녀의 눈 위에 키스를 했다.

지금 이 순간은 예전의 그 어느 때와도 달랐다. 그건 확실했다.

결국 그녀의 204호실 침대 시트는 흐트러지지 않았다. 두 사람은 208호실에서 함께 잠이 들었다가 새벽 3시가 되어 눈을 떴다. 서로 얼굴을 딱 붙이고 누워서 그녀가 꾼 「권력의 전당」 꿈에 대해 속삭거렸다. 그녀가 춥다고 말하자 그는 자신의 티셔츠를 찾아서 건넸다. 머리칼도 부드럽게 넘겨주었다. 그러고는 다시 까무룩 잠이 들었다.

그녀가 다시 눈을 떴을 때는 새벽 5시 반이 약간 지난 시간이었다. 몸을 돌리자 블라인드 사이로 들어오는 거리의 불빛을 통해 딘이 똑바로 누워 있는 모습이 눈에 들어왔다. 그녀는 자신이 누군가가 잠든 모습을 계속 바라보는 그런 류의 여자는 아니라고 생각했다. 그건 다소 오싹한 일이니까. 그래서 그녀는 눈을 감고는 숨을 들이마시고 공기가 자연스럽게 순환되는 소리에 귀 기울였다. 자신의 호흡을 그 흐름에 맞추다가 다시 잠이 들었다.

눈을 떴을 때 밖은 환했고 그가 일어나서 천장을 응시하고 있었다. 그녀가 기지개를 켜자 그가 몸을 돌려 바라보았다. "안녕."

"안녕." 에비가 발끝에 힘을 주며 침대에서 일어나 앉아 허리를 쭉 폈다. 그가 그녀의 견갑골 사이를 가볍게 만졌다.

"잘 잤어요?"

"그럼요."

딘이 에비 뒤로 팔을 쭉 뻗었고, 그녀는 몸을 둥글게 말고 그의 멋진 복근과 가슴에 팔을 기대고는 품 안에 안착했다. 모든 것을 고려했을 때 기대 눕기에 나쁜 장소는 아니었다.

"그런데," 그녀가 입을 열었다.

"그런데요?" 그가 그녀의 손을 잡아 자신의 문신에 가져다 대고는 하릴없이 그녀의 손가락들을 가지고 놀았다.

"나 엉덩이 다친 것 같아요." 그녀가 말했다.

"정말?" 그의 몸이 굳었다. "괜찮아요?"

"아니, 아니," 그녀가 웃음을 터트렸다. "괜찮아요, 잠깐만요. 그냥…… 새 트레이너한테 훈련받아 본 적 있죠?"

그가 그녀를 빤히 바라보았다. "당신이 내가 프로 야구선수였단 걸 잊은 건가, 하고 생각해야 해요?"

"좋은 지적이에요." 그녀가 말했다. "그런 거라고요."

"정확히 그거랑은 다른데요. 어느 체육관에 갈 거예요?"

"난 대부분 혼자 운동해요. 무슨 말인지 알아듣는다면요."

"음," 그가 그녀에게 한 팔을 걸치면서 말했다. "당신이 운동장에서 혼자 스스로 해나가는 데 감사해야겠군요. 그럴 만한 가치가 있길 바랄게요."

"그래요. 완전 가치 있죠." 그녀가 말하고는 그의 눈을 근엄하게 바라보았다. "진심으로 이해했어요." 잠에서 이제 막 깬 쉰 목소리로 두 사람은 웃음을 터트렸다. 그녀가 그의 어깨에 키스를 했다. "지금 몇 시예요?"

"8시 27분요."

"그럼, 이제 뭐 해요?"

"체크아웃이 11시예요." 그가 말했다. "난 샤워를 해야겠어요. 우리 아래층에서 아침 먹는 거 어때요?"

에비가 고개를 돌려 그를 보았다. "내 말은 그게 아닌데."

"아," 딘이 말했다.

"그러니까, 난 지금 서로 안부를 나누는 대화를 하려던 건 아니었어요. 거창한 안부 대화는 옷을 차려입고 커피를 한잔하면서 하는 거잖아요. 내가 말한 건…… 당신이 내일은 어디에서 자고 싶은지, 앞으로 뭘 하고 싶은지, 그런 건 난 잘 모르잖아요. 그런 뜻이었어요."

잠시 침묵이 흘렀다. 지금까지 있었던 침묵 중에서 가장 긴 것 같았다. 조수가 밀려오는 것 같고, 비행기가 뜨고 내리는 것 같고, 건물이 세워지고 있는 것 같았다. 딘이 입을 열기 전까지는.

"난 당신이 무척 좋아요." 마침내 그가 말했다.

"음, 좋아요. 나도 당신이 무척 좋아요."

"그리고 당신은 여기에 살고, 난 뉴욕에 살죠."

"그래요."

"난 인정했어요. 그 일에 대해 미리 생각하진 않으려고요."

"그래요." 그녀는 자세를 바로 하고 앉아 몸을 이리저리 움직이다가 베개 위로 다시 털썩 누웠다. "나도 우리 사이는 이 상태를 유지하는 게 가장 최선일 거라고 생각해요."

"앤디한테 말하고 싶지 않다는 뜻이군요."

"누구에게도 말하고 싶지 않아요. 당신은 여기에 계속 머물지 않을 거잖아요. 그런데 우리 아빠와 켈 아줌마, 앤디가 이 사실을 알면 당신이 여기 죽 머물거나, 아니면 내가 마을을 떠날 거라고 생각할 테니까요. 그런 건…… 차라리 그냥 넘어가는 게 나아요. 게다가 지금으로선 이것 말곤 말할 것도 별로 없잖아요. 당신이 내 졸업 파티 파트너도 아니고."

"다음번엔 내가 당신 드레스에 코르사주를 달아줄 수 있어요."

"이런, 못 지킬 약속은 하지 말아요." 그녀가 팔을 위로 쭉 폈다. "내 손가락은 모양이 이상해요. 혹시 굽은 손가락 본 적 있어요?"

그가 베개에 놓인 그녀의 옆통수에 머리를 콩 하고 찧었다. "그래도 손가락 모양이잖아요."

그녀가 팔을 다시 몸 위로 포갰다. "이게 죽은 손처럼 보인다는 건 모를걸요."

"이런, 내 팔꿈치 속을 보여줘야겠군요. 「월-E」 첫 장면에 나오는 것들처럼 보일걸요."

"만화영화 「월-E」요?"

"네. 그곳의 세상은 온통 쓰레기더미랑 구부러진 철제들, 낡아 빠진 것들뿐이잖아요. 투수의 팔꿈치 속을 들여다보면 꼭 그런 모양일 거예요. 언젠가 MRI를 찍었는데 의사가 그러더군요. '좋은 소식과 나쁜 소식이 있습니다. 좋은 소식은 환자분 뼈가 아직 붙어 있어야 할 곳에 붙어 있다는 겁니다. 나쁜 소식은 그게 다란 거고요.'"

그녀가 잠시 입을 다물었다. "그럼 뼈가 붙어 있지 않으면 어떻게 되는 거죠?"

"수술을 받아야 하죠. 다리에서 힘줄을 분리한 다음 그걸로 팔뚝 뼈를 묶어야 한대요."

"거짓말."

"거짓말 아닌데. 아니면 죽은 사람이 기증한 힘줄을 사용할 수도 있고요."

"그럴 리가."

"아니, 진짜 그런 수술이 있어요. 10대도 받는 수술이에요."

"잠깐만요, 당신 몸의 뼈는 어떤 식으로 묶었어요?"

"뼈에 구멍을 내고 그 사이로 힘줄을 통과시켰죠."

"이런."

"네, 토 나올 것 같죠." 그가 어깨를 문지르면서 말을 생각했다.

"뼈가 부러진 적 있어요?"

"여덟 살 때, 피크닉 테이블에서 뛰어내려서 팔이 부러졌었어요."

"대체 왜 피크닉 테이블에서 뛰어내린 거예요?"

그녀가 그에게로 고개를 돌렸다. "내가 겁쟁이라 피크닉 테이블에서 못 뛰어내릴 거라고, 존 코디가 그렇게 말했거든요."

"말괄량이 시절이었군요."

"맞아요."

"나는 열다섯 살 때 스키를 타다가 쇄골 뼈가 부러진 적이 있어요." 그가 쇄골 뼈를 가리켰다. "아빠가 엄청 화를 내셨죠. '야구 특기생으로 대학에 갈 예정인데 그 멍청한 애들이랑 재주나 넘으면서 돌아다니다니!' 하고 말이에요. 그땐 대학에 갈 수 있다고 대꾸하지 못했죠. 나 스스로도 못 갈지도 모른다는 생각이 들었거든요. 결국엔 갔지만."

"그때 아빠는 어떻게 하셨어요?"

딘이 웃음을 터트렸다. "아무것도 하지 않으셨어요. 아빠는 그저 얼뜨기 같은 친구들이 날 산 위에서 행글라이더로 날려버리지만 않기를 바라셨죠. 그때 나는 집까지 양동이에 담겨 왔고요."

"혹시 딘, 야구 말고 대학에서 뭘 배웠어요?"

"나 화학 전공했어요."

그녀가 고개를 돌려 그를 보았다. "장난하지 말고요."

"오, 학위도 받았는걸요. 내가 그 빌어먹을 야구 수업만 들었을 것 같아요? '달리기 강좌'랑 '다리에 붕대 감는 법' 이런 거?"

"아뇨, 물론 아니에요. 난 잘 모르니까요." 그녀가 천장을 응시했다. "화학은 좋아했어요?"

"화학적인 걸 했죠." 그가 말했다. "이거랑 저거를 혼합하고 그게 어떤 원리로 작동하는지 알면, 물질을 푸른색으로 바뀌게 하거나 열을 내게 하거나 기화시킬 수도 있죠. 진짜 미친 것 같았어요. 예측 가능한 미친 짓이지만요. 어떤 물질에서 초록색 연기가 나게 할 수도 있고, 다른 형태로 바꿀 수도 있지만 방법은 매번 똑같았죠. 그러고 나서 그걸 기록하면, 빵! 그게 실험 결과죠. 야구도 마찬가지예요. 그것도 미친 것 같아 보이지만 나름 물리학적인 미친 짓이에요. 논리성이 없어 보이지만 논리가 존재하거든요. 논리가 존재하지 않을 때만 제외하고는요."

그녀가 옆으로 몸을 돌리고는 그의 팔 옆에 나란히 붙었다. 손가락으로 그의 눈썹 뼈를 따라 쓸었다. "여기 이 상처는 뭐예요?"

"코넬대학교 2학년 때, 공이 얼굴로 날아와서 생긴 거예요." 그가 말했다. "피가 쏟아지듯 흘러내렸죠. 정말 쏟아져 내렸어요. 내가 평범한 여자앨 사귄 적이 있었다고 말했던 거 기억나요? 당시 여자친구였던 트레이시가 경기장에 있었는데 완전히 하얗게 질렸죠. 그리고 빵, 그렇게 됐죠. 무척 슬펐어요. 내가 전해 들은 바로는, 그 애가 나를 한 번 보고 스르르 미끄러져 자리에 주저앉았대요. 루니툰즈에 나오는 그 오리처럼요. 그 애 친구가 아이스 팩이랑 다이어트 콜라를 얼굴에 대줘서 살아났다나."

"이런, 정신 차리기에 힘든 방법만 쓰셨네."

"그다음에 애들이 나를 병원으로 데리고 갔죠. 내 얼굴은 풀로 다시 붙여놨고요."

"꿰맨 게 아니고요?"

"아뇨, 풀 맞아요. 아이들이 집에 전화해서 엄마에게 내 얼굴을 풀로 붙였다고 하니까, 엄마가 병원에 전화를 걸었죠. 아빠가 '내 자식을 풀로 붙였다고? 공예 수업을 한 거야?' 하는 뭐 그런 말들을 했대요. 하지만 병원에서 엄마한테 그건 풀이 아니고 '인조 피부'라고 부른다고 했대요. 그러자 엄마는 '알았어요'라고 했고 아빠는 전화를 끊는 시늉을 했죠."

"실제로 인조 피부라고 불러요?" 그녀가 물었다.

"몰라요. 하지만 엄마 입장에선 그게 더 나았던 것 같아요. 당신은 신체 중 어딘가를 꿰매본 적 있어요?"

"무릎에 한 번요. 그러고 나서 2년쯤 후에 거실에서 깨진 유리를 밟아서 한 번 더요."

"이런."

"온 사방에 피가 철철 넘쳤죠. 진짜 엄청났어요."

"그랬겠죠."

에비는 저도 모르게 발끝으로 일전에 응급실에서 꿰맸던 그 자리를 슥 훑어보았다. 팀이 유리잔을 깨는 바람에 생긴 상처였다. 당시 그는 화가 났다. 하지만 그녀는 간호사에게 자신의 실수로 주방에서 유리잔을 깼다고 말했다. "손에서 미끄러졌어요." 하고.

그녀는 손가락으로 딘의 관자놀이에서 턱 끝까지 죽 쓸었다. 쇄골 위에 난 깊고 붉은 상흔을 톡 건너뛰었다. "이런, 여기에도 뭐가 있는 것 같은데요. 멍이 있어요."

그가 침대에 일어나 앉아서 서랍장 위에 달린 거울에 쇄골이 비춰 보일 때까지 몸을 앞으로 기울이고는, 머리를 한쪽으로 갸우뚱했다. "멍 아닌데요." 그가 손가락으로 그 자리를 쓸면서 말했다. 그녀 쪽으로 몸을 돌려서 짙은 속눈썹 사이로 시선을 주었다. "당신이 남긴 키스 마크예요."

그녀가 눈을 가늘게 뜨고 멍 자국을 살펴보았다. "잠깐, 내가 그걸 언제!" 마침내 기억이 떠올랐다. "아아아아아악, 내가 그랬네요." 환한 미소를 지으면서 이를 드러내 보였다. "미안하다고 해야 해요?"

"미안할 것 없어요. 이런, 인스타그램에 올리기 딱 좋은데요. 이렇게 쓰는 거예요. '메인주에서 즐겁게 지내고 있어요.' 그리고 사진 업로드." 그가 휴대전화에 손을 뻗었다. "셀카를 찍어볼까나."

"안 할 거죠?" 그녀가 웃음을 터트리며 휴대전화로 손을 뻗었지만 그의 넓은 어깨를 당해내지 못하고 그의 꾀죄죄한 얼굴로 털퍼덕 쓰러졌다. 그 사이 그가 휴대전화를 손에 넣었다. "아프지 않죠, 그렇죠?" 그녀가 속삭였다.

"안 아파요." 그가 미소를 띠며 속삭였다. "하나도요."

··· 28 ···

딘의 트럭이 1번 국도를 따라 덜컹거리며 나아갔다. 오랫동안 그 자리를 지키고 있는 나침반 카페 옥외광고판을 지났다. 적어도 에비가 10대 때부터 있던 광고판이다.

"나침반 카페가 무너지면, 여기 사람들이 매주 여섯 시간 동안 어디에서 어슬렁거릴지 궁금해요." 딘이 말했다.

"여섯 시간은 아니에요." 에비가 창밖을 바라보며 말했다. "두 시간 정도지."

"요즘 앤디랑 당신 사이에 대해서 나한테 말해준 적 있었나요?" 그가 물었다.

에비가 그를 죽 훑어보았다. 한때 말을 듣지 않았던 그의 팔이 운전대 위에 걸쳐져 있는 모습을 바라보면서 생각했다. 그래, 망가진 것은 고칠 수 있다. 그녀는 숨을 한 번 들이마셨다. "남편이 죽던 날 밤에……." 말을 잠시 멈추고 숨을 더욱 깊이 들이마셨다. "난 그 사람을 떠나고 있었어요. 그를 떠났다고는 할 수 없어요. 떠나는 중이었던 거죠."

딘이 다시 물었다. "당신 생각엔 어느 정도까지 갔는데요?"

그녀는 다시 창밖으로 시선을 돌린 뒤였다. "병원에서 전화가 올 때는 차량 진입로에 서 있었죠. 짐을 싸고 돈이랑 출생증명서도 챙기고요."

"팀에게는 말하지 않고요?"

"말했으면 그와 입씨름을 했겠죠. 그러면 떠나지 못했을 거예요. 다음 날 그가 미안하다고 말했을 거고."

"그랬겠죠."

"아무튼, 켈 아줌마가 병원에서 내 차에 여행 가방이 실려 있는 걸 봤고 앤디에게 그 얘길하셨대요. 그래서 앤디가 그걸 알고는 화를 냈죠."

딘이 얼굴을 찌푸렸다. "앤디는 당신이 떠나려고 해서 화가 난 게 아니에요."

"네, 자기한테 말도 없이 떠나려고 해서 화가 났던 것 같아요. 아무한테도 말하지 않았다고요. 정확히 '화가 났다'보다는 '상처받았다'는 게 맞는 표현이죠."

"왜 아무한테도 말하지 않았나요?"

"그럼 떠날 수 없었을 테니까요."

"도박하는 법을 잘 아는 사람이군요, 당신은."

"타인에게 결혼 생활에 관한 이야기는 하지 않기로 팀이랑 약속했었어요. 그게 당연하다고 여겼고요."

"떠나기로 결심한 건 언제예요?"

"오," 에비가 말했다. "음, 팀이 저녁으로 피자를 사서 가지고 온다고 말했는데, 막상 빈손으로 집에 온 날 밤이에요. 내가 '피자 사 온다면서?'라고 했더니, 그 사람이 '난 그런 적 없어'라더군요. 그건, 그건, 너무…… 희한했어요. 그 사람이 집에 오는 길에 피자를 사 온다고 말했다고 나 혼자 상상했다는 건가, 싶어서요. 그가 페퍼로니와 버섯 피자를 먹을 거라고 말했던 게 기억나는데, 그건 내가 버섯을 좋아하지 않으니 골라내고 먹어야지 하고 생각해서였어요. 그래서 내가 '어째서 당신은 내가 저녁을 사 오는 걸 까먹은 것 같아, 라고 하지 않고 도리어 내가 이상한 소리를 한다는 식으로 행동하는 거야? 보는 사람도 없는데' 하고 말했죠."

"그가 뭐라던가요?"

"'난 열 시간이나 환자를 돌보고 왔어. 당신이 집에 앉아서 아무것도 안 하는 동안에 말이야. 난 심부름꾼이 아냐'라고 대답하더군요. 나는 자리에서 일어나 밖으로 나왔어요. 당신이 오기 전에 별실은 내가 팀에게서 벗어나는 장소였어요. 별실로 가서 바닥에 누웠죠. 배도 고팠어요. 그 사람을 한참 기다렸고 피자도 못 먹었으니까요. 뛰어나가서 먹을 걸 사 와야 하는 건 아닌가 싶었죠. 그다음엔 내가 운전을 할 수 있을까, 하는 생각이 들었고요. 그러고는, 내가 이 멋진 집에서 밤새도록 이러고 있어야 하나 싶었어요. 밤새도록 그냥 이러고 있으면서, 텔레비전을 보고, 나에 대해 생각하면서, 그에게 거짓말을 하고 아빠 집에 가서 자고 와야 하나, 생각했죠. 그 사람이 움직이지 않았으니까요."

"그렇게 했어요?"

"아뇨. 난 결국 나가서 피자를 사 왔어요. 버섯이랑 죄다 들어 있는 피자로요. 집에 오니 밤 10시 반이더라고요. 입씨름은 끝났죠. 하지만 그날 이후로 매일 밤, 나는 별실 바닥에 누워서 이 이야기에 살을 붙이기 시작했죠. 행동하진 않았고요. 그냥 생각만 했어요. 주말 동안에 나가 있는다고 하면 어디로 갈 수 있을까? 한 주 동안 보스턴에서 묵을 만한 돈이 내게 있나? 뭐가 필요할까? 뭘 가져가야 할까? 얼마 동안이나 나가 있을 수 있을까? 며칠 밤 동안 거기에 누워서 천장 선풍기가 덜그럭거리며 돌아가는 소리나 듣고 있었죠. 그러다가 '내가 집을 나가면, 다시는 돌아오지 않으려나?' 하는 생각이 떠올랐어요. 이때부터 집을 나가겠다는 몽상을 하기 시작했죠. 산에 가서 살까, 작은 오두막에서 살까, 개를 한 마리 키울까, 직업을 가져볼까, 기타 등등요. 새로운 사람이 되겠다는 이런저런 생각을 했지만 아무 일도 일어나지 않았죠."

"'썩을 증인 보호 프로그램 담당자랑 결혼할까' 같은 거군요."

"맞아요! 딱 그거예요. 매번 내가 떠나면 아빠는 어떻게 해야 할지, 앤디는 어떻게 할지, 그런 걸 마음속에서 치워버려야 했어요. 저녁을 짓거나, 머리를 매만지거나, 벽에 그림을 그리는 내게 사람들이 무슨 짓을 하는지 아느냐고 물어보지 않을 만한 그런 일을 생각했죠."

"그리고는요?"

"몇 달 동안 생각만 했죠. 그러나 그가 외출한 어느 날 밤, 카드 한 벌을 꺼내서 지금 이 배낭 속에 집어넣었어요. 그때부터 짐을 싸기 시작했죠. 일단 행동으로 옮기니까 다른 일들이 이어졌어요."

"그리고 아무한테도 말하지 않고요."

"계속 리허설을 하는 것 같은 기분이 들었어요. 내가 정말 그렇게 하고 싶은지 알아보는 리허설요. 내가 마무리를 지어야, 쐐기를 박아야 한다고 느꼈고요. 아직 제대로 한 것이 없다는 걸 깨달았으니까."

"결국 당신은 실행했군요."

"네." 그녀가 빙그레 웃었다. "음, 적어도 차에 짐을 꾸리긴 했죠." 에비가 눈을 손으로 가렸다. "소위 목표일을 잡았죠. 이후 그가 죽기 전 며칠 동안, 그 사람에게 내가 뭘 싫어하는지 이야기해줬죠. 그러니까, 그의 지인인 의사들 부부랑 뱅고어에 가서 저녁을 먹는데 사람들이 내게 무엇을 하느냐고 물으면, 그 사람이 '날 행복하게 해주고 있죠'라는 식으로 이야기하는 게 싫다고요. 난 '그들은 내가 뭘 하는지 물어본 거야' 하고 주장했죠. '당신은 내가 무슨 직업을 갖고 있는지 말해야 하는 거라고. 내가 저널리스트들이랑 작업하고 있다고, 그게 내 일이라고 말야' 같은 말들요. 그러자 그 사람이 '난 당신 기분을 상하지 않게 해주려고 한 거야. 내가 의사들 앞에서 당신이 나무에 대한 책을 쓰는 누군가를 위해 타이핑이나 대신해주고 있다고 말하면, 당신 기분이 어떨지 몰라서.'"

딘의 입이 떡 벌어졌다.

"마침내 그날이 왔고 난 차에 짐을 꾸렸죠. 떠날 수 있었어요. 반대로 겁을 먹고 그만뒀을 수도 있고."

"떠났을 거예요, 당신은요."

"나도 내가 그랬길 바라요. 내겐 늘 계획이 있었어요. 이 남자랑 결혼을 하고, 행복해지고, 모든 걸 해내겠다고. 하지만 시간이 지나자 그게 힘들다는 것을 깨달았죠. 그래서 차에 짐을 싣고 이혼을 해야겠다고 생각했어요. 처녀적 이름을 다시 쓰고, 직장을 구하고, 산속에 있는 조그마한 집에서 살고…… 결국 아무것도 실현되진 않았네요."

"음, 그 부분은 내게도 익숙한 소리네요."

"지금 난 에비 드레이크죠, 인생 제3막 중이고요"

"처녀적 이름으로 되돌아가려고요?"

"사실 그럴 수가 없죠."

"아니, 당연히 그럴 수 있어요." 그가 얼굴을 찌푸렸다.

그녀가 눈을 치켜떴다. "내가 남편 성을 안 쓴다고 가정해봐요. 병원 부속 건물에 새겨 넣은 그 위대한 이름을요. 그럼 시어머니가 뭐라고 하실까요? 시부모님께 내가 더는 그 이름을 사용하고 싶지 않다고 말할까요? 그럼 끝이 좋진 않을 거예요."

"누구의 감정도 상하게 하고 싶지 않아서 앞으로 50년 동안 그 이름을 질질 끌고 다니려고요?"

"아마도요? 모르겠네요." 에비가 반사적으로 주머니에 손을 집어넣었다. 주머니 안에서 작은 귀걸이의 촉감이 느껴졌다. "그냥, 첫 번째 날인걸요."

"갑자기 무슨 첫 번째 날요?" 그가 물었다.

"알잖아요," 그녀가 말했다. "뭐든지요."

| 여름 |

[주의]
다시 시작하시겠습니까?

6월 초, 에비는 저녁을 짓는 걸 미루고 1912년 메사추세츠에서 일
어났던 섬유 공장 파업 사건에 관한 에세이를 읽고 있었다. 그때 딘의
트럭이 진입로로 들어오는 소리가 들렸다. 그녀는 책을 펼쳐놓은 채
로 마당에 시선을 고정했지만 사실은 딘이 문에 열쇠를 꽂아 넣는 소
리가 나기를 기다리고 있었다. 그 시간이 어찌나 길던지, 마치 물속에
서 수면으로 올라올 때만큼이나 길게 느껴졌다. 갑자기 아무 소리도
들리지 않아서 그녀는 창가로 가서 밖을 내다보았다. 그가 트럭에 앉
아서 양손으로 운전석을 부여잡고 있었다. 그녀는 오래도록 그 모습
을 지켜보다가 마치 자신이 훔쳐보는 것 같다는 기분이 들어서 그냥
그의 몽상을 깨는 걸 택하고는 문을 열고 밖으로 나섰다. 초여름 공기
는 건조했고 포근함이 감돌았다.

트럭으로 다가가면서 그녀는 무슨 문제가 있는지 궁금해하지 않

으려고 했다. 누가 죽었나, 누가 전화했나, 누굴 만났나, 그가 떠나려고 하는 건가, 그게 뭐든 간에 깨버리면 그만인 것이다. 에비가 차창으로 다가가자 그가 고개를 들어 보고는 반대편으로 오라고 말했다. 조수석 쪽으로 가면서 그의 얼굴을 보았다. 충격으로 굳어 있는 얼굴은 아니었고 마치 단순하게 뭔가를 믿을 수 없다는 그런 표정이었다.

"뭐 해요?" 그녀가 조수석 문을 닫으며 물었다.

"내 친구 단테 이야기한 적 있던가요? 내가 핀볼 게임기를 손에 넣은 걸 엄청나게 질투한?"

"여자친구가 두 사람인 그 친구요?"

"네."

"했어요."

"오늘 학교에서 나오는데 그 친구가 문자를 보냈어요."

그녀가 알기로 단테는 현재 필라델피아 필리스에서 뛰는 선수였다. 아니지, 워싱턴 내셔널스였나? 두 팀은 유니폼이 비슷했다.

"뭐라고 보냈는데요?"

딘이 단조롭게 말했다. "음, 그쪽 투구 코치가 알렉스 러래미란 사람인데 뉴욕 양키스에도 있었던 양반이에요. 단테 말로는 알렉스가 봄 댄스 축제에 내가 등판한 영상을 봤으니 전화해보라더군요." 마침내 그의 시선이 에비를 향했다.

"그리고요?"

그가 앞을 응시했다. 양손이 아직도 운전대를 움켜쥐고 있었다.

"그래서 알렉스 코치에게 전화를 했죠. 나한테 코네티컷에 있는 자기들 연습장으로 왔으면 좋겠다고 하더라고요. 선수라면 누구나 두어 개쯤 부상을 달고 살고 좌절감도 느끼는 법이니까. 그러면서 뭔가를 목표로 갖고 더 나아갈 수 있을지 자기가 확인하고 싶다고 하더군요. 나를."

"그러니까 당신이 공을 던질 수 있는지 보고 싶다는 거군요. 당신한테 기회를 주고 싶다고요. 메이저리그에서요. 메이저리그 야구 선수로서요."

"에비, 그냥 단순하게 봐요. 그는 그저 내가 어떤지 보려는 거예요. 다른 코치를 한 무더기 데리고 와서 상황이 어떤지 보려는 것뿐이에요."

"어떤 상황인지 난 알아요." 그녀가 그의 옆구리를 찔렀다. "바로 당신이 투구를 다시 하게 되는 거죠. 내가 지적하고 싶은 건, 난 늘 이렇게 될 줄 알고 있었다는 점이에요."

"당신은 늘 그렇게 말했죠, 후." 그가 마침내 운전대에서 손을 떼고는 뒤통수를 감쌌다. "빌어먹을, 그런 거에 충격을 받다니 정말 웃기네요."

"믿음을 가져봐요, 나처럼."

그가 한 손을 뻗어서 그녀의 머리칼을 헤치고 목을 감싸 안았다. 그녀에게 살짝 키스를 하고는 몸을 뗐다. "잠깐만요, 차 안에서 당신한테 이렇게 손대선 안 되는데. 열여섯 살짜리도 아니고. 집에서 당신을 만지고 싶어요."

"그래도 돼요." 에비는 차 안에서조차 대범하게 굴려고 하는 손

307

을 간신히 엉덩이에 붙인 채 말했다. "내 방 구경할래요? 멋진 포스터, 노트랑 바인더 같은 게 잔뜩 있는데."

"구경하고 싶어요."

두 사람은 트럭에서 내린 뒤 별실 문 옆에서부터 함께했다. 집 바로 앞에서 그녀가 그에게 다시 한번 키스를 했다. 그곳에 있는 울퉁불퉁한 회색 자갈로는 한때 팀이 테라코타 벽돌 집에 대해 말한 뒤 함께 집을 보러 다니는 프로젝트를 하는 내내 고민하고 생각하다가 마침내 직접 설치한 것이었다. 푹푹 찌는 여름날, 팀은 친구와 함께 이 계단을 만들었다. 자신이 모퉁이를 완벽한 정방형으로 만들 수 없는 초보자이며, 모든 작업을 재차 반복하는 일에 어느덧 익숙해졌다는 사실을 깨달을 때까지 계속 손수 작업을 해나갔다.

현관문을 열면서 에비는 웃음을 터트렸다. 모든 것을 끝내기로 한 그날, 이 현관문으로 짐을 끌고 나왔다. 마룻바닥에는 여행 가방을 끄는 바람에 생긴 바큇자국이 보였다. 아마 팀이 봤다면 '부주의하다'고 한마디 했을 것이다. 주방으로 들어서는 넓은 통로는, 언젠가 팀이 그녀에게 예기치 못한 급박한 키스를 하고 셔츠 속으로 손을 밀어 넣었던 곳이었다. 그녀는 자신도 애쓰고 있다는 걸 보여주려고 팀의 어깨를 손톱이 파고들 정도로 꽉 쥐었다. 주방 테이블은 팀과 함께 아이가 생기면 낳자고 이야기했던 장소였지만 두 사람은 어느 쪽으로든 그 방면으로는 애를 쓰지 않았고, 그 말은 때때로 그녀가 '다음에?' 하고 말하는 게 무슨 의미인지 그가 알게 된 이후로는 끔찍한 거짓말이 되었다. 싱크대로 말할 것 같으면, 장미 꽃다발을 처박았던 적도 있었다. 팀이 그녀의 생일이 한참 지난 후에야 싱싱한 꽃다발을 집으로 배달을 보냈기 때문이다.

그런가 하면 계단에서는 팀이 죽기 2주 전에 에비가 미끄러져서 엉덩이에 멍이 들기도 했다. 누가 밀치지도 않았는데 떨어졌다. 누가 치지도, 때리지도 않았는데. 팀이 소리 지르는 걸 듣는 데 지쳐서, 숨으려고 양말 바람으로 서둘러 내려가느라 그랬다. 그때 그녀는 이 말만 중얼거렸다. 나도 모르겠어.

침실은 문으로 서랍장을 조심조심해서 밀어 넣은 곳이다. 그 서랍은 첫 번째 싸움에 주요한 역할을 했는데, 나중에 그녀가 또 한 번 더 잘못했음을 깨닫게 만들었다. 그녀는 과거의 대화를 잠시 떠올렸다.

"내가 왜 화가 난 줄 알아? 당신이 날 서랍장 쪽으로 밀었잖아."

"내가? 설마."

"당신이 어깨로 밀었잖아, 이렇게. 당신이 날 치는 바람에 서랍장에 부딪혔어. 분명 등에 멍이 들 거야. 내일 보여줄까?"

"당신이 진정될 때까지 방 밖에 나가 있을게. 내 앞으로 걸어 나올 수 있어?"

"아니, 못 걸어."

"에비, 너무 극단적으로 굴지 마. 지금 우리 나가야 해. 우리가 늦으면 부모님이 그 이유를 물어보실 거야."

이 집으로 이사 들어온 지 여섯 달 만의 일이었다. 다음 날 에비의 등에는 진짜로 멍이 생겼는데, 딱 넘어진 그 자리, 넘어져서 서랍장 모서리에 찍힌 그 부분이었다. 에비는 아무에게도 이 사실을 말하지 않았고, 며칠 후 옷을 갈아입는 그녀의 등에 난 멍을 보고 팀은 이렇게 말했다. "아, 어쩌다 그렇게 됐어?" 그가 진정으로 몰라서 그러는 건지 에비는 알 수가 없었다. "얼음 땡 하고 놀다가." 눈치를 채지 못할 수 없을 정도로 비꼬아서 말했는데도 팀은 그냥 고개를 끄덕이고는 휴대전화만 계속 들여다보았다.

그리고 침대에선 섹스를 했다. 그리 자주도 아니었고, 그리 좋지도 않았고, 그리 오랫동안 이어지지도 않았다. 그녀는 가장 친한 친구가 남자라는 사실을 후회하지는 않았지만, 한편으로는 남편과의 섹스가 딱 9분 정도라는 걸 앤디에게는 편하게 하소연할 수 없다는 점이 애석하긴 했다. 그러니까 9시 51분에 섹스를 시작하면 정시에 「권력의 전당」을 볼 수 있었다. 그것도 도입부를 놓치지 않고.

그리고 이제는, 이 집에는 딘이 있다. 키가 크고 어깨가 넓으며 청바지를 입고 맨발로 그녀 옆에 누워서 느긋하게 움직이는 딘이. 그에게서는 늘 갓 깎은 신선한 잔디 냄새가 풍겼다. 그 냄새가 입고 있는 옷에서 나는 건지, 감은 머리에서 나는 건지, 아니면 그가 오랫동안 야구장에서 시간을 보내서 몸에 배인 건지, 그것도 아니면 그냥 상상의 산물인 건지는 알 수 없었다. 그저 늘 바닷가재잡이 어부들에게서 바다 냄새가 나듯이, 실제로 그에게서 풍기는 건지 아닌지 정확히 알 수 없었지만 늘 그런 향기를 맡을 수 있었다. 하지만 그녀는 그 냄새를 충분히 들이마실 수가 없었다. 그건 언젠가 사라질지도 모르니까. 그래서 그녀는 딘의 향기를 오래도록 기억하고 싶어서 그의 턱 아래 움푹 팬 곳이라든가, 옆구리 어느 지점 같은 부분에 집중했다.

그와 함께 옷을 입고 노닥거리는 일도 좋았다. 그게 섹스보다 더 좋진 않았지만 그런 식으로 놀다가 중단하는 건 꽤나 스릴이 있었다. 그건 마치 집을 살금살금 돌아다니다가 침대 위로 무너져 서로를 끌어당기고 천천히 벨트와 단추를 푸는 일과 같았다. 마침내 완전히 무너지면, 그녀는 일어나 앉아서 머리 위로 셔츠를 벗어던졌다. 침실 창으로 들어오는 태양 빛으로 인해 그의 손가락들이 그녀의 살갗 위에 그림자를 드리웠다. 나중에 두 사람이 아래층으로 내려가서 뭔가를 먹어야겠다는 생각을 할 때쯤 그녀는 이렇게 말했다. "짜릿해요. 나도 당신이랑 같이 코네티컷에 가면 안 돼요?"

"아, 안 돼요." 그가 말했다. "그건 일이잖아요. 그 사람들은 날 테스트하려는 거예요. 내게 어떤 상황을 주고는 무슨 일이 일어날지 보려는 거죠."

"그럼 행운의 증표로 내 머리칼을 줄게요."

"돌아왔을 때 당신이 계속 여기에 있다는 사실만으로도 난 안정감을 느낄 거예요." 그가 팔에 그녀를 뉘고 몸을 둥그렇게 말았다.

... *30* ...

딘이 코네티컷으로 떠나기 전의 어느 날 밤, 두 사람은 버번을 조금 마시고는 앤디와 모니카(둘은 6개월 후에도 사이가 건재했다)를 저녁 식사 자리에 초대하기로 결정했다.

에비와 모니카는 이전에 멋진 속옷을 사는 문제로 몇 차례 문자를 주고받은 적이 있었다. 그리고 로즈의 생일날 뭘 사줄지도 의논했고, 누군가가 공들여 쓴 딘이 제니퍼 로페즈와 사랑에 빠지는 팬픽션을 발견하기도 했다(둘은 이것도 나쁘지 않다고 서로 말했다).

딘이 앤디에게 토요일에 함께 저녁을 먹자고 문자를 보냈을 때, 앤디는 자기들도 좋다며 답을 해왔다. 마침내 그날이 다가왔다. 날이 따뜻하고 화창해서, 딘이 2년 동안 잠자고 있던 가스 그릴을 꺼내 뜰에 놓고 청소를 한 뒤 프로판가스 통도 꺼냈다. 에비는 정육점에서 통통한 소시지와 스테이크용 고기를 사고, 농장에서 싱싱하기 그지없

<del>312</del>
312

는 상추를 구입하고는 바구니에 담아 샐러드를 만들 준비를 했다. 야생 홍합(예전보다 찾기 훨씬 힘들어진)의 유혹에 빠져 그것도 한 봉지 샀다. 오후에 그녀는 직접 재료를 준비해 브라우니를 구운 뒤에 식혔고 그동안 딘은 맥주와 와인을 사러 나갔다. 스테이크에는 주로 레드 와인을 마신다고 알고 있었지만 한편으로 여름에는 화이트 와인이 더 나아서 그녀는 그에게 둘 다 사고, 추가로 맥주도 사야 한다고 말했다. 덤으로 보드카도.

딘은 집에 돌아오자마자 뒷마당에서 그릴에 고기를 구울 준비를 했다. 에비가 주머니 속에서 휴대전화가 울려서 꺼내 보니 '발신자 제한'이 표시되어 있었다. 잘못 걸린 전화거나, 광고 전화거나, 어쩌면 이전에 두세 번 받은 바 있는 메인주 공공 토지에 관한 여론 조사 전화일지도 모른다. 그녀는 '거절'을 눌렀다. 하지만 잠시 후 다시 전화가 울렸고 누군가가 음성 메시지를 남긴 것을 확인했다. 그녀는 '청취' 버튼을 눌렀다.

"안녕, 에벌리스!" 이런! "엄마야. 9월에 포틀랜드에 갈 일이 있는데 만날 수 있니? 우리 한참 못 만났잖니, 잘 지내지? 내 친구 포스터가 신문에서 네 이름을 봤다더라. 야구 선수인 친구에 관한 기사에 너의 이야기도 실렸다고 하던데, 정말 멋지구나! 그 소식이 듣고 싶어서 참을 수가 없구나. 안녕, 우리 딸. 전화 다오."

에비는 주머니 속에 휴대전화를 집어넣었다. 완벽했다. 곧장 머리가 아프기 시작했다. 아일린 애슈턴이 포틀랜드에 오려고 한다. 지난 20년간 에비는 대여섯 차례 정도 엄마를 만나려고 했다. 마지막으로 만났을 때는 엄마가 팀을 두 번째로 만난 때였다. 첫 번째 만남은 에비와 팀이 데이트를 하던 10대 시절이었는데, 엄마가 고등학교 졸업 파티에 아무 예고도 없이 불쑥 나타났던 것이다. 두 번째 만남은 두 사람이 결혼한 뒤였다. 팀이 어머니를 봬야 한다고 주장해서 플로리다로 휴가를 갔을 때였다. 에비는 신경이 곤두서고 날카로운 상태였으나 엄마는 즐거워했고 팀은 의무감에 차 있었다. 다만 엄마는 결혼식에 오지 못했고 팀의 장례식에도 참석하지 못했다. 최소한 에비는 두 번 다 소식을 전하긴 했었다. 그녀는 이 일을 나중에 생각하기로 했다. 주방에 둔 블루투스 스피커로 좋아하는 음악들을 설정하고 바깥이 선선해지기 시작해서 창문을 열어두었다.

그때 뒷문 스크린도어가 열렸다. "그릴이 잘 작동하네요. 집을 태우지도 않았고 내가 날아가지도 않았으니 엄청나게 뿌듯한데요. 손이 좀 더러워졌지만 내가 이겼다고요." 그녀가 싱크대에서 상추를 야채 통에 넣고 물기를 빼는 동안 그가 옆에 다가와서 손을 대지 않고 몸만 숙여 어깨에 키스를 했다. 밝은 푸른색의 민소매 드레스 끝자락에.

"술에 진탕 취하는 건 당신이 먼저겠어요." 그가 벌써 표면에 이슬이 맺히기 시작한 화이트 와인 잔을 보고 말했다.

"이런, 난 열심히 일해야 할 때는 분위기가 좋아야 더 잘된다고요." 그녀가 토마토와 오이를 잘라서 그릇에 던져 넣으며 말했다.

초인종이 울렸다. 딘이 손을 닦고 말했다. "내가 열게요, 당신은 그거 마저 해요." 그가 주방 밖으로 나가자 그녀는 손을 뻗어 와인 잔을 집어서 남은 것을 두 모금 만에 다 마셔버렸다.

314

그들이 주방에 들어왔을 때 그녀가 마시던 잔에는 다시 와인이 가득 채워져 있었다. "와줘서 고마워." 그녀의 말에 앤디가 몸을 숙여 포옹을 해왔다. "딘이 그릴에 뭘 좀 구워 먹겠다고 하는데 엄청 기대된다. 마실 것 좀 줄까?"

"응. 모니카는 지금 오는 중이고 애들은 주말 동안 로리랑 보낼 거야. 그래서 난 맥주를 마실 수 있지." 앤디가 대답했다.

"오," 에비가 말했다. "로리가 이번 주에 애들을 데리고 있는 건 몰랐네."

앤디가 한숨을 쉬었다. "응, 나도 몰랐어. 얘기할 게 많아. 저기 보이는 고기 좀 줄래?" 딘과 앤디가 스테이크와 소시지를 들고 주방을 나가자, 에비는 홍합을 찔 냄비를 불에 올려두고 모니카를 위해 와인을 부었다.

그들은 잔을 들고 테이블에 둘러앉아 애들 이야기, 캐서린 부티크의 선물용 속옷에 대한 이야기들을 했다. 너무 웃어서 배가 아플 지경이 되었을 무렵, 딘은 흥이 올랐고 이 말을 해도 그들이 고함을 치지 않을 거라는 확신이 머릿속을 스쳐지나갔다. "두 사람 여기에 뭐 문제 있어?"

테이블엔 가득 찼다고 밖에 말할 수 없을 만큼 음식이 차려졌다. 모니카가 두터운 소보로빵처럼 표면이 오톨도톨하고 가장자리가 바삭바삭하게 그을린 둥근 빵 한 덩어리를 가져왔다. 그녀가 빵을 건넸을 때 여전히 약간 따뜻해서 에비가 눈을 크게 떴다. "직접 만든 거예요?"

모니카가 한 손을 들어서 손가락을 하나씩 꼽아 보였다. "밀가루,

물, 소금, 이스트, 이 네 가지만 넣으면 되는걸요."

빵이 부드러운 갈릭 버터가 담긴 작은 흰색 종지와 찐 홍합이 가득한 커다란 그릇 사이에 놓였다. 홍합이 쩍 하고 입을 벌린 틈으로 짠 내음과 레몬 향이 풍겼다. 알알이 엮인 소시지는 기름으로 번들거렸고 완벽하게 구워진 스테이크는 접시에서 넘칠 만큼 큼직했다. 모두 자리에 앉기 전에 에비는 톡 쏘는 머스터드 발사믹 식초를 샐러드에 부었다. 그 옆에는 어울리지 않는 작은 종지가 놓여 있었다. 네 사람은 먹고 또 먹었다.

"친구들을 위해 건배," 딘이 맥주병을 들어 올렸다. 여러 잔과 병들이 서로 맞부딪었다. 에비는 미리 와인을 즐긴 탓에 벌써부터 이마에 땀이 송송 맺혀 있었다. 날이 점점 어두워져서 창문을 닫고 에어컨을 틀었다.

"이번에 코네티컷에 가는 얘기 좀 해봐," 앤디가 말했다. "뭘 하러 가는 거야?"

"나도 잘 몰라." 딘이 말했다. "난데없이 날 보고 싶다네. 사람들이 내 머릿속에 칩을 심는 것만 빼고 이미 할 수 있는 건 다한 것 같아. 무슨 일이 생길지 누가 알겠어. 몇 사람 앞에서 투구를 할 수도 있고, 아니면 타자를 세워두고 던져보라고 할 수도 있고. 그 사람들이 내 시계를 앞당겨 줄 거야. 봄 축제에선 일어나지 않았던 일이지. 그들이 내가 다시 투구를 잘 던질 수 있는지 보려고 베이스 주변에 시리얼 상자들을 뛰게 한 다음 나한테 공을 던져보라고 할 것 같아."

"긴장되지 않아요?" 모니카가 입을 열다가 에비를 보고 저도 함

316

께 조금 움찔했다. 그가 긴장되는지 '물을' 타이밍이 아니었던 것이다. 그 말은 그냥…… 그를 긴장시킬 뿐이었다.

"당연히 긴장돼요." 딘이 말하고는 맥주병에 붙은 라벨을 뗐다. "어째서 이 빌어먹을 일이 일어났는지 알아내기 위해서 무려 2년이나 보냈어요. 한 이닝을 잘 던진 뒤에 타자들을 다 내보내면 모든 게 다시 시작되겠죠. 나는 그걸 후회하게 될지 어떨지 생각 중이에요."

"후회하지 않을 거예요." 에비가 자기 잔을 응시하며 말했다. "잘 될 거예요."

"와우, 대범한 보증인데." 앤디가 그녀에게 말했다.

"난 대범한 여자니까."

"맞아." 앤디가 중얼거렸다.

"알았어, 둘 다." 딘이 소시지 한 쪽을 더 썰면서 말했다. "모니카는 별 소식 없어요?"

그녀가 자신이 하는 수업과 독서 동호회에서 일어났던 소란을 이야기해주었다. 누구도 책을 읽지 않는다는 걸 마음에 들어 하지 않는 한 회원으로 인해 소란이 일었던 것이다. 가장 최근의 과제 도서는 『무한한 흥미』였는데, 모니카는 사람들이 책은 읽지 않고 동호회를 단순한 사교 모임으로 만들었다고 설명하면서 짜증스럽게 머리를 헤집었다. 누군가가 책에 대해 이야기를 하려고 하면 (그게 완벽하게 정상인데) 오히려 그 사람은 다른 회원들 사이에 끼지 못하고 고루한 규칙을 강요하는 셈이 된다는 것이다. "사람들이 독서 동호회란 진짜 목적을 다 날려버리고 책을 읽지 않는 독서 동호회 아니면 뜨개질 동호회를 만들 것 같아요.”

딘이 고개를 끄덕였다. “뜨개질을 못하는 사람들로 이루어진 뜨개질 동호회 말이죠.”

“딩동댕.” 모니카가 말했다.

“에비도 데려가도 되겠는데.” 앤디가 말했다. “에비가 뭔갈 할 수 있을 거야.”

에비가 앤디에게 눈을 부라렸다. “그 말 무슨 뜻이야?”

“뭔가 목표를 가지고 싶다고 했잖아, 너.” 앤디가 빵에 버터를 듬뿍 바르며 말했다. “전부 어떻게 된 거야? 더 이상 그러고 싶지 않은 거야?” 그리고 세 번째로 맥주병을 따고 병뚜껑을 싱크대에 던져 넣었다. 달가닥, 뚜껑이 떨어지는 소리가 났다.

“그렇게 말한 적 없는데, 나.”

“다시 학교에 다녀보고 싶다고도 했잖아. 아직도 그렇게 생각하고 있어?”

“모르겠어. 시간이 걸리는 일이니까. 활동적인 사교 생활을 이끄는 스승이 되려면 적어도 6개월은 잡아야 할 텐데…….”

“난 네가 스승이 될 수준까지 하라고 한 적 없는데. 그냥 예전에 네가 그렇게 이야기했었는데, 행동에 옮기진 않았다고 말했을 뿐이야. 내가 하루 종일 집 근처나 어슬렁거리고 있으면 너도 나한테 똑같이 말할걸.”

에비는 학교를 다시 다니면 뭐든 잘해낼 수 있을 거라곤 생각하지 않았다. 팀은 늘 그녀의 서툰 점을 찾아냈고, 그의 말은 늘 충격을 안

겼으며, 끝내는 에비가 단호하게 입을 다물게 만들었다. 무엇에 관해서라도 말이다. 자라는 동안 그녀는 친구들이 자신의 조그마한 집이나 지나치게 짧은 청바지를 놀릴 만한 구실을 주지 않으려고 노력했다. 하지만 이렇듯 음식을 가득 차려놓고 술에 취해 말이 술술 나오고 있는 상황에서, 그녀는 얼음과 놀림과 타르트와 디저트가 올바르게 조화되어 있음을 발견하고는 앤디를 똑바로 쳐다보고 말했다. "오, 난 이 집에서 잘하고 있으니 걱정 마셔."

앤디가 눈을 깜빡이며 그녀에게서 딘으로, 다시 모니카에게로 시선을 옮겼다. 모니카는 밝고도 명랑하게 '음, 당신 뭘 바라는 거야? 내가 말해줄까?' 하는 표정을 숨기지 않았다. "음, 그런 말을 들으니 기쁘네." 앤디는 이렇게 대답하고는 다시 스테이크를 먹는 데 열중했다.

"에비, 집이 너무 멋지다는 소리를 그칠 수가 없네요." 모니카가 다시 이야기의 키를 잡고 삐걱대는 타이어를 진창에서 있는 힘껏 끌어냈다. "일전에도 말했는데, 에비네 집 현관 포치가 이 동네에서 제일 예쁜 것 같아요. 물론 다른 부분도 죄다 멋지고요."

"고마워요. 대부분 내가 한 건 아니지만요. 전 남편이 나한테 일언반구도 없이 산 집이라서." 에비의 마음이 요동치기 시작했다. 자리에서 일어나야 할 시간이 되었음을 알려주는 신호였다. "하지만 다 잘되었죠." 그녀가 재빨리 덧붙였다.

앤디가 홍합 껍데기를 테이블에 놓인 큰 그릇에 던져 넣고는 갑자기 본인의 앞에 놓인 접시를 보며 얼굴을 찌푸렸다. "어? 꽃무늬 접시는 어떻게 된 거야? 오늘 한 개도 안 보이네."

"치웠어." 에비가 잽싸게 대꾸하면서 와인을 더 따랐다. "지하실에 갖다놨어." 딘의 탐탁지 않은 눈길이 확실히 느껴졌지만 그녀는 그것을 무시했다.

"그릇이 질려서?"

"응. 그냥 변화를 주고 싶어서. 난 이 그릇들이 좋아, 깔끔하잖아."

"이런, 옛것은 버리고 새것을 취하셨군. 아냐?" 앤디가 말했다.

"뭘 말하고 싶은 건데?"

딘이 자리에서 벌떡 일어났다. "좋아, 술 더 마시자. 내 말은, 밖에 나가서 먹자고. 지금은 별로 안 더운 것 같아. 내가 브라우니를 가져올게요. 열 개쯤은 먹을 수 있을 것 같네."

에비가 이제 막 딴 와인 병을 움켜쥐었다. 자리에서 일어나면서 그녀는 손을 뻗어 테이블 가장자리를 잡고 몸을 추슬렀다. "괜찮아요?" 딘이 조용히 물었다. 그녀는 고개를 끄덕이고 윙크를 건넸다.

이제 바깥은 어두웠고, 네 사람은 촛불을 켜고 철제로 된 야외 테이블에 둘러앉았다. 모니카가 신발을 벗고는 발을 앤디의 무릎에 올렸다. 에비는 와인 잔을 손에 들고, 잔에 촛불이 깜빡거리며 비춰지는 모습을 응시했다. "춥네요." 말소리가 술에 취해 뭉개져 나왔다.

"초에 너무 가까이 다가갔어요. 촛불을 꺼트리고 싶은 거예요?" 딘이 그녀에게서 초를 떨어뜨렸다. "그리고 콧김도 불지 마요. 불꽃이 튀어서 불날라."

"고등학교 때, 보드카에 라이터로 불 붙였던 자식 기억나?" 앤디가 말했다. "누가 그러던데, 그 자식이 집에서 그러다가 공구 창고 바닥을 다 태워 먹었다고." 그가 술을 한 모금 들이켰다. "미친 자식."

"우리 집에도 보드카 있어." 에비가 말했다. "나도 보드카에 불붙일 수 있는데."

"아니, 고맙지만 됐어." 앤디가 큰 소리로 낄낄댔다. "넌 불을 지르고 다니는 부류가 아니지." 그가 맥주병으로 에비를 가리켰다. "하지만 지금은 그런 부류가 되었을 수도 있지만, 뭐, 그럼 내가 엄청난 착오를 일으킨 거겠군. 접시도 그렇고, 전부 다."

"음, 그래. 네가 나한테 더 이상 말을 하지 않게 되면, 그때 네가 아는 게 얼마나 없는지 깨닫고 웃게 될걸."

"내가 너한테 말을 하지 않게 될 일은 없어. 요즘 주말 브런치를 못 하고 있는 건 내가 바빴고 너도 바빠서야."

"바빠?" 에벌리스가 와인 잔을 쓰러뜨릴 뻔했다. "넌 안 바빠, 그냥 날 쳐 낸 거지."

앤디가 이맛살을 찌푸렸다. "난 네가 날 먼저 쳐 냈다고 생각하는데, 언제 그랬는지 내가 미처 못 알아챈 것뿐이지."

에비가 입이 생각대로 움직이지 않는 듯 입술을 뻐끔거렸다. "세상에, 대체 뭐 때문에 그래? 그래, 접시 얘기 안 한 건 미안하다. 내 엿 같은 인생 하나하나에 왜 그렇게 집착하는 건데?"

앤디가 맥주병을 손에 든 채로 몸을 숙이는 바람에 병이 우아하지 못하게 탕 소리를 내며 테이블에 부딪혔다. "대체 무슨 얘길 하는 거야? 내가 집착한다고?"

"넌 내가 하는 일은 뭐든 간에 죄다 찔러보려고 해. 내가 결혼 생활에 대해서 다 말해주지 않았다고 지금 화가 나 있잖아. 그리고 내가 어떤 접시를 사용하는지도 신경 쓰고. 마치 우리 아빠가 학교 생활을 물어보는 듯 굴면서 딘도 돕지 말라고 해. 나는 그렇게 하지 않을 거야. 네 문제가 뭔지 알고 싶지도 않고."

"넌 지금 이해를 못 하고 있구나. 와인이나 더 마실래?"

"넌 내가 아무도 안 만났으면 좋겠지? 너한테 말없이 뭔가를 하는 게 기분 나쁜 이유가 그거 때문 아냐? 아님 그게 너가 아니라서 화가 난 건가?"

지금까지 지켜보면서 이 모든 사태가 생일 촛불처럼 아무 해 없이 꺼져버리길 기대하고 있던 딘이 술 취한 팀원들의 입씨름을 말릴 때 하듯이 그녀를 향해 몸을 숙였다. "어이."

"아니," 그녀가 말했다. "난 진지해요. 앤디는 오늘 내내 나를 건드리고 있어요. 당신이 여기로 이사 온 순간, 자기는 다시 데이트를 시작했으면서 말이죠. 이게 네 문제야, 앤드루? 네가 왜 질투심에 휩싸인 남자친구처럼 구는지 나한테 말해주고 싶어서 그래? 모니카에게 그 일을 설명해주고 싶은 거야?" 그녀가 아직도 앤디의 무릎 위에 다리를 뻗고 있는 모니카를 고갯짓으로 가리켰다.

말 한 마디 한 마디마다 맥주 냄새를 폴폴 풍기는 앤디가 동작을 멈췄다. 그가 할 수 있는 말은 이것뿐이었다. "뭐?"

딘이 에비의 귓가에 대고 말했다. "내 말 들어요, 좀 들어. 당신 너무 많이 마셨어요. 내 말 믿죠? 믿어요. 당신이 하려던 말은 이게 아닐 거예요. 지금 좀 흥분했어요. 너무 많이 마셨어요. 아침이면 이 불행한 상황은 지나가 있을 거예요. 이제 내 말 듣고 집 안으로 같이 들어갑시다. 그리고 잡시다."

그녀는 대답하지 않고 앤디를 계속 쳐다보았다. 모니카 역시 앤디의 귀에 대고 같은 말을 속삭이고 있는 듯 보였다.

"우리도 이제 일어나요." 모니카가 말했다. "긴 밤이었네요. 나 내일 할 일이 엄청 많거든요." 누구를 감싸야 할지 모를 이 상황에서 이 예의 바른 말이 누구를 향한 것인지 정확하게 구분하긴 어려웠다. 모니카가 팔로 앤디를 일으켜 세웠다. "가요, 갑시다. 우리 갈게요."

앤디가 자리에서 일어나면서 에벌리스를 향해 몸을 홱 돌리고 한 손가락을 치켜들었다. "너 미쳤어."

딘이 일어나서 초등학교 때부터 알고 지낸 친구를 바라보며 한 손을 들어 저지했다. "이런, 둘 다 취했어. 됐어. 집에 가. 그리고 내일 넌 나랑 이야기 좀 하자."

하지만 모니카가 그의 팔을 받치고 있는 데다 딘이 테이블 반대편에 서 있어서 앤디는 움직이기가 수월하지 않았다. 그는 그 자리에 계속 서서 에벌리스를 내려다보았다. 에비는 이제 누구와도 눈을 맞추려고 하지 않았다. 앤디가 말했다. "네가 할 일을 찾아서 다행이야. 또다시 일도 걷어치우고 한밤중에 떠나고 싶거들랑 이번엔 부디 알려주길 바라. 내가 너희 집 정원에 물을 줘야 하니까."

"꺼져." 에비가 마침내 그를 바라보며 말했다.

"진짜 미쳤군." 그가 다시 한번 중얼거리면서 의자를 한옆으로 치우고는 모니카의 뒤를 따라 옆뜰에 세워놓은 차로 향했다.

에비는 한 손으로 이마를 짚고 앉아 있었다. 딘이 촛불을 후 불어 끄고는 그녀 옆으로 고개를 숙였다. "모니카한테 작별 인사를 하고 올게요. 알았죠?" 그녀가 그러라고 중얼중얼거렸다.

딘이 다가가자 모니카가 앤디를 조수석으로 끌어올리고 몸을 쭉 뻗어서 숙인 채 안전벨트까지 채우고 있었다.

"모니카." 딘이 그녀를 불렀다. "괜찮아요?"

그녀가 조수석 문을 닫고는 운전석으로 돌아갔다. "엄청 재밌진 않네요."

"에비가 그런 뜻으로 말한 건 아닐 거예요." 그가 말했다. "오늘 일은 그녀가 생각할 수 있는 가장 큰 폭탄이죠, 뭐."

"알아요." 모니카가 대꾸하고는 문을 열었다. "에비에게 물 좀 먹이고 몸을 옆으로 눕혀 재워요." 그리고 어깨를 으쓱했다. "나 약학과 전공이거든요."

그가 고개를 끄덕였다. 앞 좌석에 앉은 앤디가 집으로 가자고 고함을 쳤고, 딘은 모니카의 어깨를 두드려주었다. 그녀가 미소를 지어 보이자 그는 다시 뒤뜰로 돌아왔다. 에비가 테이블에 머리를 박고 있었다. 잠이 들었는지, 아니면 울고 있는 건지, 뭘 하고 있든지 간에, 그 사이 딘은 술병과 잔을 안으로 날랐다. 그다음 그녀를 부드럽게 일으켜 세우고 무거운 철제 의자를 치웠다. 의자가 돌에 부딪어 커다란 쇳소리가 났다.

"자, 들어갑시다, 내가 부축해줄 테니." 몇 걸음 떼고 나서 에비를 부축해서 걸어가는 게 합당치 않음을 깨달은 그는 그녀를 안아 들고

뒷걸음질하며 집 안으로 들어갔다. 주방을 지나서 위층 계단을 올라 침실로 들어갔다. 그리고 그녀에게 물을 가져다주었다. "에비, 좀 마셔 봐요, 응? 에비? 좀 마시고 자요."

딘이 에비의 드레스와 신발을 벗기고 살살 달래가며 티셔츠를 입혔다. 욕실에서 플라스틱 쓰레기통을 가져와 침대 옆에 놓았다. "속이 안 좋으면 여기다 게워내요. 알았죠?" 그러자 그녀가 "응, 응" 하고 뭔지 모를 소리를 중얼거렸지만 이것이 본인이 할 수 있는 최선이었다고 생각하면서 그녀에게 이불을 덮어주고 몸을 모로 돌리는 것도 잊지 않았다.

딘은 속옷까지 벗고는 옷을 잘 개켜서 벽장 옆에 놓인 의자에 올려두고 그녀 옆으로 기어들어갔다. 아래층 주방의 난장판들은 내일까지 좀 기다려야 할 것이다. 음식은 썩을 것이고, 와인은 김이 빠질 것이고, 접시에 묻은 온갖 음식물은 말라붙고, 여기저기서 마늘 냄새가 나고, 남은 술도 마를 것이다. 에비가 반길 일은 아무것도 없을 것이다. 그녀가 내일 일어나면 아마 딘이 지금 생각하고 있는 대로 느낄 것이다.

딘은 침대 옆 스탠드를 끄고 베개의 높이를 조절했다. 그녀의 목소리가 들렸다. 아직도 웅얼웅얼하는 소리였지만 쉬이 알아들을 수 있었다. 그녀가 게으르고 느리게, 씨익 웃고는 이렇게 말했다. "난 절대 행복해지려고 애쓰지 않을 거야."

다음 날, 눈을 뜨자 에비의 귀에 딘이 아래층 주방에서 청소하는 소리가 들려왔다. 전날 밤 일이 재구성되기까지 딱 1분이면 족했다.

멋진 저녁 식사를 나누고, 우정 어린 대화를 나누고, 다 같이 밖으로 나가고…… 그리고, 그리고, 그리고……. 기억하지 못했으면, 하고 바라는 일이 떠올랐다. 하지만 그 일부만 떠올랐다. 앤디의 충격받은 표정이 기억났다. 마치 그녀가 눈을 한 방 친 것 같은 표정이었다. 자신이 "꺼져"라고 말한 것도 생각났다.

잠에서 깨고 5분 정도가 지났을 때, 그녀는 입안이 바싹 말랐고 조금만 움직여도 머리가 빙빙 돌았다. 앤디가 자신을 가리키며 "너 미쳤구나" 하고 말한 것도 기억이 났다. 하지만 어째서 그 말이 나왔는지 원인은 떠오르지 않았다. 자신이 앤디에게 날 남몰래 사랑하고 있었지, 하고 중얼댄 것은 확실히 기억났다. 그것도 그의 여자친구 앞에서. 기억 속에서 전체 영상을 다 돌릴 순 없었지만 장면 몇 개, 소리 몇 마디는 찾아낼 수 있었다.

에비는 최대한 느릿느릿 침대에서 일어나 앉았다. 안정을 되찾고자, 그리고 배가 이따금 뒤틀리는 데 대한 조치로 그렇게 잠시 있었다. 지금 걸친 옷이 팀의 셔츠인 줄도 모르는 딘이 그녀에게 입혔다는 것을 깨닫고는, (특별했던 지난 저녁의 일을 덮기에 완벽한 소재였다) 욕실에 들어가 셔츠를 벗어던지고 칫솔과 치약을 한 손에 들고 샤워기 앞으로 갔다. 뜨거운 물을 맞으면서 그녀는 이를 닦고, 컵에 칫솔을 꽂고, 그 자리에 가만히 서 있었다. 좋은 게 아무것도 기억나지 않았다. 그저 지금과는 다른 기분을 느끼고 싶었다.

울음이 터져 나오기 시작했다. 유일하게 긍정적인 건, 샤워를 하면서 울면 세상의 모든 논리가 제거된다는 점이었다. 울음은 그냥 다루어야 하는 일이다. 눈물은 혼돈을 불러일으키고, 얼굴을 붓게 하고, 티슈 더미를 쌓으면서 변명을 생각해내게 만들지만 결국 그것은 상처를 물로 바꾸어준다. 그리고 물은 흘러가서 사라져버리는 법이다.

··· *31* ···

4일 후에 딘은 더플백을 트럭에 싣고 다시 거실로 들어왔다. 에비가 소파에 몸을 둥그렇게 말고 태블릿으로《뉴욕타임스》를 휙휙 넘겨보고 있었다. "나 이제 나가요."

그녀가 그에게로 다가가 팔을 허리에 둘렀다. "도착하면 문자 보내요."

"그럴게요. 말했듯이 월요일 저녁에 돌아올 것 같아요. 그 사람들이 날 정신없이 바쁘게 할 것 같으니 2, 3일 동안 소식을 전해주지 못해도 걱정하지 말아요."

"그 사람들한테 당신이 보여줄 거나 생각해요. 내 걱정은 하지 말고요."

그가 그녀를 내려다보고는 살짝 주저하다가 말을 꺼냈다. "난 아직도 당신이 앤디에게 전화를 해야 한다고 생각해요."

그녀가 그의 허리춤에 놓은 손을 떨구었다. 하지만 여전히 그 자리에 서서 끙 하고 신음했다. "알아요."

"누군가가 전화를 먼저 집어야겠군요."

"그게 그 친구일 수도 있고."

"그게 당신일 수도 있지요."

그녀가 한숨을 쉬었다. "난 당신에게 말했어요. 당신이 자청해서 앤디에게 전화를 걸 수도 있다고요. 점심을 먹고 콘솔 게임이든 뭐든 할게요. 약속해요. 난 전혀 신경 안 쓸 거예요. 아직 그럴 준비가 안 됐어요."

"좋아요, 당신한테 달렸어요. 어느 쪽이든. 난 이제 나가봐야 하고 곧 당신한테 연락을 줄게요." 그가 그녀에게 키스를 하고 속삭였다. "하지만 앤디한테 전화는 해요."

그녀가 미소를 짓고는 눈을 이리저리 굴렸다. "잘 가요." 그녀의 말에 그가 몸을 돌려 집을 나섰다.

에비는 소파에 다리를 걸치고 아이스티를 홀짝이며 읽던 것을 마저 읽었다. 거실 창밖에서 새 두 마리가 지저귀는 소리가 꼭 논쟁을 벌이는 듯 들렸다. 한 마리는 소중한 솜털을 가져오고, 다른 한 마리는 다른 것을 가져왔다고, 그녀는 상상했다. 꽥꽥거리는 그들의 대화가 집 안에 그녀의 웃음소리를 퍼지게 만들었다. "당신은 죄다 가졌어. 플로렌스! 나뭇가지도, 지푸라기도 가졌어⋯⋯." "꺼져, 모리스, 내가 벌써 헨리가 그 지푸라기를 가져갔다고 말했잖아!"

그녀는 딘의 별실로 어슬렁거리며 들어갔다. 지금부터 한 달 동안 문을 닫고 잠시 잠을 잘 수 있을 만한 곳으로. 침대에 누웠다. 그가 매일 정돈하는 침대였다. 그건 어린 시절에 어머니가 들여준 습관으로, 하루도 빼먹지 않고 한다고 말했다. 전지훈련을 갔을 때도, 고급 호텔에 묵을 때도, 열의에 찬 매니저나 거들먹거리는 기자들이 호기심에 찬 시선을 던져도, 그는 청소부가 들어오기 전에 늘 직접 침대를 정돈한다고 했다.

에비는 바닥으로 내려와서 위층에서 잘 때와는 반대 방향으로 몸을 돌리고 잠을 청했다. 침대 옆에는 물컵을 가져다 두고, 테이블 모서리에서 대롱거리는 전선에 충전기를 연결하고 휴대전화를 꽂아두었다. 딘의 자리에는 그가 읽던 린든 존슨에 관한 책이 커피숍 영수증과 함께 놓여 있었다. 최근 그녀는 딘이 잠에 들기까지 오랜 시간이 걸린다는 사실을 알게 되었는데, 집이 아닌 곳에서 잘 때는 더 자주 깬다는 것을 알게 되었다. 또한 아침에는 두 사람 모두에게서 살인적인 입냄새가 난다는 것도 깨달았다. 그래서 그녀는 이따금 먼저 일어나 깡통에서 민트 두어 개를 집어먹기도 했으나 가끔은 먹지 않기도 했다. 그는 날이 선선하면 부드러운 플란넬 파자마를 입고 잤으며 더울 때면 트렁크 팬티 차림을 했다. 밤에 잘 때 그녀는 그보다 조금 더 더위를 타는 편이어서 시트 아래로 맨다리를 빼내곤 했다. 그는 이따금 긴팔 셔츠도 입고 잤다.

침대 위에 누워 있다가 그녀는 서랍장 위에서 뭔가를 발견했다. 캘카셋고등학교의 지역 예선 준우승 트로피였다. 평판에 플라스틱과 접착제로 만든 싸구려로, 거기 붙어 있는 야구 선수 모형이 곧 떨어질 듯 간당간당했는데 '캘카셋고등학교, 준우승, 제2 코치'라는 글자가 새겨져 있었다. 바로 오른쪽 옆에는 그가 월드 시리즈에서 받은 반지 가 놓여 있었다. 처음 월드 시리즈에 출전했을 때 받은 것이리라. 지금 그는 길을 떠났고, 그녀의 마음은 이제 월드 시리즈 반지가 하나 더 생길 거라고 속살거렸다.

바닥에 누워서 천장을 응시했다. 앤디에게 전화를 걸 수도 있다. 비록 그가 지금까지 전화를 받지 않고 있지만 말이다. 그런데 전화를 건다 해도 뭐라고 말할 것인가? 차 문에 그의 손을 찍어 버렸을 때처 럼 그냥 미안하다고만 할 순 없을 것이다. 미안함이 커져가는 만큼이 나 머릿속에서 "너 미쳤구나"라는 그의 말이 떨쳐지지가 않았고, 더 나아가 자리를 뜨려고 하는 그녀의 얼굴에 대고 앤디가 그 말을 던졌 다는 사실까지 떠올랐다. 전화나 문자를 해볼까, 아님 집으로 찾아가 볼까 등을 생각할 때마다 앤디의 말이 떠올랐고 몸이 굳었다. 그날 저 녁 식사가 끝나고 이틀 뒤에 모니카가 한 번 문자를 보내긴 했다.

– 괜찮아요?

– 네, 괜찮아요. 문자 보내줘서 고마워요.

그녀는 미소 짓는 이모티콘까지 붙여서 답장했다. 그건 모니카가 아침에 할 일이 많다면서 앤디를 데리고 나가던 것만큼이나 이상한 행동이었다. 에비는 누가 이런 상황에서 미소 짓는 이모티콘을 보낼

까 싶었다. 그걸 받고 정말 괜찮다고 생각할 사람이 있을지도. 그저 의례적인 일처럼 보였다.

에비는 이 사실을 인정하는 게 끔찍했다. 문득 딘의 첫 번째 공이 마르코의 미트 속으로 꽂히던 그 순간이 떠올랐다. 그녀가 군중들 사이에서 느낀 감정은 놀라움과 안도감이었다. 그건 희망을 뜻했다. 그리고 그녀에게도 마찬가지였다. 자신이 무엇도 할 수 없다고 느껴질 때, 뭔가를 더 잘해낼 수 있다는 가능성을 품게 되는 것 말이다. 마침내 무언가를 소생시킬 수 있다는 그런 가능성. 이것이 사람들이 레드삭스와 시카고 컵스가 우승할 때까지 응원하는 이유였다. 그리고 스피드 스케이팅 선수인 댄 제이슨이 여동생의 죽음을 알고 나서 캘거리 올림픽에서 쓰러졌을 때 경기를 보지 않는 사람마저 그를 응원한 이유였다. 6년 뒤 댄이 우승할 때까지 사람들은 그를 응원했다. 그건 '희망'을 믿고 싶기 때문이다.

지금 에비는 머릿속으로 딘의 모습을 그릴 수 있었다. 코치들과의 이번 만남이 그녀가 상상했던 대로 이루어지리라는 걸 상상할 수 있었다. 그가 초청받은 호텔로 어떻게 들어갈지, 그러니까 어깨를 문지르면서 들어가리라는 것도 알고 있었다. 그는 그녀 생각을 할까? 아마 할 것이다. 그녀는 눈을 감고 최선을 다해 '할 수 있어'를 되뇌이며 집중했다. 실은 이는 에비가 전혀 믿지 않는 류의 짓이었다. 바로 이게 자신이 압박받고 있다는 걸 인정하는 행동이기 때문이다. 하지만 그 기분은 괜찮았다. 자기 감정을 한데 모아서 제대로 사용할 수 있도록 놓고, 멋지게 포장할 수 있겠다는 생각이 든 것이다. 물론 텔레파시 같은 건 믿지 않지만. 그렇다. 생일 카드 안의 '행복하길 바라'라는 문구에 좋은 마음에서 우러난 생각 말고 또 뭐가 있겠는가? 긍정적으로 생각해야 한다.

그녀는 우르릉대는 배의 소리를 무시하고 조용하게 숨을 들이마셨다 내쉬었다. 방은 이곳에 사는 누군가와는 무척이나 다른 느낌을 주었다. 침대 곁에는 그의 책이 있고, 문 옆에는 그의 신발이 놓여 있으며, 그가 주방 조리대나 믹서 옆에 조로록 놓아둔, 그녀가 '헐크 스무디'라고 부르는 것을 만들 때 사용하는 각종 영양제 통도 있다. 문득 여기에서 그가 차지하고 있는 자리보다 그녀의 커다란 주방에 놓인 조리대 위 공간이 더 넓다는 생각이 들었다. 그는 이곳에 머무는 동안에는 저 스무디 재료들을 에비의 주방에 옮겨다 놓을 수도 있을 것이다. 또한 텔레비전이 놓인 거실에도 그의 엑스박스를 설치할 공간이 있을 터였다. 어쩌면 별실의 한 부분을 드레스룸으로 만들 수 있을지도 모른다. 여기 있는 소파를 옮긴다면 핀볼 게임기를 거실로 내올 수도 있을 것이다.

물론 그가 다시 투구를 하게 된다면 집 밖에 나가 있는 시간이 많아질 거라고 그녀는 생각했다. 딘은 내내 떠나 있을 것이다. 전국 방방곡곡을, 한 해의 대부분을. 그가 이곳에서 계속 살려고 할까? 만약 그렇게 하고 싶어 한다면? 다른 선수들은 팀원들과 함께 다니나? 아내를 동행하나? ……. 아니, 지금 그녀는 '무엇'일까? 관중석에 그녀가 있음을 그가 알았던 봄 축제에서처럼, 앞으로도 그녀와 함께해야 그가 투구를 잘 던질 수 있다면 어떨까? 결국 둘이 이야기를 나누어야 한다. 정해야 한다. 그가 떠날 건지 혹은 떠나지 않을 건지를.

딘이 떠나 있는 동안 에비는 예상대로 연락을 많이 받지 못했다. 이미 경고한 일이었다. 그가 떠난 첫날 그녀는 빨간 하트를 붙여 '행운을!'이라고 문자를 보냈고, 그는 '고마워요, 미네소타 아가씨. 내가 없는 동안 내 물건들 따뜻하게 해줘요' 하고 답장했다. 그녀는 이 문자를 보고 얼굴에 홍조를 띠고 웃음을 터트렸지만 나름 진지한 요청으로 받아들이고는 내내 별실에 있는 그의 침대에서 잠을 청했다.

그 문자 이후로 아무 소식이 없다가 월요일 오전이 되어서야 그에게서 문자가 왔다.

  – 오늘 밤 6시 정도에 도착할 거예요. 이야기할 게 많아요. 조
    금 있다가 봐요.

그날은 제법 더웠고 시간이 잘 가지 않았다. 에비는 식료품점과 빵집을 들렀으며 조그마한 동네 상점에 가서 흰색과 붉은색 에메랄드로 된 야구공 장식이 달랑거리는 목걸이를 샀다. 지금이 몇 시인지, 그가 문자를 보내지는 않았는지 계속 휴대전화를 확인했다. 그가 떠난 지는 3일밖에 되지 않았지만 그녀는 딘의 등, 허리를 끌어안고, 키스하고, 그를 별실로 이끌어 7초 만에 옷을 반쯤 벗길 수 있을지 궁금한 마음으로 가득차서 아무것도 할 수 없었다.

6시가 지났다. 그녀는 주방을 어슬렁거리다 앉았다 일어나곤 했다. 그리고 거실로 가서 다시 앉았다가 일어나기를 반복했고 주방으

로 돌아와서 물 한 잔을 따랐다. 그다음엔 욕실로 가서 머리를 빗은 뒤 주방 테이블로 다시 돌아와 앉았다.

6시 20분이 되자 트럭이 서는 소리가 들렸다. 그녀는 입구로 달려갈지, 문을 열어줄지, 아니면 그냥 서 있을지 생각하다가 그냥 그 자리에 앉아 있었다. 마침내 문이 열렸고 한 손에 열쇠를 들고 어깨에는 더플백을 맨 그가 나타났다. "잘 있었어요?" 그가 물으면서 테이블에 열쇠 꾸러미를 내려놓았다.

"왔어요?" 그에게로 다가가 꽉 끌어안았다. "당신이 와서 좋아요." 몸을 쭉 펴서 그에게 키스했다.

"나도요." 그가 그녀의 이마에 키스를 되돌려주었다. "나 안 보고 싶었어요?"

"엄청 보고 싶진 않던데요. 잘 모르겠어요. 대부분 그냥 집에 있었어요. 덥더라고요. 하루는 켈 아줌마랑 점심을 먹었고요." 에비는 속으로 생각했다. 왜 우린 이딴 대화나 하고 있는 거지? 이 사람은 왜 아무 말도 안 하는 거야? 그녀는 궁금했다. "거긴 어땠어요?"

두 사람은 서로에게서 몸을 뗐다. 그가 재킷을 벗어서 문에 달린 고리에 걸었고 그녀에게로 몸을 돌리고는 팔짱을 꼈다. 딘이 고개를 저었다. "관중석으로 공을 던졌어요."

에비의 가슴속에서 무언가가 느껴졌다. "무슨 뜻이에요?" 그녀가 한 손을 들어 보였다. "앉아서 말해봐요. 마실 것 좀 가져다줄게요." 냉장고로 가서 그를 위해 맥주 한 병을 꺼내왔다.

"관중석으로 공을 던졌다고요. 폭 2미터, 높이 1미터짜리 스탠드

335

위로 공을 던져버렸어요. 그게 금요일이었죠. 그래서 토요일에 다시 던져봤는데 그땐 타석에 서 있던 가엾은 애를 맞춰버렸어요. 빌어먹을 팔꿈치에 정확하게요. 의료진이 왔고, 아니, 의료진이 하나 더 왔고, 난 그 사람이랑 어제 한동안 이야기를 했어요. 오후 무렵에 그게 만회할 수 있는 기회라는 둥의 말을 했는데, 그러니까 그냥 기회일 뿐이라는 뜻이었죠." 그가 맥주를 한 모금 마시고는 어깨를 으쓱했다. "미안해요."

"왜 사과를 해요?" 그녀가 말했다.

그가 촛불을 끌 때처럼 한숨을 길게 쉬었다. "모르겠어요. 왜 이번 일이 저번과 다르게 느껴지는지 모르겠어요. 우리가 그동안 했던 빌어먹을 연습이랑 똑같은데 말이죠. 두 번 던졌는데 둘 다 내가 바라는 곳으로 공이 가지 않았죠. 그 사람이 이러더군요. '폼은 좋아 보여, 좋아 보여, 침착하게 해.' 하지만 난 알았어요."

"당신 생각에는 어떻게 될 것 같은데요?"

그가 테이블을 내려다보았다. "내가 여기로 오기 2년 전에 벌어졌던 그런 일이 일어나겠죠. 무슨 일이 일어날지 짐작조차 하지 못하겠다는 뜻이에요." 그는 이 말조차 나긋나긋하게 했다. 그녀에게 "세탁을 잘못해서 그래요"라고 일상적인 이야기를 할 때처럼 말이다.

"의료진이 나한테 이것저것 물어보고, 이거저거 시켜봤죠. 난 다 통과했고요. MRI도 몇 차례 찍고, 내 팔꿈치랑 어깨가 안에서부터 무슨 문제가 있는 건 아닌지 알아보려고 다른 검사도 했는데 모두 이상 없었어요."

"팔에서 힘이 빠지거나 하진 않았어요?"

그가 미소 지었다. "없었어요. 중간쯤 무너지긴 했지만."

"'훨씬' 나쁘네요."

"음, 난 아무 문제도 없었어요. 아직도 빌어먹을 정신적 문제가 있나 봐요. 그러니까 아무것도 변하지 않은 셈이죠. 2년이라는 시간은 분명히 내가 모든 것에 넌더리가 날 만한, 대부분의 것에 대해 대여섯 번쯤 잊어버릴 만한 긴 시간인데. 이제 내 몸뚱아리에 대해 당황하는 것도 그만둘 때가 되었는데."

"잠깐만요, 당신 그만둘 거예요?"

그가 천천히 고개를 들었다. "네, 완전히, 다 끝났어요."

"하지만 한 달 전에 당신은 투구를 했잖아요."

"그리고 한 무더기의 사람들이 어제 내가 관중석으로 공을 던지는 꼴을 봤죠."

그녀가 고개를 저었다. "미안해요. 내가 같이 갔어야 했는데."

그가 고개를 젓고 어깨를 축 늘어뜨렸다. 좌절의 몸짓이었다. "뭘 위해서요?"

"모르겠어요. 내가 당신이랑 같이 있었으면, 하는 생각을 한 것뿐이에요."

"당신이 좋은 장면을 놓치긴 했죠."

"좋은 장면은 아니었겠죠. 봄 축제 때 당신이 나한테 플레이트 뒤에 있으라고 했던 거 기억나요? 내가 거기 있으면 보이진 않아도 도움이 될 것 같다고 했었잖아요. 난 지금도 그렇게 하면 될 것 같은 기분이 들어요. 우리가 일이 제대로 돌아가는 법칙을 안 따른 거라고요. 같은 방식으로 했어야 했는데, 아직 그게 효과가 있을지도 모르는데, 우리가 그때처럼 해야 하는 거라면……"

"그만해요." 딘이 고개를 절레절레 저었다. "그만, 괜찮아요."

"난 돕고 싶어서 그래요."

"알아요, 나도. 하지만 들어봐요. 내 말을 들어요. 난 긴 주말을 보내면서 아주 많이 지쳤어요. 당신이 날 도우려는 것도 알아요. 그냥 이게 어떤 일인지 말하고 있는 것뿐이에요." 그때 그의 피부가 강렬한 햇빛으로 인해 약간 그을려진 상태라는 걸 그녀는 알아차렸다. 딘이 좀 늙어 보였다.

"난 그냥…… 그냥 놀라서 그래요."

"에비, 내가 뉴욕에 있을 때 완전히 돌아버릴 때까지 모든 짓을 다 해 봤어요. 사람들이 해보라고 한 건 죄다 해봤어요, '죄다'요. 당신이 뭘 기대하는 건지 모르겠군요. 내가 뭘 기대하는 건지도." 그가 조리대에 몸을 기댔다. "당신은 우리가 같이 잤으니까, 내가 다시 공을 던질 수 있을 거라고 생각하는 거예요?"

이 질문에 썩은 이를 꽉 문 것처럼 즉시 신경이 곤두섰다. "그렇게 생각하는 건 아니에요." 하지만 속으로 이렇게 속삭였다. 이런, 넌 그랬어, 그랬어, 그랬다고.

"끝났어요." 그가 말했다. "끝났다고요. 다 끝났어." 그가 맥주를 마시고 고개를 절레절레 저었다. "당신이 그 빌어먹을 짓을 강요하지 않았으면 좋겠군요."

에비의 몸이 움찔했다. "난 도우려는 거예요. 당신이 다시 공을 던지고 싶어 하는 줄 알았어요."

"음, 던지고 싶지 않아요." 그가 말했다. "던질 수도 없고요. 그냥 놔둬요. 난 이미 시작된 이 끝내주는 진짜 인생을 받아들일 때가 되었어요."

그녀가 주방을 둘러보았다. "내가 잘못 생각했어요. 사과할게요."

"괜찮아요. 내가 더 잘 알았어야 했어요." 그가 한 손으로 머리를 헤집었다. "배고파요." 딘이 이렇게 말하면서 냉장고를 열었고 숨결 사이로 욕이 튀어나왔다. 무슨 일이 일어났는지 에비가 깨달은 그 순간, 그는 차가워진 샴페인 병을 꺼내 그녀 앞에 내려놓았다. 테이블이 덜걱댈 만큼 묵직했다. "이걸로 이제 그만하죠."

그가 별실로 사라졌다. 그녀는 샴페인 상표를 깨지락거리며 한쪽을 뜯어내다가 병을 테이블 위에 내려놓고 위층으로 올라갔다. 다 끝났다는 딘의 말이 귓가에 맴돌았다.

그날 밤, 어둠이 내린 뒤에 에비는 부드러운 면 트레이닝복 반바지에 회색 티셔츠를 꿈지럭대며 입고는 침실 등을 껐다. 아래층으로 내려가서 발길을 멈추고 샴페인 병을 높은 찬장 뒤쪽에 숨겨두고는 별실로 향했다. 문은 반쯤 열려 있었다. 안을 살짝 들여다보았다. 딘이 침대에 누워 귀에 이어폰을 끼고 아이패드를 보고 있었다. 전등은 모두 꺼지고 침대 옆 스탠드만 켜져 있었다. 그녀는 그대로 서 있었다. 마침내 그가 시선을 돌리고 미소를 지으며 하얀색 이어폰 한 쪽을 빼고 그녀에게로 팔을 뻗었다. 에비는 방을 가로질러 들어갔다. 맨발에 카펫의 촉감이 느껴졌다. 딘이 시트와 면 담요를 들어서 그녀가 옆으로 들어올 자리를 마련해주었다. 그녀는 그의 옆으로 파고들었다.

그는 「인디애나 존스」를 보고 있었다. 그녀도 이어폰 한쪽을 나눠 꼈다. 딘이 베개를 고쳐 뱄고, 그 바람에 그녀는 그의 어깨에 머리를 묻게 되었다. "미안해요." 그가 그녀의 귀에 대고 말했다. "미안해요, 미안해요."

그녀가 몸을 살짝 돌리자 그의 턱선이, 눈썹 위의 흉터가 눈에 들어왔다. "나도 미안해요."

"힘든 여행이었어요. 그렇다고 당신한테 그렇게 화풀이할 생각은 아니었는데."

"아니에요. 내가 너무 강요했어요. 당신 말이 맞아요. 나도 최선을 다하지 않았는걸요."

"내가 나가 있는 동안 당신이 앤디에게 전화를 걸 기회가 없었던 것 같군요."

그녀가 목에 걸린 목걸이 장식을 매만졌다. "네, 그렇다고는 말 못 하겠네요."

"아님 앤디가 전화를 했거나?"

그녀가 목걸이 줄을 잡아당겼다. "음, 언젠가는 다 지나간 일이 되겠 죠."

"뭣 좀 물어봐도 돼요?"

"그럼요." 그녀가 한 손을 그의 옆구리에 댔다.

"앤디랑 싸운 날 밤에, 당신이 '난 절대 행복해지려고 애쓰지 않을 거야'라고 말했어요. 무슨 뜻이에요?"

에비가 그날 밤 술에 취했던 일 대부분이 끔찍했던 것은 자신이 가까스로 기억해 낸 일들이 죄다 진실이었기 때문이다. 그래서 그녀는 두 손으로 머리칼을 헤집고 부정했다. "난 술에 취하지 않았어요."

"당신도 알다시피 벌써 일주일이나 됐어요. 일주일도 넘게 지났다고요. 시간이 지나면 점점 더 말하기 힘들어질 거예요."

그녀가 고개를 끄덕였다. "진심으로 우울한 이런 조언을 그리워할 날이 오겠죠."

그가 그녀를 향해 이맛살을 찌푸렸다. "나 떠나요?"

"당신이 온 지 벌써 거의 1년이 되어가요. 당신이 그렇게 말했잖아요. 모든 걸 되돌릴 때가 되었다고요. 당신이 보내는 보통의 인생말이죠, 나도 그렇고요."

"확실해요?"

"뭐가 확실한데요? 여름이 지나면 가을이 오고, 그렇게 1년이 되는 거요? 맞아요, 확실해요." 그녀는 그의 가슴을 손바닥으로 두드리고는 어깨에 기댔다. 에비는 딘을 위해 마술을 부릴 수도, 직접적으로 도울 수도 없다. 그리고 그는 이사를 들어왔을 때 본인의 삶은 뉴욕에 있다고 말했었다. 그렇다. 그렇게 하는 편이 나을 것이다. 그러면 더 힘들어지진 않을 것이다. 이미 충분히 나빠지고는 있지만.

... 32 ...

딘이 코네티컷에서 돌아오고 나서 일주일 정도 지난 뒤, 에비는 별실 테이블 위에 많은 책이 들어 있는 골판지 상자 하나를 보았다. 이 상자는 이것이 현실이라는 첫 번째 신호였다.

7월이 다 지나가고 있었지만 모든 것이 평소와 똑같았다. 두 사람은 함께 한 침대에서 잤고, 서늘한 시간에는 창을 활짝 열고, 서로의 휴대전화로 뉴스를 읽고, 빈둥거리면서 시트콤 「30록」과 「아처」를 보고, 사 온 음식이나 스파게티, 햄버거, 혹은 그녀가 남은 재료들로 대강 만든 음식을 먹었다. 이제 그는 밤에 잘 잤다. 공을 던지러 중간에 침대를 빠져나가지도 않았고 어깨 통증이 올 때 몰래 괴로워하지도 않았다. 통증이 그를 괴롭히는 횟수도 점점 줄어들었다.

그녀는 책을 읽고, 일을 하고, 그가 떠난 이후에 공과금을 낼 돈을 위해 일거리를 찾기 시작했다. 딘이 앤디와 놀다가 집으로 돌아와도 아무것도 묻지 않았고, 그 역시 그녀에게 아무 말도 하지 않았다. 이런 식으로 지내는 시간이 길어지면서 그녀는 앤디의 마음을 어떻게 돌릴지도 점점 더 생각하지 않게 되었다. 어쩌면 어느 정도는 자연스럽게 회복되었을지도 모르고.

하지만 시간이 갈수록 테이블 위에 상자 개수가 점점 더 늘어갔고 8월 1일에는 그가 수표를 건네주었다. 에비는 그것을 빤히 응시했다. "월말이죠?" 그의 말에 조용히 고개를 끄덕였다.

8월 말이 다가오면서 딘은 본격적으로 떠날 준비를 하기 시작했다. 뉴욕의 아파트로 사람을 보내서 청소를 지시했다. 더 이상 필요하지 않을 것 같은 물건들은 내다 팔았다. 토스터기, 스무디 블렌더를 비롯해 옷은 쓰레기통에 버리고 나서 마지막으로 서랍장도 팔았다. 그는 에비가 「권력의 전당」을 큰 화면으로 보고 싶을지도 모르니 대형 벽걸이 텔레비전은 두고 가겠다고 말했다.

그녀는 그가 떠나기 전에 파티를 열어주고 싶었다. 아니, 사실, 딘이 떠나기 전에 그를 위해 파티를 열어줄 자격이 있는 그런 사람이 되고 싶었다. 하지만 그는 파티를 거부했다. 그리고 어느 날 오후에 그녀의 아버지와 함께 야구 경기를 보았고, 그가 가르치는 아이들이 그를 위해 야외 바비큐 파티를 열고는 그에게 '테니 코치님'이라고 쓰인 맨투맨 티셔츠를 선물했다. 클로 팀은 그를 데리고 나가서 술을 마셨으며, 앤디의 딸들은 물감으로 카드를 써서 보냈다. 앤디와 모니카는 그를 동네에 있는 더 펄 바에 데려갔는데, 그동안 에비는 마감이 급하다는 핑계를 대고 집에 있었다. 또 하루는 켈과 보내면서 정원 일을 돕기도 했다.

그는 조리대에 놓인 자신이 쓰던 향신료들을 포장했다. 엑스박스 게임기도 함께. 조그마한 싸구려 트로피와 건조대에 있는 플라스틱 물통도 챙겼다. 나가기 일주일 전에, 그는 침대와 테이블을 팔았고 떠나기 전 며칠 밤은 에비의 침대에서 함께 잠을 잤다. 둘은 이따금 한밤중에 깨서 섹스를 하거나 시리얼을 먹었고, 케이블 텔레비전에서 밤새도록 틀어주는「매치 게임 76」을 보았다. 마지막 날 밤 그는 핀볼 게임기를 분해하여 켈이 준 낡은 담요에 싸서 트럭 뒤에 실었다.

그가 이 집에 머무르는 마지막 날, 잠에서 깨어 욕실로 간 에비는 플라스틱 컵에 있던 그의 칫솔이 사라진 것을 보았다. 전날 그녀는 두 개의 칫솔이 부딪히며 두 사람이 서로 얼마나 많은 세균을 나누고 있는지를 농담조로 말했다. 그는 이렇게 대답했다. "내게 있는 병은 이미 당신도 다 걸렸을걸요." 컵 가장자리에 자신의 푸른색 칫솔만이 기대어 있는 모습을 보았을 때, 폐에서 공기가 다 빠져나가는 것 같은 기분이 들었다. 급하게 몸을 숙이고 수도꼭지를 틀어 찬물로 세수를 했다.

에비가 양말 바람으로 계단 아래로 내려오자 딘이 아침 식사를 만들고 있었다. "잘 잤어요?" 그녀가 그에게 다가가 볼에 키스를 했다.

"안녕. 지금 달걀 요리를 만들고 있어요. 커피도 내리고. 그리고 저쪽 가방에 미니 도넛도 들어 있어요." 두 사람은 며칠 전에 빵집을 털어왔다. 그래서 다음 날 아침 정오까지 침대에 있다가 페이스트리를 먹고 「로 앤드 오더」 에피소드 중 뭐가 최고인지를 놓고 입씨름을 했다.

"짐은 다 쌌어요?" 그녀가 커피를 따르며 물었다.

"그런 것 같아요. 별실에 있는 건 다 꺼냈어요. 욕실이나 세탁기에 있는 것도요. 위층에서 충전기도 가져왔어요. 내 트럭에 있던 당신의 차량용 충전기는 저기 조리대 위에 뒀어요. 이제 다 된 것 같아요."

그가 그녀 앞에 아침 식사를 놔주고 자리에 앉았다. "조금 있다가 나가면 아마 저녁 교통 체증에 걸리기 전에 도착할 수 있을 거예요. 그래야 하는데."

그녀가 달걀을 한 입 먹었다. "당신이 요리한 달걀은 우리가 만난 뒤로 꽤나 진전이 있었어요."

그가 웃음을 터트렸다. "음, 나, 완전히 다 잃은 건 아니네요." 그가 팔꿈치를 괴었다. "그런데, 당신한테 뉴욕에 와본 적 있느냐고 바보 같은 질문해도 돼요?"

"자주 가보진 않았어요." 에비가 토스트를 조금 베어 물었다. "하지만 뉴욕에 가게 되면 전화할게요. 당신한테 연락할 거예요. 그러니까 죽지 않으면요. 당신도 안 죽고."

"내가 죽지 않길 바라야겠군요." 그가 대답했다.

아침을 먹고 난 뒤에 두 사람은 설거지를 하고, 조리대를 치우고, 전기세 공과금을 정산하고, 뉴욕까지의 운전 경로를 함께 살펴보았다. 주방과 거실 사이의 통로에서 두 사람은 서로 마주보고 기대섰다.

"지체시키는 것 같진 않지만," 마침내 그녀가 입을 열었다. "퇴근

345

시간 전에 도착하려면 당신은 이제 가봐야겠네요."

"알았어요." 그가 그녀 앞으로 한 걸음 떼고는 팔을 활짝 벌렸다. 마치 그녀가 고등학교 동창회에서 만난 동급생이라도 되는 듯이. 에비가 가까이 다가가자 꼭 끌어안아 주었다. 두 사람은 한동안 그렇게 서 있었다. "무척 고마웠어요, 에비." 그가 말했다. "내가 어땠을진 잘 모르겠지만요."

"나도요." 그녀가 그의 어깨에 대고 웅얼거렸다. "……무슨 뜻인지 알죠?"

그가 한 걸음 뒤로 물러났다. "많이 보고 싶을 거예요."

"나도 많이 보고 싶을 거예요. 당신이 바라는 대로 되지 않아서 아쉽고요."

딘이 주방을 한 바퀴 훑어보고는 다시 그녀를 바라보았다. "그렇게 될 거라곤 생각하지 못했죠." 그가 손을 뻗어서 그녀의 어깨를 쥐었다. "같이 나갈래요?"

그녀가 고개를 끄덕였다. 트럭 옆에 서서 그가 몸을 돌려 그녀에게 키스를 했다. 무릎이 휘청거리고 숨이 나오려고 했지만 그녀는 한 걸음 뒤로 물러나서 다리를 진정시켰다. "운전 조심해요. 뉴욕에 도착하면 알려줄래요?"

그는 고개를 끄덕이고 운전석에 올랐다. 트럭에 시동이 걸렸고 진입로를 빠져나갔다. 그렇게 사라졌다. 그녀는 잠시 뜰에 서서 집 울타리를, 집을, 세차를 해야 하는 자신의 차를 바라보았다. 마침내 몸을 간신히 계단으로 끌어 올리고 난간에 매달려서 주방으로 되돌아갔다.

거실 소파에 몸을 묻었을 때 휴대전화가 울렸다. 딘에게서 온 문자였다. 신호 대기 중인 모양이었다.

- 별실에 있는 욕실의 세면대 아래를 봐요. 조심해요. 앤디에게 꼭 전화하고요.

별실로 들어갔다. 그곳은 이제 텅 비어 있었다. 천천히 조그마한 욕실로 발을 옮겼다. 세면대 아래의 찬장을 열자 핫핑크색 레이스가 달린 검은색 야구 글러브가 보였다. 거기엔 작은 포스트잇이 붙어 있었다.

- 파이팅, 챔피언.

··· 33 ···

9월이 되었다. 앞으로 2주만 지나면 나뭇잎 색이 변하기 시작할 것이다. 밤이 되면 기온도 떨어질 것이다. 하지만 여전히 에비는 상의 하나만 입고도 땀에 흠뻑 젖어서 시트를 걷어차며 잠을 잤다.

딘은 뉴욕에 도착하고 나서 문자를 보냈다. 이틀 후에는 코치 자리를 구하고 있다고 알렸다. 그녀는 두 차례 다 자기도 기쁘다고 답하며 파란 하트 이모티콘을 보냈다. 이 파란 하트의 의미는 '말할 게 수천 가지나 있어요'라는 뜻이다. 그녀만 아는 속뜻이지만. 그는 거기에서, 자신은 여기에서 살아갈 것이다. 그게 전부다. 괜찮다. 괜찮을 것이다. 다른 이야기를 하는 건 그를 힘들게만 할 뿐이다.

앞으로 그녀는 스스로에게 한 번에 한 가지만 하자고 다짐했다. 거울에 '한 번에 하나만'이라고 쓴 쪽지까지 붙여두었다. 그가 떠나고 난 뒤 무더웠던 수요일 밤, 그녀는 주방 테이블 위의 고정형 전구가 수명이 다해서 갈아 끼우기로 결심했다. 지하실에서 발판을 끌고 왔다. 그 위로 기어올라가 거미줄을 걷어내는 동안 전구를 꺼내려면 드라이버로 전등 뚜껑부터 벗겨내야 한다는 중요한 사실을 깨달았다. "바보."

에비는 주방을 한 바퀴 둘러보고는, 드라이버가 나사와 못이 든 깡통에 꽂혀 있다는 걸 기억해냈다. 깡통은 오븐 위 선반 가장 위쪽 칸에 있어서 까치발을 들어야 손이 닿았다. 그녀는 선반으로 가서 손을 뻗었으나 깡통이 손이 닿자마자 선반 아래로 확 쏟아져 내렸다. 깡통이 떨어지면서 오븐 가장자리를 쳤고 나사와 못이 미끌미끌한 주방 바닥에 빠르게 흩어졌다. 동시에 깡통 옆에 기대어 있는 줄도 몰랐던 무거운 요리책까지 선반 아래로 떨어지면서 사과잼이 담긴 플라스틱 병과 쌀통을 쳤다. 플라스틱 병이 바닥에 떨어지며 내용물이 옆으로 새는 바람에 오븐 바닥과 주방 바닥, 테이블과 의자 다리에 잼이 묻었다. 쌀통도 뒤집어진 채 떨어져서 오븐 앞에 쌀이 쏟아져 봉분을 이루었다(물론 사과잼과 범벅이 되었다). 심지어 쌀통은 떨어지면서 한 번 회전까지 하는 바람에 쌀이 주방 바닥부터 복도까지 쫙 퍼졌다.

모든 소음이, 모든 움직임이 다 그치고 나자 에비는 그대로 서서 주변을 둘러보았다. 쌀이 오븐 아래, 버너 안에 흩어져 있었다. 사과잼이 주방 의자 아랫부분에 범벅이 되어 있었다. 나사와 못까지 사과잼과 범벅이 되어 바닥을 뒤덮고 있었다. 그녀는 멍하니, 욕실을 향해 발을 떼고 쌀이 어디까지 흩어졌는지 바라보았다. 욕실 안까지 흩어져 있음을 확인하고 주방을 둘러보자 턱이 가슴까지 내려올 만큼 떡 벌어졌다.

눈물이 터져 나왔다. 숨도 잘 쉬어지지 않았다. 그녀는 그것을 무시하고 휴지를 움켜쥔 채 오븐으로 다가갔다. 발아래로 쌀이 느껴졌다. 그녀는 주방 바닥에 무릎을 꿇고는 수북이 쌓인 쌀을 걸레로 치우기 시작했지만 일단 먼저 쓰레기통부터 비워야 했고, 그리고 나사와 못을 주워야 하는지 아니면 쓸어버려야 하는지 알 수가 없었다. 오븐 아래 찬장 서랍이 살짝 열려 있던 터라 그 안까지 쌀이 떨어져 있었다. 각종 냄비와 뚜껑도 모조리 꺼내서 안에 들어간 쌀을 치워야 했다. 그러나 오븐은 에비가 옮기기에 너무 무거웠다.

자신은 사고 싶지 않았던 이 집에서, 무릎을 꿇고 바닥에 앉은 그녀는 숨을 쉴 수가 없었다. 영혼이 몸에서 빠져나가 허공에 둥둥 떠서 바닥에 꿇어앉은 이 여인을 관찰하고 있는 것만 같았다. 여인은 흐느껴 울다가 통곡했고 마침내는 비명을 지르기 시작했다. 에비의 한 부분이 이 모습을 보고 이런 생각을 했다. '대체 무슨 일이지, 난 지금 완전히 공황 상태야, 미친 건가? 죽어가고 있는 건가?'

그리고 폐로 공기를 꿀꺽꿀꺽 들이마시는 소리가 나고 또 났다. 듣도 보도 못한 소리였다. 소리는 울음이라기보다는 화에 가까웠고, 그보다는 분노에 찬 비명에 가까웠으며, 비명이라기보다는 발작에 가까웠다. 소리는 계속 나왔고 머릿속에 이런 생각이 떠올랐다. 이런 제 모습을 저만 볼 수 있어서 다행입니다. 하느님, 감사합니다.

이런 상태가 얼마나 갈지 알 수 없었다. 이웃이 듣고 놀랄 수도 있겠다는 생각이 들었다. 그녀의 집에 살인자가 침입했다고 오해한 이웃이 문을 두드릴 수도 있다는 상상을 하며 마음을 굳게 먹었다. 자신도 누군가의 집에서 이런 소리가 들려온다면 경찰에 전화를 걸 것이 분명했다. 자신의 목소리 같은 것이 웅웅거렸다. '난 이거 못 해, 내가 뭘 했길래? 죄다 부숴버릴 거야.' 마지막 말은 몇 차례 더 이어졌다. '죄다, 죄다, 죄다, 죄다 부숴버릴 거야.' 그녀는 으르렁거리면서 계속이 말을 내뱉고 소리를 질렀다. 목소리가 귀로 전해져 왔지만 멈출 수가 없었다. 이 상태가 얼마나 지속되다가 끝날지 알 수 없었다. 아마그녀가 상상할 수 없을 만큼 긴 시간이 흘러야 할 것 같았다. 한 사람이 완전히 고갈될 만큼의 시간, 안에 있는 걸 다 쏟아낼 만큼의 시간, 한때 그 자리에 존재했던 사람이 뼈만 남을 정도로 말라붙을 만큼의 시간이 지나야 끝날 것 같았다.

하지만 그것은 끝났다. 팔씨름 대결이나 연장전 경기가 언젠가는 끝나는 것과 같은 이치로. 그러니까 그만큼의 시간이 흐르면 끝날 일이었다. 마침내, 마침내, 지금까지의 과정이 반대로 진행되었다. 끔찍한 괴성이 순전한 흐느낌, 평범한 울음으로 되돌아갔고 그녀는 숨을들이쉬고, 들이쉬고, 또 들이쉬었다. 맨발로 느릿느릿 쌀을 쓸어내면서 자리에서 일어났다. 무릎에 점점이 붉은 자국이 생겼고 따가웠지만 욕실로 가서 전등을 켰다. 눈이 한 번도 본 적 없이 부풀어 있었다. 목구멍이 깔깔했고 귀가 멍멍했다. 옷을 입은 채로 그녀는 찬물 아래로 들어가 얼굴로 물을 맞았다. 어디선가 세탁 세제 냄새가 풍겨 왔다.

기이할 만큼 몸이 늘어졌다. 마치 1마일 거리의 달리기를 하거나 마사지를 받고 난 것만 같았다. 완전히 소진되어서, 그녀 안에 있는

351

그 무엇도 한데 뭉칠 수가 없는 느낌이 들었다. 남은 건 민들레를 후 하고 불었을 때 떠가는 포자들처럼 부유하는 느낌뿐이었다.

결국 에비는 한 시간가량 청소를 했다. 휴지로 최대한 쌀을 쓸어 모아서 쓰레기통에 버렸다. 쓸고, 쓸고, 또 쓸었다. 그리고 오븐으로 향했다. 찬장 서랍들을 다 끄집어냈고 젖은 스펀지로 찬장 문과 의자 다리를 닦았다.

마지막으로 그녀는 주방 바닥에 주저앉아 휴대전화를 집어 들었다.

- 잠깐 올 수 있어?
- 무슨 일 있어?
- 응, 괜찮은데, 도움이 좀 필요해.
- 15분 안에 갈게.
- 옆문 열려 있어.

10분이 지나자 주방 옆문이 열렸고 야구복 반바지에 레드삭스 팀 티셔츠를 입고 땀에 절은 앤디가 집으로 들어왔다. 그날 이후로 두 달 만에 처음 만난 것이다. 그는 바닥에 주저앉아서 싱크대 아래쪽 찬장 에 몸을 기대고 있는 그녀를 보았다.

"이런, 에비, 너 괜찮아? 무슨 일이야?"

"그냥 옆에 있어 줘." 그녀가 말했다.

그가 그녀 옆에 털썩 주저앉아 다리를 앞으로 쭉 뻗었다. 그가 잠 시 기다리다가 에비에게로 몸을 기울였다. "우리 왜 여기 이러고 앉아 있는 거야?"

앤디의 머리가 약간 자라 있었다. 그만큼의 시간 동안 그를 보지 못했다는 사실이 느껴질 만큼. 그리고 그 머리는 전과 다르게 그녀의 가슴을 죄어들게 했다.

"전구를 갈려고 했어." 그녀가 주방 테이블 위로 시선을 돌렸다. 그게 시작이었다.

앤디가 그녀의 시선을 따라갔다. "이 바닥에서? 힘들었겠는데."

그녀가 미소 지었다. "드라이버를 가지러 갔어."

그가 시선을 돌려 선반 위를 보았다. "저기 깡통에 꽂아둔 거? 에비, 난 너한테 무슨 일이 있었냐고 물었는데."

"응, 거기 깡통에 있었어. 난 깡통을 쳤고, 그게 사과잼 병을 쳤고, 쌀통을 쳤지."

그가 몸을 움찔했다. "그거 정말 엄청난 쌀통이었는데."

그녀가 고개를 끄덕였다. "그렇더라."

"그게 떨어졌다고?"

"응. 죄다 쏟아졌어."

앤디가 팔짱을 끼고 주변을 둘러보다가 숨을 헉 하고 들이쉬었다. "뭔가 대단한 일이 벌어진 것 같은데."

"응, 대단했지. 욕실에도 쌀이 흩어졌다니까."

그가 낮게 휘파람을 불었다. "그런데, 벌써 다 치운 거야?"

"응."

그가 웃음을 터트렸다. "혼자서 그걸 다하기 '전'에 전화를 했어야지.”

“주방 치우는 걸 도와달라고 부탁하려고 널 부를 생각은 안 했어. 고려 대상이긴 했지만.” 그녀는 그에게로 몸을 돌리고 한숨을 내쉬었다. “그날, 내가 하지 말아야 할 말을 너무 많이 했어.”

“우리 둘 다 그랬지.”

“이렇게 전화하기까지 시간을 끌어선 안 됐어. 바보 같이. 슬프다. 뭔가 잘못됐어. 죄다 잘못됐어.” 그녀가 눈가를 문질렀다. “사실 엄마가 전화를 했었어. 오늘은 아니고. 너희들이 왔던 그날, 저녁을 만들고 있는데 엄마의 전화가 왔었지.”

“이런,” 앤디가 말했다. “뭐라고 하셨어?”

“날 보러 오고 싶다고 메시지를 남기셨어. 더 이상 만남을 미룰 수가 없었어. 마음이 너무 무거웠지. 하지만 그 일로 널 귀찮게 하고 싶진 않아서…….”

“이런, 에비, 그렇게 생각하지 않아도 돼…….”

“나도 알아, 난 그냥…… 지금은 누군가가 곁에 있어줬으면 해서…… 아니, 잘 모르겠다……. 그게 누군지…….”

“항상 ‘적절한 일’만 해야 한다고 생각해? 그래, 나도 그래.” 그가 셔츠 끝자락으로 번들번들해진 이마를 훔쳤다. “난 매일 같이 내가 애들을 망치고 있는 건 아닌지, 모니카와의 관계가 나빠진 건 아닌지 걱정해. 제기랄, 모든 걸 내가 망친 게 아닌지 걱정한다고.” 그가 그녀에게 다가가 발에 붙은 쌀알을 떼어주었다. “네가 늘 모든 사람을 행복하게 해줘야 하는 건 아니야.”

"난 그러고 싶어."

그가 그녀의 어깨에 팔을 둘렀다. "알지, 나도."

"그런데 짐이야," 그녀가 말했다. "짐이 빌어먹게 너무 많아. 그건 내 짐칸에만 두어야 하는데."

"음, 넌 혼자가 아니야. 그날 밤, 주말 동안 로리가 애들을 데리고 있을 거라고 말했던 거 기억나?" 에비가 고개를 끄덕였다. "로리가 이제 매년 여름마다 6주씩 애들이랑 보내고 싶다고 그러더라."

"오, 이런."

"난 6주씩이나 애들이랑 떨어져 있어 본 적이 없어. 단 한 번도. 하지만 나랑 모니카는 그날 밤 분위기를 망치고 싶지 않았고, 그래서 우리끼리만 알고 있기로 했지." 그가 고개를 끄덕였다. "성공적인 계획은 아니었지만."

에비가 희미하게 미소 지었다. "무슨 일이 일어났는데?"

"로리가 애들을 더 보고 싶다고 소리를 지를 때면 늘 일어나는 일이지. 그녀는 릴리와 로즈를 만나면, 자기가 애들을 사랑하고 애들도 자기를 사랑한다는 걸 떠올리지. 하지만 애들에게 채소를 먹이고 학교에 데려다주는 것보다 패스트푸드점에 가고 크루즈를 태워주는 걸 더 좋아하지. 그런데…… 지금은 아니고."

"음, 지금은 그게 지나가서 기쁘네, 적어도."

"딘이 떠난 일에 대해서 물어도 돼? 너한테 전화하고 싶었는데…… 하지 못했어."

"벌써 그 사람이 엄청나게 보고 싶어." 그녀가 고개를 끄덕였다.

355

"엄청. 사실이야. 너에게 할 말이 얼마나 많은지 모르겠어. 하지만 최소한 거짓말은 안 하려고 애쓰고 있지."

"뭐에 대한 거짓말?"

"거짓말, 엄청 했지." 그녀가 간단히 말했다. "그릇에 대해서도 거짓말했고."

"정말? 그것 좀 이상하다곤 생각했어."

그녀가 웃음을 터트렸다. "음, 그래. 그 노란 접시 내가 깬 거야. 딘이랑 내가 같이 깨버렸어. 정말로 그 접시들 내가 때려 부쉈어. 요 몇 달간 내가 한 짓 중에서 제일 잘한 일이야. 그런데 그 일에 대해 어떻게 설명해야 할지 모르겠더라고. 내가 이혼하고 싶었단 말도 어떻게 해야 할지 몰랐던 것처럼."

"지금은 거기에 대해 말해줄 수 있어?"

팀은 비열한 인간이었어, 하고 그녀가 입을 열었다. 그가 했던 최악의 말들을 기억나는 대로 꺼냈다. 그의 기질에 대해서, 찾는 물건이 보이지 않자 그녀에게 어떻게 고함을 쳤는지, 그래서 어떻게 그녀가 서랍장 모서리에 부딪혀 등에 멍이 들었는지를. 그다음에 발을 보자 무언가가 또 떠올랐다. 그녀는 깊이 숨을 들이마셨다. 평생 이만큼 깊이 숨을 쉰 적이 없었던 것 같았다.

"언젠가 내가 발 다쳤던 일 기억나? 꿰맸었잖아."

그가 그녀에게로 시선을 돌렸다. "유리잔을 떨어뜨려서 그랬다고 했잖아."

"그렇게 말했지. 근데 실은 그거 팀이 떨어뜨린 거였어." 그녀가 잠시 말을 쉬었다. "아니, 이것도 아니야. 실은 팀이 잔을 던졌어. 그가 나한테 화가 나서 거실 바닥에 잔을 집어던졌어. 그 사람이 던진 잔을 내가 밟았고."

앤디가 고개를 저었다. "이런."

에비가 천천히 고개를 끄덕였다. "너도 알지? 고등학생 때부터 그 사람은 일주일에 한 번쯤은 내가 모든 일에 대해 과민하게 반응한다고 말했던 거. 모든 걸 '드라마'처럼 받아들인다고. 얼마 지나지 않아서 나는 그 사람이 뭐라고 말할지 알게 되었지. 그래서 나는 누구에게도, 어떤 말도 하지 말아야겠다고 생각했어."

"이해할 수 있을 것 같아."

그녀가 어깨를 으쓱했다. "난 네 생각보다 훨씬 더 거짓말을 잘해." 에비가 무릎의 한 지점을 짚었다. "하나 더 말하자면, 실은 보험금도 있다고 너한테 말했어야 했어. 하지만 난 그 돈을 보면 죄책감이 생겨서 손도 안 댔지. 넌 내게 보험금이 없다고 생각해서 그걸 꼬치꼬치 물어봤는데 말이야."

그의 눈이 휘둥그레졌다. "젠장."

그녀가 미소 지었다. "그래. 그래서 내가 파산한 거야. 그래서 이 집에 머물 방도 역시 더는 없는 거고. 이제 다른 집을 구해야 해. 좀 더 작고, 바닷가 쪽에 있는 거였음 좋겠네." 그녀가 그를 응시했다. "내가 너한테 갑자기 너무나 많은 것을 털어놓았지. 하지만 그게 지금 내 상황이야. 그리고 정말 미안해."

"그래." 그가 진열장 가장자리 바닥에 붙은 쌀알을 떼어내 어깨

너머 싱크대 속으로 던졌다. "나도 미안해."

"괜찮아, 네가 와줘서 정말 좋아."

"나도 네가 전화해줘서 고마워."

에비가 무릎을 당겨 두 손으로 끌어안았다. "오늘 밤 내가 정신을 놓을까 봐 무서웠어. 빌어먹을. 이제 뭘 해야 할지 모르겠어."

그가 에비의 어깨를 감쌌고, 그녀는 그 어깨에 기댔다.

"괜찮아. 내가 왔잖아. 이제 같이 알아보면 돼." 앤디가 한없이 부드러운 목소리로 대답했다. 그렇다. 앤디는 그런 친구였다.

⋯ *34* ⋯

며칠 후에 모니카가 문자를 보냈다.

> – 오랜만이에요. 빵을 굽고 있는데 오후에 좀 가지고 가도 될
>   까요?
> – 당연하죠! 고마워요. 주방 문쪽으로 와서 소리쳐 불러요. 위
>   층에서 일하고 있으면 소리가 안 들릴 수도 있으니까.

하지만 에비는 문자 내용과 달리 일을 하지 않았다. 정신을 집중할 수가 없었다. 지쳤다. 그래서 그녀는 딘의 별실, 아니 이제 '그냥' 별실이 된 방을 서성거렸다. 작은 주방 조리대에 손을 디디고 텅 빈 커다란 정사각형의 방을 둘러보았다. 언젠가 버번을 마시고, 이야기를 나누고, 캘카셋에서 가장 유명해진 '실패자'의 곁에서 이따금 잠도 잤

던 곳. 바닥 한가운데, 천장 팬 바로 아래에 그녀는 등을 대고 누워 몸을 쭉 펴고는 눈을 감았다.

문을 두드리는 소리가 들렸다. 하지만 그녀는 계속 그대로 있었다. 오래 지나지 않아 문이 열리는 소리가 들렸다.

"에비?" 모니카의 목소리였다.

"이쪽이에요." 에비가 소리쳐 불렀다. 모니카가 열쇠를 주방 테이블에 두는 소리가 들렸다.

"안녕하세요." 모니카가 말했다.

"안녕하세요."

"들어가도 돼요?"

"그럼요."

모니카가 들어와서 바닥에 앉았다. 그리고 에비 바로 옆에 등을 대고 드러누웠다. "이렇게 얼굴을 보니 좋네요."

에비가 천장을 바라보며 미소를 지었다. "나도요."

바닥에 몸을 쭉 펴고 누운 채로 늘 수리해야겠다고 생각한 울퉁불퉁한 천장을 바라보면서 모니카가 근황을 전했다. 로즈는 얼마 후에 춤 발표회에 나갈 거고, 릴리는 최근 '몬스테로스'라고 불리는 북실북실한 괴물 인형을 수집하는 데 푹 빠져 있으며, 모니카는 새학기가 시작되어서 처리할 일이 많다고 했다.

"에비는 어때요?" 마침내 모니카가 물었다.

"좋아요, 좀 바빠요. 집을 팔아야 하고요. 나한텐 너무 큰일이죠. 다시 일도 하려고 노력 중이고요. 그리고 지금은 엄마한테 전화하는 걸 미루고 있죠."

모니카가 웃음을 터트렸다. "이런."

계획에 없었지만 에비는 모니카에게 엄마에 대한 이야기를 해주었다. 어릴 때 엄마가 어떤 식으로 집을 나갔는지, 만나거나 전화를 하는 횟수가 어떻게 잦아들었는지, 그리고 그녀의 결혼식과 팀의 장례식에는 오지 않았으면서 본인 맘대로 불쑥 나타나는 일에 대해서. "그래도," 에비가 말했다. "엄마잖아요. 후회하고 싶진 않아요. 엄마를 만나야 하고 비위도 맞춰줘야 한단 건 알아요. 하지만 그게 늘 스트레스예요."

"에비, 억지로 그럴 필요 없어요."

"알아요, 그런데 내가 그냥 그래야 할 것 같은 의무감이 있달까…… 잘 모르겠네요. 엄마를 잘라낼 수가 없어요. 그래서 엄마랑 최대한 평화롭게 잘 지내려고 하는 거죠."

"흠."

"왜요?"

"음," 모니카가 말했다. "난 왜 당신이 모든 문제를 감당하려고 드는지 모르겠어요. 어머니는 본인이 기다리고 싶을 때 기다리고, 연락하고 싶을 때 연락하는데 왜 당신은 무조건 맞춰주기만 하는 거죠? 딸이니까요? 하지만 영원히 이렇게 지낼 순 없어요."

침묵이 흘렀다. 모니카가 바닥에서 일어나면서 딸랑거리는 팔찌 소리만이 들렸다.

"모니카의 엄마는 어떤 분이에요?" 에비가 물었다.

"과보호를 하는 분이죠. 유쾌하면서 영민하고. 법률회사에서 일하시고요. 쿠바 출신 대가족이라 형제자매들도 한 무더기 있고, 나도 그렇지만."

"엄마가 쿠바인이에요?"

"네, 나를 보고도 그걸 생각하지 못했어요? 언젠가 여름 학기 장학금 신청을 할 때 어떤 남자도 그랬는데. 그가 내게 「제인 더 버진」(혼전 순결주의자인 한 여성이 정기 검진을 받다가 의사의 실수로 임신을 하게 되는 코미디 드라마. 주인공 역을 맡은 지나 로드리게스는 푸에르토리코 출신이다. ―옮긴이) 드라마를 본 적이 있냐고 묻기 직전까진 그랬죠."

에비가 고개를 돌렸다. "진짜요?"

"진짜요."

"하지만 거기 등장인물들은 쿠바인이 아니잖아요."

"네, 아니죠."

"당신은 어떻게 했는데요?"

"아무 말도 안 했어요. 하지만 우리 남동생이 이틀 후에 그 사람에게 전화를 걸었죠. 동생은 로드리게스 형제 법률회사라고 하면서 전화를 걸고는 그에게 한 번만 더 그런 질문을 하면 수백만 달러짜리 소송에 시달릴 줄 알라고 으름장을 놓았죠."

"동생도 변호사예요?"

"아뇨. 걘 그냥 막내 남동생이에요. 열다섯 살 먹은." 모니카가 어깨를 으쓱했다. "목소리가 엄청 낮긴 해요."

에비가 웃음을 터트렸다.

"아무튼 그 속옷 문제에 관해선 내가 털어놓은 게 아니란 걸 알아 줬음 좋겠어요. 앤디가 나갔다 오더니 나한테 당신이 딘이랑 잘 것 같 으냐고 물어보더라고요."

에비가 그녀에게로 몸을 돌렸다. "그래서 뭐라고 대답했어요?"

"'그러면 좋겠네. 그리고 그럴 것 같아'라고 했죠."

카펫에 닿아 있는 에비의 어깨가 웃음으로 떨렸다. "앤디가 엄청 좋아했겠네요."

"맞아요. 나도 운동선수와 가장 가까이 있던 애랑 잘 뻔한 적이 있 었는데 우리 대학에서 마스코트 옷을 입고 있던 애였어, 하고도 말했 어요."

"마스코트 보이랑 잤어요?"

"맹세해요."

"어땠어요?"

모니카가 머뭇머뭇하다가 에비에게로 몸을 돌렸다. "한번은 그 애가 침대에서 호랑이 탈을 쓰고 하고 싶다고 하더라고요. 내가 재밌 다고 생각하길 바랐던 것 같아요."

"그래서 뭐라고 대꾸했어요?"

"한 번도 해본 적 없는데, 네가 몸통 부분을 입는 편이 더 좋을 것 같네."

두 사람이 함께 낄낄댔다. 빈방에 웃음소리가 울려 퍼졌다. 모니 카가 바닥에서 자세를 바꿨다. "에비, 이따금 전화해서 영화 보러 가 자거나 뭐 다른 걸 같이 하자고 해도 돼요? 여기서 만나는 사람은 남자들투성이라서 여자친구가 있으면 좋겠어요. 안 그러면 인내심을 잃을 것 같아서."

"좋아요. 재밌을 것 같아요. 나도 여자친구가 있으면 좋겠어요." 에비가 말했다. "대체 무슨 일이 있었던 건지 모르겠어요. 내가 결혼을 했을 때 팀은 우리에게 오직 '부부'인 친구만 있길 바랐죠. 내가 사람들한테 자기에 대한 불만을 털어놓고 다닐 거라고 생각했나 봐요. 그래서 난 그냥 아무것도 하지 않는 편이 마음이 편했고 자연스럽게 외출도 자주 하지 않게 되었죠."

"뭐라고요?"

"맞아요, 이상한 사람이었죠."

"이상하다고 말할 정도가 아니에요, 에비." 모니카가 말했다. "그냥…… 그건 정서적 학대잖아요."

에비는 그녀에게도 남편이 화를 낸 잔재에 발을 베인 사정, 그의 성격에 관한 이야기들을 해주었다. 그리고 붉어진 얼굴로 뜨거운 숨결을 뱉어내는 남편의 꿈을 꾸고 또 꾼다는 말도 했다. 물론 딘에 대한 이야기도 털어놓았다. 또한 죽은 팀이 그립지 않다고도 속삭였다. 그는 비열한 남자였으니까. 그리고 이제, 열이 나고 목이 부어오른 사람에게 '아' 하고 입을 벌려 보라고 하고, 목구멍을 플래시로 비추고는 '침을 뱉기 힘들 것 같군요, 연쇄상구균 같아요'라고 하는 듯한 진단이 내려졌다. 모니카의 말이 에비의 귓가를 맴돌았다. '그건 정서적 학대예요.'

"네." 마침내 에비가 입을 열었다. "난 조만간 치료를 받으러 가야

364

해, 하고 계속 되뇌었죠.”

“그게 좋을 것 같아요.” 모니카가 말했다. “내가 다니는 병원의 의사가 이렇게 말했어요. ‘우리의 머리는 자신이 깃들어 살고 있는 집과 같아요. 그러니 관리를 잘해주어야 한답니다’라고요.”

“그거 참…… 이상한 말이네요.”

“네. 경험상 정신 건강에 대한 비유들은 완전히 와닿거나, 아니면 그냥 스쳐 지나가거나, 둘 중 하나인 것 같아요. 난 열일곱 살 때부터 항우울제를 먹었어요. 의사를 찾아갈 거라면 추천해줄게요.”

‘그래, 나한텐 당장 누군가가 필요해’ 하고 에비는 생각했다.

이틀 후 에비는 휴대전화를 손에 쥔 채 다시 별실 바닥에 드러누웠다. 심장이 두근거렸다. 쉽지 않지만 이제는 전화를 걸어야 했다. 문득 그녀는 왜 자신이 핫핑크색 레이스의 검은색 글러브를 가져와서 엉덩이에 깔고 있는지 논리적으로 설명할 수가 없었다. 그녀는 수신 기록을 살펴보고는 ‘그 번호’를 찾았고 통화 버튼을 눌렀다.

“여보세요?” 엄마의 목소리는 늘 활기찼지만 이걸 완전히 믿어서는 안 된다. 그녀는 어쩌면 선글라스를 머리 위에 얹은 채 베란다에 앉아 무릎에 고양이를 얹고 있을지도 모른다.

“엄마.”

“에비! 전화를 주다니 기쁘구나! 내 메시지 못 받았나 하고 슬슬 걱정되던 참이었어! 잘 지내니, 딸?”

“잘 지내요.” 그녀가 빈손으로 카펫을 긁었다. “엄마는요?”

"바쁘지. 할 일이 많아. 공예 박람회도 나갔는데 다행히 성황리에 끝났어. 그리고 엄청 멋진 연극을 봤지. 작년에 브로드웨이에서 했던 건데 지금 순회공연 중이래. 불륜 연인에 관한 건데, 무슨 작품인지 알겠니?"

"잘 모르겠어요."

"멋졌어. 너도 보렴. 엄청 감동적이었다고."

에비가 눈을 감았다. "엄마, 내가 시간이 별로 없어요. 엄마가 이 동네에 오고 싶다고 말한 거, 그거 이야기하려고 전화했어요."

"그래! 그래, 9월 말쯤에 갈 거야. 포틀랜드에서 점심 먹을래? 넌 언제가 좋으니? 그러고 보니 꽤 됐구나. 요즘 우리 둘 다 연락을 잘 안 했잖니."

에비는 주먹을 쥐었다 펴고는 글러브에 붙은 레이스를 배배 꼬았다. "이번에 만날 수 있을지 모르겠어요."

침묵이 흘렀다. "그래? 그때 집에 없니?"

잠시 동안 그녀는 엄마가 자신에게 '구명줄'을 던진 것이라는 생각이 들었다. 그녀는 고마움에 입을 열고는 바로 그렇다고, 그때 아마 여행 중일 거라는 거짓말을 하려고 했다. 하지만 딘이 추수감사절에 트럭을 몰고 돌아올지도 모른다는 생각이 들면서, 이제는 '진실'을 말해야 한다고 외치던 목소리가 떠올랐다.

"아뇨. 여행 가는 게 아니고 그냥 그러고 싶지 않아요. 지금까지 이런 말은 안했지만 이제는 해야겠어요."

"대체 무슨 말을 하는지 모르겠구나."

"이번엔 엄마를 만나고 싶지 않다고요."

"바보 같이 굴지 말거라. 우리 얼굴 본 지 몇 년이나 됐잖니. 서로 잘 지내는지 봐야지."

"아뇨, 지금은 그러고 싶지 않아요."

엄마의 목소리는 점점 더 엄격해졌다. "이해가 안 되는구나. 대체 무슨 드라마를 찍고 있는 거야?"

그녀는 감은 눈을 뜨지 않았다. "드라마를 찍는 게 아니에요. 지난 2년 동안 나한테 일어난 일들을 엄마에게 두 시간 만에 빠르게 전해줄 에너지가 없을 뿐이에요. 그게 단지 엄마한테 재미있게 들리리라는 이유로 말이에요. 난 누군가와 막 관계가 끝났고, 지금은 집을 팔아야 할지도 모르고⋯⋯ 할 일이 많아요. 그리고 더 말하고 싶지도 않고요."

"네가 편할 때 내가 시간을 낼게." 엄마가 말했다. 마치 에비가 아무 말도 하지 않았다는 듯이 대꾸했다.

"엄마, 내 말을 안 듣고 있군요. 그러고 싶지 않다고요. 나는⋯⋯." '사과하는 습관을 버리는 걸 배워' 하는 앤디의 목소리가 들리는 듯했다. "엄마를 만나고 싶지 않아요."

"애야, 그동안 힘들었겠지, 알아. 하지만 많이 물어보지 않을게. 그냥 점심이나 먹자꾸나. 너나 나나 후회할 일은 만들지 말자." 그것이었다. 전화와 인쇄된 축하 카드로 표현하는 아일린 애슈턴의 공감 능력은 늘 이렇게 정점을 찍으며 끝났다. 심벌즈로 '탕' 하면서 종료를 알리듯이 '너 내가 죽으면 기분이 어떻겠어?'라고 하는 식으로.

367

"엄마, 나중에 얘기해요."

"얘야, 이런 건 너답지 않아."

"네, 나도 알아요." 말을 마친 에비는 가뿐하게 전화를 끊었다.

··· *35* ···

"에벌리스." 에비가 문을 열고 들어가자 제인 탤코 박사가 미소를 띠며 맞아주었다. "들어와요. 다시 보니 반갑군요. 논문이 쌓여 있어서 지저분하죠, 미안해요."

에비는 베이지색과 푸른색으로 꾸며진 차분한 진료실 안으로 들어갔다. 심장이 빠르게 두근댔다. 기절하는 거 아닌가 싶었다. 그녀는 소파에 살며시 앉고 건강한 미소를 보여주려고 애썼다. 그게 어떤 건진 잘 모르지만.

"저도 다시 뵈니 반갑네요." 마침내 그녀가 말했다. 할 수 있는 한 가장 좋은 말이었는데 한편으론 말도 안 되는 대답이긴 했다. 전혀 좋은 게 없다는 의미에서 말이다.

"자," 탤코 박사가 팔걸이의자에 앉았다. "오랜만에 보네요. 그동안 무슨 일이 있었나요?"

369

에비는 깜짝 놀라고 말았다. 갑자기 눈물이 터져 나오려고 했기 때문이다. "이런." 그녀가 작게 중얼거렸다.

"테이블에 티슈 있어요. 호흡을 천천히 골라 봐요."

티슈로 눈을 톡톡 두드리고, 길게 숨을 내쉬고, 의사 뒤로 벽에 걸린 갈매기 떼 그림에 시선을 맞췄다. "벌써 나쁜 기분이 드네요."

"잘하고 있어요." 탤코 박사가 말했다.

"뭐가요? 앉자마자 울음이 터진 게요?"

"여기서 6개월 내내 운 환자도 있답니다." 의사가 말했다. 에비의 눈이 조금 더 커졌다. "에비가 그럴 거라는 말은 아니에요."

"무슨 말씀을 하시는지 모르겠어요. 저, 제게 도움이 필요한 것 같아요. 그런데 어떤 도움이 필요한 건지는 모르겠어요."

"자, 그럼 말해봐요. 무슨 일이 있어서 전화기를 들고 나한테 전화를 걸었죠?" 탤코 박사가 펜을 집어 들고 손가락 사이에서 살짝 굴렸다.

"뭘 좀 떨어뜨렸어요. 주방에서요. 무슨 일이 일어난 건진 모르겠는데, 그냥…… 화가 울컥 치밀었어요. 내가 미치는 게 아닌가 싶더라고요. 그 정도까진 아닐 수도 있지만……." 그녀가 쌀과 깡통 그리고 울부짖는 자기 목소리를 '들었던' 일에 대해 설명했다. 당시 느꼈던 감정만큼이나 그 일을 묘사하는 건 기이하게 느껴졌다. 자신의 머리가 깃들어 살고 있는 집과 같은 것이라면, 그 안을 걸어 다니느라 마룻바닥을 쿵쿵거리고, 기둥들을 들썩이게 하여 마침내 콘크리트 판 위로 모든 것이 무너져 내릴까 봐 점점 더 겁이 나기 시작했다. "제가 쏟은 것들을 치우면서 주방 바닥에서 고함을 지르다가 마침내 멈췄죠. 그리고 말씀드린 것처럼, 내가 미쳐가고 있나 하는 생각이 들었어요. 평범하진 않아 보이잖아요."

"그런 줄은 몰랐군요." 탤코 박사가 말했다. "지난번에 만났을 때 내가 에비의 상황을 생각해보고, 사람은 누구나 대개 어느 정도의 도움이 필요하다고 말했죠. 남편이 죽은 지 얼마나 되었다고요?"

"거의 2년요." 그녀가 고개를 젓고 이어서 설명했다. 자신이 그 사실로 인해 비통해한다고 생각해서는 안 되기 때문이다. "그때 전 그와의 관계를 끝내려던 참이었어요. 그런데 요즘은 엄마와의 관계도 파탄 난 것 같아요. 그렇지만 남편의 사고로 뭔가가 잘못되었다고 생각하진 않아요."

"반드시 '잘못되어야' 하는 일은 아무것도 없어요."

"선생님은 제가 주방 바닥에서 그러는 걸 못 보셨잖아요."

탤코 박사가 미소를 띠었다. "많은 분이 암에 걸렸다거나, 이혼을 했다거나, 집이 불타버려서 여기에 오세요. 동시에 열쇠를 잃어버리기도 하고, 커피를 쏟기도 하고, 개가 슬리퍼를 씹어 먹기도 하면서 스스로가 산산조각이 나는 느낌을 받죠. 그건 그저 일이 계속 꼬이는 것뿐이에요."

"제가 뭘 느꼈냐면……." 에비는 한참 말을 잇지 못했다. 단어가 입에서 나오지 않았다. 그녀는 창밖과 진료실 바닥을 바라보고는 탤코 박사가 말을 이어주길 바랐다. 박사가 상황을 이끌어주길 기대했다. 하지만 깨달음의 침묵을 넘어선 뒤 협조적인 침묵이 뒤따랐다. 의

371

도적인 침묵도 이어졌다. 에비는 마침내 목구멍에 걸린 돌덩이를 꿀꺽 삼켰다.

"제가 처한 이 상황이 뭔지 알아야 할 것 같아요. 계속 스스로에게 그렇게 말하고 있죠. 마음을 가다듬으라고요. 선생님은 굶주려 보신 적이 없죠. 친구들도 있고, 그리고…… 여러 기회도 있었을 테고."

탤코 박사가 양손의 중지를 맞댔다. "세상에 자기 이를 직접 펜치로 뽑을 수 있는 사람이 있을까요?"

에비가 그녀를 멍하니 쳐다보았다. "선생님이 말하려는 건 그런 게 아닌 것 같은데요."

"아마 없을 거예요. 하지만 그게 진실이죠. 에비, 우린 상한 치아가 하나 생기면 펜치를 집어 들고 이에 끼운 다음에, 있는 힘껏 잡아당길 수 있어요. 당신이 하려는 게 이런 것 아닌가요?"

"뭔가 질문에 함정이 있는 것 같은데요."

"계속 해보세요."

"아뇨, 전 제가 스스로 이를 뽑을 수 있을 것 같진 않아요."

"환자분들께 상담 치료에 대해 말할 때 공통적으로 하는 소리예요. 스스로 할 수 있겠느냐고 묻는 게 아녜요. 당신이 지금까지 '그러려고 했다'는 뜻이죠. 하지만 그건 위험할 수 있고 무척 어렵기도 해요. 스스로 힘을 내려고 애쓰는 게, 바로 정신에 난 상한 이를 스스로 뽑으려는 거나 마찬가지란 소리예요."

에비는 이전에 들었던 모니카의 말을 떠올리고 미소를 띠었다.

"에비, 이 말이 도움이 될지 모르겠는데 당신이 조금 전 5분 동안

372

한 이야기는, 모든 일에서 혼자 애를 썼던 거나 마찬가지란 뜻이에요. 하지만 당신은 그러지 않아도 돼요."

"그래서 선생님은 제가 환자 후보가 되었다고 생각하시는군요."

"오, 모두가 나의 환자 후보죠. 나 자신도 마찬가지고요. 내가 묻고 싶은 건 이거예요. 이제 당신이 새로운 것을 시도할 준비가 됐느냐는 거죠. 자신에 대해서 말하고 싶은가요?"

그녀가 힘차게 고개를 끄덕였다. "네."

에비는 집을 부동산에 내놓았다. 집을 치우고, 그 안에 든 짐을 반쯤 정리해서 집을 더 넓어 보이게 하면, 아니, 아예 비우면 빨리 팔릴 것이 분명했다. 팀이 앞문에 유리잔을 던지는 바람에 생긴 그녀의 핏자국이 남아 있을지도 모르는 거실 깔개는 업자들이 교체할 예정이었다. 마지막으로 그녀는 별실 바닥에 누워서 양손을 바닥에 댔다. 딘이 무척이나 그리웠다. 조금 어지러웠지만 다시 짐을 쌌고 마침내 그곳을 떠났다. 그녀는 두어 달 동안 아버지와 함께 지내면서 새로 살 집을 찾았다.

가을이 다가오고 서늘해진 어느 날, 창고에서 두툼한 재킷을 막 꺼내다가 다음에 살 집을 정하게 됐다. 부동산 중개인인 벳시가 빨간색 경차에 그녀를 태우고서 캘카셋에서 케틀만섬으로 넘어가는 짧은 다리를 건넜다. 섬에 있는 집들은 대부분 침실이 한 개에서 두 개 딸린 조그마한 시골집으로, 몇 곳은 여름휴가용 임대 별장이었다.

"당신이 좋아할 것 같아서요. 이 집을 보자마자 당신이 생각났어요. 너무 크지도 않고, 바다가 바로 보이기도 하고요." 벳시가 말했다.

케틀우드라는 이름의 집이었다. 문을 열자 모퉁이에는 난로가 있었고 임대용 집에 흔히 보이는 튼튼한 싸구려 카펫이 깔려 있었다. 주방에서 거실까지는 자주 밟고 다니는 바람에 헤진 흔적이 나 있었지만. 응접실에서는 정면으로 항구가 보였다. 창문도 많았다. 안락의자두 개쯤은 놓을 수 있는 조그마한 발코니도 딸려 있었는데 여기는 석탄 그릴도 놓을 수 있을 만큼 충분한 크기였다. 주방은 작았고 대부분의 설비들을 교체해야 할 것 같았다. 하지만 보일러는 튼튼했으며 지붕 상태도 괜찮았다. 아버지가 와서 한 번 둘러보고는 이렇게 말했다. "좋아 보이는구나, 에벌리스."

밴크로프트의 집을 비우기 전에, 에비는 시어머니 릴라를 초대했다. 팀의 유품으로 가져갈 만한 게 있을지 집을 둘러보라는 작은 배려였다. 릴라는 집을 둘러보았다. 에비는 그녀가 팀이 서 있던 곳, 앉아 있던 곳, 사람들과 병원에 대한 이야기를 즐겁게 나누던 곳곳을 응시하고 있음을 깨달았다. 팀이 어떤 사람이었든 간에 그는 그녀의 소중한 아들이었다.

"팀이 죽었다는 게 일이 아직도 믿기지가 않아. 너무 슬프구나." 릴라가 말했다.

에비는 릴라가 말하는 '슬픔'의 의미를 알 수 없었다. 아마 앞으로도 알 수 없을 것이다. 슬픔은 주변에 너무나 많으니까. 하지만 이제 그녀는 이곳에서 도망칠 때가 되었다. 릴라는 커피를 마시며 팀이 장학금을 받고 학교에 들어갔던 일이나 에비가 앞으로 케틀우드에서 해야 할 일 등에 대해 이야기를 나누고 한 시간 뒤에 돌아갔다.

"새집에서도 여기에서만큼 행복했으면 좋겠구나." 에비는 릴라와 포옹을 하며 자신도 그러고 싶다고 대답했다. 거짓말이었다. 그러나 이번에는 거짓말을 한다는 기분이 들지 않았다. 누군가가 잘되길 바라면서 부적과 선물을 건네주는 느낌이었다. 그저 릴라에게 팀의 죽음에 대한 애도를 표하는 것일 뿐이었다. 좋은 의도로 그의 셔츠를 건네주는 것처럼. 그리고 마침내 그녀는 난롯가에 불을 붙이고 각종 요리법과 티켓들, 그의 대학 성적표 같은 것을 불태웠다.

이사하는 날을 기다리는 동안 그녀는 수업 시간을 피해 노나에게 전화를 걸었다.

"노나, 에비 드레이크예요. 너무 오랜만에 연락드려서 죄송해요. 그동안 일이 좀 있었어요. 전화를 미리 했어야 했는데."

"이렇게 연락을 받으니 기쁘군요." 노나가 말했다. "이제 막 포기하고 당신만큼 훌륭하진 않은 다음 후보자에게 전화를 하려던 참이었는데." 두 사람은 애도 같은 것은 나누지 않았다. 팀에 대해 이야기하지 않았다. 노나는 팀을 몰랐기 때문이다. 딘에 대해서도 이야기하지 않는데, 그건 노나가 야구를 보지 않기 때문이다. 그녀는 오직 에비한 사람과 그녀의 작업만을 알고 있었다. 가족도, 그녀가 베푸는 선행도, 그녀가 구해줬던 다리가 부러진 새 이야기도 모르는 사람. 그저 일에 대해서만 아는 것이다. 에비는 그 점이 마음에 들었다. 두 사람은 이야기 끝에 메인주 바닷가재 산업과 기후 변화의 영향에 관해 탐구하는 책을 함께 쓰기로 했다. 작업은 4월부터 시작될 예정이었다. 노나는 그녀에게 새 녹음기 하나와 샴페인 한 병에 메시지를 써서 선물로 보냈다. "멋진 작업이 될 겁니다. 고마워요."

그리고 앤디가 기념으로 에비에게 맛있는 저녁을 사주었다.

다시 돌아온 추수감사절에 아버지가 전과 같이 칠면조를 썰었다. 그리고 모두에게 자신이 얼마나 은혜받은 사람인지 이야기하면서 딸에게 고맙다고 말했다. "우리 딸이 하는 일은 매일 나를 자랑스럽게 합니다. 비록 이 친구가 많은 걸 잃었다 할지라도 말이죠." 그게 시작이었다. 어쩌면 언젠가 그녀는 아버지에게 푸른색 여행 가방과 등에 난 멍 자국에 대해 이야기하게 될지도 모른다. 하지만 탤코 박사는 그녀가 그러고 싶지 않다면 굳이 하지 않아도 된다고 충고했다. "세상에 무조건 고백해야 하는 일 같은 건 없어요. 때론 진실이 답이 아닐 때도 있죠."

크리스마스에는 앤디와 모니카가 그녀에게 바 하버에 있는 리조트에서 하루 동안 스파를 즐길 수 있는 상품권을 선물했다. 크리스마스 당일 아침, 그들의 집에서 에비가 봉투를 열었을 때 모니카가 그녀에게 몸을 기울이며 속삭였다. "괜찮으면 같이 가요." 에비는 웃으며 고개를 끄덕였다.

1월이 되어 두 사람은 함께 마사지를 받으러 갔다. 마사지사가 등과 어깨에 뜨거운 진흙 팩을 발라주는 동안 에비는 숨을 깊이 들이쉬고 더없이 행복해했다. 하지만 마사지사가 머리를 감겨주기 위해 자리를 옮겨줄 때 숨이 턱 하니 막혔다. 그녀의 목덜미에 닿은 머리칼을 넘겨주던 딘의 손가락이 떠올랐던 것이다. 눈이 따끔거렸다.

2월이 되어 에비는 케틀우드로 이사를 갔고 일주일 뒤에 다이앤 마스턴의 추천으로 토마스턴에 있는 유기견 보호소에 갔다. 에비는 안내 데스크로 다가갔다. "안녕하세요. 새집에 들어갔는데 개 한 마리를 키우고 싶어서요." 직원이 그녀를 향해 미소 지었다.

그녀는 뒤쪽에 있는, 기숙사라고 불리는 곳으로 들어갔다. 작은 방에는 발이 커다란 갈색 강아지가 자기 머리만 한 고무 야구공을 끌고 다니는 중이었다. 그녀는 크게 웃음을 터트리며 몸을 숙였다. "안녕." 강아지가 입에 공을 물고 그녀에게로 향했다. 공을 놓지 않고 그녀의 눈을 정면으로 응시했다. 그리고 '그르르르르' 하고 대답했다.

에비는 바닥에 앉았다. 강아지가 야구공을 떨어뜨리고는 그녀에게 완전히 몰두하여 코로 전신을 탐색하려고 애쓰다가 에비의 가슴으로 뛰어들었다. 그녀는 강아지에게 계속 말을 걸면서 동시에 손가락 아래로 부드러운 털을 느꼈다. 꿇어앉은 다리 위로 강아지가 올라가려고 애쓰다가 옆으로 콩 하고 떨어져 몸을 부르르 떠는 모습에 그녀는 크게 웃음을 터트렸다.

그로부터 나흘 후, 한 차례 가정 방문이 이루어진 뒤 그녀는 새집 바닥에 벌렁 누웠다. 가슴 위에는 강아지가 온몸을 쭉 뻗은 채 안겨 있었다. 그녀는 강아지의 귀를 계속 간질이며, 졸음에 겨워 멍해지다 감기는 그 눈을 바라보았다. 강아지의 이름은 웹스터로 정했다.

몇 주 동안 집에만 있던 에비는 어느 날 밤 앤디의 친구에게 받은 스피커들을 설치하기로 마음먹었다. 무선 스피커 시스템이라서 긴 사운드 바는 거실에 두고 작은 스피커는 주방과 침실에 두었다. 모두 휴대전화에 연결했다. 재생 버튼을 누른 그 순간 그녀는 펄쩍 뛰어올랐다. 강아지도 펄쩍 뛰어올랐다. 귀가 캥거루처럼 곧추섰다. 소리가 엄청나게 컸던 것이다. 그녀는 음량을 줄이다가 발아래에서 느껴지는 감각에 놀라 잠시 행동을 멈췄다. 양말 속으로 바닥에서 올라오는 진동이 느껴졌다.

이곳은 가장 가까운 이웃집도 멀리 떨어져 있다. 위층에서 잠을 청하는 사람도, 전화를 하는 사람도, 끝내야 할 일이 있는 사람도 없었다. 그래서 그녀는 잠시 서 있다가 발바닥을 탁탁 튀겨보았다. 벽 쪽으로 걸어가서 손을 대자 거기에서 아까의 느낌이 전해졌다. 그녀는 웃음을 터트렸다. "이런, 젠장." 손바닥 아래로 둥글고도 두터운 소리와 한편으로는 날카롭고 가느다란 소리가 동시에 느껴졌다. 그녀는 창가로 가서 창문 가까이에 몸을 붙였다. 창에서 빛이 반사되고 유리창이 살짝 떨리고 있었다. 차가운 창틀에 손바닥을 대자 베이스 소리가 둥둥 울리면서 손바닥을 간질였다. 한 걸음 뒤로 물러나자 창문에 손바닥 자국이 묻어 마치 유령이 하이파이브라도 한 듯한 흔적이 남았다.

그녀는 집 전체의 진동에 맞추듯 발을 높이 들기 시작했다. 웹스터가 곁에 다가와서는 엉덩이를 허공에 치켜올리고 주인에게 머리를 묻었다. "춤!" 에비가 작은 갈색 강아지에게 지시하고 그 앞에서 몸을 이리저리 흔들자 웹스터가 꼬리를 비트에 맞춰 살랑거리며 깽깽댔다. 그녀는 주방 상판 조리대에 손가락을 대고 마치 피아노 독주를 치듯이 몸을 움직였다.

그녀는 복도에서 침실까지 몸을 돌리면서 나아가다 마침내 침대에 털썩 드러누워서 다리를 씰룩씰룩 움직이고, 손을 흔들고, 끝으로 소리를 내질렀다. 마지막 음조를 내뱉으며 눈을 감았다. 이내 그녀는 기력을 회복하고 웹스터를 가슴 위에 올려 두었다.

얼마 뒤 에비는 일어나 앉아 강아지의 귀를 긁어 주었다. 얼굴은 달아올랐고 땀으로 번들거렸으며 숨이 헉헉 뿜어져 나왔다. 그렇다. 이곳에선 누구의 눈치도 볼 필요가 없다.

··· 36 ···

딘은 부모님 댁 서재에 서서 어린이 야구단 시절에 받은 트로피와 액자에 걸어둔 자신의 기사들(모두 좋은 이야기로 가득한), 멀린과 양키스 시절에 받았던 다양한 물건들을 응시했다. 지금은 3월이었고, 그는 봄 시즌을 시작할 준비가 되어 있지 않았으며, 그 사실은 여전히 어깨를 아프게 했다.

"저녁 다 차렸다." 앤지가 그의 허리를 끌어안으면서 말했다.

그는 몸을 돌려 엄마의 어깨에 팔을 둘렀다. "엄마, 이런 것들을 계속 간직하지 않아도 돼요."

"최소한 네 버블헤드 인형은(유명인들의 모습을 본 딴 피규어 인형으로 머리가 큰 것이 특징이다. -옮긴이) 그대로 두어야 한다고 생각하지 않니?" 그녀가 팔을 뻗어서 만지자 인형이 열심히 고개를 끄덕였다.

"이런, 저 버블헤드를 만들 때는 제법 괜찮은 짓이라고 생각했는

380

데," 그가 미소를 지었다. "저게 제 경력의 정점이었죠."

"「로 앤드 오더」에 카메오로 출연한 게 아니고?" 그녀가 물었다. "래퍼도 만났잖니."

"그랬죠." 그가 어린 시절, 스틸 중인 모습의 사진에 손을 댔다. "알았어요, 계속 가지고 계세요. 하지만 이 중에서 많은 것을 잃어버리실 수도 있어요."

"말이 되는 소리를 해라. 지금 내가 '우리가 최고야' 손가락 모형을 껴보려고 여기에 왔는데. 난 네 아버지랑 싸울 때도 그걸 끼지."

"이제 안 그러실 거죠?"

"아니, 그럴 거야."

"더 이상 자부심을 가질 게 많이 남지 않았는데요, 엄마."

그녀가 아들의 엉덩이를 툭 쳤다. "우린 전부 다 자랑스럽단다. 그리고 사람은 늘 어느 시점에선가 플레이를 그만두게 돼. 그리고 나이를 먹어가지. 예외는 없어. 너도 벌써 하얗게 센 머리가 있는걸?"

"네, 네. 알아요."

"네 아버지는 네가 투구했을 때 입었던 트레이닝복을 아직도 입어. 네가 타자를 삼진아웃으로 잡은 언젠가 우린 차에 타고 있었는데, 너의 아빠가 신이 나서 계속 경적을 울려댔지. 그러다 딱지를 끊었던 것도 같아."

딘은 자신을 '영웅'이라고 지칭한《데일리뉴스》의 기사를 보았다 "난 정말 좋은 투수였군요." 그가 엄마에게 말했다.

"위대한 투수였지. 이때 기억나니?" 그녀가《뉴욕타임스》에서 오린 기사를 가리켰다. 월드 시리즈에서 우승한 뒤에 펄쩍 뛰어오르는 딘의 모습을 사진으로 남긴 기사였다. 허들 경기를 하듯이 두 다리를 벌리고 2, 3피트 가량 공중으로 뛰어오른 그는 입을 크게 벌리고 소리를 지르며 두 주먹을 공중으로 치켜올리고 있었다. 그 사진은 티셔츠와 잡지 표지에도 등장했는데, 그는 팔에 이 모습을 문신으로 새긴 사람도 두 명이나 보았다.

"네." 그가 말했다. "그랬었죠. 그게…… 당시 난 유일한 인물이었죠. 내가 상상할 수 있는 모든 것, 사람들이 내가 할 수 있다고 생각한 모든 것을 했던 유일한 인물이었죠. 그리고 앞으로 남은 평생은, 내가 부주의했다고 생각하는 사람들의 말을 들으며 보내야겠죠."

앤지가 그의 등을 살살 쓸어주었다. "딘, 사람은 그저…… 약할 뿐이야. 그래서 예민해지기도 하지. 사람들은 막 일어난 일들에 대해 생각하기를 두려워하지. 그래도 난 네게 침대 아래에 있는 괴물을 물리칠 힘이 있다고 생각해. 무슨 말인지 알겠니?"

"비판쟁이 야수들은 물리치기 어렵게 느껴진다는 말이잖아요."

그녀가 어깨를 으쓱했다. "이 말로 네 기분이 나아질 거라고는 생각하지 않았어. 하지만 기분이 나아지려면 네가 플레이를 했던 그 좋은 시절처럼 지내야 한단다." 그녀가 그의 팔꿈치에 손을 얹었다. "네가 앞으로 다시 야구공을 잡을지는 모르겠지만 우리는 언제나 저 사진을 찍었던 때만큼 널 자랑스러워할 거란다."

그녀가 시계를 보았다. "자, 5분 안에 식사를 차려야겠구나. 나 주방으로 못 가게 잡아끌면 안 돼."

"나도 가요." 그가 몸을 숙여 앤지의 볼에 입을 맞췄다. "고마워요, 엄마."

식사 자리에서 스튜어트가 바로 본론으로 들어갔다. "에비한테는 연락이 오니?"

앤지가 고개를 살짝 저었다. "여보, 우리가 그걸 들쑤시는 셈이 될 것 같은데. 이거 들쑤시는 거지?"

스튜어트가 어깨를 으쓱했다. "내가 할 일이야."

딘이 감자를 가득 떠서 앞 접시에 담았다. "에비가 가끔 문자를 보내요. 하지만 사실, 끝났어요."

"음, 바보 같은 자식."

"여보." 앤지가 다시 입을 열었다. "진정해요."

"당신은 바보 같은 자식이라고 생각 안 하오?"

"난 그렇게 말 안 했어요."

딘이 빵에 버터를 발랐다. "음, 아빠, 그녀는 뭐랄까, 정신적인 문제에 익숙해질 수 없는 사람이에요. 그녀는 절 다시 야구계로 돌려보내려고 계속 밀어붙이고, 밀어붙이고, 밀어붙였고, 그게 수포로 돌아가자 제게 떠날 것을 권했죠."

"그 애가 야구에 그렇게 관심이 있는 줄은 미처 몰랐는데." 앤지가 말했다.

"음, 좋게 들리진 않는구나." 스튜어트도 동의했다.

"그녀는 그냥 수긍을 하지 못하는 것뿐이에요." 딘이 말했다. "엄마 아빠가 옛날에 저한테 계속 올스타 캠프를 강요한 거랑 비슷하죠."

앤지와 스튜어트가 서로를 바라보았다. "잠깐," 앤지가 말했다. "넌 네가 올스타 캠프에 어떻게 갔다고 생각하는 거니?"

"제가 캠프에 간다고 할 때까지 두 분이 계속 절 쪼아대셨죠."

앤지가 어이없다는 듯이 "하!" 하고 소리를 냈고 스튜어트도 비슷한 투로 말했다. "장난하지 말고."

"뭐가요?"

스튜어트가 치킨 한 조각을 포크로 쿡 찍었다. "뭔가 잘못 기억하고 있네, 네가."

"어떻게요? 아버진 어떻게 기억하시는데요?"

"네가 캠프 안내 책자를 집에 가져와서 권유를 받았다고 말했어. 네가 모르는 애들이랑 섞여서 힘들게 훈련을 할 게 자명해 보였지. 넌 그것 때문에 겁먹은 것처럼 보였고. 네가 나랑 네 엄마한테 하고 싶지 않다고 말했어. 우리가 '정말이니?' 하고 묻자 분명 그렇다고 했어. 그런데 다음 날 그 안내 책자가 다시 테이블 위에 놓여 있더구나. 그래서 우리가 다시 물었지. '음, 이제 여기에 가고 싶은 거니, 딘?' 하고 물었더니 또 '아뇨, 아뇨. 가고 싶지 않아요'라고 하더라."

"그것도 아주 단호하게." 앤지가 덧붙였다.

"그런데 이상하지, 계속 똑같은 일이 일어났어. 네가 그걸 들고 와서는 가고 싶지 않다고 말하더니, 다시 다음 날 또 책자가 테이블에 놓여 있었어. 너무 혼란스러워서 난 네 엄마한테 '여보, 딘이 저기에 가고 싶다는 건가, 아니면 그 애가 오길 바라는 유령이라도 있는 건가'

하고 말했지.”

앤지가 웃음을 터트렸다. “맞아요, 다 기억나.”

“그래서 다음 날 우리가 집에 오자마자 네가 그러더구나. ‘오늘 무슨 일이 있었게요, 아빠? 테디가 올스타 캠프에 간대요!’ 그래서 내가 ‘참가하거라, 해’라고 했고 계속 널 ‘다그쳤지’.”

딘이 얼굴을 찌푸렸다. “그거 이상하네요. 그런 일은 전혀 기억이 나지 않아요.”

“네 아버지가 상상한 거야, 하고 말해줘야 하니?” 앤지가 말했다. “하지만 나도 기억난단다. 네가 계속 ‘부스러기’를 떨어뜨리고 다녔잖니. 계속, 계속 말이다. 그래서 우리가 계속 권유해줘야 한다는 암시를 네가 준 거라고 생각했는데.”

“그럼,” 스튜어트가 퉁명스럽게 말했다. “이번엔 에비 주변에 어떤 안내 책자를 한 뭉텅이 놔두고 온 거냐?”

딘이 잠시 말을 멈췄다. “젠장.”

… *37* …

3월의 마지막 금요일, 아침 11시가 되기 직전에 에비는 뉴욕에 있는 딘에게 보낼 흰색 상자를 조수석에 올려놓고 캘카셋으로 빠르게 차를 몰았다. 태양이 아직 완전히 모양을 갖추지 않았지만 점점 날이 개고 있었고 갈매기들이 머리 위에서 까악까악 울어대며 날아다녔다. 우체국 입구에 다가갔을 때, 마침 문이 열렸고 폴 슈람 박사가 고무 밴드로 묶은 커다란 우편물 뭉치를 들고 나왔다. 그가 은퇴하고 나서 어디에 갔다 왔는지, 어디에 가서 친구들에게 편지를 썼는지 아빠에게 들은 것도 같았다.

"에벌리스, 안녕!"

"안녕하세요, 슈람 박사님." 그녀가 박사의 소포 상자를 가리켰다. "우편물이 엄청 많네요!"

"폴 아저씨라고 부르랬잖니." 그가 우편물 뭉치를 내려다보았다.

"헬렌이랑 2주 동안 자리를 비웠더니 이렇게 쌓였지 뭐니. 대부분 홍보 우편물일 게다. 넌 어떠니? 집을 팔았다고 들었는데."

"네, 네. 팔았어요." 그녀가 고개를 끄덕였다. "밴크로프트의 집은 오거스타에서 인쇄 사업을 하는 아주 멋진 남자분이 구입하셨어요. 아마 몇 주 안에 그분을 보게 될 거예요."

"힘든 일을 치렀구나."

"네. 아름다운 집이지만 저 혼자 살기엔 너무 커요." 갑자기 그들 사이에 날아든 비눗방울처럼 팀이 떠올랐다.

슈람 박사가 부드럽게 고개를 끄덕였다. "알 것 같구나. 지금은 다리 건너에서 살지? 거기엔 네 옛날 집만큼 멋진 집들이 많지. 난 늘 그런 집이 좋았어. 우리 숙모께서 거기에서 몇 년 동안 살고 계신단다. 난 숙모 댁 발코니에 앉아서 배가 지나가는 걸 구경하곤 해."

"저도 자주 그래요. 아직 정리할 게 남았지만요." 그녀가 말했다. "집 정리를 마치면 헬렌 아주머니랑 같이 초대할게요. 저녁 드시러 오세요. 발코니에서 먹으면 좋을 거예요."

"그러자꾸나. 그때까지 잘 지내거라, 얘야."

"아저씨도요."

인사를 마친 그녀가 묵직한 문을 잡아당겨 열고는 접수대로 향했다. 상자를 내려놓았다.

"속달요?" 접수원이 그녀에게 시선도 주지 않고 물었다.

에비는 주소란을 한 번 보고는 잠시 눈을 감았다. 마음속으로 간절하게 빈 다음 다시 눈을 뜨고 말했다. "네, 그렇게 해주세요."

소포를 부치고 나서 며칠 후, 에비는 침실로 빛이 들어오기 시작할 무렵 잠에서 깨어났다. 눈을 뜨고 잠시 그대로 있는데 자신을 응시하는 물기 어린 애처로운 눈과 마주쳤다.

"오, 안녕. 우리 강아지, 이리 와." 그녀가 웹스터에게 손을 뻗어서 귀 뒤를 긁어주었다. 웹스터가 더없이 행복한 표정으로 잠시 눈을 감았다가 침대 옆 바닥에 앉은 상태에서 슬픈 듯한 눈망울로 다시 눈을 맞춰왔다.

"배고파?" 그녀가 물었다. 강아지의 맑은 눈동자가 씰룩거렸다. "밥 좀 먹을까?" 웹스터가 펄쩍 뛰어올랐고 그녀는 이불을 걷어냈다. "아침 먹으러 가자." 웹스터가 모퉁이를 돌아 전속력으로 질주하여 거실을 지나서 주방으로 들어가는 소리가 들렸다. 이윽고 주방 바닥을 발톱으로 긁는 소리가 들렸다.

주방에서 그녀는 웹스터의 접시에 사료를 부어주고는 커피를 내렸다. 아침 9시, 지금쯤 딘도 아침을 먹을 것이다. 누구와 먹을까. 소포를 보내기 전에 그에게 새로 만나는 사람이 생긴 건 아닌지 앤디에게 물었어야 했다. 아니, 그에게 직접 물었어야 했다.

그녀는 트레이닝복 바지와 플리스 재킷을 입고 웹스터를 데리고 집에서 자동차 도로까지 길을 따라 걸었다. 둘은 매일 그 길로 산책했다. 매일 목초지를 지나 이웃을 만나며 애써 미소를 지어야겠다고 의식적으로 생각했다. 이 집은 옛날 집에서 20분 거리였다. 근처에는 아직 아빠가 살고 있고 앤디와 아이들도 있다. 하지만 그들의 집이 다 동떨어져 있어서 홀로 살고 있다는 느낌을 받기가 쉬운 이곳에선 새로운 이웃이 필요했다.

집으로 돌아온 그녀는 웹스터의 목줄을 풀어주고는, 자신이 먹을 음식을 만들고 오늘 무슨 소식이 있지 않을까 하며 계속 휴대전화를 확인했다. 그리고 잠시 거실에 앉았다. 밖에서 안개가 서서히 흩어지고 있었고 차창 밖으로 배들의 형상이 드러나기 시작했다.

책 한 권을 들고 소파에 자리를 잡았을 때 그녀는 거실에 우뚝 멈춰 서서 심장에 한 손을 가져다 댔다. 수많은 차량 소리 중에서 딘의 트럭 엔진 소리를 구분해낼 수 있느냐고 한다면, 그럴 수 없겠지만, 이번에는 좀 달랐다. 그 소리를 들은 순간 확신이 들었기 때문이다. 지금 자신을 바라보는 게 강아지 한 마리뿐이어서 그녀는 웹스터에게 물었다. "이봐, 누굴까?" 아직 경험이 부족하고 불청객의 얼굴에 충성심이 있는지 없는지 알아보지 못하는 어린 웹스터는 트럭 소리에 20파운드짜리 강아지가 할 수 있는 최대치로 위협적이고도 흥분한 소리를 질렀다.

에비는 현관으로 갔다. 딘이 막 그녀의 차 옆에 트럭을 세우고 걸어 올라오는 데 맞춰서 문을 열었다. 간헐적으로 문자를 나누고 이따금 애석하게 성적인 꿈을 꾸면서 여섯 달을 보내는 동안, 그녀의 마음속에서 딘의 모습은 점점 희미해져 갔다. 키가 크고 어두운 머리칼에 어두운 초록색 눈동자를 지녔다는 정도만 기억이 났다. 그리고 어깨 모양과 탄탄하게 솟아오른 엉덩이까지. 하지만 그가 입가에 비스듬한 미소를 걸고 다가오자, 그녀는 그의 뺨에 난 점이 사라졌음을 깨달았다. 그가 가볍고도 힘 있게 걸음을 옮기고 있었다.

두 사람은 문을 사이에 두고 마주 서서 서로에게 미소를 지어 보였다. 그가 레이스가 달린 야구 글러브를 들어 보였다. 손바닥에는 테이프로 붙인 메시지가 쓰여 있었다. 검은색 대문자로. 그녀가 써놓은 것이었다. '보고 싶어요.'

"저기, 글러브 잃어버리지 않았어요?" 그가 물었다.

그녀가 입술을 움찔거렸다. "당신이 문자를 보낼 거라고 생각했어요. 전화를 하거나. 여기에 올 줄은 꿈에도 생각하지 못했어요. 내가 가려고 했는데."

그가 그녀에게 화를 낸 적은 한 번도 없었는데 이번에 처음으로 '화'를 냈다. 그가 그녀와 눈을 똑바로 마주쳤다. "이게 더 빨라요."

그녀의 얼굴이 붉게 달아오르고 무릎이 휘청거렸다. "잘 왔어요."

··· *38* ···

새집의 진입로에서 그가 자기 앞으로 다가오는 모습이 매우 익숙하게 느껴졌다. 그녀는 다시 그의 어깨를 마주했고 집 안으로 들어오라는 몸짓을 했다. 안으로 들어서자마자 그가 몸을 돌려서 그녀를 끌어당겨 안았다.

"여기에 와도 될까, 하고 한참 고민했어요. 내가 코치를 맡은 팀이 경기를 해서 어젯밤에 집에 왔는데, 전화하기엔 시간이 너무 늦었더라고요. 오늘 전화하려고 했는데, 잠에서 깨니까 새벽 4시라서 그냥 여기서 오면 같이 점심을 먹을 수 있지 않을까 하는 생각이 들어서, 그만…… 그냥 와버렸죠."

그녀가 미소를 띠며 고개를 끄덕였다. "당연히 와도 되죠."

그가 몸을 숙여 키스를 했다. 에비는 손을 어쩔 줄 모르다가 딘의 팔을 짚었다. 자신의 심장 소리가 들려왔다. 그가 자신을 꽉 끌어안는 것을 느끼면서 그녀 역시 손가락이 그의 등을 파고들 만큼 꽉 안았다. 그 없이 지낸 몇 달 동안 그녀는 몇 가지 일을 잊어버렸고, 동시에 또 어느 정도는 잊지 않기도 했다. 그러나 그가 온 순간 모든 것이 다시 기억났다. 마치 노래의 첫 구절을 듣고 나서 나머지 소절을 떠올리는 일과 비슷했다.

갑자기 웹스터가 깽깽거리더니 딘의 다리 위로 펄쩍 뛰어오른 뒤 그에게서 위험 신호를 탐색했다. 묘기를 부리는 것 같기도 하고 고양이를 마주쳤을 때 같기도 했다. "웹스터." 에비가 입을 연 순간 딘이 그녀에게서 몸을 떼고는 쭈그리고 앉아서 웹스터의 귀를 긁어주었다.

"개가 있네요." 그가 말했다.

"네, 웹스터라고 해요."

"왜?"

에비가 웃음을 터트렸다. "앤디와 모니카에게 보여줬더니, 모니카가 종이 뭐냐고 물어보더라고요. 난 유기견 센터에서 들은 대로 잡종 셰퍼드라고 말해줬죠. 그랬더니 앤디가 '얘는 꼭 사전에서 '개' 항목에 그려진 강아지처럼 생겼는데'라고 하더군요. 그래서 웹스터라고 지었어요."

"그 사이에 새집도 구했네요."

"네! 구경할래요? 음, 여기에 좀 있을 거죠?"

그가 그녀의 머리칼을 귀 뒤로 넘겨주었다. "네."

"좋아요, 이리 와요." 그녀는 그를 이끌고 주방을 지나 주방 겸용 식당에 놓인 새 테이블을 보여주었다. "아빠랑 켈 아줌마, 앤디네 식구들까지 죄다 와서 식사를 해도 충분하죠. 저기에 난로도 있어요.”
두 사람은 거대한 전망 창이 있는 방으로 갔다. 지금은 지근거리에 있는 배 몇 척만이 눈에 들어왔다. “여기서 경치도 구경하고요.”

“와, 멋진데요.” 그가 부드럽게 말했다.

“그렇죠. 집이 너무 좋아요. 중개인에게 내가 늘 바닷가에 있는 집을 갖고 싶었다고 말했더니 여기로 데려와줬어요. 카펫이나 주방 집기는 낡았지만요. 그러니까 현대적이진 않지만 우아하죠? 그 점도 마음에 들어요.” 그녀가 팔짱을 꼈다.

“뉴욕 생활은 어때요? 아, 좀 앉죠?” 그가 고개를 끄덕였다. 두 사람은 의자를 하나씩 차지하고 앉았다. 한때 그의 별실에 있던 것과 무척이나 비슷하게 생긴 의자였다.

“뉴욕은 좋아요. 내가 다니던 곳들, 같이 지내던 이웃들, 친구들이 있는 곳으로 돌아간 거죠. 전에 있는 친구들을 만나도 이제 그렇게 끔찍한 기분이 들지 않아요. 그래서 좋아요. 코치 일도 하고, 클리닉에도 가요.”

“잘 지내는 거죠? 행복해요?”

그가 입을 다물었다가 말했다. “당신은요? 어째서 글러브를 내게 보냈느냐고 묻고 싶어요.” 그의 말이 오랫동안 그곳을 떠돌았다.

“당신 차례예요, 미네소타 양.”

마침내 에비는 숨을 크게 들이쉬었다. “당신한테 전화를 하고 싶었어요. 하지만 당장 해야 할 일들이 너무 많았죠. 집 문제, 엄마 문제 그리고 일도 있고. 심리 상담도 받았어요.”

"뭔가 흥미로운 걸 배웠어요?"

그녀는 꼼지락거리면서 손톱 하나를 튕겼다. "지금부터 말하다 보면 그 얘기까지 하게 될 거니까 좀 기다려요. 일이 많았어요. 당신한테 말하고 싶은 건, 여태까지 내가 좀 다른 방식으로 대부분의 일을 처리했다면 어땠을까, 하고 생각했다는 거예요. 난 다른 사람의 목소리를 더 잘 들었어야 했어요. 그런데 해결사는 해결부터 하길 바라죠. 나는 뭔가를 해결하고 싶었던 거예요. 그다음에 도움을 받고 싶었어요. 하지만 밀어붙이지는 말았어야 했어요." 그녀가 숨을 들이쉬었다. "나한테도 좀 공평하게 말하자면, 당신은⋯⋯."

그가 한 손을 들어 저지했다. "에비, 나 역시 상황을 해결하고 싶다고 당신에게 말했어야 해요. 그 말을 하지 않은 건 내가 부당했어요. 난 모든 경기를 내 의지로 승낙했어요. 당신이 옳았어요. 솔방울을 던진 것도, 한밤중에 야구장으로 뛰쳐나간 것도, 모두 다요. 사실 난 모든 걸 되돌리고 싶었던 거예요." 그가 손을 아래로 뻗어 강아지를 토닥였다. "하지만, 에비, 투구가 잘 안됐을 때, 내가 고등학교 체육 선생이 될 것 같았을 때, 당신은 그걸로 충분치 않다고 생각했던 것 같아요."

이 말이 그녀의 갈빗대 사이로 똑바로 파고들었다. "딘, 난 당신이 투구를 해야 '충분하다'고 생각해서 그런 게 아니에요." 두 사람은 서로를 바라보았다. "⋯⋯당신이 투구를 할 수 있게 되어야 '나도, 내 마음도' 충분해질 것 같아서 그런 거예요."

그가 이맛살을 찌푸렸다. 믿기지 않아서가 아니라 호기심 때문이었다. "당신은 이미 충분해요."

그녀가 고개를 끄덕였다. "당신도요." 에비가 미소를 지으며 깊이 숨을 들이마셨다. "상담, 괜찮아요? 실은 이 강아지도 상담 선생님의 의견이었어요."

"강아지를 처방받은 거예요?"

"꼭 그렇다고 할 순 없죠. 상담사는 처방전을 쓸 수 없잖아요. 처방전이 필요해지면 신경정신과 의사한테 가야죠. 선생님은 내가 내 인생을 이해하려고 애쓰자 어떤 구조를 세워주고, 웹스터처럼 누가 곁에 있어야 한다고 조언했어요. 내게 이전의 큰 집에서 나오라고 했고 또 긍정적인 사람이 되라고도 말해줬죠."

그가 천천히 고개를 끄덕였다. "많은 일이 있었네요."

"네, 음, 난 정말로 '깨고' 나왔어요." 에비가 그에게 밝게 말했다.

"오, 이런, 나도요."

두 사람은 거실에 앉아서 오후가 될 때까지 이야기를 나누었다. 비가 내리기 시작했다. 그들은 빗방울이 바다 위로 토독토독 떨어지는 모습과 바닷가재잡이 어선이 비에 젖어가는 장면을 바라보았고 에비는 거실 안쪽에서 울 담요를 가져와서 다리에 덮었다. 그리고 차를 우리고, 딘에게 나무 난로에 불을 붙이는 법을 보여주고, 어떤 나무가 가장 잘 타는지 검색한 내용도 알려주었다.

딘이 웹스터가 제일 좋아하는 장난감을 집어 들었다. 에비가 낡은 티셔츠들을 한데 꼬아서 만든 것이었는데, 양쪽에서 잡고 줄다리기를 할 만큼 길었다. 에비는 자기 개를 괴롭히지 말라면서 딘의 팔을 찰싹 치자 그는 강아지와 이야기해보겠다고 말했다. 얼마 뒤 웹스터는 스스로 나가떨어져서 나무 난로 옆으로 가서 드러누웠다.

오후 시간도 서서히 저물었고, 에비는 버번을 따르고 간단한 안주를 만들었다. 두 사람은 2인용 소파에 나란히 앉아 테이블에 발을 올리고는 함께 듣던 실화 탐사대 팟캐스트의 새 에피소드를 청취했다. 딘이 눈을 굴리면서 사건이 명확하게 해결되지 않았다고 불평했고, 에비는 그에게 피넛 버터 크래커를 건네고는 그건 과정일 뿐이라고 말했다. 그가 손을 뻗어서 그녀와 깍지를 꼈다.

프로그램이 끝나고 에비는 웹스터와 함께 산책을 나가자고 제안했다. 셋은 산책을 했다. 오솔길 위로 올라가서 도로 바깥으로 나갔다가 작은 만을 돌아서 내려온 다음 캘카셋과 에비가 살고 있는 섬을 이어주는 짧은 다리까지 갔다. 그곳은 물이 얕았고, 자동차들이 계속 덜컹거리며 지나갔다. 도로를 지나가는 사람들을 붙잡고 어디로 가느냐고 물으면 아마 케틀만섬에 간다는 대답을 듣게 될 것이었다. 마치 고립된 햄릿처럼. 에비는 만 안쪽에는 차를 가지고 들어갈 수 없으며, 여객선을 타고 들어가야만 하는 섬들이 몇 곳 더 있다고 설명했다. 그녀는 바닷가재 어업을 하고 여름 관광객들이 휩쓸고 가는 조그마한 마을을 좋아했다. 날씨가 따뜻해지면 이따금 그를 그곳에 데려다주겠다고까지 말했다. 에비는 한 손에 강아지 목줄을 잡고, 딘은 한 팔을 그녀의 어깨에 감싸고, 그렇게 함께 산책을 했다.

집으로 돌아와서 두 사람은 다시 소파에 몸을 묻고 텔레비전을 켰다. 텔레비전이 켜지자마자 그들은 폭소를 터트릴 수밖에 없었다. "야구네요." 에비가 말했다.

"오, 저건 그냥 야구가 아니에요. '개막일'이잖아요." 딘이 급하게 말했다.

그녀가 리모컨으로 경기 장면을 가리켰다. "이거 볼 거예요?"

"당신이 얼마나 잘 골랐는지 궁금하네요."

그래서 그들은 한동안 텔레비전을 보았다. 딘은 그녀에게 자신이 아는 어떤 선수들, 어떤 투수와 봄 전지훈련을 같이 했었는지, 어떤 타자가 타격 자세를 바꿨는지 등을 이야기해주었다. 간간이 간식을 만들거나 먹느라고 대화가 중단되었다. 그것이 야구 경기를 보는 가장 바람직한 태도라고, 그가 말했다.

바깥이 어둑어둑해질 때까지 두 사람은 테이블에서 음식을 먹었다. 에비는 자신이 노나와 함께 일을 시작해서 두어 주 정도 떠나 있어야 한다고 설명했다. 또 다른 의뢰자들이 맡긴 일도 있었고, 이 집을 사는 동안 친해진 벳시를 위해서 서류 작업도 해야 했다. 그녀가 바라는 일은 아직 다 이루어지지 않았지만, 어쨌든 스스로 주택 담보대출도 갚아 나가고 있는 중이었다.

두 사람은 싱크대 옆에 나란히 서서 설거지를 했고, 커다란 창이 난 큰방으로 들어가서 의자에 몸을 묻고 찰랑거리는 바닷물 소리를 들었다. 그녀는 웹스터를 뜰로 한 번 더 내보내주었다. 뜰에는 아버지가 설치해준 낮은 울타리가 있다. 그녀는 열린 문가에 서서 웹스터에게 안으로 들어오라고 소리쳤다. 딘이 허리에 팔을 둘러왔다. 그가 에비의 방을 보고 싶다고 귓가에 속살거려서 그녀는 웃음을 터트렸다. 그때 강아지가 안으로 들어왔고 자기 자리로 갔다.

에비는 딘을 복도로 이끌었다. 딘은 그녀가 새 침대를 샀다는 것을 곧바로 알아차렸다. 예전에 그녀가 남편과 함께 자던 침대가 아니었다. 그와 함께 자던 침대도 아니었다. 웹스터가 침대로 뛰어올랐고 그는 그러면 안 된다고 열심히 설명했다. 하지만 강아지에게 아무리 말해 봤자 소용없었다.

두 사람은 키스를 했다. 그는 그녀의 눈동자가 살짝 젖어 있음을 알게 되었다. 눈가에 눈물이 맺혀 있었다. 그녀의 어깨를 감싸 안으며 왜 그러느냐고, 확신이 없느냐고 물었다. 에비는 빙그레 웃으면서 완전하게 확신할 수 있는 건 이 세상에 없다고, 무엇이든 조금쯤은 확신할 수 없는 법이라고 속삭였다.

그가 셔츠를 벗어던졌다. 그녀 역시 흰색 스웨터를 머리 위로 끌어올렸다. 그리고 자신이 할 절차를 건너뛰었다. 살짝 땀에 젖은 상태라는 것을 알고 있었지만 그도 개의치 않는 것 같아 보였다. 그 역시 마찬가지로 땀에 젖어 있었다. 마침내 딘이 키스를 했을 때 에비는 온몸의 관절이 풀어지는 것 같았다. 그가 만지는 곳마다 몸이 민감하게 반응했다.

딘이 그동안 보고 싶었다고 중얼거리며 신음했고, 그녀 역시 보고 싶었다고 말했다. 딱 달라붙어 있지 않으면 누구도 들을 수 없을 만큼 조그마한 목소리라서, 그녀가 스스로에게 속삭이는 것처럼 느껴졌다. 그는 등에 닿아 있는 그녀의 손가락을 통해 그 말을 느끼는 것 같았다.

그녀는 계속 호흡을 가다듬었고 상대의 숨소리에 집중했다.

딘과 에비는 그녀의 침대 속에서 한 베개를 베고 바싹 붙어서 얼굴을 맞댔다. "이제 뭘 할까요?" 그녀가 물었다. "지금 '당장' 말고요. 내 말 무슨 뜻인지 알죠?"

"에비, 난 뉴욕에서 무척 잘 지내고 있어요."

그녀의 가슴이 철렁했다.

"난 내가 사는 곳이 좋아요. 코치 일도, 클리닉도 좋고. 평생 알고 지낸 친구들에게 둘러싸여 사는 것이 좋아요. 경기를 하는 게 아니라도 다른 수많은 일을 할 수 있어서 만족스럽죠. 당신이 보고 싶긴 하지만요. 무척 보고 싶었어요. 그래도 그간 엄청 행복했어요."

그녀가 할 수 있는 말은 "아," 한마디뿐이었다. 그녀는 이곳이 캄캄한 방이라서 다행이라는 생각이 들었다. 지금 자신의 모습을 들키지 않을 수 있으니까.

"당신도 잘 지내고 있는 것 같은데요. 이 집도 너무나 멋져요. 바닷가에 있고. 당신이 늘 있고 싶어 하던 곳이잖아요. 그리고 귀여운 강아지도 한 마리 있고요."

그녀가 살짝 미소 지었다. 이 말은 부정할 수 없었다.

"앤디랑도 잘 지내고 있는 것 같고요."

"음," 그녀가 말했다. "전처럼은 아니에요. 매주 만나진 못해요. 매일 이야기를 하지도 않고요. 앤디한테는 애들도 있고, 또 모니카도 있고, 이래저래 바쁘죠. 하지만 이제 거기에 익숙해졌어요. 상담 선생님은 그걸 두고 '첫 번째 통화 상대의 비애'라고 부르더군요."

"무슨 뜻이에요?"

"좋은 일이든 나쁜 일이든 어떤 일이 일어났을 때, 딱 한 사람에게 만 전화를 할 수 있다고 가정해봐요. 만일 당신이 그 통화 상대라면, 앞으로도 계속 상대가 첫 번째로 전화하는 사람이 될 거예요. 하지만 언제나 상황은 변하기 마련이죠. 선생님 말로는, 이 때문에 자식들이 결혼을 할 때 부모들이 슬픔을 느끼게 되는 거래요. 빈 둥지가 된다는 뜻이죠. 이제 자녀들에게 일이 생겼을 때 제일 처음 전화를 거는 사람 은 부모가 아니게 되는 거예요. 그러니까 이제 앤디에게 무슨 일이 생 겼을 때, 걔가 처음으로 전화를 걸 사람은 내가 아니죠. 이건 내가 앤 디의 여자친구가 되고 싶다는 말도, 그 여자친굴 좋아하지 않는다는 말도 아니에요. 그냥 슬픈 거죠. 이건 달라요. 그리고 선생님 말로는 슬퍼하는 것도 중요하다더군요."

그가 그녀의 이마에 키스했다. "이해했어요. 그리고 미안해요."

이불 아래에서 그녀가 어깨를 으쓱했다. "괜찮아요."

"그런데 당신은 괜찮은 것 같아 보여요. 나도 잘 지내고 있고. 난 뉴욕에서 살고 당신은 여기에서 살아도, 우린 괜찮을 것 같단 생각이 들어요." 그가 그녀의 머리칼 한 가닥을 귀 뒤로 넘겨주었다. "우리가 꼭 그래야 한다곤 생각하지 않지만요."

에비의 얼굴에서 미소가 가셨다. "네?"

"잘 모르겠어요. 여전히 많은 것을 말이죠. 어디에서 살지, 어떤 일을 하고 싶은지, 가정을 꾸리고 싶은지 등등요. 알겠지만, 내가 여 전히 이런 입장을 무너뜨리지 않는 한, 음, 당신도 그렇게 느끼지 않을까 싶어서…… 그래서 우리가 같은 곳에서 모든 일들을 함께 해야 하지 않나, 하고 생각해요. 우리가 같은 곳에 있다면 나는 더 행복할 것 같고 당신도 그럴 것 같아서요. 난 당신을 정말로 사랑해요."

어둠 속에서 에비는 눈을 감고 미소를 지었다.

"뭐라고 말 좀 해봐요." 딘이 무릎으로 그녀를 쿡 찌르며 재촉했다. "난 지금 바람 속에서 우왕좌왕하고 있는 것 같다고요."

"미안해요. 그냥…… 좀 놀라서요." 그녀가 속삭였다.

그가 얼굴을 찌푸렸다. "왜요?"

"내가 집을 나갈 생각으로 행복하고 있던 때에 누군가가 죽었어요. 그래서 너무 좋으면, 뭔가 끔찍한 일이 일어날 것 같아요. 항상."

잠시 정적이 흘렀다. "그날 밤에 당신이 술에 취해 한 말이 이거였군요. '난 절대 행복해지려고 애쓰지 않을 거야.'"

"맞아요." 그녀가 속삭였다.

그가 이불 속에서 그녀의 손을 꽉 쥐고 잡아당겼다. "가끔은 당신이 아무리 애를 써도, 끔찍한 일은 생기기 마련이에요. 하지만 그렇다고 해서 당신이 행복해지려고 끊임없이 노력해야 한다는 뜻은 아니에요. 그건 그냥 그런 거예요. 자랑하는 건 아니지만, 내가 그 분야에서는 전문가잖아요" 그가 그녀의 손을 다시 꽉 쥐었다.

"버려야 할 것들이 많죠." 그녀가 말했다.

"그래요, 나도 알아요. 하지만 가끔은…… 그냥 희망도 품어야만 해요."

그녀가 미소 지으며 말했다. "사랑해요."

그가 잠시 숨을 멈춘 듯했다. 잡은 손을 놓고는 손바닥으로 에비의 얼굴을 감쌌다. "좋아요."

그녀가 그에게 다가갔다. "한동안 여기에서 지낼래요?"

그는 놀라지 않았다. "네."

"내 말은, 이리로 완전히 이사를 들어와야 한단 뜻이에요. 당신 아파트는 어떻게 하고요?"

"음," 그가 베개를 고쳐 베며 말했다. "그냥 가지고 있으려고요. 일단 양쪽에 집을 두고 있죠, 뭐. 앞으로 뭘 하게 될지 모르잖아요. 만약 당신이 역사를 좋아하다면, 뉴욕에는 엄청난 박물관이 수없이 많아요. 원한다면 한동안 그곳에 가서 지낼 수 있어요. 뉴욕에선 딱히 끔찍한 장소는 없어요."

"융통성 있게 지내고 싶단 말이군요."

"엿 같은 소리란 건 알아요. 그런 의미는 아녔어요. 날 나쁘게 보지 말아요. 에비, 난 당신과 결혼하고 싶은 것 같기도 해요."

그녀가 웃음을 터트렸다. "아, '같기도' 하군요."

"하지만 지금은, 당신과 이 집에서 웹스터와 함께 지내면서 어선 소리도 듣고 숲도 산책하고 싶어요. 다시 학교에서 일을 할 수도 있을 거고요. 그리고 어떤 끔찍한 일이 발생하면 그게 뭔지 그냥 알아보면 되는 거예요. 같이." 그가 그녀의 허리를 팔로 감쌌다. "이게 지금 내가 할 수 있는 말인 것 같네요."

"그래요." 그녀가 그에게로 다가가 키스했다. "알았어요, 그렇게 해요."

그리고
··· 두 번째 결혼식 ···

10월 중순, 나뭇잎 색이 변하기 시작할 무렵에 앤디가 결혼식을 올리게 되었다. 식은 장로교회에서, 피로연은 케틀만 홀에서 치러질 예정이었다. 케틀만 홀은 여름에 열리는 바닷가재 축제에 사용하려고 소방서를 개조한 곳이었다. 에비는 켈과 함께 결혼식 전날 테이블을 배치하고, 켈이 직접 다려 온 은색 리넨 테이블보를 씌웠다. 그리고 테이블마다 그물망으로 된 조그마한 사탕 봉투와 결혼식 날짜가 새겨진 트럼프 카드 한 벌을 놓았다. 그러는 동안 앤디의 딸들은 테이블 사이를 뛰어 다녔다. 앤디는 자신과 모니카가 결혼에 대한 이야기를 하던 초기에 절대 바꿀 수 없는 규칙 하나를 세웠는데, 그때 구체적인 결혼 계획까지 전부 다 세워졌다고 말했다. 참고로 절대 바꿀 수 없는 규칙은 바로 이거였다. 다용도 빨대 유리병을 사용하지 않는다는 것.

앤디는 딘을 포함한 친구들 몇몇과 '홀아비 탈출 축하 파티'를 한다면서 더 펄 바에서 맥주를 두 잔씩 마시고 집에서는 영화 「캐디쉑」을 보고 콘솔 게임을 했다. 이 파티는 새벽 1시에 악몽을 꾼 로즈가 잠에서 깨며 울음을 터트리는 바람에 종결되었다. 에비는 결혼식 2주 전에 모니카의 신부 파티에 갔다가 그녀의 어머니가 멋진 은발을 갖고 있으며 앤디를 딸의 '노림수'라고 부른다는 사실을 알게 되었다.

결혼식 날 아침, 딘이 턱시도를 고르는 동안 에비는 웹스터와 산책을 나갔다. 딘이 나갈 준비를 마치고 침실에서 나오는 때에 맞춰 집으로 돌아왔다. 그의 멋진 모습에 에비의 눈썹이 위로 솟구쳤다. "와우! 좋아요, 좋아요."

"입어본 것 중 가장 불편한 옷이네요."

"자, '여성들을 위한 공식 행사 : 공감 능력 배양하기 기초 강좌편'에 오신 것을 환영합니다."

"이렇게 입으니 좀 멍청이가 된 것 같아요."

"네, 하지만 엄청 섹시해요. 솔직하게 말해서 내가 흰색 드레스를 입지 않아도 된다면, 당신이 턱시도를 입어야 하는 이유를 잘 모르겠군요."

"알았어요. 쉿, 우리 목청 큰 강아지. 켈 아줌마가 부모님과 함께 교회로 오신대요. 난 앤디를 만나기로 했는데, 우리는 교회에서 합류할까요?"

"그래요."

그가 다가와서 그녀에게 키스를 하고는 강아지의 귀를 쓰다듬어 주었다. "사랑해요." 그가 나가면서 어깨 너머로 소리쳤다.

"나도요." 그녀가 웹스터의 목줄을 풀어 우편함에 걸면서 도돌이 표처럼 이 말을 되풀이했다. 그리고 샤워를 하고, 머리를 말리고, 욕실에서 옷을 갈아입었다. 5부 소매의 에메랄드그린색 드레스였다. 옷깃 쪽에는 단풍 잎사귀 모양의 금색 브로치를 꽂고, 작은 청동색 핸드백에 티슈와 립스틱, 볼루테 콤팩트 파우더를 챙겨 넣었다. 이 빈티지 콤팩트 파우더는 에비가 법적으로 에벌리스 애슈턴으로 돌아온 여름날에 기념으로 딘의 엄마가 선물한 것이었다.

에비는 마지막으로 웹스터의 귀를 쓸어 주고 ("사랑한다, 우리 강아지" 하고 강아지 같은 목소리로 말했다) 차에 올랐다. 캘카셋으로 가는 다리에 오를 때 그녀는 경적을 울리고 모리스에게 손을 흔들어 인사를 했다. 그는 두 집 건너 사는 이웃으로 지금은 강아지를 산책시키는 중이었다. 강아지의 이름은 '피도'다. 모리스는 그녀가 웹스터를 저녁 산책 시킬 때 자주 마주치곤 하는 사이가 됐다.

그녀는 병원 건물을 지나서 팀을 묻은 한 조그마한 나무를 바라보았다. 길에서도 그 나무가 보였다. 그녀는 운전대를 고쳐 잡았다. 팀의 돈, 사망보험금은 이제 없다. 딘은 에비에게 뉴욕에 있는 자신의 변호사를 만나게 해주었고 에비는 딘에게 돈을 건넸다. 그리고 딘이 그 돈을 기부해서, 어째서 에비 드레이크, 아니 에비 애슈턴이 운동선수처럼 돈을 뿌리고 나니느냐는 질문을 받지 않을 수 있었다. 어느 늦은 여름 오후, 두 사람은 그녀의 집 발코니에 앉아 서로에게 다리를 걸치고 맥주를 마시면서 기부금을 보낼 곳들을 추려보았다. 포틀랜드에 있는 커다란 여성 쉼터, 캘카셋에 있는 조그마한 비영리 가정 폭력 방지 단체, 청년 야구팀, 푸드뱅크, 도서관, 미국 시민 자유연맹 그리고 아이다. B. 웰스 협회(아이다 B. 웰스는 19세기 말에 활동한 흑인 여성 저널리스트로, 초기 민권운동의 지도자였다. ―옮긴이) 등이었다. 아이다. B. 웰스 협회는 노나의 조카딸이 저널리스트가 되려고 훈련받고 있는 곳이기도 했다. 그 외에 공영 라디오, 공영 텔레비전, 동물원, 지역 오케스트라 등도 후보에 있었다.

교회에는 수많은 차들이 주차되어 있었다. 딘의 트럭도 보였다. 차에서 내리면서 그녀는 사방으로 둘러싸인 기분을 느꼈다. 동네 사람들은 그녀와 딘에 대해, 그녀가 집을 판 일에 대해 모두 알고 있었다. 팀의 부모님은 그녀가 팀의 첫 기일 이후로 각종 기념일에 묘소를 찾아오지 않는다는 데 대해 무척이나 불쾌해했다. 불행하게도 그녀의 아버지가 둑에서 시부모들이 하는 소리를 건너 듣게 되었다. 에비가 자기 아들을 너무 빨리 잊어서 마음이 아프다는 말이었다.

교회 안으로 들어간 에비는 켈을 마주쳤다. 그녀는 레이스가 덧씌워진 말쑥한 라즈베리색 드레스를 입고 있었다.

"오, 안녕, 아가, 잘 왔다, 잘 왔어."

에비가 켈의 볼에 입을 맞추고는 교회 안에 사람들이 얼마나 있는지 둘러보았다. "대성황이네요."

"날씨도 화창하지. 완벽한 가을날이야. 앤디가 널 보고 싶어 하는데, 뒤로 가보지 않을래?"

앤디는 교회 뒤쪽 작은 방에서 준비를 하고 있었다. 그녀가 무거운 목재 문을 두드리자 딘이 문을 열어주었다. 그가 고개를 숙여 그녀에게 입을 맞췄다. "에비."

"딘." 그녀가 말했다. "'안녕' 하고 말해야 하나 생각했어요."

"그랬어야죠." 딘이 미소를 지었다. "난 나가서 부모님들이랑 이 야기 좀 하고 올게요. 두 분 이야기 나누십시오. 조금 이따 올게요."

"고마워요. 여전히 섹시하군요." 그가 옆으로 몸을 비켜주며 나갈 때 그녀가 말했다. 딘이 몸을 돌리고 윙크를 날렸다.

그녀는 방 안으로 들어갔다. 앤디가 타이를 매고 있었다. 그가 거 울을 통해 에비를 발견하고는 몸을 돌렸다.

"나 엄청 긴장돼." 그가 말했다.

"음, 당연하지." 그녀가 다가갔다. "밖에 온 동네 사람들이 다 와 있고 모두 널 뚫어져라 쳐다볼 거야. 누가 긴장이 안 되겠니?" 그녀가 손바닥으로 그의 셔츠를 탁 쳤다. "오늘 멋지네. 모니카도 엄청 예쁘 더라. 두 사람 다 멋질 거야."

그가 몸을 돌렸다. "고마워, 사랑한다. 친구."

그녀가 그의 두 손을 잡았다. "멋진 옷차림이 망가질까 봐 못 안아 주겠다. 하지만 내가 정말 사랑하는 거 알지? 오늘 나도 너무 기뻐." 그녀가 그에게 확실히 알려주려고 손을 꼭 쥐었다. "정말, 정말, 정말 기뻐."

"네가 좋아해줘서 나도 고맙고 기뻐." 그가 이렇게 말하고는 문 쪽으로 시선을 확 돌렸다.

그녀가 어깨를 으쓱했다. "행운을 빌어."

그가 미소 지었다. "행운을."

"애들은 준비 다 끝났나?"

"드레스도 입고, 머리도 정리했고, 우리가 맛별로 구입한 사탕도 잔뜩 가지고 있지. 모니카에게 '옛것, 새것, 빌린 것, 파란 것'(서양에서는 결혼식을 할 때 지인들이 잘 살라는 의미로 옛것, 새것, 빌린 것, 파란빛을 띤 물건, 총 네 가지를 신부에게 주는 풍습이 있다. -옮긴이)을 줄 준비도 다 끝났고. 다 된 것 같아."

에비는 문득 핼러윈 때 로즈에게 동화 속 공주 복장을 입히고 날개를 붙여주던 일을 떠올렸다. "음, 두 사람…… 다 된 것 같군."

"부탁 하나만 들어줄래?" 그가 물었다. 식을 올리는 동안 엄마가 애들이랑 같이 앉아 있을 건데 너도 그 옆에 좀 있어줄 수 있어? 음…… 네가 가까이 있으면 내가 안심이 될 것 같아서."

"가까이 앉아 있을게."

"대신 울지 마."

그녀가 그의 손을 꼭 쥐었다. "결혼식 날이잖아. 울게 좀 놔둬라. 얼른 결혼하러 가."

"알았어. 옷 구겨져도 상관없으니까 이리와." 에비가 다가가서 그를 끌어안았다. 대신 코르사주로 꽂은 꽃이 망가지지 않도록, 화장이 턱시도에 묻지 않도록 조심했다. 앤디의 아내가 떠났던 날에도, 에비의 남편이 죽었던 밤에도, 앤디가 약혼 소식을 전했을 때도, 에비가 앤디에게 새집을 보여주었을 때도 두 사람은 이렇게 포옹을 했다. 몇 년 동안 두 사람은 서로의 어깨에 얼굴을 묻고 허리에 팔을 감으며 인생의 새 장을 열었다.

딘이 돌아와서 시간이 다 되었다고 알려줬다. 에비는 앤디의 볼에 입을 맞추고는 희미하게 묻은 립스틱 자국을 손가락으로 문질렀다. 그녀는 식이 열리는 교회 강당으로 들어가 켈 바로 뒤쪽에 조용히 앉았다. 한쪽에는 딘의 엄마와 아빠가, 다른 한쪽에는 그녀의 아버지가 앉았다.

"와, 예쁘구나, 우리 딸." 아버지가 그녀에게 말했다.

"고마워, 아빠." 에비가 아버지의 어깨에 고개를 기댔다. "사랑해요, 아빠."

"나도 사랑한다, 에벌리스."

그리고 앤디와 모니카가 식을 올렸고, 딘이 그의 옆에 섰고, 에비는 조금 울었다. 식이 끝난 뒤 그녀는 차 옆에 서서 딘을 기다렸다. 문득 이제 그와 함께 있으면 그저 편안할 만큼 시간이 제법 흘렀음을, 마침내 그런 시기가 도래했음을 깨달았다. 아니, 그런 것 같았다. 그리고 그러길 바랐다. 어디에서든 그의 모습을 바로 찾을 수 있으며, 그가 그녀에게 성큼성큼 다가온다고 해서 볼이 자동으로 붉게 상기되지는 않을 것이다. 둘은 무척이나 평범하지만 아름다운 일상의 모습이 될 것이다. 하지만 턱시도를 입은 그가 타이를 느슨하게 풀고 셔츠 위쪽 단추를 풀어헤친 채 교회 뒤에서 걸어오는 지금 이 순간만은 그렇지 않았다. 그가 다가와서 그녀의 손을 잡았다. 딘은 아무 말도 하지 않고 그저 얼굴에 미소만 띠었다. 바로 3분의 1짜리 미소를.

마침내 에비가 크게 웃음을 터트렸다.

안녕, 에비 드레이크.
그리고 안녕, 에비 애슈턴.
에비 애슈턴이라는 이름으로
다시 시작하게 된 것을 진심으로 축하해.

옮긴이 이한이

출판기획자 및 번역가. 국외의 교양 도서들을 국내에 번역 소개하는 한편, 보다 쉽고 재미있게 접근할 수 있는 책들을 기획, 집필하고 있다. 옮긴 책으로는 『아주 작은 습관의 힘』『착각의 쓸모』『내가 처음 뇌를 열었을 때』『몰입, 생각의 재발견』『디지털 시대 위기의 아이들』『인생의 태도』『부자의 언어』『지옥에서 보낸 한 철』『살로메』 등이 있고 쓴 책으로는 『문학사를 움직인 100인』 등이 있다.

에비 드레이크,
다시 시작하다

초판 1쇄 인쇄 2021년 8월 25일
초판 1쇄 발행 2021년 9월 6일

지은이 린다 홈스
옮긴이 이한이
펴낸이 김선준

책임편집 배윤주
편집2팀장 임나리
디자인 김세민
마케팅 조아란, 신동빈, 이은정, 유채원, 유준상
경영지원 송현주

펴낸곳 (주)콘텐츠그룹 포레스트 **출판등록** 2021년 4월 16일 제2021-000079호
주소 서울시 영등포구 여의대로 108 파크원타워1 28층
전화 02) 332-5855 **팩스** 02) 332-5856
홈페이지 www.forestbooks.co.kr **이메일** forest@forestbooks.co.kr
종이 (주)월드페이퍼 **출력·인쇄·후가공·제본** (주)현문

ISBN 979-11-91347-40-1 (03840)

(주)콘텐츠그룹 포레스트는 독자 여러분의 책에 관한 아이디어와 원고 투고를 기다리고 있습니다. 책 출간을 원하시는 분은 이메일 writer@forestbooks.co.kr로 간단한 개요와 취지, 연락처 등을 보내주세요. '독자의 꿈이 이뤄지는 숲, 포레스트'에서 작가의 꿈을 이루세요.